중국환타지소설의 원조,

서유기

중국환타지소설의 원조,

습유기

김영지 著

ksi 한국학술정보㈜

책머리에

≪습유기≫는 중국신화시대로부터 삼국 시대까지 복희로 시작되는 삼황(三皇) 오제(五帝) 시대부터 진시황(秦始皇), 한(漢) 무제(武帝), 한의 마지막 황제인 헌제(獻帝) 그리고 조조(曹操), 조비(曹丕)의 위(魏), 유비(劉備)의 촉(蜀), 손권(孫權)의 오(吳), 그리고 진류왕(陳留王)으로 조환(曹奐)을 끝으로 무제(武帝) 사마염(司馬炎)에게 정권이 넘어가는 간 진(晉)에 대해 이야기한다. 이 시기 우리가 잘 아는 많은 사람들의 숨겨진 일화가 이 책에 등장한다. 이야기를 '주워서 전하기'에 책이름도 주울 습(拾), 전할 유(遺)의 습유기(拾遺記)이다.

이야기들은 가끔 역사적 사실과 반드시 들어맞지 않기도 하지만 고소설이 지니는 이런 느슨한 자유 덕분에 이 책에는 재미나고 아찔한 내용이 많다. 집 인테리어가 극치에 달해 화장실에도 실크를 깔고 예쁜 여인들을 비치해두는 귀족, '왕(王)'스럽지 않은 왕의 이면, 폼에 죽고 폼에 사는 왕족, 야하게 훤히 비치는 란제리를 걸치고 야들야들 애교부리는 '남자', 컨셉이 속옷인 주지육림(酒池肉林) 파티가 무르익으면서 나체로 즐기는 선남선녀(善男善女) 등 각종각양의 일들이 벌어진다. 이뿐인가. 경서(經書)에 너무 심취하여 종이를 다 썼으면 허벅지에 베껴 쓰고 등불의 기름이 다 떨어지면 골수를 대신 태우며 몰두하는 학자나 바느질에 통달하여 자수를 놓은 동물이며 식물이 살아 숨 쉬는 부인네의 이야기도 빠지지 않는다. 걸리버가 연상되는 색목인 사신들, 초능력을 발휘하는 인도인 마술사 같은 희한한 입담과 그지없이 정숙한 요조숙녀(窈窕淑女)의 지혜와 슬기가 한 권의 책에 자연스럽게 공존하는 것도 이 책의 매력이다. 여인의 이미지도 옛 서적이지만 유교(儒敎)에서 강조하는 근엄한 현모양처(賢母良妻)에 얽매이기 전 강인하고 시원스런 대륙의 여인상에 초점을 맞추었다.

옛 소설은 요즘 베스트셀러와 달리 글을 읽고 쓰는 행위가 소수 지식계층에 국한되었기 때문에 소설도 사서오경(四書五經)이나 역사서와 동일하게 검증되는 경우가 많았다. 물론 소설은 경서보다 수준이 낮게 인식되었고 내용도 왕의 태몽이나 죽음과 연관된 귀신이야기 등 기이한 내용이 많다. 하지만 독자층이 여타 서적과 크게 구별되지 않는 탓에 소설에 경서의 문장을 자주 인용했으며 문장수준도 어려웠다. 즉 이름은 소설이지만 지금처럼 다수의 대중이 즐기는 독서물은 아닌 것이다.

이러한 중국 고소설은 비슷비슷하고 천편일률적으로 보인다. ≪습유기가≫가 ≪동명기(洞溟記)≫같고 ≪십주기(十洲記)≫가 ≪신이경(神異經)≫같다. 동일한 시대에 동일한 서적으로 공부한 비슷비슷한 지식 계층이 비슷비슷한 이야기들을 듣고 보고 기록했기 때문에 크게 다르지 않을 수 있다. 당시는 저작권이나 표절 시비가 전혀 없고 유명 작품을 모방한 글을 다산(多産)하는 작업이 미덕이었다는 것이 더 그럴듯하게 들린다. 무단 모방을 죄로 처벌하는 현대에도 해피엔딩으로 끝나는 감동, 액션, 스릴, 코믹이 적절하게 섞인 영화를 선호하는 감각이 있다. 개봉영화가 꼭 새로운 내용이라서 관객을 유혹하는 것은 아니다. 새로 시작한 드라마가 꼭 신선한 내용이라 시청률이 오르는 것은 아니다. 대중은 생소한 새로움보다는 친숙한 새로움을 선호한다. 큰 줄기는 익숙하지만 세부적으로 새로운, 그런 느낌을 즐기는 것이다. 고 소설의 독자들도 이와 크게 다르지 않을 수 있다.

앤 라이스(Ann Rice)의 소설을 위시한 여러 스테디 셀러들을 보더라도 이런 경향은 늘 존재한다. 언제나 귀신이야기지만 이번에는 또 어떤 귀신이야기일지, 언제나 러브스토리지만 이번에는 또 어떤 근사한 남녀가 나올지 기대한다. 파격적인 새로움은 이질감을 주어 불편할 수 있다. 고소설이 천편일률적인 것도 이런 맥락에서 이해해 볼 수 있다. 이렇게 볼 때 고대 중국의 독서인들은 입에서 입으로 전해지는 이야기 혹은 경서나 역사서의 담론 중에 생겨난 상상을 '주워 모아' 글로 남겼고 그 글들이 서로 비슷한 느낌을 주는 것은 당연하다.

중국 붐이 일어 많은 서적들이 한글로 번역되고 있지만 여전히 세간에 알려지지 않은 책도 그득하다. 이 책은 1994년 석사학위논문을 쓰기 위해 본격적으로 읽었는데 그로부터 거의 15년 만에 역주본이 출간된 셈이다. 오래 전에 미국에서 《습유기》 관련 석사논문이 나왔고 대만에서는 교주본과 석사논문이 간행된 적이 있다. 이 책은 꽤 흥미로워서 읽다보면 짧은 봄이 더욱 빨리 갈지도 모르겠다.

2007년 봄
김 영지

목 차

《습유기》에 관해

1.

이 책의 원본은 19권이었고 진(晉)의 왕가(王嘉)가 지었다. 잦은 전쟁으로 원본의 보관상태가 좋지 않았으나 양(梁)에 이르러 소기(蕭綺)가 10권으로 다시 묶었다. 소기는 서문에서 원본의 훼손 정도가 심해서 재편하는 과정이 힘들었다고 했다. 그가 자신의 판단에 따라 훼손된 문장들을 배열하였을 가능성이 농후한데다가 두 사람의 사상적인 입지마저 다르기 때문에 주의해서 읽어야 할 것이다.

왕가는 방사(方士)라 도교적인데 반해 소기는 그가 쓴 서(序)와 록(錄)을 참조해볼 때[1] 유가적이다. 왕가는 전진 부견(苻堅)이 통치하던 때에 은거하면서 가끔 정사에 대해 예언을 했다. 정권이 바뀐 후 진(晉)의 요장(姚萇)에게 살해당한다. 그의 전기는 《진서(晉書)·예술전(藝術傳)》·《고승전(高僧傳)》초집(初集) 5권의 「석도안전(釋道安傳)」·《운급칠첨(雲笈七籤)》 110권의 「동선전(洞仙傳)」·증조(曾慥)의 《유설(類說)》3권에 인용된 「왕씨 신선전(王氏神仙傳)」의 미앙(未央)조 등에 나온다. 그의 인생을 다룬 두 판본을 차례로 읽어보자.

왕가는 자가 자년으로 오랜 세월을 동양곡 근처에서 살았다. 부견이 진의 정벌을 앞두고 사람을 보내 왕가에게 길흉을 물었다. 그는 '금(金)은 강(剛)하고 화(火)는 강(強)하다'고 했다. 부견은 이해할 수 없었다. 왕가는 천천히 말을 타고 오다가 신발과 옷을 내던지고 도망치듯 돌아왔다. 부견은 아직도 이해를 못했는지 다시 징조를 물어 왔다. 왕가는 '미앙(未央)'이라고 답했다. 부견은 어리석게도 이를 길조로 여기고 좋아했다.

다음해 계미(癸未)년에 부견은 수주에서 크게 패하고 결국 죽는다. 미앙이란 바로 '계미년(癸未年)에 재앙이 있다'는 뜻이다. 진(秦)이 서쪽에

---

1) 왕가는 전기가 남아 있으나 소기에 대한 기록은 전무하다.

있으므로 금에 해당하고 진(晉)의 도읍은 남쪽이므로 화에 해당하는데 화는 금을 녹일 수 있지 않은가.

요장이 장안을 점거한 후 자신이 '황제(九五)가 될 수 있겠는지?' 물었다. '아마도 될 것(略得)'이라고 하자 요장은 화를 내며 왕가와 두 제자를 살해했다.

요장이 농우 지역으로 사람을 보냈는데 그곳에서 왕가와 두 제자가 걸어가는 것을 보았다고 했다. 거리는 이천여 리나 떨어져 있었지만 바로 왕가를 죽인 그날 일어난 사건이다. 너무 놀란 요장이 왕가의 관 뚜껑을 열어 봤더니 시체는 없고 대신 죽장만 한 개씩 들어 있었다고 한다.[2)]

왕가는 참언을 말하는 사람이다. 길흉을 물었던 부견은 상징적인 참언에 길흉을 분간하지 못하고 죽었다. 역시 요장도 무식하고 경솔하여 왕가를 살해했다. 왕가는 살해된 후에도 시공을 초월하여 존재했다. 관속에 시체가 없고 죽장(竹杖)만 남은 그의 득선(得仙) 방식은 시해선형설화(尸解仙形說話)의 기본 형태다. 시해는 득선 방식에 있어서 가장 낮은 수준으로 일단 죽음의 절차를 거쳐 육체가 거듭나는 방식이다. 장군방(張君房)의 분류에 의거하여 보면 왕가의 득선 방식은 장해(杖解)로 분류된다.[3)]

왕가를 죽음으로 몬 '략득(略得)'의 의미는 결국 의문 속에 남겨질 것

---

2) 증조(曾慥)의 《유설(類說)》 3권에 인용된 「왕씨신선전(王氏神仙傳)」의 미앙(未央)조와 《운급칠첨(雲笈七籤)》 110권의 「동선전(洞仙傳)」에 실린 내용을 보면 마지막 부분이 모두 시해득선(尸解得仙)형으로 동일하게 처리되어 있다. 원문은 다음과 같다.

王嘉字子年, 久在東陽谷口, 苻堅征晉, 遣人問吉凶. 嘉曰: '金剛火强.' 堅不能解. 嘉乘馬徐行, 因墮靴棄裳, 奔馬而還. 堅又不解, 更問世祚. 嘉曰: '未央.' 堅以爲吉徵. 明年歲在癸未, 堅大敗於壽州, 遂亡, 是歿在未年也. 以秦西居爲金, 晉都南爲火, 火能鑠金也. 姚萇定長安, 問嘉應九五否?' 曰: '略得.' 萇怒誅嘉及二弟子. 萇先使人隴右, 逢嘉將弟子, 計二千餘里, 正是誅嘉日也. 萇令發棺, 竝無尸, 各有竹杖一枚.

3) 장군방(張君房), 《운급칠첨(雲笈七籤)》, 84-86권, 시해(尸解)조.

인가? 암시적인 이 참언은 세대가 바뀌고 요장의 아들이 정권을 맡으면서 비로소 그 의미가 드러난다. 다음에 소개된 전기를 통해 그의 예언이 실현되는 것을 목도해보자.

왕가는 농서 안양 사람으로 행동거지가 진중하지 않았고 심하게 못생겨서 척 보면 좀 모자라 보였다. 실제로야 총명하고 지혜로웠음은 당연하다. 골계에 능하고 우스갯소리를 즐겼으며 오곡은 입에 대지 않았고 아름답고 화려한 옷도 싫어했다. 늘 청정한 호흡 수련을 했고 세상과 왕래하지 않은 채 동양곡 언덕에 굴을 뚫고 살았다. 수업 듣는 제자 백여 명이 함께 동굴에서 지냈다. 석륵 말년에 제자를 떠나 장안 종남산으로 와서 움막을 짓고 살았다. 제자들이 따라오자 곧장 도수산으로 옮겨갔다.

부견이 여러 차례 청했지만 응하지 않았다. 공후 이하로는 친히 찾아왔으며 기이함을 좋아하는 선비는 모두 그를 스승으로 섬겼다. 당시 세상사를 물으면 묻는 대로 답했는데 비유를 자주 드는 바람에 꼭 농담처럼 들렸다. 아직 일어나지 않은 미래의 일을 말할 때는 참언으로 말했다. 그래서 당대에 그 의미를 아는 사람은 극히 드물었고 세월이 흐른 뒤에야 깨달았다…….

요장이 장안에 들어온 후 부견의 방식대로 왕가를 예우하면서 편한 대로 그에게 자문을 구했다. 그때 이미 요장과 부견이 서로 대립하던 때라서 요장은 '내가 부견을 죽이고 천하를 평정할 수 있겠소?' 하고 물었다. 왕가는 '아마 있겠지요(略得之)'라 했다. 요장은 화가 나서 '되면 그냥 된다고 할 것이지 어째서 아마라고 한단 말이냐!'고 소리치더니 급기야 죽여 버렸다.

예전에 도안 스님이 병이 위독해지자 왕가에게 사람을 보내 이런 말을 전했다. '세상일이 날로 어지러워 가니 나와 함께 가도록 하지!' 왕가는 '사부님 먼저 가시지요. 저는 남에게 진 빚이 있어서 갈 수가 없습니다.'라고 했다. 얼마 후 도안스님은 돌아가셨고 왕가는 처형되었으니 실로 진 '빚'이 있었던 것이다!

부등은 왕가의 부고를 듣고 단을 설치하여 곡을 하였으며 태사를 추증하고 문정공이란 시호를 내렸다.

요장이 죽자 그의 아들 흥(興의 자는 자략(子略))이 바야흐로 부견을 죽이고 천하를 평정했다. 이것이 바로 '략이 해낸다(略得)'는 것이었다.

왕가가 죽던 날 사람들은 언덕 위에서 그를 보았다고 한다……

≪습유기≫ 10권은 기록된 사건이 대부분 괴리에 어긋나고 기괴하지만 지금 크게 유행중이다.[4]

이번 전기는 앞의 것보다 자세하다. 그는 '오곡을 끊고 청정하게 호흡을 수련하며 세인과 교류하지 않고 굴속에서 살았다.' 이런 생활방식은 왕가가 신선이거나 적어도 신선을 지향하는 인물이었음을 짐작하게 한다.

신선 도가들이 추구하는 완전한 인간 즉 불사의 경지에 도달하기 위한 육체수련법 가운데 복약, 호흡수련, 방중술 이외에 비교적 중요한 것으로 벽곡(辟穀)과 도인(導引)이 있다. 벽곡은 단식법으로 일상의 식사 행위를 중지하고 선약을 복용하거나 호흡 수련만으로 생명을 유지시켜 나가는 것을 말한다. 왕가 역시 장생과 불사를 위한 수련의 방식으로 벽곡을 행하였을 것으로 추정되며 다음에 이어지는 '청정하게 호흡 수련하는' 행위를 통해 그의 신선가적인 특성은 더욱 뚜렷해진다. 따르는 '제자들이 백여 명이었으며 모두 함께 굴에서 생활한' 점으로 미루어 볼 때 그의 수련법을 배우고 실천하는 무리들이 많았으며 당시에 불사와 장생에 대한 열망 또한 적지 않았음을 알 수 있다. 그들을 대상으로 왕가는

---

4) ≪진서(晉書)·예술전(.藝術傳)≫의 원문은 다음과 같다.

王嘉, 隴西安陽人也. 輕擧止, 醜形貌, 外若不足, 內聰慧明敏, 便滑稽, 好語笑, 不食五穀, 不衣美麗, 淸虛服氣, 不與世人交遊, 隱於東陽谷, 鑿崖穴而居. 弟子受業者百人, 亦皆穴處. 石季龍之末, 棄其徒衆, 至長安, 潛隱於終南山, 結庵廬而止. 門人間而候之, 乃遷於倒獸山. 堅累徵不赴, 公侯已下, 咸躬往參詣, 好尙之士無不師宗之. 問當世事, 皆隨問而對. 好爲譬喩, 狀如戲調, 言未然之理, 辭如讖記, 當時鮮能曉悟之, 過了皆驗……及姚萇之入長安, 禮嘉如苻堅故事, 適以自隨, 每事咨之. 萇旣與苻堅相持, 問嘉曰; '吾得殺苻堅定天下否?.' 嘉曰; '略得之.' 萇怒曰; '得當云得, 何略之有!' 遂斬之. 先釋道安疾殛, 使謂嘉曰; '世故方殷, 可以同行矣!' 嘉曰 '師先行, 吾負債於人, 未果去得.' 俄然道安亡而嘉戮, 可謂'負債'乎! 苻登聞嘉死, 設壇哭之, 贈太師, 諡文定公. 及姚萇死, 其子興字子略, 方殺堅以定天下, '略得'之謂也. 嘉死之日, 人有壟上見之……≪拾遺記≫十卷, 其事多詭怪, 今行於世.

도교적인 수련은 물론 현세에 대한 자신의 의견 즉 정사와는 다른 신역
사관까지도 피력하였을 가능성이 있으며 그러한 역사관은 ≪습유기≫에
서 인간사를 주로 다룬 6권에서 9권에 잘 나타난다.

회해성(詼諧性)에 관해서는 왕요(王瑤)가 그의 ≪소설과 방술(方術)
≫에서 방사가 지니는 소설가적 기본자질로 이 '회해성'을 들고 있다.[5]
회해란 해학이나 익살에 다름 아닌, '골계를 잘하고 우스갯소리를 즐기
는(便滑稽, 好語笑)' 것으로 왕가의 성격과 상통한다. 유교중심의 엄숙주
의를 깨뜨리는 왕가 및 그 시대 방사들의 풍자적인 웃음 그것이 바로 지
괴라는 새로운 서사양식의 출현에 모티프 역할을 한 것이다.

부등이 왕가에게 '태사를 추증하고 문정공 시호를 내린' 것은 그가 당
시 존경받는 실존 인물이었음을 말해준다. 사후의 신선설화적인 이야기가
자칫 현실과 괴리된 이미지를 부여할 수 있다. 그러나 시호를 부여받았다
는 점에서 그가 고문격의 관리였고 당시의 세태 자체가 불사와 장생에
대한 열망으로 팽배했던 탓에 그도 신비화되었으리라는 추측이 가능하다.
마지막에 잠깐 언급되었듯이 ≪습유기≫는 내용이 황당했지만 널리 유행
되었다. 지금은 읽기 힘든 중국고전이 되었지만 당시에는 꽤 인기서적이
었던 모양이다.

2.

≪습유기≫는 모두 10권으로 역사서의 기록방식을 따르고 있다. 큰 틀
을 시대 순으로 놓고 각각의 이야기들은 왕의 연호를 따르거나 박물학
적으로 배열했다. 본서를 사전과 박물지적 성격이 혼합되었다고 하는 이
유도 여기서 비롯한다.

왕을 둘러싼 궁궐의 숨은 이야기를 들려주거나 그 밖의 인물을 다룬
잡전(雜傳)의 형식도 발견되는데 가령 4권까지는 신선 술을 신봉한 왕

---

5) 왕요(王瑤), ≪소설과 방술(方術)≫, 「중고문학사론(中古文學史論)」(臺北: 長
   安出版社), 1948, PP.185-6.

들에 대해 기록했고 9권까지는 왕조별로 학자나 귀족 등에 관한 이야기를 주로 하고 있다. 마지막 10권은 산에 대한 묘사로 ≪습유명산기(拾遺名山記)≫라는 별명으로 불린다. 선향(仙鄕)의 이미지를 지닌 신화나 도교서적에서 약방의 감초처럼 등장하는 영주·봉래·방장·동정산 등으로 산마다 특이한 나무나 열매, 광석들을 낱낱이 설명해두었다.

주의 송훈(誦訓)이나 하관(夏官)인 훈방 씨(訓方氏)의 소설이 '사방에 널린 오래된 사적을 기재하여 왕이 지나간 일을 알도록 하고 백성들의 풍속을 살핀다.'고 해서 ≪습유기≫를 역사의 보조도구로 인식했다. 하지만 ≪습유기≫는 정치를 피하던 방사, 심지어 시해선이 지은 책이다. 방사가 지은 저술이 도교적인 색채를 띠는 것은 당연하다. 당시 유행하던 서술방식에 기대어 ≪습유기≫역시 체재는 사전의 형식을 따르고 있지만 3황 5제부터 주(周) 무왕(武王)·영왕(靈王)·목왕(穆王)·연(燕) 소왕(昭王)·진시황(秦始皇)·한(漢) 무제(武帝)·성제(成帝)·애제(哀帝) 모두 신선 술을 신봉한 왕들이다. 형식만 사전체일 뿐 이 책은 경전 및 사서에 대한 강한 패러디[6]다. 3황 5제에서 서진(西晉)까지 14대를 언급하면서 신선을 좋아하는 왕을 중심으로 기이한 사건들을 적었고 징조를 둘러싼 에피소드를 말했다. 마지막 10권은 선향을 그리면서 갖가지 약초와 진기한 광물들을 소개했다.

1권은 춘황 포희·염제 신농·헌원 황제·소호·전욱·고신·당요·우순까지. 2권은 하우·은 탕·주까지. 3권은 주 목왕·노 희공·주 영왕까지. 4권은 연 소왕·진시황까지. 5권은 전한 상의 왕들, 6권은 전한 하의 왕들, 7권은 위의 이야기, 8권은 오와 촉, 9권은 진의 일을 적었다. 10권은 곤륜산·봉래산·방장산·영주산·원교산·대여산·곤오산·동정산을 담아 놓았다. 모두 왕조와 왕의 이름순인데 9권만 시사(時事)란 두 자를 덧붙인 것으로 보아 당시의 일이므로 시사문제를 다룬다는 의

---

6) 정재서 교수는 ≪불사의 신화와 사상≫에서 바흐찐의 희극개념과 중국소설의 발생과 관련하여 당시 지배이데올로기에 대한 도교의 설화적, 문학적 대응으로서 패러디, 즉 탈경전화에 관하여 탁월하고도 흥미로운 의견을 개진하였다. pp.239-250.

미로 풀이된다. 10권은 ≪습유 명산기≫라는 제목하에 따로 간행된 경우도 있다.

　본문은 왕의 연호에 따라 기이한 사건을 이야기한다. 기이한 사건은 신통력을 가진 사람이나 사물·징조를 둘러싸고 벌어지는 일이다. 특별한 여인이나 변신을 잘하고 날씨를 조절할 수 있는 기인·각국에서 바친 새나 짐승·밤에 홀연히 나타난 이상한 물체·마셔도 다시 차는 그릇이나 진귀한 유리병풍과 수정대야·무지개나 구름·꿈에 대한 이야기 말이다. 그 밖에도 유명한 학자의 어린 시절 혹은 대단한 어머니, 신들린 음악가도 나온다. 주로 역사 인물이 주인공이지만 신비한 상징, 믿을 수 없는 존재들도 다수다.

　사실과 허구, 꿈과 현실의 경계선을 얼마나 명확히 그을 수 있을까. 사람과 귀신이 한 공간에서 만들어내는 이야기를 귀신이야기라고 한다면 ≪습유기≫는 분명 귀신이야기책이다. 2권 소왕 이야기[7]를 예로 들어 보자. 소왕이 잠깐 낮잠을 자다가 꿈을 꾼다. 갑자기 하얀 구름이 일더니 깃털 옷을 입은 우인이 나타나 오래 사는 비결을 알려준다. 소왕에게 욕망을 없애라면서 손가락으로 심장을 그려 놓고 휘두르자 왕의 심장이 찢어진다. 깜짝 놀라 잠에서 깨어났지만 옷깃과 자리는 이미 피로 흥건하다. 그때부터 왕은 실제로 심장병을 앓게 된다. 꿈에서 일어났던 일이 깨어나서도 계속되는 공포영화스타일이다. 묘사는 단순해도 섬뜩하다. 꿈과 현실의 경계를 넘나들면서 진행되는 공포스릴러, 정말 읽을만하다.

　≪습유기≫가 허구인지 사실인지에 대해 비평가들이 논란을 벌였다. 허구와 사실은 사실 기록을 원칙으로 삼던 당시 아주 중요한 화두였다. 지금 읽어보면 허구라도 당시 사실로 믿었다면 그것은 논픽션이다. 이런 사실 허구 논쟁에 대해 해제 3. 에서 계속 이야기 나눌 것이다.

---

7) 2권 (3)의 일곱 번째 이야기.

3.

"진정한 역사는 없다"는 말과 더불어 사실과 허구의 경계가 허물어졌다. 글쓴이의 주관이 완벽하게 배제된 기록이 과연 존재할 수 있는가에 대한 물음을 필두로 허실(虛實) 논쟁이 시작되었다. 의도적인 허구와 필연적인 허구도 구별이 힘들다. 고대로 갈수록 장르가 섞이기 때문에 역사와 허구는 한층 가까워진다.

중국문학에서 시는 산문과 더불어 문인이라면 주로 짓는 대상이었다. 그들은 경전을 인용하여 창작의 출처를 제시했고 문학 사학 철학을 나누기보다 '문장'이라는 말로 결과물을 통칭했다. 소설은 '문장'이라고 하기에는 경전의 검증이 결여된 한 등급 낮은 글로 인식되었다. 이것은 성과 속의 문제에서 출발하여 유교와 도교라는 이데올로기와 상관된다. 경전은 유교를 국교로 하던 한대에 계통이 세워졌기 때문에 유교와 무관한 글들은 경전의 검증을 거치기 어렵다. ≪습유기≫를 비롯한 소설은 비주류이다. 젊어서 유학자였더라도 노년에는 도가나 불가에 귀의하는 문인들이 늘어나면서 도가풍 시가 지어진다. 그 시는 도교나 불교문학과 구별된다. 문학사에서 이백의 도가시와 유향의 ≪신선전≫에 대한 단평을 비교해보면 차이가 확연하다. 작품의 등급을 매기고 암묵적인 차이를 묵인하는 것은 비평가들이다. 위대한 비평가가 한 텍스트의 가치를 말하면 그것이 설령 거대한 편견의 소산일지라도 진리로 여겨졌다.

비평가이자 학자인 사람들은 경전과 닮은 서적을 중국 고전으로 정했다. 경전과 닮은 작품의 기준이 무엇일까. 제목을 감추고 ≪사기열전≫과 ≪습유기≫ 혹은 ≪수신기≫를 구별할 수 있을까. ≪습유기≫는 소설이 신화에서 나왔으며 중국 신화는 역사서에 편승하는 과정에서 신화의 역사화가 이루어졌다는 고사변 학설의 적절한 사례이다. 그것은 사전으로 유입된 다수의 신화가 역사인물과 사건을 뼈대로 삼고 가담항어(街談巷語)를 살로 덧붙이면서 탄생되었다. 육조(六朝)라는 시대적 특수성으로 인해 신선이나 기괴한 이야기가 주로 다루어졌다. 당(唐) 이후 대외적으로는 '황탄지어(荒誕之語)'라고 무시되었지만 집안에서는 인기리에 읽혔다고 전해진다.

학자들의 ≪습유기≫에 대한 의견을 보면 그것을 역사로 분류하였거나 소설로 분류한 두 가지로 대별된다. 역사로 보는 견해는 ≪수서·경적지≫에서 잡사(雜史)에 넣은 것을 필두로 ≪구당서·경적지≫와 구양수의 ≪신당서·예문지≫ 및 송대 이후 조공무(晁公武)의 ≪군재독서지(郡齋讀書志)≫까지 계속된다. 남송(南宋)의 왕요신(王堯臣)도 ≪숭문총목(崇文總目)≫에서 잡사로 분류하였고 왕응린(王應麟)의 ≪옥해(玉海)·예문(藝文)·기지(記志)≫ 편에 ≪중흥서목(中興書目)·별사류(別史類)≫와 ≪예문잡록(藝文雜錄)≫에 나오는 ≪습유기≫에 관한 글을 실었는데 ≪예문잡록≫에 나오는 내용은 ≪집현주기(集賢注記)≫를 재인용한 것이다.

> 천보 6년 12월, 칙명으로 ≪효경·구명결≫과 ≪왕자년 습유기(록)≫, ≪임자도론≫ 등 40여 부를 가려 뽑아 진상했다.[8]

유지기(劉知幾)의 ≪사통(史通)·잡술(雜述)≫[9]에서도 모두 잡사라고 하였다. 이렇게 ≪습유기≫를 잡사로 보는 견해는 형식 및 등장인물에 중점을 두어서이다.

소설로 보는 견해는 ≪송사(宋史)·예문지(藝文志)≫에 실린 ≪왕자년 습유기≫와 진진손(陳振孫)의 ≪직재서록해제(直齋書錄解題)≫와 기균(紀昀) 등의 ≪사고전서총목제요(四庫全書總目題要)≫·마단림(馬端臨)의 ≪문헌통고(文獻通考)·경적고(經籍考)≫가 해당된다. 이렇게 소설로 보는 학자들은 단순히 분류하는데서 나아가 ≪습유기≫에 대해 비평을 했다. 부정적인 비평은 호응린이, 긍정적인 평론은 고춘(顧春)과

---

8) 天寶六載十二月, 敕索≪孝經·鉤命決≫·≪王子年拾遺記(錄)≫·≪壬子道論≫等四十餘部以進.

9) 劉知幾, ≪史通·雜述篇≫. "逸事者, 皆前史所遺, 後人所記, 求諸異說, 爲益實多, 及妄者爲之. 則苟載傳聞, 而無詮擇, 由是眞僞不別, 是非相亂, 如郭子橫之洞冥, 王子年之拾遺, 全構虛辭, 用驚愚俗, 此其爲弊之甚者也."

담헌(譚獻)이 남겼다. 먼저 호응린의 ≪소실산방필총≫에 실린 글을 읽어보자.

> ≪습유기≫는 왕가(자년)가 짓고 소기는 록을 말했다고 하는데, 필시 소기가 찬하고 왕가에게 의탁한 것 같다. 기록된 것은 모두 사실이 아니다. 황아 등의 노래는 가벼운데다 야하고 천박한 데도 사를 짓는 사람들이 수시로 인용하는 이유는 경계가 가깝기 때문이다. ≪명산기≫ 역시 위작이고 전해지지 않는다.[10]

그는 이 책을 '소설'이라고 정의했으면서도 '한 가지도 사실이 아니(十一不眞)'라고 몰아붙였다. 소설은 사실을 기록하는 장르가 아닌데도 사실이 아니면 비난받는 것이다.

한편 고춘은 ≪세덕당본(世德堂本)≫습유기 발(拾遺記 跋)에 짤막한 지문(識文)을 실었다. 명 가정(嘉靖) 을유(乙酉) 고씨(顧氏) 사현당 간본(思玄堂刊本)에 실린 이 지문의 내력은 다음과 같다. 고춘이 ≪습유기≫를 읽고 감동하여 글방에 새겨 두었더니 어떤 손님이 괴탄무계(愧誕無戒)하다면서 놀람을 금치 못했다. 그 모습을 본 고춘이 다음의 글을 쓴 것으로 전해진다.

> 슬프다. 소백온이 '사해구주의 바깥에 어떤 물건이 없겠는가! 다만 사람의 이목이 이르지 못한 것인데 쉽게 허망하다고 해버리는 구나' 라 했다. 하물며 요원한 옛날 일을 가지고 어찌 절대로 그런 일이 없었다고 하겠는가! 박식한 사람이라면 정말로 이 책에 흥미가 있을 것이다.

> 가정 갑오 봄 3월 동창거사 오군 고춘 지[11]

---

10) ≪拾遺記≫稱王嘉子年・蕭綺傳錄, 蓋卽綺撰而託之王嘉. 中所記無一事實者. 皇娥等歌, 浮艷淺薄, 然詞人往往用之, 以境界相近故. 又≪名山記≫亦贋作, 今不傳.

11) 噫! 邵伯溫有云, 四海九州之外, 何物不有, 特人耳目未及, 輒謂之妄, 矧邈古之事, 何可必其爲無耶? 博洽者固將有取矣. 嘉靖 甲午 春 三月 東滄居士 吳郡 顧春 識.

≪습유기≫를 읽고 고춘은 감동을 했고 손님은 아연실색하고 싫어했다. 손님은 당시 보수층을 대변하는 인물이다. 고춘은 '열린 눈으로 다시 읽기'를 오래 전에 터득한 듯하다.

청말 담헌의 ≪복당일기(復堂日記)≫에 읽음직한 글이 실렸다.

　　≪습유기≫는 화려하고 기이함의 원조이고 진기하고 훌륭함의 으뜸이다. 문장이 풍부하나 뜻이 황당해서 경전의 요체는 되지 못한다. 내가 어릴 때의 평론은 이와 같았다. 지금 세 번을 반복해서 읽고 나니 이제야 작자의 마음 씀씀이가 느껴진다. 사치스러운 왕조와 황제의 운명은 지난 일로써 지금 왕에게 간한 것으로 소위 옛일을 진술해서 현재를 풍자함이다. 책에 담긴 충언과 흥하고 망함의 이치가 중요한 의미이다. 소기의 「록」은 큰 뜻이 올바른 도에 어긋나고 옳고 그름은 성인에 어긋나는 것이다. 또 각 편마다 기재된 이물은 늘 나온 바가 상세한 것으로 보아 다 주석이었는데 원문으로 잘못 옮겨 적은 것 같다.12)

포어(褒語)와 폄어(貶語)가 적절히 배합된 비평이다. '경전의 요체가 되지 못한다'고 했으니 아마도 당시 지식인들 간에 암묵적으로 '문장'은 이러이러해야 경전답다는 원칙이 존재했음이다. '세 번이나 반복해서 읽은' 독자의 입장에서 작자의 '마음 씀(用心)'을 느끼면서 본서에 대해 포괄적인 평을 내렸다. 소기에 대해서는 폄어로 일축했고, 주석일 것 같은 원문이 들어간 경위를 추정하면서 말을 마치고 있다. '문사는 화려하나 내용은 황당하다'라는 ≪습유기≫에 대한 고정된 평들에 비하면 제법 탁견(卓見)이다.

흔히 ≪습유기≫를 ≪동명기≫와 함께 말한다. 이 책이 ≪동명기≫를 모방했다고도 한다. 모방이라는 말이 지금은 표절의 의미와 상관되어 부정적인 뉘앙스를 풍기지만 인류 역사에서 유행하는 스타일을 모방하는

---

12) ≪拾遺記≫, 豔異之祖, 恢譎之尤, 文富旨荒, 不爲典要, 予少時之論如此. 今三復乃見作者之用心, 奢虐之朝, 陽九之運, 述往事以譏切時王, 所謂陳古以刺今也. 篇中於忠諫之辭, 興亡之迹, 三致意焉. 蕭綺附錄, 大義軌於正道, 是非不謬於聖人者已. 又案篇記異物, 輒詳所出, 蓋皆自注語, 傳寫誤連正文耳.

것이 미덕인 때가 있었고 육조도 그러했다. 개인의 사전문 창작풍조가 성행했고 신랄한 혹은 은근한 풍자를 곁들이면서 역사적 인물의 은밀한 곳을 폭로하는 책들이 대유행이었다. ≪습유기≫나 ≪수신기≫, ≪한무 내·외전≫, ≪동명기≫ 등이 같은 맥락에 놓여 있다. 위진 남북조에 편찬된 지괴서만 63권이 넘는 것을 보면 가히 유행의 판도가 짐작된다.

　　≪습유기≫는 동한 범엽의 ≪오월춘추≫나 ≪한무고사≫, ≪한무내전≫에 비해 등장인물이 많고 시간적인 범주도 넓지만 역사적 허구라는 점은 동일하다. 공간적인 배경은 왕실과 귀족 및 학자들의 세계에 국한되고 결코 서민생활 속으로 잠입하지 않는다. 당시 글을 읽고 쓰는 계층이 바로 전자에 국한되었고 작가는 독자층을 의식하고 글을 지었기 때문이다. 장화의 ≪박물지≫가 「이상한 풀」, 「기이한 사람」, 「신기한 동물」로 구분되는 것과 달리 이 책은 사람과 동물과 풀들을 함께 이야기한다. 신독국의 시라 같은 기인에게서 주술의 환상을 체험하고 밤이면 빛을 발한다는 괘성사를 들으며 상상의 나래를 펼친다. 혹자는 괘성사가 고대의 과학적 발명품이나 유에프오로 추측한다. 정말이지 다양한 해석을 낳는 신기한 '주워 모은' 책이다.

편집자 소기 씨의 서문[13]

≪습유기≫는 진 농서 안양 사람인 왕가(자는 자년)가 지은 책이다. 원래 19권 220편이었는데 모두 훼손되어버렸다. 위진 말 왕망이 도읍지를 옮기고 연호를 바꾸면서 오도는 무너졌고 하수와 낙수 지역도 오랑캐 땅이 되었으니 궁실은 가시덤불로 뒤덮였고 서고마저 파손되었다. 가시밭길에 서리마저 내린 터지만 어찌 혼자서 과거의 임금보다 비통하다 하겠는가? 모두 벼와 기장으로 변해버렸으니 점점 탄식만 깊어간다. 소장하던 서적은 사라졌고 학교는 불탔으며 황제의 그림과 책마저도 거의 보존되지 못했으니, 본서 ≪습유기≫도 훼손될 수밖에 없었다.

내용을 보면 포희, 염제로부터 시작해서 서진 말까지의 일들로, 오운의 순환에 따라 14대 왕조를 언급하고 있다. 왕 자년은 같고 다른 점을 조사하고 특별한 일은 꼭 기록하였는데 일어난 일을 진솔하게 적으면서도 스케일이 넓고 신기한 내용이 많다. 옛 문장을 모범으로 따르면서도 또 다양한 자료를 잘 엮었으니, ≪산해경(山海經)≫이나 하(夏)의 세발 솥 정(鼎)에 기재되지 않은 것도 있다. 과장이 심하고 현실에도 잘 맞지 않는 데다 오래 전의 일들이라서 번잡한 것이 좀 흠이다. 길조를 다룬 글들이 많고 신선에 관한 내용도 널리 수집해서 모든 것을 오묘하게 표현해냈으니 아마도 세계 최고의 백과사전이라고 본다. 힘든 세월을 거치면서 내용도 많이 누락되었다.

그래서 필자(소기)가 번잡한 부분은 다시 편집하고 쓸 만한 내용은

---

13) 습유기의 원저자 왕가는 전진(前秦)의 선소제(宣昭帝) 부견(苻堅, 357-385)을 보좌했던 인물로 후진(後秦) 무소제(武昭帝) 요장(姚萇, 384-393)에게 살해당한다. 왕가의 고향인 농서(隴西) 지역은 현재 감숙성 농서현에 해당된다.

잘 정리해 보았다. 묻혀있던 판본을 찾아서 간행하고 누락된 문장의 편린을 모았으니 이제 공허하고 황당한 말도 없고 거짓된 이야기도 없다. 오래 전의 일을 다루고 있어도 상세하게 살펴보면 경전과 역사서에 명확히 기재되어 있고, 괴이하게 보여도 고증을 거치면 그림 및 서적에 부합된다. 만일 도업이 먼 경우에는 말을 아껴 간단하게 표현하고, 세덕이 가까운 경우에는 문장이 미려하며, 말을 늘어놓고 물건을 나열하는 경우에도 완연하게 문장을 완성한다. 운수는 세상과 더불어 변하고 풍정은 시대에 따라 변한다. 금승, 조전, 옥첩, 충장 등은 지금까지 전해오긴 하지만 원형과 많이 달라졌기 때문에 비록 적으면서 연구를 했어도 여전히 의문투성이다.

　정치 교화를 언급하면서 길조에 대해 부연한 경우에는 시대별로 순서를 정했다. 토지와 산천에 대한 내용은 이름과 사례가 의심되는 경우가 많고 초목과 금수에 대한 내용은 또 울음소리와 외형이 엉망으로 섞여 있다. 이 책에 기록된 내용에 따라 결정했고 또 방향을 보고 설명하기도 했으며 어떤 경우에는 변통해서야 겨우 도를 깨치기도 했으니 어찌 한마디로 말할 수 있으리오! 드디어 오늘, 남겨진 내용들을 수집하고 교정한 것을 하나로 묶어 총 10권으로 제작하고, 서와 록을 첨가한다.

　≪拾遺記≫者, 晉隴西安陽人王嘉字子年所撰, 凡十九卷, 二百二十篇, 皆爲殘缺. 當僞秦之季. 王網遷號, 五都淪覆, 河洛之地, 沒爲戎墟, 宮室榛蕪, 書藏埋毁. 荊棘霜露, 豈獨悲於前王; 鞠爲禾黍, 彌深嗟於茲代! 故使典章散滅, 鬻館焚埃, 皇圖帝冊, 殆無一存, 故此書多有亡散. 文起羲, 炎已來, 事訖西晉之末, 五運因循, 十有四代. 王子年乃搜撰異同, 而殊怪必擧, 紀事存樸, 愛廣尙奇, 憲章稽古之文, 綺綜編雜之部, ≪山海經≫所不載, 夏鼎未之或存, 乃集而記矣. 辭趣過誕, 意旨迂闊, 推理陳跡, 恨爲繁冗. 多涉禎祥之書, 博采神仙之事, 妙萬物而爲言, 蓋絶世而弘博矣! 世德陵夷, 文頗缺略. 綺更刪其繁紊, 紀其實美. 搜刊幽秘, 掃採殘落, 言匪浮詭, 事弗空誣, 推詳往跡, 則影徹經史, 考驗眞怪, 則叶附圖籍. 若其道業遠者, 則辭省樸素; 世德近者, 則文存靡麗; 編言貫物, 使宛然成章. 數運則與世推移, 風政則因時迴改. 至如金繩鳥篆之文, 玉牒蟲章之字, 末代流傳, 多乖曩跡, 雖探硏鐫寫, 抑多疑誤. 及言乎政化, 訛乎禎祥, 隨代而次之. 土地山川之域, 或以名例相疑; 草木鳥獸之類, 亦以聲狀相惑; 隨所載而區別, 各因方而釋之, 或變通而會其道, 寧可採於一說! 今搜檢殘遺, 合爲一部, 凡一十卷, 序而錄焉.

1권

[1] 춘황(春皇) 포희(庖犧)

춘황은 포희를 다르게 부르는 말이다. 그가 다스리는 나라에 화서라는 섬이 있었다. 신 어머니가 거기서 노닐 적에 푸른 무지개가 신 어머니를 휘감고서 오래 머물다가 천천히 사라진 적이 있다. 그녀는 바로 태기를 느꼈고 그로부터 12년 후에 포희를 낳았다. 아기 포희는 머리가 길쭉하고 눈도 길게 찢어졌으며 거북이 이빨과 용 입술인데다가 눈썹에는 흰 털조차 나있고 수염은 길어서 땅까지 닿는 형상이었다. 어떤 사람이 이런 말을 했다. "목성이 12년에 한 번 하늘을 일주하므로 바로 지금이 천시라고." 게다가 성인이 태어나면 항상 길조가 따른다고 하지 않는가.

옛날에 인황은 몸은 뱀이고 머리는 아홉 개였으며 이로부터 하늘과 땅이 열리고 해와 달이 함께 돌았으며 산은 밝고 바다는 고요해졌다. 그 후 구릉이 만들어졌고 계곡이 생겼는데 세월 따라 변하더니 이제 얼마나 지났는지 헤아리기도 어렵게 되었다.

성덕을 비교해보면 전 황제들보다 뛰어나다. 예의와 문물이 갖춰지게 되니, 동굴에 살면서 짐승을 잡아 털도 뽑지 않고 피도 씻어내기 전에 바로 먹지 않게 되었다. 예교를 세워 문을 이끌고 창과 방패를 제작하여 무를 꾸민다. 뽕나무를 가늘게 하여 거문고를 만들고 흙을 골라 훈을 만드니 예악이 일어난다. 팔풍(八風)을 조율하여 팔괘(八卦)를 그리고 육위(六位)를 구분하여 육종(六宗)을 바룬다. 당시는 문자시대 이전이므로 하늘을 살펴 도(圖)를 취하고 땅을 살펴 법(法)을 취했다. 오성(五星)의 무늬를 보고 해 그림자를 구분하여 귀신으로 하여금 수많은 제사에 오게 했다. 지세를 살펴 하천과 산을 정했고 처음으로 시집가고 장가가는 사람의 도리를 다듬었다.

포(庖)는 포(包)니 만물을 보듬어 안는다는 말이다. 희생제물을 여러 신들에게 바쳐 백성이 그 덕을 입었으므로 그를 포희(庖犧)나 복희(伏羲)라고 부른다. 혼돈에서 벗어나 그 가르침을 안정시켰으니 복희(宓犧)라 한다. 지극한 덕이 천하에 두루 퍼지니 온 백성 중에 존경하지 않는 사람이 없었다. 목덕(木德)으로 왕이 되었기 때문에 춘황이라 한다. 그 밝은 지혜가 천하에 두루 비추므로 태호(太昊)라고도 한다. 호(昊)는 밝다는 것이다. 동방에 살고 봄의 변화를 머금어 목덕(木德)에 어울리고 그 음은 각(角)에 속하므로 호를 "목황(木皇)"이라 한다.

春皇者, 庖犧之別號. 所都之國, 有華胥之洲. 神母遊其上, 有青虹繞神母久而方滅, 卽覺有娠, 歷十二年而生庖犧. 長頭修目, 龜齒龍脣, 眉有白毫, 鬚垂委地. 或人曰, "歲星十二年一周天, 今叶以天時." 且聞聖人生皆有祥瑞. 昔者人皇蛇身九首, 肇自開闢. 于時日月重輪, 山明海靜. 自爾以來, 爲陵成谷, 世歷推移, 難可計算. 比于聖德, 有踰前皇. 禮義文物, 於玆始作. 去巢穴之居, 變茹腥之食, 立禮敎以導文, 造干戈以飾武, 絲桑爲瑟, 均土爲塤, 藝樂於是興矣. 調和八風, 以畫八卦, 分六位以正六宗. 于時未有書契, 規天爲圖, 矩地取法, 視五星之文, 分暑景之度, 使鬼神以致群祠, 審地勢以定川岳, 始嫁娶以修人道. 庖者包也, 言包含萬象; 以犧牲登薦于百神, 民服其聖, 故曰庖犧, 亦謂伏羲. 變混沌之質, 文宓其敎, 故曰宓犧. 布至德于天下, 元元之類, 莫不尊焉. 以木德稱王, 故曰春皇. 其明叡照于八區, 是謂太昊. 昊者明也. 位居東方, 以含養蠢化, 叶于木德, 其音附角, 號曰'木皇'.

의미읽기

'포희(庖犧)'보다는 '복희(伏羲)'가 더 익숙할 것이다. 몸은 뱀이고 머리는 사람인 시조신 커플 복희&여와 신화도의 남자주인공이다. 그는 어머니 화서(華胥)가 거인 발자국을 밟고 태기를 느껴 12년 후에 포희를 낳았다는 탄생설화를 통해서도 종종 거론된다. 이 글에서는 무지개가 어머니를 감았다고 했는데 ≪보독기(寶櫝記)≫에서는 또 뱀이 감았다고 했다. 복희의 몸이 뱀이라는 점에 착안하면 뱀이 감아서 태어났다는 말이 더 일리가 있게 들린다. 12년 동안 뱃속에 담고 다니다가 겨우 낳은 아기가, 눈썹이 하얗고 수염까지 나 있으며 거북이 이빨에 용 입술에 눈은 째졌다고 상상해보라.

복희의 이미지는 봄과 나무, 그리고 혼돈 상태에서 하늘과 땅이 갈리는 만물의 소생을 상징한다. 소리로 보아도 궁(宮)·상(商)·각(角)·치(徵)·우(羽)에서 '나무'에 해당하는 각음과 복희가 어울리는 것으로 풀고 있다. 그와 관련된 유명한 전설이라면 바로 하수(河水)에서 용마(龍馬)가 짊어지고 나왔다는 하도(河圖)를 보고 처음으로 팔괘(八卦)를 그렸다는 내용일 것이다. 괘를 그리고 길흉을 점쳤다는 것은 그에게 삼라만상의 이치를 헤아리고 그것을 표현해내는 능력이 있었다는 것을 의미한다. 혹자는 복희에 대해 처음에 감숙(甘肅)에 살다가 섬서(陝西)로 옮겨갔다고 하는데 우연하게도 ≪습유기≫의 저자인 왕가 역시 감숙성 사람이다.

왕가는 말하지 않는다. 복희의 여동생이 여와라는 것도, 그가 여동생을 아내로 삼는 근친상간을 했다는 것도. 그러나 복희는 인류최초의 남자이며 중국 민족의 시조신으로 장기간 숭배되어 왔다. 복희&여와의 그림은 심지어 과학계에서 유전자지도를 설명할 때에도 사용된다. 최근 일본에서 제작한 〈진 삼국무쌍〉PS게임 시리즈 Ⅱ에서 복희는 공격력이 강한 장수로 등장하며, 괘를 만들어 길흉을 점치고 문자를 만들어 사람들에게 문화를 전파한 전력이 소개된다. 여기서 주목해야 할 것은 외모의 변신이다. 수염을 날리던, 눈 째지고 입술 두꺼운 복희는 사라지고 이제 매끈하고 준수한 용모의 미소년이 되었다. 이쯤에서 우리는 헝클어진 쑥대머리의 추녀 서왕모(西王母)가 세월이 흐르면서 점점 아리땁고 요염한 미녀로 변신했던 사실을 떠올리지 않을 수가 없다.

≪습유기≫를 읽어나가면서, 저자인 왕가(혹은 소기)가 첫머리를 반드시 복희로부터 시작했던 특별한 이유는 무엇인지, 그가 설계했던 중국 신화의 청사진은 어떤 것이었는지 독자들이 짐작하길 기대해본다.

[2] 염제(炎帝) 신농(神農)

염제가 처음으로 사람들에게 쟁기질을 가르쳤다. 몸소 논밭에 나가서 부지런히 일했으며 곡물은 잘 자라서 풍요롭기 그지없었다. 성덕이 감응하여 드러나지 않은 곳이 없었다. 신기한 버섯은 그 기묘한 색을 발했고 영묘한 싹은 그 아름다운 줄기를 뽑아냈다. 육지에서 붉그레한 연꽃이 수레의 덮개처럼 쌍쌍이 피어났는데 향기로운 이슬방울이 연잎에서 또르르 흘러내려 연못을 이루었고 이곳은 용을 기르는 곳(豢龍圃)이었다. 거리에는 붉은 풀들이 가득하고 무성한 수풀 위로는 상서로운 구름이 뭉게뭉게 피어오른다. 하늘에 제사모시는 흙 단을 쌓아서 아침 해에게 제사를 드리고, 옥섬돌을 꾸미며서 달빛을 담아낸다. 구천의 조화로운 음악을 연주하노라니 온갖 동물들이 춤을 추었고 여덟 가지 음색도 잘 어우러지니 나무와 돌에도 윤기가 흘렀다.

당시 유운에서 뿌려내는 물이 있었는데 이를 '하장(霞漿)'이라고 했다. 이 물을 마시면 득도하여 하늘보다 오래 산다. 옥빛의 돌이 있었는데 '야명(夜明)'이라고 하며 밤에 물에다 던져도 떠올랐고 빛도 꺼지지 않았다. 이제 포희 시대의 소박하던 것들이 점점 바뀌면서 문물의 용도가 확실해졌다. 당시 벼이삭 아홉 개를 물고 있는 빨간 참새가 있었는데 그중에 땅으로 떨어진 것들을 염제가 주워서 논에다 심었다. 이것을 먹으면 늙어도 죽지 않았다.

준환(峻鍰)의 동(銅)을 캐서 그릇을 만들었다. 준환은 산 이름이다. 산 아래에 있는 금정(金井)에는 희뿌연 기운이 그 위를 덮고 있었다. 사람이 그 사이로 올라서면 땅 밑에서 우레 소리가 났다. 우물 안에 있는 금은 부드럽고 나긋나긋해서 끈처럼 묶을 수 있었다.

炎帝始敎民耒耜, 躬勤畎畝之事, 百穀滋阜. 聖德所感, 無不著焉. 神芝發其異色, 靈苗擢其嘉穎, 陸地丹蕖, 駢生如蓋, 香露滴瀝, 下流成池, 因爲豢龍之圃. 朱草蔓衍於街衢, 卿雲蔚薈於叢薄, 築圓丘以祀朝日, 飾瑤階以揖夜光. 奏九天之和樂, 百獸率舞, 八音克諧, 木石潤澤, 時有流雲灑液, 是謂'霞漿', 服之得道, 後天而老. 有石璘之玉, 號曰'夜明', 以闇投水, 浮而不滅. 當斯之時, 漸革庖犧之朴, 辨文物之用. 時有丹雀銜九穗禾, 其墜地者, 帝乃拾之, 以植於田, 食者老而不死. 採峻鍰之銅以爲器. 峻鍰, 山名也. 下有金井, 白氣冠其上. 人升於其間, 雷霆之聲, 在於地下. 井中之金柔弱, 可以緘縢也.

의미읽기

이 문장은, 소전의 아들 신농씨가 처음으로 인간에게 농사를 가르쳤다는, 잘 알려진 이야기에 오동통한 살을 찌워놓았다. 버섯의 이채로운 색깔, 새싹에서 쭉 뻗어난 매끈한 줄기. 땅에서 난 연잎에 맺힌 이슬방울이 모여 이룬 연못에서는 용을 키운다. 붉은 풀과 푸른 숲, 구름, 해, 달과 어우러지는 음악에 맞춰 춤추는 온갖 동물, 윤기가 줄줄 흐르는 나무와 돌 등 자연의 조화로운 멋을 신농의 성덕으로 풀이한다. 여기, "춤추는 온갖 동물(百獸率舞)"에 대해서 최근 학자들은 여러 논의 끝에, 나희(儺戲) 즉 한국의 굿과 유사한 공연 때 동물가면을 쓰고 춤추는 무사(巫師)들의 모습을 일러 "온갖 동물들이 춤 준다"고 표현한 것으로 결론지었다.

▌소기의 록 1

《주역》에, 복희는 상고(上古)신으로 하늘의 무늬를 살피고 땅의 이치를 헤아려 천지를 아우르고 만물을 정리했으니, 그의 지극한 덕은 어둠을 밝혔고 신통력은 정수를 꿰뚫었다고 하였다. 그림과 글에는 그의 업적이 기록되어 있고 하도와 낙서에는 그의 글이 표현되어 있다.

태소(太素)의 원시상태와 순박하던 오래 전의 상태를 변화시키니, 하늘과 땅과 사람의 위치가 바로 섰고 예(禮), 의(義), 염(廉), 치(恥)의 뜻이 확장되면서 예악과 문물의 문화가 시작되었다. 이러한 풍조는 후대로 전승되면서 이전되고 답습된다. ≪팔색≫에는 먼 옛날의 법이 기록되어 있고 ≪구구≫에는 순박하던 오래 전의 일이 기재되어 있어서, 이러한 서적들을 모아서 과거사를 두루 살펴 경전을 근거로 고증하고 상세하게 훈고작업을 했으며, 해당 사건을 서적에 기록할 때는 여러 서적을 참조하여 증명하고 백가의 설을 두루 살펴 근거를 밝혔다. ≪산해경≫에도 "당제산에서 물에 뜨는 옥이 생산되고 무려 땅에서 자라는 나무에는 무늬가 많다"고 했다.

만약 도가 참된 도가 아니고 풍속이 소박하지 않으면 명지(冥旨)를 수합해서 사시와 문자를 맞추니 정령도 그의 덕을 따르고 상서로운 길조도 드러난다! 공적을 성실하게 기록한 덕분에 땅 귀신도 보물을 감춰두지 않고 마음의 해악을 없애니 다른 성질을 지닌 것들도 모두 따랐다.

이슬이 내려 연못을 이루니 용을 기르는 곳이다. 하대까지 대대로 전해지니 그때는 용을 키우는 관[豢龍官]을 둔다. 여러 서적을 살펴보니 용 기르기는 바로 염제로부터 유래되었다.

錄曰, 謹按≪周易≫云, 伏羲爲上古, 觀文於天, 察理於地, 俯仰二儀, 經綸萬象, 至德備於冥昧, 神化通於精粹. 是以圖書著其迹, 河洛表其文. 變太素之質, 改淳遠之化, 三才之位旣立, 四維之義乃張, 藝樂文物, 自茲而始. 降於下代, 漸相移襲. ≪八索≫載其邈軌, ≪九丘≫紀其淳化, 備昭籍錄, 編列柱史. 考驗先經, 刊詳往詰, 事列方典, 取徵群籍, 博採百家, 求詳可證. 按≪山海經≫云, "棠帝之山, 出浮水玉. 巫閭之地, 其木多文." 自非道眞俗朴, 理會冥旨, 與四時齊其契, 精靈協其德, 禎祥之異, 胡可致哉! 故使迹感誠著, 幽祇不藏其寶, 祇心剪害, 殊性之類必馴也. 以降露成池, 蓄龍爲圃. 及乎夏代, 世載綿絶, 時有豢龍之官. 考諸邈籍, 由斯立矣.

[3] 헌원(軒轅) 황제(黃帝)

헌원은 유웅국 사람이다. 그의 어머니는 호추이고 무기일에 태어나서 토덕(土德)으로 왕이 되었다. 그때 황성(黃星)의 길조가 나타났다. 달력을 정하고 처음으로 문자를 만들었다. 머리에 관을 쓰고 옷을 길게 드리웠다고 하는데 곤룡송(袞龍頌)이 바로 이것이다.

작은 뗏목을 노 젓는 배로 개조하니 수 중 생물이 상서롭게 뛰어오르고 푸른 바다도 고요히 물결친다. 하수에 뜨고 벽옥에 잠기니 윤기 흐르는 말들이 무리지어 울고 온 들판에 수레가 가득하다. 옥률을 불고 선형를 정했으며 사사(四史)를 두어 그림과 서적을 맡기고 구행지사(九行之士)를 두어 만국을 다스리도록 지시한다. 구행은 효(孝)·자(慈)·문(文)·신(信)·언(言)·충(忠)·공(恭)·용(勇)·의(義)를 말한다. 해당되는 항목을 통해 천지를 살피고 만물에게 제사 드리는 사람은 구덕(九德)의 신하라고 한다.

훈풍이 불면 진인이 모여드는데 세상에 염증을 느낀 그들은 곤대(昆臺)에 관(冠)과 검, 그리고 패(佩)와 신발을 남긴다. 곤대는 정호의 제일 험준한 곳에 위치하는데 그 아래에 관이 있다. 황제가 운룡을 타고 아득하고 먼 지역에서 노닐다가 이곳으로 와서 망제를 지낸다. 황제는 신비한 금으로 그릇을 만들고 명문을 새겼다. 그가 승하한 후 신하들이 명문을 보았지만 전부 상고시대의 글인데다가 훼손이 심했다. 그릇에 당시의 일을 기록해두어서 사적이 그대로 전해진다. 제후와 군신 중에 덕과 가르침이 뛰어난 사람은, 먼저 난초와 창포로 만든 자리에 규옥을 깔고 침유향을 사른 후 보물들을 가루로 빻아 침유 아교와 섞은 뒤 그것이 진흙처럼 되면 땅에 발라 존비화융(尊卑華戎)의 지위를 분별했다고 한다(≪봉선기≫를 참조).

황제는 풍후에게 책을 짊어지도록 하고 상백에게 보검을 매도록 한 후, 아침나절에는 원류를 거닐고 저녁 무렵이면 음포로 돌아 왔는데 만 리마다 한 번 쉬었다. 원류는 모래더미 같아서 발이 쑥 빠지는데 그 깊이는 재어볼 수도 없다. 바람이 세차게 불어 모래가 안개처럼 날 리면 날아다니는 신룡어별(神龍魚鼈)이 많이 보인다.

청빛 돌연꽃은 꽉 찼으면서도 가벼워 바람결에 흩날려 물 위를 덮는 다. 한 줄기에 잎이 백 개나 나고 천년마다 꽃을 피운다. 이 지역을 '사 란(沙瀾)'이라고 하니, 모래가 솟구쳐 물결을 이룬다는 의미이다. 선인 영봉(寧封)이 비어(飛魚)를 먹고 죽었다가 200년 뒤에 다시 살아났다 고 한다. 영 선생이 사해를 노닐며 지은 7언송을 보면 "청빛 연꽃이 천년 만에 불타오르듯 피어날 때, 백세 노인 비어 먹고 잠시 죽었네" 라고 하니 바로 위에서 말한 꽃과 물고기를 노래한 것이다.

軒轅出自有熊之國. 母曰昊樞, 以戊己之日生, 故以土德稱王也. 時有黃星 之祥. 考定曆紀, 始造書契. 服冕垂衣, 故有袞龍之頌. 變乘桴以造舟楫, 水 物爲之祥踊, 滄海爲之恬波. 泛河沉璧, 有澤馬群鳴, 山車滿野. 吹玉律, 正 璇衡. 置四史以主圖籍, 使九行之士以統萬國. 九行者, 孝・慈・文・信・ 言・忠・恭・勇・義. 以觀天地, 以祠萬靈, 亦爲九德之臣. 薰風至, 眞人集, 乃厭世於昆臺之上, 留其冠・劍・佩・舄焉. 昆臺者, 鼎湖之極峻處也, 立館 於其下. 帝乘雲龍而遊, 殊鄉絶域, 至今望而祭焉. 帝以神金鑄器, 皆銘題. 及昇遐後, 群臣觀其銘, 皆上古之字, 多磨滅缺落. 凡所造建, 咸刊記其年時, 辭跡皆質. 詔使百辟群臣受德敎者, 先列珪玉於蘭蒲席上, 燃沉楡之香, 春雜 寶爲屑, 以沈楡之膠和之爲泥, 以塗地, 分別尊卑華戎之位也. (事出≪封禪 記≫). 帝使風后負書, 常伯荷劍, 旦遊洹流, 夕歸陰浦, 行萬里而一息. 洹流 如沙塵, 足踐則陷, 其深難測. 大風吹沙如霧, 中多神龍魚鼈, 皆能飛翔. 有 石蕖靑色, 堅而甚輕, 從風靡靡, 覆其波上, 一莖百葉, 千年一花. 其地一名 '沙瀾', 言沙湧起而成波瀾也. 仙人甯封食飛魚而死, 二百年更生. 故甯先生 遊沙海七言頌云: "靑蕖灼爍千載舒, 百齡暫死餌飛魚." 則此花此魚也.

의미읽기

복희와 신농은 동이족이고 황제부터 실질적으로 한족의 시조가 시작된다고 말해왔다. 시조신에 걸린 국가별 자존심 때문에 역사는 왜곡되기도 하고 그래서 오히려 신화에 진실이 담겨있다고도 한다. 중국인들은 흔히 삼황오제로부터 역사를 서술하는데 여기 헌원 황제를 실질적인 한족의 시조신으로 본다. 하지만 동이 계열인 우리는 황제보다는 그와 치우의 관계에 관심이 가고 치우와 황제가 싸웠다는 탁록 대전이 궁금하다. 치우는 앞글의 신농씨를 물리친 후 황제와 겨루다가 풍백, 우사를 불러들인 황제에게 살해된 반역자라는 것이 중국의, 아니 사마천의 《사기》에 기록된 역사이다. 그런데 《사기》보다 이전 시대인 《산해경》에는 치우가 풍백, 우사를 시켜 헌원을 공격하였다고 했고, 《환단고기(桓檀古記)》에는 치우가 헌원 황제를 이겼다고 했다. 치우는 동이족의 천자이고 헌원 황제는 소전의 아들이라고 하면 오히려 황제가 반역자가 된다. 민족사관과 식민사관 등 복잡한 이해관계를 벗어나 신화를 객관적으로 해석하기란 쉽지 않을 것이다. 금속을 잘 다루고 물과 불을 맘대로 했던 전사 치우는, 논어나 사기의 폄하에도 불구하고 여전히 도깨비를 대표하는 무서운 얼굴을 하고 각종 민속의례에 등장한다. 특히 그는 2000년 한국 월드컵을 빛낸 붉은 악마의 진정한 주인공으로서 한껏 명성을 날렸는데, 최근 중국에서는 황제와 더불어 동이족 계열인 치우를 시조신의 반열에 올려 제사를 모시고 있다.

황제의 에피소드 중 염제 및 치우 정벌기 외에 상당히 알려진 이야기는 역시 태어난 지 70일도 안되어 말을 했다는 탄생설화와 중국문명의 시원으로서 이룬 업적들일 것이다. 문자, 악기, 육십갑자를 만들게 하고, 아내에게는 누에 치는 법을 가르치게 하고 자신은 배, 수레, 집 짓는 법을 발명했다는 것이다.

선인 영봉에 대해서는, ≪열선전≫에 나오는 "영봉(寧封)은 황제 때 사람이다. 황제의 도정(陶正)으로 전해진다. 어느 신인(神人)이 그에게 불을 장악하게 했더니 불을 오색 연기로 만들었다. 그 후 그의 아들에게 가르쳤다. 영봉의 아들은 불을 모아 자신을 불사르면서 연기를 타고 오르락내리락했다. 재와 타고 남은 찌꺼기를 보았더니 그의 뼈가 들어 있었다. 당시에 영북산에서 공동으로 장사를 지냈으며 그래서 영봉자(甯封, 黃帝時人也. 世傳爲黃帝陶正. 有神人過之, 爲其掌

火, 能令火出五色烟, 久則以敎封子. 封子積火自燒, 而隨烟氣上下. 視其灰燼, 猶有其骨. 時人共葬於寗北山中, 故謂之寗封子焉)"라 한다는 자료가 전해진다.

[4] 소호(少昊)

　소호는 금덕(金德)으로 왕이 되었다. 어머니 황아가 선궁에 살고 있었는데 밤에는 베를 짰고 낮에는 작은 뗏목을 타고 물가를 노닐었다. 당시 그녀는 뽕밭 옆 아득한 나루터를 지나는 중이었다. 때마침 신동이 한명 나타났는데 다른 남자에 비해 너무도 잘 생긴 것이었다. 그는 백제(白帝)의 아들인 태백의 정령이었는데 종종 물가로 내려와 황아와 즐거운 시간을 가지곤 했다. 멋진 음악소리에 흥이 난 그는 돌아가는 것도 잊어버리곤 했다.

　서해안에 뽕밭이 있는데 어느 한 뽕나무는 32척 높이에 잎은 붉고 오디는 자주색으로 만년 만에 한 번 열매를 맺는다. 그것을 따먹으면 하늘처럼 산다.

　백제의 아들과 황아가 바다에서 놀 적에 월계수로 돛대를 만들고 띠풀로 깃대를 엮고 돛대 끝에는 옥 비둘기를 달았다. 이 비둘기는 사계절의 기후변화를 알려 주는 것이니 ≪춘추전≫에 나오는 '사지(司至)'와 같다. 요즘 상풍(相風)도 이로부터 비롯된 것이다. 백제의 아들은 황아 곁에 앉아 오동나무와 개오동나무로 만든 거문고를 타고 황아는 그의 거문고에 기대어 청아한 목소리로 노래 부른다.

　　　하늘은 맑고 땅은 아득하네,
　　　만상은 돌고 도는 법 알 수 없다네.
　　　넓디넓은 하늘에 푸욱 잠겨서 푸름을 만끽하다보니,
　　　뗏목은 흔들흔들 어느새 태양 옆이로구나.

어쩌다가 뽕밭에 온 것일까,
마음속 즐거움 다하려면 아직도 당당 멀었다네.

사람들은 놀고 즐기는 곳을 뽕밭이라고 한다. ≪시경 · 위풍≫의 〈뽕
밭에서 저랑 만나요〉도 대개 같은 뜻이다. 백제의 아들이 화답한다.

> 사방팔방 아득해 끝을 알 수 없어,
> 빛을 몰고 그림자를 좇다 물가에 다다랐네.
> 선궁의 밤은 고요하기 그지없고,
> 그녀는 창가에서 베를 짜고 있구나.
> 오동나무와 무늬난 개오동나무는 높이가 천심(千尋)이나 되니,
> 개오동나무 베어 거문고랑 가야금을 만들어야지.
> 청아한 가락 멋들어지니 이 즐거움의 끝은 어딘지,
> 푸른 물가에 둥지를 틀어야겠네.

황아는 소호(少昊)를 낳았고 그를 "궁상씨(窮桑氏)" 혹은 "상구씨
(桑丘氏)"라고 부른다. 육국(六國) 시대에 음양서(陰陽書)를 지은 상
구자(桑丘子)가 그의 후손이다. 소호는 서방의 주인으로 금천씨(金天
氏)나 금궁씨(金窮氏)라고도 한다. 봉황 다섯 마리가 각 방향의 색깔
에 맞추어 소호의 뜰에 모였기 때문에 '봉황씨'라고도 한다.

산에서는 금이 울고 땅에서는 은이 솟구치는데 거북이나 뱀 같기도
하고 언뜻 보면 귀신같기도 하다. 굽이굽이 흐르는 물살은 용이나 봉
황 같고, 구불구불한 산세도 굽은 용 같아서 용산(龍山)이나 귀산(龜
山), 봉수(鳳水)라고 한다. 또 성씨를 살펴보면 후손 용구씨가 반고의
≪예문지≫에 나오고, 사구씨는 ≪서왕모 신이전≫에 나온다.

少昊以金德王. 母曰皇娥, 處璇宮而夜織, 或乘桴木而晝遊, 經歷窮桑滄茫
之浦. 時有神童, 容貌絶俗, 稱爲白帝之子, 卽太白之精, 降乎水際, 與皇娥

譙戲, 奏女更娟之樂, 游漾忘歸. 窮桑者, 西海之濱, 有孤桑之樹, 直上千尋, 葉紅椹紫, 萬歲一實, 食之後天而老. 帝子與皇娥泛於海上, 以桂枝爲表, 結薰茅爲旌, 刻玉爲鳩, 置於表端, 言鳩知四時之候, 故《春秋傳》曰, '司至'是也. 今之相風, 此之遺象也. 帝子與皇娥並坐, 撫桐峯梓瑟. 皇娥倚瑟而淸歌曰, "天淸地曠浩茫茫, 萬象迴薄化無方. 浩天蕩蕩望滄滄, 乘桴輕漾著日傍. 當其何所至窮桑, 心知和樂悅未央." 俗謂遊樂之處爲桑中也. 《詩》中〈衛風〉云, "期我乎桑中." 蓋類此也. 白帝子答歌, "四維八埏少難極, 驅光逐影窮水域. 璇宮夜靜當軒織. 桐峯文梓千尋直, 伐梓作器成琴瑟. 淸歌流暢樂難極, 滄湄海浦來棲息." 及皇娥生少昊, 號曰窮桑氏, 亦曰桑丘氏. 至六國時, 桑丘子著陰陽書, 卽其餘裔也. 少昊以主西方, 一號金天氏, 亦曰金窮氏. 時有五鳳, 隨方之色, 集於帝庭, 因曰鳳鳥氏. 金鳴於山, 銀湧於地, 或如龜蛇之類, 乍似人鬼之形, 有水屈曲亦如龍鳳之狀, 有山盤紆亦如屈龍之勢, 故有龍山 · 龜山 · 鳳水之目也. 亦因以爲姓, 末代爲龍丘氏, 出班固《藝文志》, 蛇丘氏, 出《西王母神異傳》.

의미읽기

복희, 신농, 황제에 대해서는 입이 닳도록 문명을 일으킨 본인의 업적을 나열했는데 갑자기 소호부터는 그 부모의 연애스토리를 장황하게 늘어놓고 정작 본인에 대해서는 성씨를 소개하고 마는 것은 우연한 일은 아니라고 본다. 다만 특별히 아름다운 남녀의 뽕밭연애시가 전해져온 탓으로 돌릴 수 있을까.

뽕밭은 물레방앗간처럼 예로부터 뽕잎을 따는 섹시한 여인에게 지나던 남자가 반하고 마는 단골장소로 유명하다. 노(魯)나라 추호자(秋胡子)가 뽕따는 여인의 모습을 보고 자신의 아내인 줄도 모르고 작업에 들어갔으며, 조(趙)나라 왕도 뽕따는 진나부(秦羅婦)의 아리따움에 반해 유부녀도 마다하지 않았다. 물론 진나부는 남편 왕인(王仁)을 자랑하는 노래 맥상상(陌上桑)을 부르며 유혹을 물리친다. 이와 달리 백제의 아들, 태백의 정령은 잘생긴 외모로 하늘의 베 짜는 여인 황아의 마음을 사로잡았고, 이들 선남선녀는 뽕밭에서 사랑을 나눈 후 소호를 낳는다.

소호는 자라서 소호국을 세운다고 하며 이 나라의 각료 및 신하들은 모두 각양각색의 새들이었다고 전해진다. 소호는 다음에 나오는 전욱의 숙부인 셈이다.

[5] 전욱(顓頊)

[1] 전욱 고양씨는 황제의 손자요 창의의 아들이다. 창의가 해변에 나갔다가 우연히 옥 그림을 짊어진 흑룡과 마주쳤다. 그때 한 노인이 창의에게, "당신이 아들을 낳으면 반드시 수덕(水德)으로 왕이 될 것"이라고 말했다. 10년이 흘러 창의가 전욱을 낳았는데 아기의 손에 용 같은 문양이 있고 옥 그림 무늬도 있었다. 그날 밤 창의는 하늘을 바라보고 있었는데 북두칠성 밑에서 노인으로 변했다.

전욱이 제위에 오르자 신기한 조짐과 만복이 다 모여들었다. 정월 초에 녹미를 받지 않았던 이들까지도 산 넘고 물 건너 왔다. 전욱은 사방의 신령에게 읍하고 제후들은 옥으로 만든 홀(笏)을 들고 예를 올림에 모두 각각의 서열이 있었다. 문덕을 받은 자는 종과 경쇠를 내렸다. 무덕을 받은 자는 방패와 창을 하사했다. 물에 뜨는 금으로 만든 종과 깊이 가라앉는 경쇠가 있었는데 깃털로 살짝 털기만 해도 소리가 백리에 퍼진다. 물에 뜨는 돌이 있었는데 부평초처럼 가벼워서 그것으로 경쇠를 만들면 갈고 다듬지 않아도 된다. 만국에서 조배를 드리러 올 적에 연주하는 아름다운 음악은 그 음색이 맑고 은은해서 구름 사이의 새가 떨어지고 고래가 물에서 솟아올라도 바닷물은 고요하다. 그림자를 끌어당기는 검이 있는데 허공을 떨치며 가르면 마치 사방에 병사가 깔린 것 같아서 이 검이 날아올라 방향을 가리키면 쉽게 정벌되었다. 검을 사용하지 않을 때는 항상 갑 안에 넣어 두는데 용과 호랑이 울음소리가 들린다.

42

顓頊高陽氏, 黃帝孫, 昌意之子. 昌意出河濱, 遇黑龍負玄玉圖. 時有一老
叟謂昌意云: "生子必叶水德而王." 至十年, 顓頊生, 手有文如龍, 亦有玉圖
之象. 其夜昌意仰視天, 北辰下, 化爲老叟. 及顓頊居位, 奇祥衆祉, 莫不總
集. 不稟正朔者越山航海而皆至也. 帝乃揖四方之靈, 群后執珪以禮, 百辟各
有班序. 受文德者, 錫以鐘磬. 受武德者, 錫以干戈. 有浮金之鐘, 沉明之磬,
以羽毛拂之, 則聲振百里. 石浮於水上, 如萍藻之輕, 取以爲磬, 不加磨琢.
及朝萬國之時, 乃奏含英之樂, 其音淸密, 落雲間之羽, 鯨鯢游湧, 海水恬波.
有曳影之劍, 騰空而舒, 若四方有兵, 此劍則飛起指其方, 則剋伐; 未用之時,
常於匣裏, 如龍虎之吟.

의미읽기

중국 고대 제왕의 계보는 황제에서 전욱으로 이어지는데 그는 황제의 아들이
아닌 손자이다. 전욱 이전에는 반고(盤古)의 천지창조를 통해 하늘과 땅이 나뉜
적은 있지만 거리가 가까워서 여전히 왕래하며 지냈다고 한다. 그런데 전욱이 중
(重)과 여(黎) 두 장수에게 명하여 하늘과 땅을 확실하게 나누도록 했고 덕분에
신계와 인간계의 질서가 확립되었다고 한다. 중요한 것은 하늘과 땅이 이제 닿을
수 없는 영역이 되었다는 점이다. 이로부터 왕래가 불가능한 두 영역인 천지간을
자유롭게 소통하는 무(巫)가 생겨났고, 구나(驅儺) 즉 액막이를 통해 악귀를 쫓
아내고 복을 들이는 행위가 시작된다. 즉, 무 행위는 두 영역의 단절을 야기한
전욱으로부터 비롯되었다고도 하며 세간에서는 악귀를 전욱의 직계 자식들이라고
도 한다.

[2] 명해 북쪽에 발제국이 있다. 모두 깃털 옷을 입으며 날개가 없
어도 날고 한낮에 그림자가 없으며 천살까지 산다. 흑하의 해초를 먹
고 음산의 월계수기름을 마신다. 바람을 타고 날고 파도를 타고 다닌
다. 중국의 날씨가 따뜻해서 깃털 옷이 서서히 떨어졌다. 전욱이 다시

무늬 있는 표범가죽으로 장식을 해주었다. 흑 옥고리를 바쳤는데 칠흑처럼 검다. 흑 준마 천 필을 상납했다. 전욱은 철로 만든 흑 수레를 몰고 멀리 있는 지역을 순행하였다. 그는 바람에 몸을 싣고 흑하에 떠서 온 나라를 선회하였다.

溟海之北, 有勃鞮之國. 人皆衣羽毛, 無翼而飛, 日中無影, 壽千歲. 食以黑河水藻, 飮以陰山桂脂. 憑風而翔, 乘波而至. 中國氣暄, 羽毛之衣, 稍稍自落. 帝乃更以文豹爲飾. 獻黑玉之環, 色如淳漆. 貢玄駒千匹. 帝以駕鐵輪, 騁勞殊鄉絶域. 其人依風泛黑河以旋其國也.

의미읽기

이 글은 하늘과 땅을 갈라놓은 전욱의 시대에 명해(溟海)에 존재하던 발제국에 대한 이야기이다. ≪열자·탕문(湯問)≫을 보면 "명해는 하늘의 연못(有溟海者, 天池也)"이고 '물이 흑색이라서 명해(水黑色謂溟海)'라고 했다. 천지(天池)인 검은 바다에 검은 물에서 나는 해초를 먹고 검은 산에서 나는 기름을 마시고 사는 나라가 있는데, 그 나라에서 전욱에게 검은 옥과 검은 말을 바쳤으며 당시 전욱은 검은 수레를 타고 검은 물 위를 떠다녔다고 했다. 검은 물 즉 흑하(黑河)를 보니 흑룡강의 흑하(黑河)사변이 떠오른다. 왕가가 언급한 흑하는 하얼빈에서도 기차로 12시간이나 걸리는 만주의 흑하일 것인가 아니면 검(黔) 지역의 어느 강일 것인가. 세월은 흐르고 신화는 역사에 묻히니 진실을 알기는 갈수록 어렵기만 하다.

[3] 암하 북쪽에 자줏빛 월계수가 숲을 이루고 있는데 열매는 대추같이 생겼고 여러 신선이 먹는다. 한종은 약초 캐다가 4언시를 지어 암하의 월계수, 열매가 대추같이 크구나. 그것을 먹으면 하늘 다음에 늙는다네"라 했다.

暗河之北, 有紫桂成林, 其實如棗, 群仙餌焉. 韓終採藥四言詩曰, "闇河之桂, 實大如棗. 得而食之, 後天而老."

의미읽기

이 글은 엉뚱한 상상으로 읽어내야 할 것 같다. 정말로 월계수 열매에 늙지 않게 하는 효과가 있음이 입증된다면 지금이라도 다들 암하를 찾아 떠날 것이다. 습유기 도처에는 무엇인가를 먹고 하늘보다 오래 살고자 하는 욕망들이 득시글거린다. 진시황의 방사였다는 한종은 무슨 일로 약초를 캐다가 암하의 월계수 열매를 떠올렸던 것인지, 그도 역시 불로장생하는 약초를 찾고 있었던 것은 아닌지…… 아름답기만 한 자줏빛 월계수풀 이야기가 이제 효능을 알고 나니 노화방지 클리닉의 광고 카피처럼 들린다. 주름살이 펴지고 피부가 탱탱해져 20대 피부로 돌아갈 수 있는, 예전에는 신선만 먹었던 노화방지 열매가 나온다면 콜라겐을 능가하는 인기품목이 될 것이다. 늙는 것을 꺼리고 늘 젊고자 하는 마음은 동서고금을 막론하고 영원불변의 테마인가 보다.

[6] 고신(高辛)

[1] 제곡의 비는 추도씨의 딸이다. 헌원이 원흉 치우를 없앤 후, 백성들 중에 착한 자는 추도 땅으로, 악한 자는 유북땅으로 이주시켰다. 먼저 지명으로 부족명을 지었고 나중에 추씨와 도씨로 구분했다. 여자들은 걸을 때 땅을 밟지 않고 늘 바람구름을 딛고 이수와 낙수에서 노닌다.

제곡이 때가 되어 비를 맞아들였다. 비가 꿈에 해를 삼키면 아들을 하나 낳았는데 꿈을 여덟 번 꾸었고 아들도 여덟을 낳았다. 세상은 그

들을 '팔신(八神)'이나 '팔익(八翌)'이라고 했으며 '익'은 '밝다'는 뜻이
다. '팔영(八英)'이나 '팔력(八力)'이라고도 하는데 이는 신력이 뛰어나
서 만물을 자라게 도우니 무수한 조짐이 제곡에게 흘러든다는 말이다.

帝嚳之妃, 鄒屠氏之女. 軒轅去蚩尤之凶, 遷其民善者於鄒屠之地, 遷惡者
於有北之鄉. 其先以地命族, 後分爲鄒氏·屠氏. 女行不踐地, 常履風雲, 游
於伊·洛. 帝乃期焉, 納以爲妃. 妃常夢呑日, 則生一子, 凡經八夢, 則生八
子. 世謂爲'八神', 亦謂'八翌', 翌明也. 亦謂'八英', 亦謂'八力', 言其神力英
明, 翌成萬象, 億兆流其神睿焉.

의미읽기

제곡 고신씨(高辛氏)는 태어나자마자 자신의 이름을 말했다는 황제(黃帝)의
증손자이다. 그의 이름은 준(俊)이고, 15세부터 전욱을 도왔으며 그가 보좌에 오
른 후에는 고신씨로 불렸다. 이 글은 제곡의 아내를 말하면서 시작되는데 그도
그럴 것이 제곡이 유명한 진정한 이유는 바로 후계자를 잘 생산했기 때문이다.
요(堯)를 비롯해서 은(殷)의 시조인 설(契), 주(周)의 시조인 후직(後稷)이 모
두 제곡의 아들이라 한다. 이 계보가 완벽하게 사실이라고 할 수 없지만 왕가가
제곡 편에 아내의 생산력을 주로 언급한 것을 보면 분명 자식농사는 잘 지었던
것 같다. 제곡의 아내는 모두 세 명이었던 것으로 전해지는데 제후 진봉씨(陳鋒
氏)의 딸을 데려와 방훈(放勛) 즉 요를 낳았고, 둘째 부인 간적(簡狄)은 설을
낳았으며 첫째 부인 강원(姜原)은 후직을 낳았다. 추도씨의 딸은 간적을 일컬으
며 보통 희화(羲和)라고 하고 감연(甘淵)에서 태양을 목욕시킨 것으로 알려진다.
≪좌전≫문공(文公) 18년을 보면 "고신씨에게 아들이 여덟인데 백분·중감·
숙헌·계중·백호·중웅·숙표·계리이다……(중략)……세간에서 팔원(高辛氏
有才子八人, 伯奮·仲堪·叔獻·季仲·伯虎·仲熊·叔豹·季貍, ……天下之民,
謂之八元)"이라 한다. 제준의 아들들은 다음에 소개할 세 발 까마귀 삼족오(三

足烏)와 열개의 태양 이야기로 익숙할 것이다. 바다 건너 태양이 떠오르는 양곡(暘谷)의 천제(天帝) 제준에게는 해를 삼키고 낳은 열명의 아들이 있었는데 어느 날 이들이 함께 하늘로 떠올랐다. 너무 뜨거워 땅의 생물이 다 타죽어 가자 요가 무(巫)를 불렀으나 소용이 없었다. 제준에게 도움을 청해 명사수 예(羿)에게 9개의 태양을 맞추도록 했더니 9마리의 삼족오가 떨어져 죽었다. 천제의 아들을 죽인 죄로 예는 돌아가지 못하고 남아서 요를 도왔으며 예의 아내 항아(姮娥)는 서왕모가 준 불사약을 훔쳐 먹고 달로 달아나 두꺼비가 되었다.

황제 편에 나오지 않은 치우(蚩尤)와의 탁록대전이 여기 언급되었다. 치우에 대해서는 예상대로 흉악하다(凶)고 표현한 것으로 보아 왕가의 치우에 대한 관점도 ≪사기·오제본기≫의 "치우가 또 난을 일으키고 왕명을 거역하자 황제가 제후를 이끌고 탁록의 들에서 치우와 전쟁을 했고 마침내 치우를 잡아 죽였다(蚩尤作亂, 不用帝命, 於是黃帝乃微師諸侯, 與蚩尤戰於涿鹿之野, 遂禽殺蚩尤)"는 선상에 있다.

이 글에서 악한 자를 이주시켰다는 유북(有北) 지방은 ≪시·소아·항백(巷伯)≫의 "유북으로 넘긴다(投畀有北)"에 나오는 "북방 태음의 날씨로 춥고 시려사 이끼도 끼지 않고 초목도 살 수 없는, 추위로 땅이 얼어붙어 거주가 불가능한 지역((以北方太陰之氣, 寒凉而無土毛, 不生草木, 寒凍不可居處之地,)"으로 "이곳에 버려 얼어 죽게 한(故棄於彼, 欲凍殺之)" 바로 그 지역으로 추정된다. 제곡에게 복종한 편은 '선=추도땅'을 얻었고 끝까지 저항한 편은 '악=유북'으로 보내진 것이다. 이들은 치우의 세력이동도를 보더라도 천자산(天子山)의 묘족이나 동북지역의 동이족일 가능성이 짙다. 실제로 현재 귀주(貴州)의 묘족은 치우를 종족의 시조로 받들고 있다. 그 지역 여인들이 노닐었다는 이수와 낙수가 현 하남성(河南省) 경계선임을 감안하면 가능성은 더 높아진다.

[2] 단구국에서 마뇌(馬腦) 항아리를 바친 적이 있는데 그 안에 감로(甘露)를 담았다. 제곡의 덕이 먼 지역까지 퍼지면 감로도 가득 차올랐다. 마뇌는 돌인데 남방 특산품을 최상으로 친다.

지금 말을 선별하는 자에 따르면, 죽은 뒤에 뇌를 열어 보고 뇌 빛깔이 붉으면 하루에 만 리를 달리고 하늘을 날 수 있다. 뇌 빛깔이 누르면 하루에 천리를 달린다. 뇌 빛깔이 푸르면 울음소리가 수백 리에 퍼지고 뇌 빛깔이 검으면 물에 들어가도 젖지 않고 하루에 오백 리를 간다. 뇌 빛깔이 희면 힘이 세고 성을 잘 낸다고 한다. 요새 그릇 만들 때는 주로 붉은 색을 많이 쓰는데 만약 인공으로 만든다고 해도 그릇이 완성되지 않고 질도 떨어진다.

단구국 사람은 말울음 소리만 들어도 뇌의 빛깔을 구별한다. 단구국에는 야차(夜叉)와 구발(駒跋) 귀신이 있는데 붉은 마뇌로 병(瓶)과 우(盂) 및 악기를 만들 수 있으며 모든 것이 정밀하고 기묘하며 가볍고 아름답다. 중국 사람이 사용하면 물귀신도 마주치지 않는다. 일설에서는 마뇌가 악귀의 피가 굳어진 것이라고 한다.

전에 황제가 치우 및 사방의 원흉을 제거하고 제반 요괴를 평정하니 하천과 계곡이 가득 찼고 피가 흘러 연못이 되었으며 뼈가 쌓여 산이 되었다. 수년 후에 피가 돌처럼 굳고 뼈가 재같이 변하고 기름이 흘러 하천을 이루니, 남방 지역의 비천수와 백악산이 그것이다. 멀리서 보면 눈서리 같다. 또한 단구는 천년마다 타오르고 황하는 천년마다 맑아지니 성군이 즉위하면 이를 굉장한 길조로 여겼다. 단구의 들에는 귀신 피가 많아서 붉은 돌로 변하면 마뇌가 된다. 찍거나 조탁할 수는 없지만 주조해서 그릇을 만들 수 있다.

황제 때 마뇌옹을 받았고 요임금까지 여전히 있었으며 안에는 감로가 담겨있어 마르지 않으니 보로(寶露)라 했고 여러 신하에게 하사할 정도였는데 순 임금 때는 양이 조금씩 줄었다. 왕조의 흥망성쇠에 따라 성세에는 감로가 차오르고 난세에는 감로가 마르니 삼대에 이르러 도당[堯]보다 줄어든 것이다. 순이 보로 항아리를 형산(衡山)으로 옮기니 형산에는 보로단이 있다. 순은 보로단 밑에 월관을 세우고 이곳에서 달을 보곤 했다. 순이 남방을 순행하다가 형산에 이르면 백관제

후 모두 보로천을 하사받았다. 당시 보로단에서 구름기운이 생겨서 보로 항아리를 다시 영릉으로 옮겼다. 순이 붕어한 후 항아리를 지하에 묻었다.

진시황이 몌라를 뚫자 작은 계곡들이 생겼고 장사에서 영릉까지 이르렀는데 땅을 파다가 붉은 옥항아리를 얻었다. 8두를 담을 수 있고 8방의 수에 들어맞아서 순의 묘에다 두었다. 나중에 발견되었지만 제작 연월을 몰랐다. 후한 동방삭이 그것을 알아보고 〈보옹명〉을 지어, "보로단에서 보운이 일고 월관에서 상서로운 바람이 부는데, 삼호를 바라보니 한자 남짓하고 팔홍을 바라보니 띠를 감아놓은 것 같다"고 한 것이다. 삼호는 바다에 떠있는 세 개의 산이다. 하나는 방호 즉 방장산이고 둘은 봉호 즉 봉래산이며 셋은 영호 즉 영주산이다. 모습이 호리병 같다. 세 개의 산은 위가 넓고 가운데는 좁고 아래는 모가 나있으니 인공 제작한 듯, 일부러 화산처럼 깎아서 완성한 것 같다. 팔홍은 8방으로 클 홍이다. 월관에 올라 사해 삼산을 둘러보니 모든 것이 쌀가마니를 끈으로 묶어놓은 형상이다.

有丹丘之國, 獻碼碯甕, 以盛甘露. 帝德所洽, 被於殊方, 以露充於廚也. 碼碯, 石類也, 南方者爲之勝. 今善別馬者, 死則破其腦視之, 其色如血者, 則日行萬里, 能騰空飛. 腦色黃者, 日行千里. 腦色靑者, 嘶聞數百里, 腦色黑者, 入水毛鬣不濡, 日行五百里. 腦色白者, 多力而怒. 今爲器多用赤色, 若是人工所制者, 多不成器, 亦殊朴拙. 其國人聽馬鳴則別其腦色. 丹丘之地, 有夜叉駒跋之鬼, 能以赤馬腦爲瓶·盂及樂器, 皆精妙輕麗. 中國人有用者, 則魖魅不能逢之. 一說云, 馬腦者, 言是惡鬼之血, 凝成此物. 昔黃帝除蚩尤及四方群凶, 并諸妖魅, 塡川滿谷, 積血成淵, 聚骨如岳. 數年中, 血凝如石, 骨白如灰, 膏流成泉. 故南方有肥泉之水, 有白堊之山, 望之峩峩, 如霜雪矣. 又有丹丘, 千年一燒, 黃河千年一淸, 至聖之君, 以爲大瑞. 丹丘之野多鬼血,

化爲丹石, 則碼碯也. 不可斫削彫琢, 乃可鑄以爲器也. 當黃帝時, 碼甕碯至,
堯時猶存. 甘露在其中, 盈而不竭, 謂之寶露, 以班賜群臣. 至舜時, 露已漸
減. 隨帝世之汚隆, 時淳則露滿, 時澆則露竭, 及乎三代, 減於陶唐之庭. 舜
遷寶甕於衡山之上, 故衡山之岳有寶露壇. 舜於壇下起月館, 以望夕月. 舜南
巡至衡山, 百辟群后皆得露泉之賜. 時有雲氣生於露壇, 又遷寶甕於零陵之
上. 舜崩, 甕淪於地下. 至秦始皇通汨羅之流爲小溪, 逕從長沙至零陵, 掘地
得赤玉甕, 可容八斗, 以應八方之數, 在舜廟之堂前. 後人得之, 不知年月,
至後漢東方朔識之, 朔乃作≪寶甕銘≫曰, "寶雲生於露壇, 祥風起於月館,
望三壺如盈尺, 視八鴻如縈帶." 三壺, 則海中三山也. 一曰方壺, 則方丈也:
二曰蓬壺, 則蓬萊也: 三曰瀛壺, 則瀛洲也. 形如壺器. 此三山上廣 · 中狹 ·
下方, 皆如工制, 猶華山之似削成. 八鴻者, 八方之名. 鴻, 大也. 登月館以方
四海三山, 皆如聚米縈帶者矣.

의미읽기

단구(丹丘)는 현 절강성(浙江省) 영해현(寧海縣) 남쪽으로, 손작(孫綽)의 ≪
유천태산부(遊天台山賦)≫에서 "단구에 사는 우인(羽人)을 방문했다가 죽지 않
는 뜰을 찾았다(訪羽人於丹丘, 尋不死之福庭)"고 했듯이 신선이 모여 사는 장소
로 추정된다. 단구국에서 가져온 마뇌(碼碯)는 흔히 마노(瑪瑙)라고 하는 석영
결정체로 몸에 지니면 행운을 부르고 불면증이 치유된다고 알려진다. 네로의 박
카스 문양 술잔과 나폴레옹 1세의 자마노 인장(印章)은 마노로 만들어진 최고의
보물인데 여기 마노 항아리 즉 보옹(寶瓮)도 그 반열에 들어야 할 것 같다.

마노 원석이 말의 뇌처럼 보이기도 하지만 당시 말의 뇌와 귀신의 피가 굳어
서 만들어졌다는 믿음이 있었던 것으로 보인다. 마노가 대량 만들어진 계기로 황
제와 치우 전투를 든 상상력이 흥미롭다. 탁록 전투의 규모는 익히 알려진 바와
같이 전대미문(前代未聞)이었고 관련된 신화전설만 해도 부지기수다. 그중에
왕빙(王氷)의 ≪황제경서(黃帝經序)≫를 인용한 주를 보면 "치우의 피가 소금
으로 변해서 지금의 해지를 이루었다. 사방 백이십리에 달하며 색이 너무 붉어

치우피(其血化爲鹵, 今之解池是也. 方百二十里, 鹵色正赤, 故俗呼解池爲蚩尤 血)"라고 한다니 마노결정체의 생성과 맞물리는 점이 있다.

또 시체에서 나온 기름이 흘러 하천이 되었다는 비천수(肥泉水)에 대해 ≪시·패풍(邶風)·천수(泉水)≫의 "나는 비천이 그립네(我思肥泉)"를 해석할 때는 현재 하남성 기현(淇縣) 남쪽에 있는, 위수(衛水)와 하수(河水)로 흘러가는 하천이라고 고증한다. 그러나 왕가가 비천을 언급할 적에는 정말로 피가 굳고 뼈가 쌓이고 기름이 흘러 바뀐 지형을 말하고 싶었던 것이 아닐까. 어쨌든 이 글은 ≪레드 바이올린≫처럼 황제부터 후한 동방삭에 이르기까지 감로 항아리가 거쳐온 역사를 슬라이드 쇼처럼 보여준다는 점에서 평범하지 않다.

[7] 당요(唐堯)

[1] 요가 즉위하자 성덕이 빛난다. 하수와 낙수 물가에서 사방 1척의 옥판을 얻었는데 천지의 모습이 그려져 있었다. 또 금벽옥의 상서로움을 얻었는데 문자가 선명하고 천지창조의 시원이 기재되어 있었다. 사방의 원흉은 이미 제거되었고 착한 자들이 와서 복종하니 관직을 나누어 주고 윤리를 세워 질서를 잡았다. 우에게 명하여 하천을 뚫어 못에 물을 대도록 했다. 남방에도 북방에도 재해는 없다. 물에 잠겨사는 어류와 하늘을 나는 조류가 서로 따르고 어울린다. 유주의 언덕, 우산의 북쪽에 잘 우는 새가 있는데 얼굴은 사람이고 부리는 새며 날개가 여덟 개에 다리는 하나, 털빛은 꿩 같은데 걸어도 발이 땅에 닿지 않는다. 일명 청학이라 하는데 울음소리가 종·경쇠·생황·피리소리 같다. ≪세어≫는 "청학이 울면 태평성대"라고 한다. 성세에는 물풀이 무성한 못에서 날아오르며 울고 음은 율려이며 날기만 하고 가지 않는다. 우가 수토를 다스릴 적에 천악에서 기거했는데 그곳은 반드시

성인이 난다고 한다. 상고 이래 주조된 세발솥의 그림들은 그 새와 닮아 있으며 명문과 찬은 지금도 전해진다.

帝堯在位, 聖德光洽. 河洛之濱, 得玉版方尺, 圖天地之形. 又獲金璧之瑞, 文字炳列, 記天地造化之始. 四凶旣除, 善人來服, 分職設官, 彝倫攸敍. 乃命大禹, 疏川瀦澤. 有吳之鄕, 有北之地, 無有妖災. 沉翔之類, 自相馴擾. 幽州之墟, 羽山之北, 有善鳴之禽, 人面鳥喙, 八翼一足, 毛色如雉, 行不踐地, 名曰靑鶴, 其聲似鐘磬笙竽也. ≪世語≫曰, "靑鶴鳴, 時太平." 故盛明之世, 翔鳴藪澤, 音中律呂, 飛而不行. 至禹平水土, 棲於川岳, 所集之地, 必有聖人出焉. 自上古鑄諸鼎器, 皆圖像其形, 銘讚至今不絶.

의미읽기

요임금은 이상적인 태평성대를 상징하는 이미지를 지닌다. '요순시대에는 말이야……'로 시작되는 오랜 옛날에 대한 향수와 환상이 섞인 어투를 만들어 낸 주인공 요에 대한 잡사(雜史) 기록을 우리는 방금 읽었다. 제곡 고신씨의 둘째 아들로 태어나 장장 98년간 재위에 있다가 직계 자손이 아닌 순에게 왕위를 선양하면서 그 명성이 높아진 고대 중국의 황제. 그는 만백성을 편안하게 하는 통치자로서 지금도 인구에 회자된다.

요는 석회도 바르지 않은 초가에서 지냈으며 현미와 야채를 먹었고 옷은 떨어져야 바꿔 입었으며 겨울에도 털가죽 한 장이면 족했다고 전해진다. 그의 유명한 발언, "단 한명이라도 굶주리거나 죄를 짓는다면 다 내 탓이오"에 들어맞는 백성의 격양가를 소개한다.

해 뜨면 나가 일하고 해지면 들어와 쉰다.
우물 파 물마시고 밭 갈아 배불리 먹으니
우리네 사는데 임금이 무슨 필요가 있나

하도와 낙서를 얻었고 물길이 잡혔으며 사방의 원흉(四凶)마저 제거되었으니, ≪서·순전≫에, 순이 섭위(攝位)하면서 "유주(幽州)에서 공공(共工)을 도망하게 하고 숭산(崇山)에서 환두(驩兜)를 놓아주고 삼위(三危)에서 삼묘(三苗)를 숨겨주고 우산(羽山)에서 극(殛)을 소생시키니 네 죄인과 함께 천하 사람이 모두 복종하였다(流共工於幽州, 放驩兜於崇山, 竄三苗於三危, 殛鯀於羽山, 四罪而天下咸服)"고 했다. ≪좌전≫문공 18년에도, "순은 요의 신하로 사문(四門)에서 제후들을 영접하는데 네 흉족(凶族)인 혼돈(渾敦)·궁기(窮奇)·도올(檮杌)·도철(饕餮)을 놓아주니 네 후손들이 모두 투항했고 이로써 교룡과 도깨비도 막아냈다(舜臣堯, 賓於四門, 流四凶族－渾敦·窮奇·檮杌·饕餮, 投諸四裔, 以禦螭魅)"고 했다. 흥보가의 놀부심술대목에도 사흉은 등장한다. "어이 불량한 사람 있으리오마는 요순시절에도 사흉이 났었고 공자님 당년에도 도척이 생겼으니 일종 여기는 마음대로 못하는 것이었다." 시인 김지하도 '오적(五賊)'을 욕하면서 어김없이 사흉을 들먹인다. "요순시절에도 사흉은 있었으니 현군양상인들 세상 버릇도벽이야 여든까지 차마 어찌할 수 있겠느냐. 서울이라 장안 한복판에 다섯 도둑이 모여 살았것다." 이쯤 되면 사흉은 불량의 이미지를 지닌 문화상징으로 여전히 숨쉬고 있다고 해야 하지 않을까.

우의 치수에 대해서는, 요 말년에 7년간이나 황하게 홍수가 나서 곤의 아들 우에게 순이 치수를 맡겼고, 우는 13년 동안 온 전역을 헤매면서 치수에 성공한다. 이로 인해 우는 허벅지살이 빠지고 등이 낙타처럼 굽어 절룩거리면서 걸어다니게 되었으니 이후로 등 굽은 절름 걸음을 '우보(禹步)'라고 했다.

[2] 요 재위 30년, 서해에 거대한 뗏목이 떠 있었다. 뗏목위에 빛이 있으니 밤엔 밝고 낮엔 없어진다. 바다 사람이 그 빛을 멀리서 보고는, 커졌다 작아졌다 꼭 별이나 달이 깜박거리는 듯하단다. 뗏목은 항상 사해를 돌면서 떠다니고 12년에 한번 일주하는데 일주하고 나면 다시 돈다. 관월사라고도 하고 괘성사라고도 한다. 우인(羽人)이 그 뗏목에서 기거한다. 신선들은 이슬을 머금고 씻으면 해와 달빛도 어둑어둑해

진다. 우 · 하 말엽에 이르러 뗏목에 대해 기록하지 않게 되었다. 바다를 오가는 사람이 도리어 그 신비하고 아름다움을 전했다.

서해의 서쪽 부옥산에 가보면 산 밑에 커다란 동굴이 있고 동굴 안에 물이 있는데 물빛이 불처럼 밝아서 낮에는 눈동자가 몽롱해져 안 보이고 밤이면 동굴 밖까지 비출 정도로 빛나며, 파도가 쓸어버려도 빛이 꺼지지 않아서 '음화(陰火)'라고 한다. 당시 요의 시절에 빛이 이글거리다가 붉은 구름으로 변해 단청 빛을 비추니 온 물길이 조용하고 맑아졌다. 바다 사람들은 '침연'이라고 하고 화덕운에 해당된다.

堯登位三十年, 有巨査浮於西海, 査上有光, 夜明晝滅. 海人望其光, 乍大乍小, 若星月之出入矣. 査常浮繞四海, 十二年一周天, 周而復始, 名曰貫月査, 亦謂掛星査. 羽人棲息其上. 群仙含露以漱, 日月之光則如暝矣. 虞 · 夏之季, 不復記其出沒. 遊海之人, 猶傳其神偉也. 西海之西, 有浮玉山. 山下有巨穴, 穴中有水, 其色若火, 晝則通曨不明, 夜則照耀穴外, 雖波濤灌蕩, 其光不滅, 是謂'陰火.' 當堯世, 其光爛起, 化爲赤雲, 丹輝炳映, 百川恬澈. 游海者銘曰'沉燃', 以應火德之運也.

의미읽기

바다 위의 빛나는 뗏목은 신선이 사는 곳이다. 동굴 속의 빛나는 물은 온 강과 바다를 맑게 할 수 있다. 특정한 장소에 사는 사람은 빛을 조절할 수 있고 특정한 장소의 물은 다른 물을 맑게 만든다. 이는 요의 통치력을 빛나는 물에 비유하여 온 세상을 평화롭게 하는 은덕을 말하는 글이라고 억척스럽게 의미를 읽어본다.

괘성사는 중국인들이 자신의 과학기술과 문명의 발달을 이야기할 때 꼭 들고 나오는 항목이다. 벌써 이 시대에 이런 기구가 있었다고 강변하기도 하고 이를

UFO라고 우기기도 한다. 이에 비래 음화는 상당히 신기한 요소가 내재된 자연 현상이다. 물에 꺼지지 않는 불빛, 파도가 덮쳐도 끄덕 없는 불빛, 그것은 바로 동굴에 고인 물이 만들어낸 불이기 때문이다. 이 물불은 자체로 신기할 뿐만 아니라 구름이 되어 온 세상의 물길을 조용하게 맑게 다스리는 능력도 지니고 있다. 불이 될 줄 아는 물이 모든 물의 리더가 된 것이다.

[3] 요 재위 70년, 해마나 어린 난새가 와 서식하고 기린은 늪에서 노닐며 효기새는 먼 사막으로 달아난다. 지지국에서 바친 중명조(重明鳥)는 '쌍정(雙睛)'이라고 하니 눈의 동자가 두 개라는 뜻이다. 닭처럼 생긴 게 봉황처럼 운다. 깃털이 빠지면 몸을 깃촉으로 삼고 날아다닌다. 호랑이나 이리 같은 맹수를 잡을 수도 있고 재해 및 악귀가 해를 입히지 못하게 할 수도 있다. 경옥고를 먹고 산다. 한 해에 여러 번 오기도 하고 또 몇 년 동안 한번도 안 오기도 한다. 사람들이 대문을 청소하는 것도 중명조가 모여들기를 바라는 마음이다. 중명조가 오지 않으면 사람들은 나무를 깎거나 금을 주조하여 중명조 모양을 만들어 대문간에 놓아두는데 이렇게 하면 도깨비도 저절로 물러난다. 요즘에 정월 초하루면 사람들이 나무를 깎고 금을 주조하거나 그림을 그려서 닭 모양을 만들어 들창 위에 놓아두는 것도 이로부터 남은 유습이다.

堯在位七十年, 有鸞雛歲歲來集, 麒麟遊於藪澤, 梟鴟逃於絶漠. 有祇支之國獻重明之鳥, 一名'雙睛', 言雙睛在目. 狀如雞, 鳴似鳳. 時解落毛羽, 肉翮而飛, 能搏逐猛獸虎狼, 使妖災群惡不能爲害. 飴以瓊膏. 或一歲數來, 或數歲不至. 國人莫不掃灑門戶, 以望重明之集. 其未至之時, 國人或刻木, 或鑄金, 爲此鳥之狀, 置於門戶之間, 則魑魅醜類自然退伏. 今人每歲元日, 或刻木鑄金, 或圖畵爲雞於牖上, 此之遺象也.

의미읽기

순이 눈동자가 두 개라서 중명(重明)이나 중화(重華)라고 불리는데 이 글의 중명조(重明鳥)는 다음에 나오는 순을 염두에 둔 안배가 아닐까 한다. 옛날 "정월 초하루에 닭을 이튿날에는 개를 3일에는 양을, 4일엔 돼지를, 5일엔 소를, 6일엔 말을, 7일엔 사람을 그리는 습속이 있었는데 중명조를 그려 나쁜 해악을 근접하지 못하게 하려는 마음은 서로 통할 것이다. 모두 구귀축역(驅鬼逐疫)을 바라는 무(巫) 행위의 상징으로 신을 맞이하는 영신(迎神)의 염원에서 비롯된 습속으로 보인다. 순의 중명 역시 눈 하나는 이 세상이 아닌 특별한 곳을 볼 수 있는 혜안(慧眼)으로 해석하여 그의 무성(巫性)을 드러내는 초자연적인 능력으로 본다.

[8] 우순(虞舜)

[1] 순 재위 10년, 장안에 다섯 노인이 노닐고 있다. 순은 스승의 예로 그들을 모시니 말씀하시면 천지의 시초를 언급하였다. 순이 우에게 선양하니 다섯 노인은 떠났고 간 곳을 모른다. 순은 오성(五星)의 사당을 지어 제사를 모셨다. 그날 밤 다섯 개의 별이 떴고 사방에서 동남풍이 불었으며 별은 구슬을 꿴 듯 하고 해와 달은 벽옥같이 함께 떠오르는 길조가 나타났다. 만국에서 통역을 거듭하여 이르렀다.

대빈국 사람이 와서 조배하기에 그곳의 재앙과 상서로움을 물었다. "옛날에 북극 너머에 동해수가 있었는데 물이 솟구쳐 올라 태양 속으로 깊이 숨었습니다. 거대한 물고기와 교룡이 있었는데 그 형태를 측량할 수가 없었죠. 숨을 토하면 저 팔극까지 어두워졌고 등지느러미만 떨어도 오악이 출렁거렸습죠. 요 재위기간에 산을 품어서 해를 입혔고 거대한 교룡도 하늘을 감았는데 그것이 하늘을 감으면 삼하(三河)에 홍수가 져 바다와 하천이 순간으로 흘러 버립니다. 삼하는 천하(天

河)·지하(地河)·중하(中河)입니다. 이 물길은 트였다가 막혔다가 하니 성인이 다스리면 물빛이 맑고 포말이 없습니다. 아들 상균이 천하를 어지럽히니 거대한 물고기가 해를 마셨고 교룡은 하늘을 감아 조수와 곤충이 음양에 응했습니다. 억만 년이 흐르자 산은 돌고 바다는 말라서 물고기와 교룡은 육지에서 살았는데 붕새 같은 붉은 까마귀가 있어 물고기와 교룡을 날개로 덮어 주었습니다. 교룡은 꼬리로 하늘에 고하여 비를 구하고 물고기는 해의 빛을 빨아들이니 반 일식처럼 깜깜했고 무수한 별은 비처럼 떨어졌습니다."

순이 바다와 산령을 제사모시니 만국에서 성군이라 칭한다. 덕의 윤택함이 여러 상서로움으로 모두 이른다.

虞舜在位十年, 有五老遊於國都, 舜以師道尊之, 言則及造化之始. 舜禪於禹, 五老去, 不知所從. 舜乃置五星之祠以祭之. 其夜有五長星出, 薰風四起, 連珠合璧, 祥應備焉. 萬國重譯而至. 有大頻之國, 其民來朝, 乃問其災祥之數. 對曰, "昔北極之外, 有潼海之水, 渤溔高隱於日中. 有巨魚大蛟, 莫測其形也. 吐氣則八極皆闇, 振鬐則五岳波盪. 當堯時, 懷山爲害, 大蛟縈天, 縈天則三河俱溢, 海濱洞流. 三河者, 天河·地河·中河是也. 此三水有時通壅, 至聖之治, 水色俱澄, 無有流沫. 及帝之商均, 暴亂天下, 則巨魚吸日, 蛟繞於天, 爰及鳥獸昆蟲, 以應陰陽. 至億萬之年, 山一輪, 海一竭, 魚·蛟陸居, 有赤烏如鵬, 以翼覆蛟魚之上. 蛟以尾叩天求雨, 魚吸日之光, 冥然則暗如薄蝕矣, 衆星與雨偕墜." 舜乃禱海岳之靈, 萬國稱聖. 德之所洽, 群祥咸至矣.

의미읽기

정말 순의 덕이 뚝뚝 듣는 글이다. 요순시절에 속하는 단 꿀 같은 순 통치기간이 별, 달, 해의 특별한 움직임을 통해 신화가 된다. 해를 마시고 비를 구하는 물고기, 교룡, 그리고 적오는 순의 신성을 대변하는 상징들이다. 순의 아들 상균이 후계자 감으로 부족하여 우에게 선양한 사실을 확인이라도 하듯, 상균의 작란에 물고기는 해를 마셔버리고 교룡은 하늘을 칭칭 감아버린다. 이런 현상은 천자가 될 상서로운 징조와는 거리가 있는 자연의 반응으로 하늘이 상균을 거부한다는 사실을 만 천하에 드러내는 듯하다.

상균은 순의 두 아내인 아황(娥皇)과 여영(女英) 중에 여영이 낳은 아들이다. 순이 붕어한 후에 우가 제위에 올라 상균을 우(虞)땅에 봉한 것으로 전해진다. 이 글의 상균에 대해 습유기를 교주한 제치평은, '제의 상균(帝之商均)'이 제의 아들 단주(帝子丹朱)'를 잘못 쓴 것으로 요의 아들인 단주(丹朱)에 대한 언급이라고 제안한다.

〈다섯노인〉이 등장하는 이야기로는, "요가 순 등을 데리고 (首山)에서 노닐다 강을 바라보니 강변에 다섯 노인이 있었다······이윽고 붉은 용이 옥부들을 머금고 그림을 펼치고 판을 깎으니 말 수 있었다. 금 반죽과 옥으로 봉인되었으며 다음과 같이 쓰여 있다. '나를 아는 자는 중동(重童)이다.' 다섯 노인은 이에 유성(流星)이 되어 묘숙(昴宿)으로 들었다(帝堯率舜等游首山. 觀河渚. 有五老游河渚. ······有頃赤龍銜玉苞. 舒圖刻版. 題命可卷. 金泥玉檢. 封盛書威曰 '知我者重童也.' 五老乃爲流星. 上入昴)"고 전해진다. 위의 이야기를 보면 다섯 노인은 할 일을 마치고 간 것이고, 본문을 보면 "순이 우에게 선양하니 다섯 노인이 떠나버린(舜禪於禹. 五老去)" 것이다.

▌소기의 록 2

《춘추전》에서는 "별이 비 오듯 내려 밤이 오히려 밝다"고 했다. 《회남자》는 "기린이 싸우면 일식 월식이 생기고 고래가 죽으면 혜성이 나온다"고 했다. 대저 차고 기우는 반 일식은 경전에도 상세하게 나오지 않는다. 혜성과 요기는 그림과 책에 이재(異災)로 기록된다. 기린이 싸우고 고래가 죽는다는 말은 옛 경전에서도 들은 적이 없다. 모든 글들을 구해보아도 거의 무지하므로 허망한 내용이다. 해를 빨아들였고 별이 비처럼 떨어졌다고 했으나 역시 그럴 듯한 거짓이다. 그러므로 나중에 의심을 품게 하는 것은 황당무계한 언어로 널리 기이한 내용을 특별히 골라 과장해서 미려하게 기록한 것들이다.

錄曰. 按≪春秋傳≫云, "星隕如雨, 而夜猶明." ≪淮南子≫云, "麒麟鬪而日月蝕, 鯨魚死而彗星見." 夫盈虛薄蝕, 未詳變於聖典; 孛彗妖沴, 著災異於圖冊. 麒麟鬪, 鯨魚死, 靡聞於前經. 求諸正誥, 殆將昧焉, 故誣妄也. 此言吸日而星雨皆墜, 抑亦似是而非也. 故使後來爲之迴惑, 託以無稽之言, 特取其愛博多奇之間, 錄其廣異宏麗之靡矣.

의미읽기

보통 소기의 록은 시대별로 하나씩 맨 마지막에 편집된다. 위 글도 우순의 마지막 원문인 '남심국' 다음의 록에 있는 내용을 교주한 제치평이 이곳으로 일부 옮겼다. 기린, 고래와 해달의 관계를 감지할 만한 옛 글이 참 많은데 몇 개 뽑아서 소개하면 다음과 같다.

허신의 "기린이 큰 뿔 달린 짐승으로 해 달과 들어맞는다(麒麟, 大角獸, 故與日月同符)"와 ≪회남자·명람(冥覽)≫의 '고래가 죽고 혜성이 나왔거나 그것을 옮겼다(鯨魚死而彗星出, 或動之也)', 그리고 고유(高誘)가 "고래가 큰 물고기라서 길이가 수리에 달하며 해변에서 죽는데 물고기 몸은 천한 것이다; 혜성은 이변이고 사람에게 해가 되므로 비슷한 종류로 일컫는다(鯨魚, 大魚, 長數里, 死於海邊, 魚之身賤也; 彗星爲變異, 人之害也, 類相動也)"라고 주를 달았고, ≪춘추원명포(春秋元命苞)≫의 "기린과 용이 싸우면 해달이 반일식이 된다(麟龍鬪, 日月薄蝕)", 또 ≪춘추고이우(春秋考異郵)≫의 "고래가 죽으면 혜성과 합해진다(鯨魚死, 彗星合)"와 ≪박물지≫4권 135의 "기린이 싸우면 일월식이 생기고 고래가 죽으면 혜성이 나온다. 아이가 울면 어미젖이 나오고, 누에가 실잣기를 그치면 상현(商弦)이 끊어진다(麒麟鬪而日月蝕, 鯨魚死則彗星出, 嬰兒號而毋浮出,

竈弭絲而商弦絕)" 등이다. 글들이 전부 '기린은 일월식의 원인이고 고래는 혜성
의 원인이라는 믿음'을 맘껏 드러낸다. 혜성은 별로 좋지 않은 징조로 간주되어
요성(妖星)으로도 불리며 위의 사례는 중국 고대인의 자연관과 우주관을 보여주
는 문장으로 가끔 거론된다.

[2] 순은 창오 들판에 묻혔다. 참새를 닮은 새가 있는데 단주에서
왔고 오색 기운을 토하니 구름처럼 자욱하여 빙소작이라 부른다. 무리
지어 날아가 흙을 물어다 언덕을 만들 수 있다. 이 새는 형태를 바꾸
고 색을 바꿀 수 있으며 험준한 숲에서 서식한다. 나무에서는 날짐승
이 되고 땅을 다니면 들짐승이 되니 변화무쌍하다. 늘 단해 변에서 노
닐며 때로 창오 들판으로 와서 푸른 모래구슬을 물어다가 언덕을 쌓으
니 '구슬언덕'이라 한다. 구슬은 가볍고 작아 먼지처럼 바람에 흩날리
니 '구슬먼지'라 한다. 지금도 창오 밖에서 산 사람이 약초를 캐다가
때로 푸른 돌을 줍는데 구슬처럼 둥글고 맑다. 그것을 먹으면 죽지 않
고 몸에 지닌 자는 몸이 가볍다.
그래서 선인 방회(方回)가 〈남악을 노닐며 지은 7언찬〉에서 "구슬
먼지가 둥글고 맑고 가볍고 또 밝은데 복용하면 장생을 얻는다"고 한
것이다.

舜葬蒼梧之野, 有鳥如雀, 自丹州而來, 吐五色之氣, 氤氳如雲, 名曰憑霄
雀, 能群飛銜土成丘墳. 此鳥能反形變色, 集於峻林之上, 在木則爲禽, 行地
則爲獸, 變化無常. 常遊丹海之際, 時來蒼梧之野, 銜靑砂珠, 積成壟阜, 名
曰'珠丘'. 其珠輕細, 風吹如塵起, 名曰'珠塵'. 今蒼梧之外, 山人採藥, 時有
得靑石, 圓潔如珠, 服之不死, 帶者身輕. 故仙人方迴≪遊南岳七言讚≫曰,
"珠塵圓潔輕且明, 有道服者得長生"

글머리에 순이 죽었다고 선언하고, 글꼬리에 카멜레온같이 색을 바꾸고 또 변신하는 새가 구슬먼지로 구슬언덕을 쌓으니 그걸 먹으면 죽지 않는다고 한다. 순은 먹지 않아 죽었고 방회는 그것을 먹은 것인가. 왕가는 정녕 글재주를 부려 역사를 맛있게 기록했을 뿐 어떤 진실에 대해서도 책임질 필요는 없을 것이다. 하지만 그는 늘 경전의 증거를 제시해서 자신의 기록이 진실이라는 사실을 강조한다. 그렇다면 이 글에서 그가 말하고 싶은 것은 순의 죽음이 아니라, 때마침 나타났던 신비한 새의 진실이고 그 진실을 규명하기 위해 방회의 찬을 사용한 것이다.

순이 묻힌 창오는, 현 호남성 남부, 광서성 동북부와 광동성 서북부에 걸친 산으로 추정되고, 방회에 관해서는 ≪열선전≫에 "방회는 요 시절의 은자로 요가 초빙하여 여사(閭士)가 된다. 운모를 불려 먹었고 사람들이 아프면 주었으며 오작산(五柞山)에 은거하였다. 하 말기에 환관이 위협적인 세력을 형성하자 방문을 잠그고 도를 구하다가 득도하여 떠났는데 방문은 진흙으로 봉인한 상태였다. 당시 사람이 '한줌 흙을 문에 바르니 결국 열지 못하게 되었다'고들 했다(方回者, 堯時隱人也. 堯聘以爲閭士. 鍊食雲母, 亦與民人有病者. 隱於五柞山中. 夏啓末爲宦士, 爲人所劫, 閉之室中, 從求道. 回化而得去, 更以泥作印, 掩封其戶. 時人言'得回一丸泥塗門戶, 終不可開')"고 나온다.

[3] 기주 서쪽으로 2만 리를 가면 효양국이 있다. 사람의 평균 수명은 300세로 띠 풀로 옷을 짜는데 ≪상서≫의 '섬 오랑캐의 풀 옷' 종류이다. 죽으면 들에 장사지내는데 여러 새들이 흙을 물어다 언덕을 만들고 여러 짐승이 구덩이를 파지만, 봉분을 쌓거나 나무표지를 꽂지 않는다. 친척이 죽으면 나무를 정해서 형상을 만들어 살아있듯이 대한다. 사람들은 용감해서 금돌을 이빨로 갉을 수 있고 혀끝이 모나고 뿌리가 작다. 맨손으로 1000균을 들고 손톱으로 땅을 긁기만 해도 샘물이 콸콸 솟아난다. 날짐승과 들짐승을 잘 기르고 바다에 들어가 교룡

을 잡아다가 우리에서 키워 제사 때 쓴다.

옛날에 황제가 치우를 치고 여러 원흉을 없애고 나서 오직 이곳을 효양마을로 지정했으니 만국 중에 흠모하고 우러르지 않은 나라가 없어서 순도 효양국으로 봉한 것이다. 순이 요에게 선양을 받자 이 나라에서 옥과 비단을 가져와 조배 드렸는데 특별히 손님의 예우를 더하는 것이 다른 오랑캐들과 달랐다.

冀州之西二萬里, 有孝養之國. 其俗人年三百歲, 而織茅爲衣, 卽≪尙書≫, "島夷卉服"之類也. 死, 葬之中野, 百鳥銜土爲墳, 群獸爲之掘穴, 不封不樹. 有親死者, 剝木爲影 事之如生. 其俗驍勇, 能齧金石, 其舌杪方而本小. 手搏千鈞, 以瓜畫地, 則洪泉湧流. 善養禽獸, 入海取蚪龍, 育於園室, 以充祭祀. 昔黃帝伐蚩尤, 除諸凶害, 獨表此處爲孝養之鄕, 萬國莫不欽仰, 故舜封爲孝讓之國. 舜受堯禪, 其國執玉帛來朝, 特加賓禮, 異於餘戎狄也.

의미읽기

동남해의 어떤 섬에 살면서 갈월(葛越)이나 목면(木綿)으로 옷을 해 입는 나라, 들판에 장사를 지내되 봉분을 쌓거나 나무로 표시하지 않는 나라, 죽은 사람 모습을 나무로 깎아 산 사람처럼 대하는 나라, 금속을 이빨로 갉고 금수와 교룡을 가축으로 키우는 나라는 도대체 어디였을까. 알려지기로는 치우의 형제 80명이 다들 짐승 몸에 사람 말을 하며 머리는 동(銅)이고 이마는 철이며 모래와 돌을 씹어 먹는다고 한다. 모래와 돌을 씹어 먹는다는[食沙石子(혹은 철과 돌을 씹어 먹는다[食鐵石])] 치우형제와 금과 돌을 이로 끊을 수 있는[能齧金石] 효양국 백성은 같은 부족으로 황제가 치우를 쳤을 때 사라졌어야 하는데 오직 이곳만 효양향(孝養鄕)으로 지정되었고 순이 효양국으로 승격시킨 것이다. 동이족 중에 유일하게 황제와 순의 인정을 받았던, 순에게 조배의 예가 극진했던 이곳은 어디를 일컫는 것인지 궁금해진다.

[4] 남심국 동굴에 응달진 샘이 있고 그 아래로 지맥이 통한다. 샘에는 모룡(毛龍)과 모어(毛魚)가 있으며 때로는 넓은 못에서 탈골한다. 물고기와 용이 한 동굴에 살고 있다. 남심국에서 모룡을 바쳤는데 암수 한 쌍이라서 용을 기르는 관을 두었다. 하대까지 연이어 용을 길렀으며 이로부터 부족을 명명했다. 우가 물길을 이끌 적에 이 용을 탔다. 사해가 평정되자 예수에 놓아주었다.

南潯之國 有洞穴陰源, 其下通地脈 中有毛龍·毛魚, 時蛻骨於曠澤之中. 魚·龍同穴而處. 其國獻毛龍, 一雌一雄, 故置豢龍之官. 至夏代養龍不絶, 因以命族. 至禹導川, 乘此龍. 及四海攸同, 乃放河汭.

의미읽기

용을 기르다가 제사 때 잡아서 쓰고 또 용을 타고 다니던 시절이 있었나보다. 염제 때 연잎에서 이슬이 내려 연못을 이룬 환룡포에서 용을 길렀다고 했고, 순은 또 용을 키우는 관(豢龍官)을 둔다. 소기는 여러 서적을 살펴보고 용 기르기가 염제로부터 유래되었다고 한 적이 있다. 용을 길렀던 장소는 환룡포 혹은 환룡관이고 용 기르는 작업에 종사하면서 환룡이란 성씨도 만들어졌다는, 소기가 고증한 글들을 읽다 보니 상상의 동물로 알려진 용을 마치 직접 길렀던 것 같은 생각이 든다.

▌소기의 록 3

여러 서적에 의거해 볼 때 복희로부터 헌원·소호·고신·당우 말까지 선업이 이어져왔으나 온갖 길조는 요보다 풍성한 적이 없었다. ≪역위 ≫에 이르길 "요는 양정(陽精)으로 건도(乾道)에 맞다" 하니

아! 예로부터 이를 일러 상성(上聖)이라 하니 하늘이 크다면 요가 그
것을 헤아릴 수 있도다. 선업으로 우가 있으니 소위 문자가 부신에 맞
고 일월이 징조를 드러내었다고 한다. 아마 서적을 기록한 지 하도 오
래되어 헤아리기가 요원해져서 덕업도 달라졌고 신비한 자취도 각각
달라진 것이다. 옛 사람에게 전해들은 바를 참조하고 중세에 회자되던
이야기를 구해도 가르침이 서로 다르고 징조는 갈마드니 모든 이야기
를 명확하게 지적하고 비슷한 것들은 무시해야 한다! 정령의 어리석음
으로 성인도 말하지 않은 것까지 이르렀으나 어찌 하찮은 것을 두고
있다 없다 하면서 격을 낮추겠는가!

　유자정은, "모든 게 전해 들으면 직접 듣는 것만 못하고, 직접 들으
면 직접 보는 것만 못한 법"이라고 했다. 왜 그런가? 신화(神化)란 문
득 갑자기 나왔다 숨었다 일정하지 않으므로 겉핥는 식으로 살필 것이
아니라 내실을 심사숙고해야 한다. 용·불·새·물의 이적, 구름·봉
황·기린·벌레 류, 망량·괴수 형태, 빠르고 가벼운 형상, 바람 구름
따라 생겨나고 금과 옥으로 인해 변하는 것은 하정에 나오지 않고 분
명히 ≪산해경≫에도 기록되지 않았다. 관월사의 거짓과 중명, 계수나
무 열매, 양성인 화톳불이 얼음 나무에서 나오고 음성인 구더기가 염
산에서 나고 창자와 혀를 뒤집는 사람, 탈골하는 용, 바람 구름에 붙어
나고 비이슬을 머금고 꿈틀꿈틀 자라는 것은 이미 여러 그림에 괴이하
게 묘사되었고 바야흐로 많은 기록에 위대함이 드러났다. 아득히 멀리
서 아련히 흘러온 글들은 백가(百家)가 현실과 유리되어 각자 그 기이
함을 숭상했을 뿐, 뜻이 깊이 배인 도리는 아니다.

　錄曰, 自稽考群籍, 伏羲至於軒轅·少昊·高辛·唐虞之際, 禪業相襲, 符
表名類, 未若堯之盛也. 按≪易緯≫云, 堯爲陽精, 叶德乾道, 粤若稽古, 是
謂上聖, 惟天爲大, 惟堯則之. 禪業有虞, 所謂契叶符同, 明象日月. 蓋其載

籍遐曠, 算紀綿遠, 德業異紀, 神迹各殊. 考傳聞於前古, 求僉言於中世, 而教道參差, 祥德遞起, 指明群說, 凌武髣髴! 精靈冥昧, 至聖之所不語, 安以淺末, 貶其有無者哉! 劉子政曰, "凡傳聞不如親聞, 親聞不如親見." 何則? 神化欻忽, 出隱難常, 非膚受之所考算, 恒情之所思測. 至如龍火鳥水之異, 雲鳳麟蟲之屬, 魍魎百怪之形, 欻忽之像, 憑風雲而自生, 因金玉而相化, 未詳備於夏鼎, 信莫記於山經. 貫月槎之誕, 重明桂實之說, 陽燎出於冰木, 陰蟲生於炎山, 易腸倒舌之民, 蛻骨龍肉之景, 憑風雲而託生, 含雨露而蠢育, 已表怪於衆圖, 方見偉於群記. 茫茫遐邇, 眇眇流文, 百家迂闊, 各尚斯異, 非守文於一說者矣.

2권

[1] 하우(夏禹)

[1] 요가 곤에게 치수를 맡긴 지 9년이 지나도록 아무런 성과가 없었다. 곤은 우연에 빠졌고 검은 물고기가 되었다. 당시 수염을 날리고 비늘을 떨며 파도를 가르는 곤을 본 자가 '하수의 정령'이라고 했다. 우연은 하해와 원줄기가 통한다. 바다 사람이 우산에 곤의 사당을 짓고 사시에 제사를 올렸는데 늘 현어와 교룡이 뛰어올라 그것을 본 자마다 놀라 떨었다. 순이 우에게 하천을 뚫고 산악을 다지게 하니 넓은 바다를 건너면 큰 자라가 다리가 되고 푸른 봉우리를 넘으면 신룡을 몰아 해달 구릉을 다니어 오직 우산의 땅만 밟은 것이 아니니 모두가 성덕의 감응한 바이다. 곤의 영이 변한 것에 대해 여러 설이 분분한데 신비한 변화임은 일치하지만 색과 모습은 다르다. 현어황웅(玄魚黃熊)은 네 음이 혼동되어 전사(傳寫)된 것으로 곤(鯀)이거나 어(魚) 변에 현(玄)이다. 의심스런 설을 간략하게 기록한다.

堯命夏鯀治水, 九載無績. 鯀自沈於羽淵, 化爲玄魚, 時揚鬚振鱗, 橫修波之上, 見者謂爲'河精'. 羽淵與河海通源也. 海民於羽山之中, 修立鯀廟, 四時以致祭祀, 常見玄魚與蛟龍跳躍而出, 觀者驚而畏矣. 至舜命禹疏川奠岳, 濟巨海則黿鼉而爲梁, 踰翠岑則神龍而爲馭, 行遍日月之墟, 惟不踐羽山之地, 皆聖德之感也. 鯀之靈化, 其事互說, 神變猶一, 而色狀不同. 玄魚黃能, 四音相亂, 傳寫流文, '鯀'字或'魚'邊'玄'也. 群疑衆說, 並略記焉.

곤이 전욱의 아들인지 전욱의 5 대손인지 분명하지 않다. 곤은 임무를 맡은

지 9년이 지나도록 실적이 없어 순에 의해 우산에서 극형에 처해진다. 그를 이어 아들 우가 치수사업의 대를 잇는다. 우는 사씨(姒氏)로 이름이 문명(文命)이고 우는 그의 호다. 사(姒)는 이(苡)와 동음이라서인지 율무인 의이(薏苡)와 관련된 탄생설화가 있다. 하백으로 봉해진 후 백우(伯禹)로 불렸고 후에 순이 즉위한 후에는 하우(夏禹)로 불린다. 곤은 자라와 신룡을 부리는 초자연적 힘을 지녔으며 결국 자신도 죽어 현어로 변했다. 변신과 주술의 힘을 지닌 곤과 그의 아들 우의 대를 이은 치수사업을 소재로 한 이야기는 인구에 회자되던 인기 레퍼토리의 하나였다.

일례로 ≪산해경·해내경(海內經)≫의 곤 신화는 다음과 같다. "큰물이 저 하늘에까지 넘쳐흐르자 곤이 천제의 저절로 불어나는 흙을 훔쳐다 큰물을 막았는데 천제의 명령을 기다리지 않았다. 천제가 축융에게 명하여 우산의 들에서 곤을 죽이게 했는데 곤의 배에서 우가 생겨났다. 천제가 이에 우에게 명하여 땅을 갈라 구주를 정하는 일을 끝마치게 했다(洪水滔天. 鯀竊帝之息壤以堙洪水, 不待帝命. 帝令祝融殺鯀於羽郊. 鯀復生禹. 帝乃命禹卒布土以定九州)." 우는 아버지를 이어 치수하면서 천제의 승낙을 얻고 저절로 불어나는 흙으로 홍수를 막았으며 신룡(神龍)에게 땅을 긋게 하여 하천을 뚫으니 신령들이 다투어 보물을 선사하였고 마침내 큰 공을 이루게 된다. 일설에는 곤이 축융에게 죽고 나서 3년 동안 시체가 부패되지 않았고 배를 갈라보니 규룡이 튀어나왔는데 그것이 바로 우라고도 한다.

현어황능(玄魚黃能)에서 현과 황은 성모가 갑모쌍성(匣母雙聲)이고 어와 능은 운모가 방전(旁轉)관계이다. 사음상란(四音相亂)으로 인해 곤이 황웅이 되어 우연으로 들어갔다고 하면 웅이 세발 자라라고 한다. 웅은 물에 들어가지 않으니까 자라가 옳다는 것이다. 일각에서는 이미 신화했는데 웅이면 어떠냐고 하고 일각에서는 능은 웅의 족속이고 발이 사슴 같다고 한다. 즉 능은 웅이고 자라다. 또는 세발자라가 웅이고 밑의 점이 세발을 상징한다고 한다. 곤이 죽어 황웅이 되었다고 하니 이로부터 파생된 설들이다. 곤이 죽어 현어가 되었다는 것은 곤(鯀)이 곤(鮌)의 이체자(異體字)로 쓰이다가 파생된 설 같다.

▌소기의 록 4

문자를 지은 것은 헌원의 사관 창힐의 공이니 도풍(道風)이 순박했고 문장과 쓰임새는 수준이 높았다. 당·우로부터 역대 제사는 멀리 사라지고 대대로 전해지던 것도 겨우 이어졌다. 여러 성군 통유들은 도의 훼손을 걱정하여 옥첩 금줄로 묶은 책과 조충전각의 기록을 가파르고 무성한 곳에 숨기거나 집 벽에 감췄다. 난리를 만나거나 해서 경서 작업이 중단되고 과거사와 장서가 이역으로 흩어지기라도 하면 글자체는 세속과 서둘러 와전되고 음과 뜻도 지역마다 바뀌게 된다. 상·주를 거치고 또 진·한을 지나면서 죽간과 백서가 불타고 무덤은 뒤섞였다. 썩고 좀먹은 나머지를 잘 살피고 전해들은 이야기를 채집했다. 이리하여 '기해'로 의심을 바로 잡고 '삼시'가 오류임을 분석했다. 왕자년이 언급한 범주는 만대에 달하고 성덕과 부합되며 문장에서 이치를 구하니 혹시나 싶은 말도 근거가 있다. 《상서》는 "요가 우산에서 곤을 죽였다"고 했다. 《춘추전》은 "그가 황능으로 신화하더니 우연으로 들어갔다"고 했다. 산에서는 능으로 변하고 물에서는 물고기로 화한 것이다. 짐승은 산을 의지하고 물고기는 물을 의지하므로 각자 성향에 따라 변한다. 정전을 잘 살피고 이에 잡설을 구하여도 사실 같기도 하고 거짓 같기도 하여 모두 간략하게 적는다.

錄曰, 書契之作, 肇迹軒史, 道朴風淳, 文用尙質. 降及唐·虞, 爰迄三代, 世祀遐絶, 載歷綿遠. 列聖通儒, 憂乎道缺, 故使玉牒金繩之書, 蟲章鳥篆之記, 或祕諸巖藪, 藏於屋壁. 或逢喪亂, 經籍事寢, 前史舊章, 或流散異域, 故字體與俗訛移, 其音旨隨方互改. 歷商·周之世, 又經嬴·漢, 簡帛焚裂, 遺墳殘泯. 詳其朽蠹之餘, 採捃傳聞之說. 是以'己亥'正於前疑, '三豕'析於後謬. 子年所述, 涉乎萬古, 與聖叶同, 摘文求理, 斯言如或可據. 《尚書》云, "堯殛鯀於羽山." ≪春秋傳≫曰, "其神化爲黃能, 以入羽淵." 是在山變爲能, 入水化爲魚也. 獸之依山, 魚之附水, 各因其性而變化焉. 詳之正典, 爰訪雜說, 若眞若似, 並畧錄焉.

[2] 우는 구정을 주조하는데 다섯은 양법에 응하게 하고 넷에는 음수(陰數)를 그렸다. 장인으로 하여금 자금(雌金)은 음정(陰鼎)을 만들고 웅금(雄金)은 양정(陽鼎)을 만들도록 했다. 구정은 늘 차 있어 이것으로 기상의 길흉을 점친다. 하걸 때 솥물이 부글부글 끓었고 주 말기에 구정이 모두 떨었는데 이는 모두 멸망의 조짐에 응하는 것이었다. 후세에도 우의 업적에 의거하여 대대로 정을 주조한다.

禹鑄九鼎, 五者以應陽法, 四者以象陰數. 使工帥以雌金爲陰鼎, 以雄金爲陽鼎. 鼎中常滿, 以占氣象之休否. 當夏桀之世, 鼎水忽沸. 及周將末, 九鼎咸震, 皆應滅亡之兆. 後世聖人, 因禹之迹, 代代鑄鼎焉.

의미읽기

하에 덕이 있으니 타 지역에서 그림과 물건을 바쳐왔고 구주 장관들에게 금을 주면서 정을 만들어 자신들이 바친 물건을 새겨달라고 요구한다. 구정은 단순한 종묘 제구지만 천자 자리를 상징하기 때문에 왕권의 비호를 받는 물건이다. 우가 처음으로 정을 주조했다는데 이 글에서 우가 어떻게 음양오행에 맞도록 정을 주조하는지 그리고 정은 어떤 기능이 있는지 소개하고 있다. 정에는 자동으로 물이 차오르고 이 물로 하늘과 땅의 기운을 살펴 미래의 길흉을 점친다. 걸은 폭군이라서 물이 부글부글 끓어 오른 것이고 주 말기의 난세에는 정이 진동하여 망조를 암시하였다는 이야기는 정이 천지의 기운을 감지하는 예시 능력을 지녔음을 말해준다.

[3] 우가 있는 힘을 다해 도랑을 파고 물길을 끌어다가 언덕을 고르는데 황룡이 꼬리를 끌며 앞장서고 검은 거북이는 푸른 진흙을 짊어지고 뒷장을 섰다. 검은 거북은 하수 정령의 사자다. 아래턱 밑에 도장자국이 있는데 문은 모두 고전이고 자는 구주의 산천을 본뜬 자였다. 우가 뚫어 놓은 곳마다 푸른 진흙으로 봉하고 지역을 기록하니 검은 거북이 그 위에 도장을 찍는다. 요즘 사람들이 흙을 쌓아 경계를 삼는 것도 이것의 유습이다.

禹鑄力溝洫, 導川夷岳, 黃龍曳尾於前, 玄龜負靑泥於後. 玄龜, 河精之使者也. 龜頷下有印, 文皆古篆, 字作九州山川之字. 禹所穿鑿之處, 皆以靑泥封記其所, 使玄龜印其上. 今人聚土爲界, 此之遺象也.

의미읽기

이 글은 우의 치수사업을 직접 들려준다. 황룡과 검은 거북이 도와주는 모습이 재미있다. 앞글에서 하수 정령을 곤이라고 했으니 거북은 아버지 곤이 아들을 위해 보낸 심부름꾼으로 설정되었다. 우, 거대한 황룡과 검은 거북이 함께 뚫고 봉인하고 뚫고 봉인하는 공정이 거대한 치수현장을 연상시킨다. 황룡은 응룡(應龍)으로 "신룡이 꼬리로 땅을 그으면 물길을 끌어 물을 대고 물이 넘쳐흐르면 그것을 잡았다"고 한다.

거북이 턱에 쓰인 글자를 말할 적에 허신 말처럼 문과 자를 구별하여 문은 고전이고 자는 구주산천을 본뜬 자라고 했다. 일반적으로 문은 사물을 본뜬 기본글자이고 자는 늘어나서 점점 많아진 것을 말하니, 단옥재(段玉裁)는 독체(獨體)는 문이고 합체(合體)는 자이며 모두 합해야 문자라고 했다.

요즘도 농사를 지을 적에 수로를 만들고 둑을 쌓는데 우가 바로 이 방법을 사용해서 구주의 치수사업을 완성했던 모양이다. 수많은 노동력이 동원되었을 공사현장을 황룡과 거북을 통해 상징적으로 언급한 후 글의 초점을 살짝 거북에 담긴 글자로 돌린다.

[4] 우가 용관산을 뚫고 그곳을 용문이라고 불렀다. 빈 바위굴을 수십 리 들어갔더니 어두워서 더 이상 갈 수가 없게 되었다. 우는 불을 짊어지고 들어간다. 돼지 같은 짐승이 야명주를 물고 있으니 빛이 등불 같다. 또 푸른 개가 앞서 달리며 짖는다. 우가 약 십리 남짓 들어갔더니 밤낮이 섞이다가 이내 점점 밝아진다. 앞서 가던 돼지와 개가 사람 형체로 변하는 것이 보이더니 모두 검은 옷을 착용하고 있다. 또 신이 하나 보이는데 몸은 뱀이고 얼굴은 사람이다. 우가 더불어 이야기했다. 그 신은 우에게 팔괘도를 보여 주고 금판 위에 늘어놓는다. 또 여덟 신들이 있어 양옆에서 모시고 있었다. 우가 물었다. "화서에서 성자가 태어났다던데 바로 당신이오?" 그는 이렇게 답한다. "화서는 구하(九河)의 신녀로 나를 낳았다." 이내 옥간을 찾아서 우에게 주었는데 길이는 1척 2촌으로 12시의 숫자에 부합하며 이것으로 천지를 재도록 했다. 우는 즉시 옥간을 들고서 물과 땅을 평정한다. 뱀 몸의 신은 바로 희황이었다.

禹鑿龍關之山, 亦謂之龍門. 至一空巖, 深數十里, 幽暗不可復行. 禹乃負火而進. 有獸狀如豕, 銜夜明之珠, 其光如燭. 又有靑犬, 行吠於前. 禹計可十里, 迷於晝夜, 旣覺漸明, 見向來豕犬變爲人形, 皆著玄衣. 又見一神, 蛇身人面. 禹因與語. 神卽示禹八卦之圖, 列於金版之上. 又有八神侍側. 禹曰 "華胥生聖子, 是汝耶?" 答曰 "華胥是九河神女, 以生余也." 乃探玉簡授禹, 長一尺二寸, 以合十二時之數, 使量度天地. 禹卽執持此簡, 以平定水土. 蛇身之神, 卽羲皇也.

의미읽기

우가 복희를 만나 팔괘를 보고 옥간을 얻어 치수사업을 완성했다는 사실에 대해 소기 시대에 많은 사람들이 의심쩍게 여겼던 모양이다. 다음에 나오는 록을 보면 열 받은 소기가 꾸짖는 대목이 나온다. 귀신이 했다는 일에도 감탄해 마지 않는 사람들이 어째서 복희랑 우가 만났다는데 그리 의심들을 하시는 거요! 하고 말이다. 본문을 읽으면서 내심 '뭐 이랬을라구. 말도 잘 만들어요'라고 생각했던지라 뜨끔! 하지 않을 수 없었다. 귀신의 일과 사람의 일에 대한 소기의 상대적 가치평가는 그의 글에서 늘 배어난다.

이 글이 다음과 같이 각색된 예도 있다. 우는 적석산(積石山)부터 용문(龍門)을 파다가 굴로 들어갔는데 막 들어간 입구는 사방 7척이더니 더 들어가자 어두워서 갈 수가 없어서 우는 등에 불을 지고 갔다. 길이가 10장이나 되는 까만 뱀이 있는데 뿔난 머리에 야명주를 입에 물고 우를 인도한다. 우는 뱀과 밤낮으로 달렸는데 거리를 헤아려 보니 30여 리였고 도깨비를 만나지 않았으며 동굴은 점점 넓어졌다. 어느 방에 도착하니 뱀 비늘 몸을 한 사람이 돌 위에 있다가 우에게 말을 걸었다. 돼지는 뱀이 되었고 푸른 개는 나오지 않는다. 10리는 30리로 멀어졌으나 복희는 역시 몸이 뱀이다.

첫머리의 용문은 황하 상류에 있는 산으로 현 산서성(山西省) 하진현(河津縣) 서북, 섬서성(陝西省) 한성현(韓城縣) 동북에 위치한다. 양쪽으로 절벽이 마주보고 있어서 이로부터 황하가 둘로 나누어지는, 대궐문 같은 형세이다. 1권에서는 화서를 섬이라고 하더니 여기에서는 복희를 낳은 구강의 신녀라고 한다. 화서는 낭중(閬中) 유수(俞水) 땅이고 사람으로 보기는 좀 어렵겠다. 복희는 여와와 함께 보통 머리는 사람이고 몸은 뱀이라고 알려져 있으나 일부 서적에는 복희 몸에 비늘이 있다고도 한다.

▌소기의 록 5

"대저 신비한 업적은 찾기도 어렵거니와 숨겨져 있어 밝혀낼 수 없는데다 보아도 보이지 않고 들어도 들리지 않으니 비슷비슷하여 그것을 보거나 들으면 금방 현혹된다. 만약에 명리를 알고 싶다면 선대 분

묘에 지적하여 밝힌 바가 있다. 팽생이 패구에 가짜로 나타나고 조왕이 푸른 개에게 형체를 드러낸 것은 모두 글이 노나라 책에 기재되어 있고 제·한을 통해 효능이 확인되었다. 먼 고대에도 사건은 다르지만 신비하다는 점에서 일치된다. 구술을 머금고 촛불을 토하는 괴이함은 정령도 한 가지로 균일하다. 저 이어지는 우의 공적은 신비한 근원을 조사하려해도 평범한 자가 헤아릴 수 있는 것은 아니다. 복희로부터 하우까지 바라보니 지나온 세월이 멀지만 제사가 겨우 이어지므로 해달이 함께 빛나고 음과 양이 서로 들어맞을 수 있는 것이다. 역대 제왕은 사정들은 달랐지만 공적을 이뤘고 실마리를 참조하여 도리를 이해했으며 만년을 하루같이 여겼고 여러 겁을 촌음보다 재촉했다. 어찌 귀신도 가능한 일에는 감탄하면서 복희와 우가 서로 만났던 것을 의심하리오!

錄曰. 夫神迹難求, 幽暗罔辨, 希夷髣髴之間, 聞見以之衒惑. 若測諸冥理, 先墳有所指明. 是以彭生假見於貝丘, 趙王示形於蒼犬, 皆文備魯冊, 驗表齊·漢. 遠古曠代, 事異神同. 衒珠吐燭之怪, 精靈一其均矣. 若夫茫茫禹跡, 杳漠神源, 非末俗所能推辨矣. 觀伏義至於夏禹, 歲歷悠曠, 載祀綿邈, 故能與日月共輝, 陰陽齊契. 萬代百王, 情異迹至, 參機會道, 視萬齡如旦暮, 促累劫於寸陰. 何嗟鬼神之可已, 而疑義, 禹之相遇乎!

이 글의 희이(希夷)를 그냥 '희미하다'로 풀었다가 《노자(老子)》에 나오는 "보아도 보이지 않는 것을 이라 하고 들어도 들리지 않는 것을 희라 한다(視之不見名曰夷, 聽之不聞名曰希)" 해석을 적용해보았다.

[2] 은탕(殷湯)

[1] 상초에 신녀 간적이 뽕밭에서 놀다가 검은 새가 땅에 남겨둔 알을 보았는데 오색무늬가 있고 '팔백'이라는 글자가 적혔는데 간적은 그것을 주워서 옥 광주리에 넣고 붉은 비단으로 덮어두었다. 그날 밤 꿈 속에 신모가 나타나서 말했다. "네가 이 알을 품는다면 성자를 낳을 것이니 금덕에 부합하게 된다." 이에 간적이 알을 품은 지 일년이 지나자 태기가 있었고 14개월이 지나서 설을 낳았다. 팔백은 길조로서 알의 무늬에 부합된다. 비록 가뭄재앙을 당했으나 후손은 번창했다.

商之始也, 有神女簡狄, 遊於桑野, 見黑鳥遺卵於地, 有五色文, 作'八百'字, 簡狄拾之, 貯以玉筐, 覆以朱紋. 夜夢神母謂之曰 "爾懷此卵, 卽生聖子, 以繼金德." 狄乃懷卵, 一年而有娠, 經十四月而生契. 祚以八百, 叶卵之文也. 雖遭旱厄, 後嗣興焉.

의미읽기

순이 설을 상에 봉하고 성씨를 내리니 상의 시조가 되었다. 설은 순의 사도(司徒)로 우의 치수사업을 도와 공을 세워서 상에 봉해진 것이다.

새의 알에서 설이 태어났다는 설화가 몇 가지 전해진다. ≪시·상송·현조≫의 "하늘이 검은 새에게 명하여 세상으로 내려가 상을 낳게 하네", "유융씨에게 질녀가 둘 있었는데 그녀들을 위해 구성대를 쌓아, 먹고 마실 때마다 꼭 고했다. 왕이 제비에게 가보라고 하니 제비는 깍깍 웃는다. 두 여인은 제비가 하도 예뻐서 채듯이 잡아 옥 광주리에 넣어 두었다. 잠시 후 열어보니 알 두 알만 남았고 제비는 북으로 날아가 끝내 돌아오지 않았다", "은 시조 설의 어머니 간적은 유융씨의 딸이자 제곡의 둘째 부인이다. 간적 등 세 여인이 목욕하러 갔다가 제비가 알을 떨어뜨리는 것을 보았고 간적이 그것을 삼켰는데 잉태하여 설을 낳았다."

2권의 편목이 [은탕]인데 설 당시의 국호는 상이었다. 탕은 설의 14대손으로 이름이 이(履)이고 탕은 자에 해당된다. 하가 은(상)에게 망하고 은이 주에게 망한 역사의 패러다임에서 폭군과 성군이 등장하니, 하의 시조인 우가 성군이고 마지막 걸은 주지육림(酒池肉林)으로 유명한 폭군이며 걸을 처단한 이가 바로 탕으로 요순처럼 성탕(成湯)으로 겸칭된다. 은의 마지막 주(紂)는 다시 주(周) 무왕에게 처단되는 주지육림의 폭군으로 그려진다. 천자문의 우탕을 본받고 걸주는 본받지 말라는 것도 이러한 역사기술에서 나온 것이다. 설이 상의 시조이지만 14대 탕이 실질적으로 하를 망하게 한 장본인이라서 왕가 혹은 소기가 편목을 은탕으로 한 것 같다. 은이 상을 대신하는 국호로 정해진 것은 후손 반경(盤庚)시대에 은으로 천도한 후의 일이다.

탕이 하를 공격할 적에 "날이 가물어 5년이나 수확할 수 없었다. 이에 탕은 뽕밭에서 온몸으로 기도드렸고 이윽고 비가 많이 내렸다(天大旱, 五年不收, 湯乃以身禱於桑林, 雨乃大至)"고 한다. 기우제를 드려 비를 내리고 홍수를 제어하는 주술력은 천자의 덕목이었으니 당시 탕이 상림(桑林)에서 기우제를 지낼 적에 추었다는 춤은 포정해우(庖丁解牛)의 손놀림, 요의 음악 경수(經首)와 함께 정교함의 극치를 논할 때 거론된다. 탕은 목욕하는 반(盤)에 명(銘)을 새겨 자신을 경계했다는 탕지반명(湯之盤銘)으로도 회자되고, 요리사였던 이윤(伊尹)을 등용하여 걸을 처단하는 데에 도움을 받았던 일도 흔치 않은 이야깃거리다.

[2] 부열은 품을 받아 죄수용 붉은 옷을 만드는 사람인데 외진 암에서 담 쌓을 때 진흙 찧는 일을 하여 먹고 살았다. 꿈을 꾸었는데 구름을 타고 해를 돌아가기에 점을 쳐보았더니 '이건후'괘를 얻었다. 연말에 탕이 옥백을 들고 와서 아형으로 초빙했다.

傳說賃爲赭衣者, 舂於深巖以自給. 夢乘雲繞日而行, 筮得‘利建侯’之卦. 歲餘, 湯以玉帛聘爲阿衡也.

의미읽기

부열의 열(說)은 열(悅)로 읽으며 그는 갈포 옷에 띠를 매고 부암성 건축 현장에서 일했는데 탕이 천거하여 삼공을 세웠다고도 하고, 노역일 하는 사람으로 부험에서 집을 지었다고도 하는데 그의 고장인 암(巖)은 우(虞)와 괵(虢)의 경계 지역이라고 한다. 성품이 어질어서 죄수를 측은히 여기고 그들 대신 길을 닦고 먹을 것도 주었다고 한다.

'이건후'는 함부로 다니지 말고 제후를 세워야 이롭다는 괘로, 이는 뜻밖에 군신을 만날 조짐을 암시한다. 부열도 꿈을 꿨고 탕도 꿈을 꾸었으니, 한 성인을 만났는데 이름이 열(說)이라고 했다. 탕은 꿈에서 본 성인의 모습을 찾기 위해 대신과 관리를 다 뒤졌으나 발견하지 못한다. 백방으로 수소문한 결과 열은 부암에 있었고 재상으로 등용하였는데 정작 부열에게는 자신의 꿈을 들려주지 않았다고 한다. 부열도 탕에게 구름을 타고 해를 돌았던 꿈과 '이건후'괘를 말하지 않았을 터인데 이천년이 흐른 지금 우리가 도리어 둘의 꿈을 소상히도 알고 있다.

부열은 탕의 재상으로 등용된 것이고 본문의 아형으로 등용된 사람은 요리사였던 이윤이다. 왕가 혹은 소기 혹은 습유기에 관계했던 누군가가 이윤과 부열을 혼동한 것 같다. 아니면 원래 이윤의 이야기였는데 부열로 와전되었을 가능성도 있다.

[3] 주는 혼란을 틈타 제후들을 없애려고 비렴과 악래로 하여금 현량을 죽이고 그 보물 병기를 빼앗아 경대 밑에 묻어버리라고 했다. 비렴 등으로 하여금 가까이 오백 리 안에 있는 나라를 혼란시키기 위해 계속 봉화를 계속 피우게 했다. 주는 대에 올라 불이 피어오르는 곳을 바라보다가 이에 군대를 일으켜 그 나라를 정벌하고 군주를 죽이고 백성을 가두고 기녀를 잡아들이고 음란하고 잔학한 짓을 거리낌 없이 저질렀다. 신인이 분노했다. 그때 붉은 새가 불을 입에 머금고 별이 반짝이듯 하여 봉화를 교란시켰다. 주는 혼란스러워서 제국으로 하여금 봉화를 멈추도록 했다. 이리하여 수많은 오랑캐 백성들이 기뻐했고 만국은 다시 고요해졌다. 무왕이 주를 칠 때 초부 목동이 높은 곳의 새둥

지를 살피다가 옥새를 발견했는데 이런 글이 쓰여 있었다. "수덕이 망하고 목조가 성할 것이다." 문은 모두 대전이고 은의 역사는 이미 끝났고 희의 성덕이 바야흐로 일어날 것이라고 적혀 있다. 천하를 삼분하여 그 둘이 주에게로 돌아갔다. 그래서 백성들은 은이 늦게 망하고 주가 늦게 세워진다고 탄식하였다.

紂之昏亂, 欲討諸侯, 使飛廉·惡來誅戮賢良, 取其寶器, 埋於瓊臺之下. 使飛廉等惑所近之國, 侯服之內, 使烽燧相續. 紂登臺以望火之所在, 乃興師往伐其國, 殺其君, 囚其民, 收其女樂, 肆其淫虐. 神人憤怨. 時有朱鳥銜火, 如星之照耀, 以亂烽燧之光. 紂乃回惑, 使諸國滅其烽燧. 於是億兆夷民乃歡, 萬國已靜. 及武王伐紂, 樵夫牧豎探高鳥之巢, 得玉璽, 文曰, "水德將滅, 木祚方盛." 文皆大篆, 紀殷之世歷已盡, 而姬之聖德方隆. 是以三分天下而其二歸周. 故蚩蚩之類, 嗟殷亡之晚, 望周來之遲矣.

의미읽기

왜 이 나라가 망하지 않는지, 왜 빨리 정권이 안 바뀌는지 모르겠다고 사람들이 웅성거린다. 장정은 죽이고 여자는 잡아가는 악덕 주 물러가라, 물러가라, 물러가라. 신도 분노하고 인간도 분노한다. 주가 망하도록 하늘이 돕고 땅이 돕는다. 한낱 필부가 찾아낸 옥새에도 은이 망하고 주가 일어난다고 적혀 있는데 이제 주가 물러나는 것은 시간문제다. 설로부터 시작된 상. 즉 은은 결국 멸망의 순간에 오고 말았다. 모든 과오는 주의 포학무도(暴虐無道)함으로 돌린다. 힘센 아들 악래와 잘 달리는 아버지 비렴은 주를 열심히 섬긴 신하들로 주가 폭군으로 역사에 남았기 때문인지 그들에 대한 기록도 참소를 잘해서 다들 싫어했다는 정도로 전한다.

이 글에 따르면 은이 수덕이고 주가 목덕이다. 물의 나라는 스러지고 나무의 나라가 세워지는 순리를 물, 나무, 불, 흙, 쇠의 오덕종시설로 풀어 본다. 복희는 나무인데 나무는 불로 가므로 신농은 불이고 불은 흙으로 가므로 황제가 흙이며 흙은 쇠로 가므로 소호는 쇠고 쇠는 물로 가므로 전욱이 물이고 물은 나무를 낳으므로 제곡은 다시 나무로 왕이 된다. 다시 돌면 요는 나무 다음인 불이고 순은 불 다음인 흙이며 하는 흙 다음인 쇠이고 상은 쇠 다음인 물이며 주는 물의 나라를 치고 나무의 나라를 세운다.

[4] 사연은 은의 음악인이다. 음악인을 둔 이래 대대로 이 직책을 이어왔다. 사연은 음양에 정통했고 상수와 참위에도 밝았다고 하니 그 사람됨을 가늠하기가 어렵다. 대대로 멀리 전해지면서 끊겨서 드러나기도 하고 또 숨겨지기도 한다. 헌원 시절에 음악을 담당하는 관리였다. 은에 와서 삼황오제 음악을 모두 다듬었다. 가야금 한 현 튕기면 땅 신이 다 올라오고 옥률을 불면 천신이 다 강림했다. 헌원 때 이미 수백 살이었고 여러 나라의 노래를 들어보고 흥망의 조짐을 알았다. 하 말에 이르러 악기를 안고 은으로 망명했다. 주가 여색에 빠져서 사연을 음궁에 가두고 극형에 처하려 했다. 사연은 옥에서 청상·유징·척각의 음을 연주했다. 옥관이 주에게 들어보시라고 청하였더니 주는 오히려 꺼리면서 "이런 촌스럽고 거친 구닥다리 음악은 내가 들을 수준이 못 된다"며 풀어주지 않았다. 이에 사연은 혼을 빼고 백을 어지럽히는 곡을 연주하여 긴긴 밤의 쾌락을 누리게 함으로써 통째로 구워지는 형벌은 겨우 면했다. 주 무왕이 군사를 일으키자 사연은 복류를 넘어 갔는데 혹자는 수부에서 죽었다고 한다. 진과 위 사람은 돌을 조각하고 금을 주조해서 사연의 모습을 만들고 늘 제사를 모셨다.

師延者, 殷之樂人也. 設樂以來, 世遵此職. 至師延, 精述陰陽, 曉明象緯, 莫測其爲人. 世載遼絶, 而或出或隱. 在軒轅之世, 爲司樂之官. 及殷時, 總修三皇五帝之樂. 拊一弦琴則地祇皆升, 吹玉律則天神俱降. 當軒轅之時, 年已數百歲, 聽衆國樂聲, 以審興亡之兆. 至夏末, 抱樂器以奔殷, 而紂淫於聲色, 乃拘師延於陰官, 欲極刑戮. 師延旣被囚繫, 奏淸商·流徵·滌角之音.

司獄者以聞於紂, 紂猶嫌曰 "此乃淳古遠樂, 非余可聽說也." 猶不釋. 師延
乃更奏迷魂淫魄之曲, 以歡修夜之娛, 乃得免炮烙之害. 周武王興師, 乃越濮
流而逝, 或云死於水府. 故晉·衛之人, 鐫石鑄金以像其形, 立祀不絶矣.

의미읽기

이 글은 소리로 세상을 꿰뚫는 기인 사연을 통해 주의 타락을 폭로하고 무왕
의 정당성을 다시 입증한다. 수백 살이 넘은 헌원 시절부터 살던 뛰어난 음악인
이 주에게 핍박받고 목숨을 담보로 밤새 쾌락에 도움이 되는 소리나 연주하게
된다. 그러던 어느 날 드디어 주 무왕이 세력을 떨치고 일어나자 세상 돌아가는
섭리를 아는 사연은 하에서 은으로 망명했던 것처럼 다시 주로 망명한다. 그가
죽었는지 살았는지 모른다는 대목은 신비로움을 더해주고 진, 위에 이르러서도
조각상을 만들어 제사를 지냈다는 이야기는 주를 인정한 성인에 어울리는 정당성
을 획득하기에 부족함이 없다.

사연이 당할 뻔했던 포락(炮烙)은 포격(炮格)으로 주의 여자 달기가 웃었던
바로 그 형벌을 말한다. 기름 바른 구리기둥 밑에 뜨겁게 숯불을 피우고 죄수를
그 위로 걸어가게 하면 하도 뜨거워 죄수가 이글이글 타오르는 불구덩이로 떨어
진다. 그러면 뾰로통하던 달기가 살포시 웃고 그 미소에 자지러진 주가 자꾸 포
격 형벌을 치르게 했으니 미소 한번 보려고 얼마나 많은 목숨을 잔인하게 없애
버렸는가. 여기 사용된 기름 바른 구리기둥도 보통 구리기둥이 아니라고 한다.
우선 개미에게 구리 한 말을 덮어씌운 뒤 개미들이 발이 못쓰게 되어 엉켜 죽으
면 그 우둘투둘한 개미구리기둥 밑을 숯불로 달구고 죄인에게 그 위를 걷도록
하였다는 것이다.

사연의 조각상과 함께 그의 뒷소문도 가끔 전해져 온다. 위(魏) 영공(靈公)은
진으로 가던 길에 복류에서 하루 머무르게 되었는데 한밤 중 신성(新聲)을 타는
가야금 가락이 들려온다. 좌우 아무도 들리지 않고 자기만 들리는 귀신 곡할 노릇
이다. 사연(師涓)에게 가락을 받아 적게 한 뒤 진 평공 앞에서 연주하게 했는데
도중에 사광(師曠)이 말리면서 진언을 드린다. "이 곡은 사연의 곡으로 주를 쾌

락에 젖어들게 하던 곡입니다. 무왕이 주를 칠 때 사연이 복수에 빠졌다고 했으니 필시 복수에서 들으셨을 겁니다." 그냥 이야기에 지나지 않았으면 싶다. 정말로 복수에 가면 이 음악이 들려올 것 같아 섬뜩하다.

▌소기의 록 6

 《삼분》과 《오전》 및 제반 위서·점서 잡설은 모두 간적이 제비 알을 삼키고 설을 낳았다고 한다. 《시경》에서 말한 "하늘이 검은 새에게 명하여 하강하여 상을 낳게 하네"가 맞다. 이 설을 의심하여 생겨난 말들이 각각 다르기 때문에 그 다른 점을 적었다. 부열은 집짓는 일을 그만두고 고용살이에서 벗어나 무정의 초빙에 응하여 재상이 되었으니 이른바 불가사의한 낌새를 알았다고 하겠다. 같은 예는 여상이 번계에서 때를 기다리다가 주나라로 갔던 일이고 다른 예는 재상 이윤이 솥을 짊어지고 직접 탕을 찾아간 일이니 용과 뱀이 등용되고 도를 깨달으면 통한다. 이는 옛 현인의 가르침이고 통인의 법칙이다. '즐겁게 천명을 받드는 것'은 믿을 만한 경구다. 죽어도 썩지 않아서 명이라고 한다. 후손에게 명성과 명예가 없다면 어찌 만년토록 위엄을 드날리겠는가. 비유컨대 금옥은 연기나 먼지도 그 단단하고 곧음을 묻어버릴 수 없다. 비교하면 경수·복수·치수·위수도 그 맑고 맑음을 흐릴 수 없다. 사연은 주의 학대를 받았으나 행동을 고쳐 살아남았고 저울질해보고 건너고자 하여 때를 살펴 군주를 좇은 덕에 온몸으로 사면받았다. 이른바 곤궁하면 통한다고 했으니 마침내 지혜로써 모면한 것이다. 그래서 단청에 그려 넣고 금석으로 새겨 그의 음악과 조화이룬 공로를 아끼고 신비로운 공적을 귀하게 여겼던 것이다. 이제는 월왕이 계연의 예리함이 그리워서 금을 주조해서 그의 덕을 기렸던 일들도 바야흐로 사라져간다.

錄曰, ≪三墳≫・≪五典≫及諸緯候雜說, 皆言簡狄吞燕卵而生契. ≪詩≫云, "天命玄鳥, 降而生商." 斯文正矣. 此說懷感而生, 衆言各異, 故記其殊別也. 傅說去其春築, 釋彼傭賃, 應翹旌而來相, 可謂知幾其神矣. 同磻溪之歸周, 異殷相之負鼎, 龍蛇遇命, 道會則通. 斯則往賢之明敎, 通人之至規. '樂天知命', 信之經言也. 死且不朽, 是謂名也. 烏無聲譽於後裔, 揚風烈於萬祀. 譬諸金玉, 煙埃不能埋其堅貞. 比之涇・濮, 淄・渭不能混其澄澈. 師延當紂之虐, 矯步求存, 因權取濟, 觀時徇主, 全身獲免. 所謂困而能通, 卒以智免. 故影被丹靑, 形刊金石, 愛其和樂之功, 貴其神迹之遠矣. 至如越思計然之利, 鐫金以旌其德, 方斯蔑矣.

의미읽기

마지막 문장의 계연은 범려(范蠡)의 스승인데 범려가 죽자 월왕이 금으로 범려상을 조각하여 곁에 두고 아침저녁으로 정사를 논하는 것을 보고 이때부터 미친 척 했던 인물이다. 소기가 계연과 범려를 혼동해버린 듯하다.

[3] 주(周)

[1] 주 무왕은 주를 치기 위해 동쪽으로 가던 길에 밤중에 황하를 건너게 된다. 그때 구름이 대낮같이 밝아서 팔백여 군사 모두 일제히 노래했다. 붉은 새처럼 생긴 왕벌이 무왕의 배로 날아들기에 그 새를 깃발에 그려 넣었다. 이튿날 주의 목을 베어 달고 배를 봉주라고 이름 지었다. 노 애공 2년 정나라 사람이 조 간자를 치고 벌 깃발을 얻었으니 바로 그 종류이다. ≪태공육도≫에 나온다. 무왕은 그 모양을 표식 깃발에 그려 넣도록 하고 길조로 여겼다. 요즘 번신이 모두 새 그림인

것은 이로부터 유래된 것이다.

周武王東伐紂, 夜濟河. 時雲明如畫. 八百之族, 皆齊而歌. 有大蜂狀如丹鳥, 飛集王舟, 因以鳥畫其旗. 翌日而梟紂, 名其船曰蜂舟. 魯哀公二年, 鄭人擊趙簡子, 得其蜂旗, 則其類也. 事出≪太公六韜≫. 武王使畫其像於幡旗, 以爲吉兆. 今人幡信皆爲鳥畫, 則遺象也.

의미읽기

무왕을 위해서는 구름도 밤을 밝히고 왕벌도 날아든다. 하늘이 돕는 천자라는 정당성은 도처에서 입증된다. 조 간자는 어깨에 화살을 맞고 배 위에서 죽었지만 무왕에게 죽은 주와 비교하기에는 좀 어울리지 않는다.

[2] 성왕 3년, 니리국에서 조배를 드리러 왔다. 그 나라 사람은 이렇게 이야기한다. "니리국에서 출발한 이후로 늘 구름 속으로 다녔는데 우뢰는 아래에서 들렸습니다. 동굴로 숨어 들어가면 파도소리는 위에서 들리지요. 해와 달을 보고 사방의 여러 나라가 어디로 향할지 알며 추위와 더위를 계산해보고 연월을 알 수 있지요." 니리국의 기원을 조사해보았더니 중국과 역법이 부합된다. 왕은 외빈의 예우로 접대했다.

成王卽政三年, 有泥離之國來朝. 其人稱, 自發其國, 常從雲裏而行, 聞雷霆之聲在下. 或入潛穴, 又聞波濤之聲在上. 視日月以知方國所向, 計寒暑以知年月. 考國之正朔, 則序曆與中國相符. 王接以外賓禮也.

중국으로 오는 길에 니리국 사람들이 구름 속을 걸어 다니고 우뢰 위에 앉았다가 파도 아래에 잠겼다는 것만으로도 충분히 신기하다. 그런데 그들은 세상 돌아가는 기운을 읽어내는 신통력마저 지녀 해, 달, 기후를 살펴보고 다른 나라의 다음 행보가 무엇인지도 알 수 있다. 무사(巫師) 혹은 한대에는 방사(方士)로 불리던 계층처럼 점을 치고 오행의 움직임을 파악해내는 특별한 능력을 지닌 사람들이 니리국에 많았던 모양이다. 성왕이 국빈 대우를 해주었다니 당시 이런 능력을 지닌 사람을 높이 샀던 것으로 보인다.

[3] 성왕 4년. 전도국에서 아름다운 백색 옥 수레에 어린 봉황을 실었는데 오색 옥으로 장식되어 있으며 붉은 코끼리를 몰고 수도에 다다랐다. 어린 봉황은 영금원에서 길렀으며 옥즙을 마시게 하고 구름열매를 먹였는데 두 가지 모두 상원선에서 나왔다. 처음에는 봉황의 털빛이나 무늬가 빛이 나지 않았다. 성왕이 태산에서 봉제를 드리고, 사수산에서 선제를 드리자 봉황이 갑자기 아름답고 휘황찬란하게 빛났다. 중국의 날짐승과 들짐승도 다시는 시끄럽게 울지 않은 채 신비로운 봉황의 존재에 머리를 조아릴 뿐이었다.

성왕이 마침내 붕어하셨다. 봉황도 훌쩍 날아가 버렸다. 공자가 노나라를 돕고 있을 때 신비로운 봉황이 와서 노닐었다. 애공 말이 되자 다시 날아오지 않았는데 그래서 "봉황이 오지 않고"라 했던 것이다. 참으로 슬픈 일이로고!

四年. 旃塗國獻鳳雛, 載以瑤華之車, 飾以五色之玉, 駕以赤象, 至於京師, 育於靈禽之苑, 飮以瓊漿, 飴以雲實, 二物皆出上元仙. 方鳳初至之時, 毛色文彩未彪發. 及成王封泰山·禪社首之後, 文彩炳耀. 中國飛走之類, 不復喧鳴, 咸服神禽之遠至也. 及成王崩. 沖飛而去. 孔子相魯之時, 有神鳳遊集. 至哀公之末, 不復來翔, 故云, "鳳鳥不至." 可爲悲矣!

의미읽기

'봉황이 오지 않고 하수에서 그림이 나지 않으니 내가 말지어다!(鳳鳥不至, 河不出圖, 吾已矣夫!)'는 ≪논어·자한(子罕)≫에 나오는 공자말씀이다. 옥으로 꾸미고 옥 수레를 타고 옥 즙을 마시는 봉황은 성왕 때 중국에 머물렀던 길상 (吉祥)이다. 성왕이 봉선(封禪)을 드리면 털을 빛내면서 화답하는 영물로 모든 생물체는 그의 존재를 인정한다. 영물답게 성왕이 죽자 사라졌다가 공자가 나오자 다시 날아들었다는 것이다. 그러므로 공자는 성왕과 같은 반열에 오를 수 있는 영물 봉황이 인정하는 인물이 된다. 그런데 노의 애공이 어진 정치를 하지 못하는 바람에 더 이상 봉황이 날아들지 않으니 이는 공자도 어쩔 수 없는 비통한 일이라는 것이다. ≪시경≫이나 선인(仙人)의 시구가 아닌 ≪논어≫를 통해 이야기의 정통성을 증명한 사례는 이번이 처음이다.

성왕이 천신에게 봉제를 드린 태산(泰山)은 산동성에 소재한 하도 유명한 산이고, 산천의 신들에게 선제를 드린 사수산(社首山)은 산동성 태안현(泰安縣) 서남쪽에 소재하고 있으며 산 위에는 사수단(社首壇)이 있다.

[4] 성왕 5년. 인기국은 수도로부터 구만 리 떨어져 있으며 이곳에서 여공을 한 명 바쳤다. 그녀는 몸이 가볍고 수를 놓은 예쁜 비단옷을 입고 있는데 긴소매와 긴치마를 바람이 불면 띠로 묶어놓는 것은 나부끼다가 혼자 멈추지 못할까봐 그런 것이었다. 그녀는 천짜기에 능해서 오색실을 입에 넣었다 손으로 쭉 뽑으면 채색 비단이 짜졌다. 인기국에서 바친 물건들 중에 운곤금은 구름이 산에서 피어오르는 문양이다. 열첩금은 꽃구름노을이 성 담벼락과 누대를 물들이는 문양이다. 잡주금은 구슬패물을 꿰어놓은 문양이다. 전문금은 대전 글씨문양이다. 열명금은 등불이 연이어 켜진 문양이다. 천의 폭은 모두 3척 정도 된다. 장부들은 밭 갈고 농사짓는데 부지런해서 하루에 10경의 땅을 김맬 수 있다. 맛좋은 벼도 함께 가져 왔는데 한 포기만 담아도 수레가 가득 찬다. 당시 유행하던 사언시가 있다. "부지런히 힘써 10경 땅을

86

김매면 맛좋은 벼를 거둘 수 있다네."

　五年. 有因祇之國, 去王都九萬里, 獻女工一人. 體貌輕潔, 被纖羅雜繡之衣, 長袖修裾, 風至則結其衿帶, 恐飄颻不能自止也. 其人善織, 以五色絲內於口中, 手引而結之, 則成文錦. 其國人來獻, 有雲崑錦, 文似雲從山岳中出也. 有列堞錦, 文似雲霞覆城雉樓堞也. 有雜珠錦, 文似貫珠珮也. 有篆文錦, 文似大篆之文也. 有列明錦, 文似列燈燭也. 幅皆廣三尺. 其國丈夫勤於耕稼, 一日鋤十頃之地. 又貢嘉禾. 一莖盈車. 故時俗四言詩曰, "力勤十頃, 能致嘉穎."

의미읽기

　참으로 꿈만 같은 이야기이다. 비단옷을 휘감은 예쁜 여자는 바람에 나부껴 날아갈듯, 띠로 묶어놔야 안심할 정도로 가볍고 날씬하다. 연약한 몸매로 일도 잘해 비단을 술술 입으로 짜낸다. 비단에는 구름이 뭉게뭉게 피어오르고 꽃구름 노을이 담과 누각을 물들이고 구슬이 방울방울 열렸으며 대전글씨도 있고 등불이 달랑달랑 빛나 아름답기 그지없다. 여자들은 천을 잘 짜고 남자들은 농사를 잘 지어 입 안에 쫀득쫀득 녹아드는 벼를 풍성하게 수확해내는 나라 인기국, 나도 그곳에 가고 싶다.

　[5] 성왕 6년. 연구국에서 비익조를 바쳤는데 암수 한 쌍이고 옥 조롱에 담겼다. 사신들은 곱슬머리에 코는 뾰족하고 꽃구름 옷을 입고 있는데 요즘 말하는 '아침노을'과 비슷하다. 백여 국가를 지나서 겨우 중국에 도착했다. 거쳐 온 산과 강은 모두 기록하기 어려울 정도다. 철산을 넘고 끓는 바다에 표류하면서 뱀 섬·벌 고개를 지나왔다. 철산은 워낙 가파르고 험해서 수레바퀴 둘레를 단단한 금으로 만들어도 수도에 다다를 무렵에는 모두 닳았다. 또 끓는 바다는 부글부글 용솟음

쳤으나 거북과 자라 등껍질이 돌처럼 단단해서 그것을 곁에 씌우고 건널 수 있었다. 끓는 바다에 표류할 적에는 청동으로 배 밑을 감싸 교룡도 접근할 수 없게 했다. 또 뱀 섬을 지날 적에는 표범 가죽으로 집을 만들고 그 집 안에서 수레를 달렸다. 또 벌 고개를 넘을 적에는 호소목을 불살랐다. 이 나무의 연기는 모든 해충을 죽일 수 있다. 출발한 날로부터 50여 년이 지나서야 낙읍에 도착했다. 성왕은 태산에서 봉제를 지내고 사수산에서 선제를 지냈다.

사신이 고국을 출발할 때는 다들 어렸는데 수도에 도착하고 보니 수염이 희끗희끗해졌다. 그런데 연구국으로 돌아가면 다시 젊어진다고 한다. 비익조는 힘이 세고 까치같이 생겼으며 남해의 붉은 진흙을 물어다가 곤륜산 기슭의 검은 나무에 둥지를 짓는다. 성인이 나오면 모여드니 주공이 성군을 보좌하는 상서로움을 보인 것이다.

六年. 燃丘之國獻比翼鳥, 雌雄各一, 以玉爲樊. 其國使者皆拳頭尖鼻, 衣雲霞之布, 如今'朝霞'也. 經歷百有餘國, 方至京師. 其中路山川不可記. 越鐵峴, 泛沸海 · 蛇洲 · 蜂岑. 鐵峴峭礪, 車輪剛金爲輞, 比至京師, 輪皆銚銳幾盡. 又沸海氵凶 湧如煎, 魚鼈皮骨堅强如石, 可以爲鎧. 泛沸海之時, 以銅薄舟底, 蛟龍不能近也. 又經蛇洲, 則以豹皮爲屋, 於屋內推車. 又經蜂岑, 燃胡蘇之木. 此木煙能殺百蟲. 經途五十餘年, 乃至洛邑. 成王封泰山, 禪社首. 使發其國之時並童稚, 至京師鬚皆白. 及還至燃丘, 容貌還復少壯. 比翼鳥多力, 狀如鵲, 銜南海之丹泥, 巢崑岑之玄木, 遇聖則來集, 以表周公輔聖之祥異也.

의미읽기

전도국에서 가져온 봉황이나 연구국에서 바친 비익조 모두 길한 영물로 옥(玉)과 관련되며 성왕을 높이는 상징물이다. 특히 비익조는 푸른 새와 붉은 새

암수 한 쌍이 짝이 되어야만 날아오를 수 있다고 하여 겸겸(鶼鶼)이라고 하며 참우산(參嵎山)에 산다고들 한다. 이 글에서 비익조는 주공이 성왕을 보좌하는 상서로움을 보인 영물로 사용되고 있다. 주공은 주 문왕의 아들로, 무왕을 도와 은의 주(紂)를 처단했으며 어린 성왕이 즉위한 뒤로는 섭정을 하며 정치를 보좌했다.

꽃구름 옷을 입은 곱슬머리에 뾰족코 사신은 지금의 어느 나라 사람과 비슷한 모습인지 상상해보자. 철로 된 산을 넘고 부글부글 끓는 바다를 건너 뱀 섬을 지나 벌 고개를 넘어서 중국에 찾아올 정도로 용감한 이 사신들은 거북, 자라, 청동, 표범가죽으로 수레를 보호하고 해충박멸 효과가 있는 호소목을 이용할 정도로 수완마저 좋다. 중국에 비익조를 바치기 위해 출발했던 건장한 청년들은 오는 동안 오십 년이 흘러 이제 백발이 성성한 모습이 되어, 돌아가는 길에 임종을 맞이할 것으로 보인다. 그런데 고국인 연구국으로 돌아가면 다시 건장한 청년으로 젊어진다니 대단한 능력을 지닌 국가의 사신들이다. 회춘기법을 터득한 국가에서 50년이나 걸려 비익조를 중국에 바쳐야 했던 이유가 궁금해진다. 그리도 불로장생약을 찾았던 진시황(秦始皇)이나 한 무제(漢武帝)는 여기 연구국 사신을 만날 기회를 갖지 못했었나 보다.

[6] 성왕 7년. 남쪽 변방에 부루국이 있었다. 그곳 사람들은 기교를 부려 모습과 의복을 바꾸는데 크게 변하면 구름과 안개를 일으킬 수 있고 작게 변하면 가는 털 속으로도 들어갈 수 있다. 금, 옥, 그리고 깃털을 짜서 의상을 제작한다. 구름을 토하고 불을 내뿜으며 배를 두드리면 우뢰와 천둥소리가 들린다. 무소·코끼리·사자·용·뱀·개·말이나 범·외뿔소로 변할 수도 있다. 입에서 사람을 내놓기도 하고 온갖 공연의 묘기를 부릴 줄 알며 손바닥 사이에서 이리저리 구를 수도 있다. 사람 모습은 길게 수분 동안, 짧게 수초 동안 유지하고 있을 수 있다. 신기하고도 기이한 묘기는 순식간에 벌어지니 당시는 현란하고도 아름답다. 악부는 이런 재주를 모두 전하고 있고 주나라 말기에는 오히려 배

우기도 했는데, 껍데기만 전수되고 핵심은 사라진 채로 대대로 이어졌
으므로 이른바 '파후기'란 부루란 말이 와전되어 지금에 이른 것이다.

七年. 南陲之南, 有扶婁之國. 其人善能機巧變化, 易形改服, 大則興雲起
霧, 小則入於纖毫之中. 綴金玉毛羽爲衣裳. 能吐雲噴火, 鼓腹則如雷霆之聲.
或化爲犀·象·師子·龍·蛇·犬·馬之狀. 或變爲虎·兕, 口中生人, 備
百戲之樂, 宛轉屈曲於指掌間. 人形或長數分, 或復數寸, 神怪欻忽, 銜麗於
時. 樂府皆傳此伎, 至末代猶學焉, 得粗亡精, 代代不絶, 故俗謂之婆候伎,
則扶婁之音, 訛替至今.

의미읽기

　연구국 사람들은 노화방지법을 개발해 모두 젊게 산다더니 이제 부루국 사람
들은 변신에 능하다. 온 세상만큼 커지기도 하고 터럭보다 적어지기도 하고 금
옷, 옥 옷, 털옷을 입고서 입에서는 구름과 불을 뿜고 배에는 천둥과 우뢰가 들
어있다니. 여러 가지 동물로 변신할 수도 있고 입에서 사람을 내놓기도 한다니.
요즘 이런 사람들이 있다면 공연스케줄이 밀릴 정도로 흥행에 성공하겠다. 악부
에서 이런 묘기를 전했고 주나라 사람들이 배우고 싶어 했다니 이전에도 잡기를
재미있어 하는 풍조는 여전했었나 보다.
　현 중국의 공연예술도 여느 국가처럼 다양하기 그지없다. 경극(京劇), 천극(川
劇), 휘극(徽劇) 등 전통희곡이 있고 요즘 연극에 해당하는 화극(話劇)이 있고
무도(舞蹈) 즉 춤 공연이 있고 가극(歌劇)이 있고 콘서트가 있고 잡기(雜技)가
있다. 그 가운데 별다른 사전지식이나 언어장애 없이 관람이 가능해서 해외공연
이 많고 정부의 정책적인 지원 없이도 수익성이 좋은 항목으로는 잡기를 들 수
있다. 중국에는 어릴 적부터 수련을 거듭해온 전문 잡기단이 지역별로 존재하고
있으며, 도시에는 잡기를 전문적으로 양성하는 학원이 운영되고 있다. 그만큼 수
요도 많고 종사자도 많은 실정이다.
　본문의 변신술에 대해서는 《삼국연의》 68回에 나오는 "좌자가 조조에게 잔

을 던지는 희(左慈擲杯戲曹操)"를 보면 좌자가 잔을 던졌더니 잔이 흰 학으로 변해서 날아갔다는 대목이 나온다. 이것은 삼투희법(三套戲法)으로 갑자기 목단을 피게 한다든지 큰 물고기를 낚아 올리는 마술도 이와 관련된다. 주변의 사물을 변하게 하는 기술은 현재도 볼 수 있으나 자신이 동물로 변하고 터럭보다 작게 변해 털 속으로 들어가는 변신술은 기록으로만 전해진다.

입에서 사람을 내놓는 이야기는 ≪속제해기(續齊諧記)≫에도 전해지는데 보통 인도의 영향을 받은 것으로 본다. 양서 선생은 길을 가다가 한 서생을 만나는데 그의 입에서 예쁜 여인을 내놓아 셋은 술자리를 함께 한다. 서생이 잠들자 여인은 입에서 다른 남자를 꺼내 즐거운 시간을 갖는다. 여인이 잠들자 남자는 또 입에서 한 미녀를 꺼내 함께 지내다가 애초의 서생이 잠에서 깨어나려 하자 순서대로 삼킨 후 다시 길을 떠난다. 참 편리하다. 입에서 애인도 나오고 음식도 나온다. 모두 보기에는 보통 사람이나 음식과 다를 바 없지만 실제로는 무게도 느껴지지 않고 부피도 커지지 않는 신기한 물건들이다. 간혹 굴비에 종종 새끼 생선이 입속에 들어있는 채로 잡혀 말려진 것들이 있긴 하다. 하지만 입속에서 자유자재로 사람을 꺼냈다가 도로 넣었다가 하고 나왔던 사람이 자의로 타인의 입으로 다시 들어가는 마술 이야기는 그리 흔하지 않다.

[7] 주 소왕 20년. 왕은 기명실에서 깜박 낮잠이 들었다. 갑자기 흰 구름이 무성히 일더니 깃털 옷을 입은 사람이 나타나 자신을 우인(羽人)이라고 소개하는 꿈을 꾼다. 왕은 그와 이야기를 나누며 그에게 상선이 될 수 있는 방법을 물어 본다. 우인은 이렇게 답한다. "대왕께서는 정수와 지모가 아직 열리지 않으셔서 장생구시를 얻고자 하나 얻으실 수가 없습니다." 왕은 무릎을 꿇고 앉더니 욕망을 끊는 방도를 가르쳐 달라고 한다. 그러자 우인은 손가락으로 왕의 심장을 그리고는 손을 휘두르니 심장이 찢어져 버린다. 왕이 깜짝 놀라 잠에서 깨어났는데 옷과 이부자리가 이미 피로 흥건했다. 이로 인해 왕은 심장병을 앓게 되었으니 즉시 음식을 물리고 주색을 멀리해야 했다.

열흘 후, 꿈에 본 우인이 다시 나타나 왕에게 이렇게 말했다. "우선 왕의 마음부터 바꾸셔야 합니다." 그리고는 사방 한 치 크기의 초록 주머니를 꺼냈는데 그 안에는 알약 꾸러미와 보혈 작용하는 가루가 들어 있다. 왕의 심장에 손을 대고 약 가루를 문지르자 병이 감쪽같이 나았다. 왕은 그 약을 얻어서 옥병에 담고 금줄로 묶어 두었다. 약을 발에 묻히면 왕은 세상 멀리 날아다녀도 꼭 지척을 노니는 느낌이 들었다. 그 약을 먹으면 하늘보다 나중에 죽는다.

昭王卽位二十年, 王坐祗明之室, 晝而假寐. 忽夢白雲蓊鬱而起, 有人衣服並皆毛羽, 因名羽人. 王夢中與語, 問以上仙之術. 羽人曰 "大王精智未開, 欲求長生久視, 不可得也." 王跪而請受絶慾之敎. 羽人乃以指畫王心, 應手卽裂. 王乃驚寤, 而血濕衿席, 因患心疾, 卽却膳撤樂. 移於旬日, 忽見所夢者復來, 語王曰, "先欲易王之心." 乃出方寸綠囊, 中有續脈明丸‧補血精散, 以手摩王之臆, 俄而卽愈. 王卽請此藥, 貯以玉缶, 緘以金繩. 王以塗足, 則飛天地萬里之外, 如遊咫尺之內. 有得服之, 後天而死.

의미읽기

섬뜩한 느낌을 주는 글이다. 꿈에도 신선이 되고 싶어 방법을 물었더니 누군가 내 심장을 찢어버린다. 으악! 악몽을 꾸었다고 생각했는데 실제로 이불이 피로 흥건히 젖어 있다. 심장병에 걸린 것이다. 먹지도 못하고 사랑도 못하는 10일이 흐른 뒤 심장을 찢었던 사람이 알약과 가루약을 들고 나타났다. 그 약은 바르면 병이 낫고 먹으면 죽지 않으며 발에 묻히면 어디든지 갈 수 있단다. 이것이야말로 진시황과 한 무제가 그렇게 원했던 불사약(不死藥)이자 최상의 교통수단이다. 결국 소왕도 불사약을 얻고 신선이 되기를 갈망하는 왕들의 속성을 지녔다.

≪태평어람≫에 관련 글이 있어 여기에 소개한다. "소왕이 신선이 되는 법을

묻자 이렇게 대답한다. '내용물은 구명(九明)에서 나는 영험한 버섯을 청매의 피로 끓인 것과 흑하(黑河)의 물고기 비늘 및 담을 곤여(琨璵)의 기름으로 끓인 것으로, 이를 옥병에 담은 후 금줄로 묶고 옥도장으로 봉인해두었다가 왕께서 드시면 하늘만큼 살게 됩니다. 만약 음란함을 탐하여 색욕을 즐기면 심장이 아프게 됩니다.' 말이 끝나자마자 청빛 물오리로 변해 하늘로 들어갔다. 왕은 합약(合藥)을 청했으나 결국 얻지 못했다. 흑하는 북극으로 그곳 물은 진한 흑빛인데 흐르지 않으며 윗부분에 진한 흑빛 구름이 낀다. 검은 곤은 10척이고 생김새는 고래 같으며 늘 남해를 날아다닌다.14)

[8] 소왕 24년, 도수국에서 푸른 봉황과 붉은 까치 암수 한 쌍씩을 가져왔다. 초여름이면 봉황과 까치는 깃털갈이를 한다. 까치 깃으로는 부채를 만들고 봉황 깃으로는 수레 덮개를 장식했다. 부채를 만들어 이름을 지으니 첫째는 유표, 둘째는 조핵, 셋째는 휴광, 넷째는 측영이라 했다. 같은 해에 동구에서 두 명의 여인을 데려왔는데 하나는 연연이고 다른 하나는 연오라 했다. 여인들에게 부채를 부치며 왕 곁에서 시중들도록 했더니 미풍이 사방에서 불어와 금방 서늘해졌다. 여인들은 언변이 좋고 말씨가 고우며 노래도 잘하고 미소도 예뻤다. 그녀들은 고운 흙을 걸어 다녀도 발자국이 남지 않으며 햇볕에 나가도 그림자가 지지 않는다. 소왕이 한수에 빠졌을 때 그녀들도 배에 있었는데 옥체를 껴안고 함께 물에 빠졌다고 한다.

　장강과 한수 사람들은 물가에 사당을 세우고 지금도 그녀들을 기린다. 장강과 한수 주변에 사는 사람들은 소왕과 두 여인이 배를 띄우고

---

14) 王因請其方. 曰'其用物也, 有九明神芝, 煎以蒼鷹之血, 黑河鱗膽, 煮以琨璵之脂, 貯以玉缶, 緘以金繩, 封以玉印, 王得服之, 後天而死. 若溺於淫, 嗜於欲, 求者祇苦心焉.' 語畢, 化爲靑鳧入天際. 王求合藥, 終不能成. 黑河, 北極也, 其水濃黑不流, 上有濃(≪御覽≫ 940作'黑')雲生焉. 有黑鯤千尺, 狀(據≪御覽≫ 940補)如鯨, 常飛遊往('往'字據補)於南海).

노는 모습을 수십 년간 목격해왔다. 저물어 가는 봄 삼월 삼진날에 모두 사당에 모여 굿을 하면 그 계절에 나는 신선하고 맛좋은 먹을거리나 난초와 두형을 캔 바구니를 물속에 던지곤 했다. 또 오색실로 만든 주머니나 금속 용기에 먹을 것을 담아서 물속에 던졌을 때 교룡 등 수중동물은 놀라고 두려워 감히 접근하지 못하도록 했다. 근처에서는 초기사라고 부른다.

　푸른 봉황 깃털을 엮어서 갓옷 두 벌을 만드니 하나는 오질이고, 다른 하나는 훤기라 했다. 그 옷을 입으면 춥지 않다. 여왕이 체 땅으로 도망갔을 때 사람들이 그 옷을 기이하게 여긴 나머지 옷을 갈기갈기 찢어져 나눠 가졌다. 사형수도 이 옷 한 오라기만 가져가면 죽음을 면할 수 있다고 하니 만금의 가치가 있다.

　二十四年. 塗脩國獻靑鳳·丹鵲各一雌一雄. 孟夏之時, 鳳·鵲皆脫易毛羽. 聚鵲翅以爲扇, 緝鳳羽以飾車蓋也. 扇一名 ‘遊飄’, 二名 ‘條翮’, 三名 ‘虧光’, 四名 ‘仄影’. 時東甌獻二女, 一名延娟, 二名延娛. 使二人更搖此扇, 侍於王側, 輕風四散, 泠然自涼. 此二人辯口麗辭, 巧善歌笑, 步塵上無跡, 行日中無影. 及昭王淪於漢水, 二女與王乘舟, 夾擁王身, 同溺於水. 故江漢之人, 到今思之, 立祀於江湄. 數十年間, 人於江漢之上, 猶見王與二女乘舟戲於水際. 至暮春上巳之日, 禊集祠間. 或以時鮮甘味, 採蘭杜包裹, 以沉水中. 或結五色紗囊盛食, 或用金鐵之器, 並沉水中, 以驚蛟龍水蟲, 使畏之不侵此食也. 其水傍號曰招祇之祠. 綴靑鳳之毛爲二裘, 一名燠質, 二名暄肌, 服之可以却寒. 至厲王流於彘, 彘人得而奇之, 分裂此裘, 遍於彘土. 罪人大辟者, 抽裘一毫以贖其死, 則價直萬金.

의미읽기

이 글에는 두 가지 이야깃거리 - 여인과 새 - 가 등장한다.

동구에서 온 여인은 지금 동구권 여인과 다를 수 있겠지만 아무튼 말도 잘하고 노래도 잘하고 미소도 예쁘다. 왕을 시원하게 하는 재주를 지녔으며 걸어도 발자국이 남지 않을 정도로 사뿐사뿐 가벼우며 태양도 그녀에게 그림자를 드리우지 못한다. 한번 모시기로 결정된 왕과 죽는 순간까지 목숨을 함께할 정도로 진실한 마음을 지녔기에 사람들은 그녀를 위해 사당을 짓고 제사를 모신다.

새는 그의 신비로운 깃털로 인해 기록의 대상이 된 것으로 보인다. 깃털로 만든 부채는 이름이 붙여질 정도로 소중하게 여겨진다. 깃털로 만든 갓옷은 서로 차지하려고 싸우다가 갈기갈기 찢겨져도 한 올 한 올마다 귀한 가치가 있다. 실한 올만으로도 사형수의 목숨을 구할 수 있으니 그보다 더 값진 실이 어디 있겠는가. 생명을 구하는 깃털을 지닌 새를 보낸 도수국에 꼭 한번 가보고 싶다.

소왕의 죽음에 대해서 "소왕이 남으로 순수를 나갔다가 돌아오지 못하고 강에서 죽었다"고 전해진다. "소왕의 덕이 약해질 당시에 남쪽으로 나갔다가 한수를 건너게 되었는데 뱃사람이 왕을 해치려고 아교로 붙인 배에 타게 했다. 소왕이 탄 배가 한수 가운데 도착할 즈음에 아교가 녹아내려 배가 부서지면서 결국 왕과 공신들 모두 물에 빠져 죽은 것이다.[15]"

▌소기의 록 7

무왕은 성스럽고 지혜롭게 잘 싸워 죄인을 주살함으로써 천명을 드러냈는데 곰과 말곰 군사들을 채찍질하여 몰지도 않았고 세 번 싸워서 세 번 달아나는 수고도 하지 않았으니 일단 갑옷을 입으면 왕업을 세웠고 신통력을 빌어 상서로운 징조들이 돕게 했다. 성왕에 이르러 예

---

15) ≪史記·周本紀≫: "昭王南巡狩不返, 卒於江上." ≪史記正義≫引≪帝王世紀≫: "昭王德衰, 南征, 濟於漢, 船人惡之, 以膠船進王, 王御船至中流, 膠液船解, 王及祭公俱沒於水中而崩."

악을 제정하고 받드니 희씨의 덕이 바야흐로 흥성했다. 낙읍을 다스리며 구정을 만들었고 형벌을 쓰지 않으니 여러 나라에서 내빈했다. 대우가 하를 높인 공적이나 제을이 은을 일으킨 도 역시 비교하기에 부족하다. 후직의 선업을 계승하고 공유의 성덕을 이어 받을 수 있었기에 문무왕의 공덕이 무너지지 않았으므로 ≪대아≫에서 '아름다운 덕'이라고 칭송한 것이다. 사방팔방으로 가르침이 전파되고 주변으로 어질고 은혜로움이 흘러넘치니 신비롭고 지혜로움이 사람들을 편안하게 했는지 멀고 가까운 곳에서 와서 복종하는데 산 넘고 바다 건너 멀고 험한 길을 지나 예물을 드리러 오지 않는 사람이 없었다. 희귀한 보물 및 진기한 물건들이 왕궁 뜰에 가득했다. 신비한 날짐승과 들짐승이 숲에서 노닌다. 기이하고 화려한 다용도 물건들은 그 새기고 깎은 솜씨가 이 세상 사람의 것이 아니었다. 여러 서책에 없는 것도 있고 기재된 것도 있으며 전각한 것도 있고 적지 않은 것도 있다. 왕과 바람을 일으키는 사신은 해와 달의 경계를 직접 넘나들고 어둡고 밝은 경계에 다다르며 바람과 별을 보고 길을 알고 구름을 타고 멀리 나다닌다. 이를 일러 도가 깊이 통했고 덕이 멀리 미쳤다고 하는 것이다.

성왕과 강왕 이래로 세상이 점점 쇠퇴해갔다. 소왕은 원대한 업적을 드높이고 성스러운 가르침을 후대에 전할 수 없게 되자, 남쪽 땅 형초를 돌아다니다가 순수를 나선 것이 잘못되어 장강·한수에서 물에 빠져 행유에서 생을 마쳤다. 강 주변에 사는 사람들이 초혼하는 것에 대해 ≪춘추≫에서는 심하게 폄하한 것으로 오해했다. 슬프도다! 두 여인이 왕을 따라 죽은 것이나 세 장부가 목공에게 절개를 지킨 것은 그 지극함이 같으니 죽었어도 살아있는 듯하다. 정도를 바르게 하는 것은 강하게 간언하는 것만 못하다. 초나라 사람이 이를 불쌍히 여기고 그 죽음이 지나친 것이라고 했다.

錄曰. 武王資聖智而剋伐. 觀天命以行誅. 不驅熊羆之師. 不勞三戰之旅.
一戎衣而定王業. 憑神力而協符瑞. 至於成王. 制禮崇樂. 姬德方盛. 營洛邑
而居九鼎. 寢刑廟而萬國來賓. 雖大禹之隆夏績. 帝乙之興殷道. 未足方焉.
故能繼后稷之先基. 紹公劉之盛德. 文・武之跡不墜. 故〈大雅〉稱爲‘令德’.
播聲敎於八荒之外. 流仁惠於九圍之表. 神智之所綏化. 遐邇之所來服. 靡不
越岳航海. 交賮於遼險之路. 瑰寶殊怪之物. 充於王庭. 靈禽神獸之類. 遊集
林籞. 詭麗殊用之物. 鑴斷異於人功. 方冊未之或載. 篆素或所不紀. 及乎王
人風擧之使. 直指踰於日月之陲. 窮昏明之際. 覘風星以望路. 憑雲波而遠逝.
所謂道通幽微. 德被冥昧者也. 成・康以降. 世禰陵衰. 昭王不能弘遠業. 垂
聲敎. 南遊荊楚. 義乖巡狩. 溺精靈於江漢. 且極於幸由. 水濱所以招問. ≪
春秋≫以爲深貶. 嗟二姬之殉死. 三良之貞節. 精誠一至. 視殞若生. 格之正
道. 不如强諫. 楚人憐之. 失其死矣.

3권

[1] 주 목왕(穆王)

[1] 주 목왕 32년. 천하를 순수하는데 황금 및 청옥으로 장식한 수
레를 몰아 구름과 바람을 타고 조양악에서 출발하여 새벽부터 어두워
질 때까지 달려 천하의 끝에 다다랐다. 사관 10인이 있어 경유한 지역
을 기록했다. 또 아름답고 화려한 수레 10승을 갖추어 왕의 뒤를 따르
는 것은 기록한 것을 실었기 때문이다. 목왕은 준마 여덟 필을 몰았는
데 첫째는 절지라고 하며 발이 땅에 닿지 않는다. 둘째는 번우라고 하
며 행동이 날짐승보다도 빠르다. 셋째는 분소라고 하며 밤에도 만 리
를 간다. 넷째는 월영이라고 하며 해를 좇을 정도로 날쌔다. 다섯째는
유휘라고 하며 털빛이 반짝인다. 여섯째는 초광이라고 하며 한 마리인
데 열 개의 그림자가 생긴다. 일곱째는 등무라고 하며 구름을 타고 달
린다. 여덟째는 협익이라고 하며 몸에 날개 죽지가 있다. 번갈아 가며
몰았는데 고삐를 눌러 서행하면서 천지를 두루 다녔다. 왕은 신비하고
심오한 지략으로 사해에 두루 흔적을 남겼으니 먼 지역에서도 기약 없
이 와서 복종하였다.

穆王卽位三十二年, 巡行天下, 馭黃金碧玉之車, 傍氣乘風, 起調暘之岳,
自明及晦, 窮寓縣之表. 有書史十人, 記其所行之地. 又副以瑤華之輪十乘,
隨王之後, 以載其書也. 王馭八龍之駿. 一名絶地, 足不踐土. 二名飜羽, 行
越飛禽. 三名奔霄, 夜行萬里. 四名越影, 逐日而行. 五名踰輝, 毛色炳耀. 六
名超光, 一形十影. 七名騰霧, 乘雲而奔. 八名挾翼, 身有肉翅. 遞而駕焉, 按
轡徐行, 以匝天地之域. 王神智遠謀, 使迹轂遍於四海, 故絶異之物, 不期而
自服焉.

　소왕의 아들 목왕은 이름이 만(滿)이고 목은 그의 시호(諡號)인 것으로 전해진다. 상당히 활동적인 인물이었던지 이 글에서는 팔준마를 번갈아 타며 돌아다녔던 일로 점철되어 있다. ≪목천자전≫에 등장하는 팔준마는 적익(赤翼)·도려(盜驪)·백의(白義)·유륜(踰輪)·산자(山子)·거황(渠黃)·화류(華騮)·녹이(綠耳)로 이와 좀 다르지만, 목왕이 천하를 돌아다니면서 말과 수레 자국을 남긴 사실은 의심할 여지가 없어 보인다.

▌소기의 록 8

　대저 기를 머금고 있는 중에 형상으로 구별되지 않는 것은 아주 드물다. 행동과 사건을 비교해보면 용과 말은 동일종이다. 이리하여 채묵이 지략을 살피고 기위가 재주를 본 내용을 도책 및 위서에 그려 넣고 보첩에도 기재한 것인데, 황제의 부신에도 나타나고 하도 낙서의 상서로움에도 부합되었기 때문에 단청으로 그 형태를 만들고 구리와 옥으로 그 상을 전하는 것이다. 녹이·화류·적익·백린의 절묘함과 황거·산자·유륜의 기이함과는 비교해서 거론할 대상이 없다. 갈석산까지 내달리고 거꾸로 그림자가 생기며 하늘 문을 밀어버리고 고여산을 넘나드니 바람을 돌이키고 먼지를 그치게 하는 족적이나 허공을 가르고 태양을 배웅하는 걸음걸이가 아니고서야 어찌 가능하겠는가! 붉은 궁을 바라보며 머리를 쳐들었다가 경대에 이르면 한번 쉬니 어찌 감히 그림자를 나란히 달리겠는가!

　≪시경≫·≪서경≫에 기재된 명칭과 형상이 실로 많은데 성락은 성 밖에서 아름다이 노닐고 교질은 빈 계곡에서 찬란하게 빛나는데 황색과 자색을 띤다고도 하고 검푸른 빛이라고도 하니 이루 다 말하기는 어려울 지경이다. 용문과 요뇨 등은 번개같이 달리고 회오리처럼 날고

린 · 류 · 결제 등은 높이 날아올라 준마로 불리는데 성세에는 모두 나오지 않는 것이 없으니 실로 역대의 보물이다. 또 포초 · 설슬 · 어문 · 려구 등은 한우에서 이름을 날린 말도 있고 기주 북쪽에서 귀하게 태어나서 내시보다 화려하게 꾸며져 황제 마구간의 상석을 차지하는 말도 있는데 성세에는 대열 선두의 복마나 왕 옥수레 곁의 참마 혹은 가라말이 되었고 난세에는 마구간에서 홀로 남아 왕의 마부를 그리워하며 오반과 진공이 알아주기만을 고대한다. 하늘 문을 우러러 보지만 한없이 멀기만 하고 구름길을 슬쩍 엿보지만 역시 다다르기 어려워라! 한애 · 손양에게 고삐를 다시 잡게 해보지만 채찍만 물어 씹어버리고 넙죽 엎드려 나아가지 않는다. 마음으로 그윽한 곳을 꿰뚫어 보고 몸으로 요원한 곳까지 비추어 보며 용을 떼로 몰아서 천역을 모두 둘러 보고 지난 일들을 속속들이 꿰지 않는 이상 이에 필적할 대상을 얻기는 어렵겠다.

錄曰. 夫因氣含生, 罕不以形象別. 至於比德方事, 龍馬則同類焉. 是以蔡墨觀其智, 忌衛相其才, 抑亦昭發於圖緯, 而刊載於寶牒, 章皇王之符瑞, 叶河洛之禎祥. 故以丹靑列其形, 銅玉傳其象. 至如騄耳 · 驊騮 · 赤驥 · 白驎之絶, 黃渠 · 山子 · 踚輪之異, 不可得而比也. 故能要碣石而轢崑, 排閶闔而軼姑徐, 非夫歸風彌塵之迹, 超虛送日之步, 安能若是哉! 望絳宮而驤首, 指瓊臺而一息, 繄可得而齊影矣. 至於≪詩≫ · ≪書≫所記. 各色實多, 駬駱麗乎坰野, 皎質耀乎空谷, 或表形騧紫, 被乎靑玄, 難可盡言矣. 其有龍文 · 騕褭之倫, 取其電逝而風炎逸, 騏 · 駬 · 駃騠之儔, 亦騰驤而稱駿, 莫不待盛明而皆出, 歷代之神寶矣. 次有蒲梢 · 囁膝 · 魚文 · 驪駒之類, 或擅名於漢右, 或珍生於冀北, 備飾於涓正, 塡列於帝皁, 進則充服於上襄, 而驂驪於瑤輅, 退則羈棄於下圉, 思馭於帝閑, 俟吳班 · 秦公之見識, 仰天門而彌遠, 窺雲路而可難哉! 使乎韓哀 · 孫陽之復執靶, 豈傷吻弊策, 伏匿而不進焉. 自非神微幽遰, 體照冥遠, 驅駕羣龍, 窮觀天域, 詳搜迥古, 靡得儔焉.

　　[2] 목왕 36년. 왕이 동쪽 대기곡에 순수를 나갔다가 춘소궁에 머물면서 여러 방사들에게 신선비방을 구하자 뿔 없는 용·고니·용·뱀 등이 갑자기 허공에서 나타났다. 시각이 이미 밤이 되어서 목왕은 장생 등을 켜도록 했는데 일명 항휘라고 한다. 또 번고촉을 줄줄이 달아 궁 안을 두루 밝혔다. 또 봉뇌등을 켜 두었다. 또 얼음 연꽃이 있는데 얼음 계곡에서 피어나며 이 꽃을 따서 7, 8척되는 등을 덮으면 빛이 멀리 퍼지지 않았다.

　　서왕모가 비취 봉황이 모는 수레를 타고 왔는데 앞에서 얼룩호랑이와 얼룩표범이 이끌고 뒤에서 옥기린과 자주빛 노루가 뒤따랐다. 홍옥으로 장식한 신발을 신고서 푸른 부들포 자리와 노란 왕골자리를 편 후에 옥 장식 휘장을 치고서 안에서 목왕을 만났다. 맑디맑은 완염즙을 술로 진상했다. 동연의 홍빛 꽃·겸주의 달콤 사르르 녹는 눈·곤류의 하얀 연꽃·음기의 까만 대추·만년에 한번 열리는 얼음 복숭아·길이가 1000상인 청빛 연뿌리, 그리고 청빛 꽃피는 하얀 도라지를 올렸다. 하얀 연꽃은 하나의 씨방에 백여 개의 씨앗이 담겨 있으며 추운 겨울에도 잎이 무성하게 자란다. 까만 대추는 나무의 높이가 100심이나 되고 열매는 2척이나 되며 씨는 작고 과육은 부드러우며 백년마다 한 번 익는다.

　　三十六年, 王東巡大騎之谷, 指春宵宮, 集諸方士仙術之要, 而螭·鵠·龍·蛇之類, 奇種憑空而出. 時以將夜, 王設長生之燈以自照, 一名恒輝. 又列璠膏之燭, 遍於宮內. 又有鳳腦之燈. 又有冰荷者, 出冰壑之中, 取此花以覆燈七八尺, 不欲使光明遠也. 西王母乘翠鳳之輦而來, 前導以文虎·文豹, 後列雕麟·紫麞. 曳丹玉之履, 敷碧蒲之席, 黃莞之薦, 共玉帳高會. 薦淸澄琬琰之膏以爲酒. 又進洞淵紅蘸, 山兼州甛雪, 崐流素蓮, 陰岐黑棗, 萬歲冰桃. 千常碧藕, 靑花白橘. 素蓮者, 一房百子, 凌冬而茂. 黑棗者, 其樹百尋, 實長二尺, 核細而柔, 百年一熟.

의미읽기

주 목왕과 서왕모의 만남은 세간의 궁금증을 불러일으키기에 충분하다. 둘이서 신비한 음식을 먹고 완염습 술을 마시면서 파티를 즐기다가 잠자리에 들곤 했다는데 그녀와 보낸 시간이 꿈처럼 좋아진 목왕이 돌아갈 것마저 잊어버렸다고 하니 여전히 향기가 솔솔 풍기는 연애 담이라 아니 할 수 없다. 그저 중국 남자황제와 서역의 여자왕비가 나눈 사랑이라고 하기에는 매끄럽지 않은 부분이 있긴 하다. 여기에서는 서왕모의 외모에 대해 전혀 언급하지 않았지만 그녀는 원래 헝클어진 쑥대머리에 입은 이빨로 꽉 차 있고 범 꼬리까지 달려있는 흉측한 모습에 소리를 꽥꽥 질렀다고 한다. 혹자는 여자인지 남자인지 사실은 알 수 없다고도 한다. 이런 사람과 밤낮으로 그윽한 조명 아래에서 달콤한 얼음과 대추를 안주 삼아 술을 마시면서 돌아갈 것을 잊을 수 있었을까.

물론 서왕모에게는 결정적인 카드가 있다. 인구에 회자되는 서왕모의 복숭아가 그것인데 동방삭이 훔쳐 먹었다는 이 복숭아는 수많은 사람들이 모험을 감행하면서까지 얻으려던 바로 그 불사약이다. 복숭아가 있었기에 목왕의 눈에 그녀가 천상천하 절세미인으로 보였던 것인지 아니면 목왕의 개인적인 취향이 쑥대머리에 표범꼬리였는지는 확인할 길은 없다. 분명한 것은 세월이 흐르면서 서왕모는 후대 사람들에 의해 점점 아름답게 그려졌고 이제는 섹시하고 탐나는 여인으로 변모하였다는 사실이다. 요즘 뜨는 얼짱이자 몸짱인데다가 화려한 자가용에 침실까지 대동하고 오며 노화방지 및 생명연장 효과가 탁월한 복숭아를 선물로 주는 여인 서왕모야말로 현대 남성의 몽중녀(夢中女)로 전혀 손색이 없어 보인다.

[3] 부상나무 동쪽으로 오 만 여 리를 가면 방당산이 있다. 산에는 복숭아나무 100아람이 자라고 있는데 꽃은 검푸르고 만년마다 열매를 맺는다. 방당산 동쪽에 있는 울수는 물이 조금씩 흐르고 높은 언덕 밑에 위치했다고 하여 '침류' 혹은 '중천'이라고 한다. 청빛 연뿌리는 길이가 1000상이나 된다. 1상은 7척이다. 조양산에서 자라는 신기한 봉(蓬)은 호(蒿)같으며 길이는 10장이다. 주 초에 그 지역민이 쑥을 바

쳤더니 주가 그것으로 궁궐기둥을 삼고 '호궁'이라고 했다. 산에서 나는 하얀 도라지꽃은 비취빛이고 열매가 백색인데 큰 것은 오이만 하고 향기가 수십 리 밖까지 퍼진다. 하늘의 조화로운 음악을 연주하기 위해 하늘의 보배로운 악기들을 늘어놓았다. 악기로는 잠화의 누관·비택의 조종·원산의 정슬·부영의 우경을 들 수 있다. 마디를 누르고 당기면서 노래 부르면 온갖 영령이 다 모여든다.

환천(環天)은 균천(鈞天)이다. 화(和)는 넓은 것이다(≪목천자전≫에 나온다). 잠화는 산 이름으로 서해에 있으며 그곳에서 상죽이 자란다. 상죽을 잘라 피리로 불면 봉황 울음소리로 들린다. 비택에서 나는 정동으로 종과 방울을 만들 수 있다. 원산에 둥글고 넓은 숲이 있는데 질풍이 땅을 뒤흔들어도 이 숲의 나무들은 미동도 하지 않으니 이것으로 거문고를 만들어 '정슬'이라 했다. 부영은 영주산이다. 그 지역 돌로 경쇠를 만들 수 있다. 경쇠는 길이가 1장이나 되어도 기러기 털처럼 가볍게 잘 울린다. 서왕모는 목왕과 노래 부르며 잘 즐긴 뒤에 구름을 타고 떠났다.

扶桑東五萬里, 有磅磄山. 上有桃樹百圍, 其花靑黑, 萬歲一實. 鬱水在磅磄山東, 其水小流, 在大陂之下, 所謂 '沈流', 亦名 '重泉'. 生碧藕, 長千常, 七尺爲常也. 條陽山出神蓬, 如蒿, 長十丈. 周初, 國人獻之, 周以爲宮柱所謂 '蒿宮' 也. 中有白橘, 花色翠而實白, 大如瓜, 香聞數里. 奏環天之和樂, 列以重霄之寶器. 器則有岑華鏤管, 晦澤雕鐘, 員山精瑟, 浮瀛羽磬, 撫節按歌, 萬靈皆聚. 環天者, 鈞天也. 和, 廣也. 出 ≪穆天子傳≫. 岑華, 山名也, 在西海上, 有象竹, 截爲管吹之, 爲群鳳之鳴. 晦澤出精銅, 可爲鐘鐸. 員山, 其形員也, 有大林, 雖疾風震地, 而林木不動, 以其木爲瑟, 故曰 '精瑟'. 浮瀛, 則瀛州也, 上有靑石, 可爲磬, 磬者長一丈, 輕若鴻毛, 因輕而鳴. 西王母與穆王歡歌旣畢, 乃命駕昇雲而去.

의미읽기

앞에서 소개한 여러 가지 신기한 열매, 도라지 등에 대해 잠깐 설명한 뒤 서왕모와 목왕이 향유한 음악과 악기로 화제를 바꾸었다. "하늘의 조화로운 음악을 연주하고", "마디를 누르고 당기면서 노래 부르면 온갖 영령이 다 모여 든다"는 "구천의 조화로운 음악을 연주하면 온갖 동물이 춤을 추던(奏九天之和樂, 百獸率舞)" 신농 시대를 연상시킨다. 소리로 영령과 동물을 모여들어 춤추게 하는 힘은 무력(巫力)을 상징하며 신선이 되기를 갈망하는 주 목왕과 진인(眞人)으로 간주되기도 하는 서왕모가 음악을 통해 정령을 모으고 구름을 타는 행위는 이러한 무력(巫力)을 보여주는 사례라 할 수 있다.

▌소기의 록 9

초나라 영윤 자혁은 이런 말을 했다. "옛날에 목왕이 자유자재로 돌아다니면서 온 천하에 수레바퀴와 말굽 자국을 남겼다." ≪죽서≫의 좀먹은 죽간을 석실에서 찾아 고찰해보았더니 금줄로 책을 보관해온 덕에 ≪산경≫·≪이아≫ 및 ≪대전≫도 있어서 비록 세월은 오래 되었으나 기록과 말은 일치했다. 명산대천을 자유로이 오를 수 있었고 이향절역에서 와서 땅에 이마가 닿도록 조배를 올리지 않음이 없었다. 동쪽에서는 거인대를 올랐고 서쪽에서는 서왕모 집에서 연회를 즐겼으며 남쪽에서는 큰 자라와 악어가 만든 다리를 건넜고 북쪽에서는 적우 땅을 지나 곤륜산의 요지에서 술을 마시며 시를 지었다. 정박을 만나 장기를 즐겼고 헌원 언덕의 돌에 글을 새겼으며 현포에서 속세의 연을 끊었다. 개벽 이래로 서적 기록 중에 이보다 신이한 내용은 아직 없다.

錄曰, 楚令尹子革有言曰, "昔穆王欲肆心周行, 使天下皆有車轍馬跡." 考
以≪竹書≫蠹簡, 求諸石室, 不絶金繩, ≪山經≫·≪爾雅≫, 及乎≪大傳≫, 雖
世歷悠遠, 而記說叶同. 名山大川, 肆登躋之極, 殊鄕異俗, 莫不臆拜稽顙.
東升巨人之臺, 西宴王母之堂, 南渡黿鼉之梁, 北經積羽之地, 觴瑤池而賦詩,
期井泊而遊. 勒石軒轅之丘, 絶跡玄圃之上. 自開闢以來, 載籍所記, 未有若
斯神異者也.

[2] 노(魯) 희공(僖公)

[1] 노 희공 14年. 진 문공은 숲에 불을 질러 개지추를 잡으려고 했
다. 희고 큰 부리 까마귀가 연기 나는 둘레를 맴돌면서 시끄럽게 울다
가 개지추 옆으로 모여드니 불길이 그를 태울 수 없었다. 진 사람이
그 까마귀를 아름답이 여겨 높은 누대를 세우고 사연대라고 했으며 인
수목을 심었는데 잣나무 같고 줄기는 길고 부드러우며 꽃을 먹을 수
있었기에 ≪여씨춘추≫에서 "나무 중에 아름다운 것은 인수목의 꽃"
이라 한 것이다. 불이 났던 산은 사방 수백 리에 걸쳐 그물을 쳐 새를
잡는 것을 금지했고 그 까마귀를 '인오'라고 불렀다. 이른바 오백 억이
란 새도 자오로 같은 종류이다.

僖公十四年, 晉文公焚林以求介之推. 有白亞鳥遶煙而噪, 或集之推之側,
火不能焚. 晉人嘉之, 起一高臺, 名曰思煙臺, 種仁壽木, 木似柏而枝長柔軟,
其花堪食, 故≪呂氏春秋≫云 "木之美者, 有仁壽之華焉." 卽此是也. 或云
戒所焚之山數百里居人不得設網羅, 呼曰 '仁鳥.' 俗亦謂烏白臆者爲慈烏,
則其類也.

의미읽기

동물이 희생하여 주인을 구한 이야기에는 보통 개가 등장한다. 술 취한 주인이 불이 난 것도 모르고 골아 떨어져 있자 연기냄새를 맡은 개가 냇가로 뛰어가 온 몸에 물을 묻혀 주인이 누워있는 둘레의 잔디를 적셔 불길을 막다가 그만 지쳐 죽는 결말에 눈물을 흘렸던 독자도 있을 것이다. 여기에서는 개가 아닌 까마귀가 동일한 희생으로 주인 개지추를 구했고 어진 까마귀라는 의미의 '인오'로 불리게 된다. 까마귀를 기리는 누대에 나무를 심었더니 꽃을 먹을 수 있는 어진 나무 인수목이 자라나는 기이한 현상이 일어난다. 인수목의 열매를 먹으면 죽지 않는다고도 한다. 이리하여 그 지역에서는 까마귀 잡는 것을 법으로 금지하였다고 하니 지금도 여름이면 보신용 개를 즐기는 현재와는 다소 구별된다.

진문공과 개지추에 대해서는 ≪설부(說郛)≫ 및 ≪유설(類說)≫ 5권을 참조할 수 있는데, 진문공이 모반으로 군주에 오르자 개지추는 산속에 숨어들어 19년간 살았으며 진문공이 온 산에 불을 놓아 찾아내려 하였으나 끝내 숨을 거둘 때까지 나무를 붙들고 있었던 것으로 전해진다. 정도가 아닌 방법으로 천자의 자리에 오른 군주를 인정하지 않고 절개를 지키며 살다가 죽음을 맞는 모티프는 백이숙제 이야기와 상통하는 점이 있다.

[3] 주(周) 영왕(靈王)

[1] 주 영왕 21년. 공자는 노나라 양공 통치 시절에 태어났다. 그날 밤 푸른 용 두 마리가 하늘에서 내려와 어머니 징재 방으로 들어갔는데 그 꿈을 꾸고 공자를 낳았다. 두 명의 신녀가 하늘에서 향기로운 이슬을 받들고 내려와 어머니를 목욕시켜 주었다. 천제가 내려와 하늘의 음악을 연주하여 징재인 안씨 방에 베풀어놓았다. 하늘에서 들리는 소리는 하늘이 성인의 아들이 태어남에 감동하여 생황과 쇠북 음으로

조화로운 음악을 내리신 것이니 이 음은 속세의 것이 아니었다. 다섯 노인이 징재네 정원에 열 지어 섰으니 이들은 바로 오성의 정령이었다. 공자가 탄생하기 직전에 궐리의 민가에서는 기린이 옥으로 된 책을 뱉어 냈는데 다음과 같은 문장이 있었다. "수신의 아들이 쇠락한 주를 이어 소왕이 되리라." 그래서 용 두 마리가 방을 맴돌고 오성이 뜰에 내려 온 것이다. 어머니 징재는 현명해서 신비로운 징조라는 것을 알고 명주 띠로 기린 뿔을 매어 두었더니 정말로 숙박하고서 떠났다. 점치는 사람이 이런 말을 했다. "그대의 아들은 은의 탕을 이어 수덕으로 소왕이 되겠소." 경왕 말년 노나라 정공 24년에 노 사람 조상이 넓은 습지에서 사냥하다가 기린을 사로잡았고 이를 공자에게 보였는데 뿔에 매두었던 명주 띠가 그대로 있었다. 공자는 주의 운명이 쇠락하고 있음을 깨닫고 기린을 안아서 띠를 풀어준 뒤 눈물을 뚝뚝 흘리며 울었다. 기린이 처음 출현했던 때로부터 띠를 풀어준 해까지는 거의 백 년이 된다.

周靈王立二十一年, 孔子生於魯襄公之世. 夜有二蒼龍自天而下, 來附徵在之房, 因夢而生夫子. 有二神女, 擎香露於空中而來, 以沐浴徵在. 天帝下奏鈞天之樂, 列以顏氏之房. 空中有聲, 言天感生聖子, 故降以和樂笙鏞之音, 異於俗世也. 又有五老列於徵在之庭, 則五星之精也. 夫子未生時, 有麟吐玉書於(門부에 卦)里人家, 文云, "水精之子, 係衰周而素王." 故二龍繞室, 五星降庭. 徵在賢明, 知爲神異, 乃以繡紱繫麟角, 信宿而麟去. 相者云, "夫子係殷湯, 水德而素王." 至敬王之末, 魯定公二十四年, 魯人鋤商田於大澤, 得麟, 以示夫子, 繫角之紱, 尙猶在焉. 夫子知命之將終, 乃抱麟角紱, 涕泗滂沱. 且麟出之時, 及解紱之歲, 垂百年矣.

의미읽기

공자의 탄생에 대한 유일한 정사의 기록은 '야합으로 낳았다'는 것인데 이 글에서는 비교적 상세하게 신화적으로 묘사하였다. 때는 주 영왕(B.C. 571-545) 노 양공 22년(B.C. 551)의 어느 깊은 밤이다. 어머니 징재(徵在)는 노나라 안씨의 여식으로 숙량흘(叔梁紇)에게 시집을 왔는데 푸른 용 두 마리가 방으로 들어오는 태몽을 꾸고 공자를 출산한다. 신녀가 하늘에서 내려와 향수로 목욕을 시켜주고 오성의 정령들이 뜰에 열 지어 서있으며 천제가 하늘의 음악을 연주해주고 기린은 옥서를 내뱉어 공자의 탄생을 예언하는 탄생설화는 아무래도 복후(伏侯)의 ≪고금주(古今注)≫나 ≪고미서(古微書)≫ 8권 〈춘추연공도(春秋演孔圖)〉 부록의 어조와 부합되는 경향이 있다. 반면에 "숙량흘은 음부였고 징재는 행실이 바르지 않았으며 게다가 야합으로 공자를 낳았다. 어찌 태교가 있었겠는가?'(≪異說≫云..瞽叟夫婦兇頑而生舜. 叔梁紇, 淫夫也, 徵在失行也, 加又野合而生仲尼焉. 其有胎敎也?)라는 비난조의 탄생설화도 전해져온다. 특정 인물에 대한 긍정적인 시각과 부정적인 시각의 대립은 이데올로기 등 미묘한 이해관계가 얽힌 어찌할 수 없는 양분현상이다.

아무튼 왕의 도만 있고 작위는 없는 소왕(素王)이 된 공자는 ≪사기≫에 따르면 "노 애공 14년 봄에 숙손씨(叔孫氏)의 수레를 끌던 조상(鋤商)이 기린을 잡아 오자 '하수에서 그림이 나오지 않고 낙수에서 책이 나오지 않으니, 내가 말지어다!'라고 탄식했으며"(魯哀公十四春, 獵大野, 叔孫氏車子鋤商獲獸, 以爲不詳. 仲尼視之曰 '麟也' 取之, 曰 '河不出圖, 洛不出書, 吾已矣夫!')" 이로부터 2년이 지난 노 애공 16년 4월 을축(乙丑)에 돌아가셨다고 한다.

▌소기의 록 10

과거사를 상세하게 보고 과거 문서를 시대별로 열람하고 ≪원신≫·≪구명≫과 6경·위서의 비교 연구해보면 현재 기록과 부합된다. 오래되고 비밀스러운 일을 말하자면 점점 더 영향을 받는다. 그래서 책을 쓰는 중에 고서를 모범으로 삼지 않는 자가 없는데 그것은 아마도 성인의 덕이 드넓기 때문일 것이다. 이것은 덕과 도를 존숭하는 데 있어 반드시 진극에 다다르고자 하는 탓이다. 험한 산봉우리도 그 높이를 겨루기에 부족하고 검푸른 바다도 그 넓이로 비교된 적이 없으니, 목숨이 붙어 있고 뭘 좀 아는 자는 해와 달 보듯 그를 우러른다. 공자는 주나라 말에 왕정이 쇠락하자 대도가 붕괴되는 것을 근심하고 문아가 실추되는 것을 애석해하여 구법을 찾아내서 5례를 제정하였고 유음을 수집하여 6악을 정하여, 이로써 백성의 집을 만들어 만대를 항해하게 했다. 덕업을 숭상한다는 것은 바로 이를 이른 것이다! 맹자가 이런 말을 했다. "천년에 한번 성인이 났으니 이것은 일찍 나온 것이네." 절필한 지 여러 해가 지나서 헤아리기도 어렵게 되었으니 통인이 성인이 있으니 따르겠다고 한 말은 이를 둘러싼 후대의 의심들로 인해 그 문장이 더욱 돋보이게 되었다.

錄曰, 詳觀前史, 歷覽先誥, 《援神》·《鉤命》之說, 六經緯候之志, 研其大較, 與今所記相符. 語乎幽秘, 彌深影響. 故述作書者, 莫不憲章古策, 蓋以至聖之德列廣也. 是以尊德崇道, 必欲盡其眞極. 崑華不足以匹其高, 滄溟未得以方其廣, 含生有識, 仰之如日月焉. 夫子生鍾周季, 王政寖缺, 愍大道之將崩, 惜文雅之垂墜, 乃搜舊章而定五禮, 採遺音而正六樂, 故以棟宇生民, 舟航萬代者也. 所謂崇德廣業, 其謂是乎! 孟子云 "千年一聖, 謂之連步." 自絶筆以來, 載歷年祀, 難可稱算, 故通人之言, 有聖將及, 後來諸疑, 更發明其章也.

[2] 주 영왕 23년. 곤소대를 세웠는데 선소대라고도 한다. 천하의 특이한 나무와 불가사의한 장인이 모여들었고 악곡의 음지에서 자라는

나무를 얻게 되었는데 1000심이나 되고 뿌리와 가지가 복잡하게 뒤얽혀 있어 나무 하나로 족히 누대를 만들 수 있다. 큰 줄기는 단자와 마룻대를 만들고 작은 가지는 두공과 서까래를 만든다. 그 나무에 용, 뱀 및 백수(百獸)의 윤곽이 보인다. 또 수정을 체로 내려 진흙처럼 만들었다.

누대는 높이가 100장이고 위로 올라가 구름 색을 관찰했다. 당시 방사 장홍은 신기한 징조를 이르게 할 수 있었다. 왕은 누대에 올라 운기가 무성한 모습을 보고 있었는데 홀연 두 사람이 구름을 타고 도착했다. 수염이 완전히 황색이었고 흔히 보는 모습이 아니었다. 꿈틀대는 용과 퍼덕이는 봉황이 끄는 수레를 타고 뿔 없는 푸른 용을 몰았다. 그들의 옷은 모두 깃털로 짠 것이었다. 왕은 즉시 그들을 상석으로 맞아 들였다.

당시 천하는 심한 가뭄이 들어 땅은 쩍쩍 갈라졌고 나무는 타들어갔다. 한 사람이 먼저 "눈과 서리를 내리게 할 수 있습니다"라고 말하고 숨을 모았다가 훅하고 내뱉으니 구름이 일고 눈이 흩날려 좌중은 다 덜덜 떨었고 궁 안 연못과 우물은 꽁꽁 얼어붙어 조각할 수 있을 정도였다. 또 여우 겨드랑이로 만든 흰 가죽과 자색 큰곰무늬 요를 펼쳤다. 큰곰무늬 요는 서역에서 바친 것인데 누대 위에 펼쳤더니 좌중은 모두 따뜻해했다. 또 한 사람이 "즉시 자리를 덥힐 수 있습니다"라고 말하고 손가락으로 자리를 두드리니 더운 바람이 불어왔고 갓옷과 요는 모두 누대 밑으로 던져졌다.

그때 용성자가 간언을 올렸다. "왕께서는 천하를 집으로 여기셔야 하는데 요술에 홀려 여름을 춥게 바꿔 백성을 어지럽히시는 것은 문왕·무왕·주공도 하지 않으셨던 행동입니다."그래서 왕은 장홍을 멀리하고 바르게 간언하는 선비들을 구해 곁에 두었다.

당시 이국에서 옥으로 만든 사람과 석경을 바쳤는데 돌 빛이 달처럼 희어 얼굴을 비추면 눈 같아서 '월경이라고 했다. 옥인이 있는데 기계로 스스로 돌 수 있었다. 장홍이 왕에게 "전하의 성덕이 이르게 한 것입니다"라고 했더니 주 사람들이 장홍을 요행을 바라는 아첨꾼이라고 죽였는데 그의 피가 흘러 돌이 되었다고도 하고 푸른 옥돌이라고도 하며 정작 시신은 보이지 않았다.

二十三年, 起'昆昭'之臺, 亦名'宣昭'. 聚天下異木神工, 得峼谷陰生之樹, 其樹千尋, 文理盤錯, 以此一樹, 而臺用足焉. 大幹爲桁棟, 小枝爲枏楄. 其木有龍蛇百獸之形. 又篩水精以爲泥. 臺高百丈, 昇之以望雲色. 時有萇弘, 能招致神異. 王乃登臺, 望雲氣蓊鬱, 忽見二人乘雲而至, 鬚髮皆黃, 非謠俗之類也. 乘遊龍飛鳳之輦, 駕以靑螭. 其衣皆縫緝毛羽也. 王卽迎之上席. 時天下大旱, 地裂木燃. 一人先唱, "能爲雪霜." 引氣一噴, 則雲起雪飛, 坐者皆凜然, 宮中池井, 堅氷可瑑. 又設狐腋素裘·紫罷文褥, 罷褥是西域所獻也, 施於臺上, 坐者皆溫. 又有一人唱, "能使卽席爲炎." 乃以指彈席上, 而暄風入室, 裘褥皆棄於臺下. 時有容成子諫曰, "大王以天下爲家, 而染異術, 使變夏改寒, 以誣百姓, 文·武·周公之所不取也." 王乃疏萇弘而求正諫之士. 時異方貢玉人·石鏡, 此石色白如月, 照面如雪, 謂之'月鏡'. 有玉人, 機戾自能轉動. 萇弘言於王曰, "聖德所招也." 故周人以萇弘幸媚而殺之, 流血成石, 或言成碧, 不見其尸矣.

의미읽기

요즘 각광받는 마술시연이 나와 흥미진진하다. 방사가 직접 등장하여 천기를 조절하는 능력을 보이며 방사의 이 같은 기후 조절 등의 주술적인 행위에 대한 세간의 인식도 드러나는 글이다. 방사로 등장하는 장홍(萇弘)은 ≪회남자·범론(氾論)≫에 따르면 "장홍은 주에서 역수를 맡은 자로 천지의 기운과 일월의 운행·풍우의 변화, 율력의 술수(術數)까지 통달하지 않은 분야가 없는(萇弘, 周室之執數者也. 天地之氣, 日月之行, 風雨之變, 律曆之術, 無所不通)" 인물이다. ≪사기·봉선서(封禪書)≫에서도 그에 대해 "주나라 이 괴이한 말을 하기 시작한 것은 장홍으로부터 비롯되었다(周人之言方怪者, 自萇弘)"고 말하고 있다.

왕이 곤소대에 올라가서 구름을 보고 있을 적에 장홍은 두 명의 마술사를 불러들인다. 그들을 통해 가뭄에 허덕이는 나라에 눈서리를 내리고 사람들이 추워하자 따뜻한 미풍을 불게 하는 등 날씨를 마음대로 조절한다. 하늘의 기운을 살피고 날씨를 조절하는 힘은 방사와 같은 무격(巫覡)의 대표적인 능력이다. 가뭄이 들면 왕이 기우제를 드리는 것은 바로 이러한 능력을 갈구하는 의식이요 결국 비가 내리지 않을 경우 모 지역에서 왕을 산채로 태워 죽였던 것은 희생을 바쳐서라도 기후를 바꿔보려는 염원에서 빚어진 행위일 것이다.

하지만 ≪습유기≫가 방사를 바라보는 시선은 그리 곱지가 않다. 황제의 사관으로 알려진 용성자(容成子)를 등장시켜 장홍을 내치도록 한다. 용성자는 요술에 홀려 문무·주공도 하지 않은 일을 당장 그만두도록 주 영왕을 설득하는 데 성공한다. 글은 간언하는 선비를 곁에 두고 방사의 천기를 통한 예언을 아첨으로 몰아서 그를 처단하는 것으로 끝맺는다. 방사가 죽을 때 흘린 피는 푸른 돌이 되었으며 시신은 찾을 수도 없었다는 말로 신비로운 여운을 남기는 것도 잊지 않는다. 하지만 방사를 내친 용성자 역시 주 목왕을 알현했으며 양기를 보충하는 보도술(補道術)에 능한 달인이었던 것으로 전해지니 둘 사이에는 이 글에 드러나지 않은 알력이 존재했을 가능성도 있다.

방사의 초능력 외에도 한 그루로 누대를 세우기에 충분하며 용, 뱀, 백수의 형상이 비치는 나무, 진흙처럼 고운 수정가루, 혼자서 도는 옥인(玉人), 얼굴이 눈처럼 비치는 석경(石鏡) 등 신기한 사물은 글맛을 돋우는 감초들이다.

[3] 한방이란 자가 거서국에서 와서 5척 옥 낙타·6척 호박 봉황·3척의 넓은 보석거울을 바쳤는데 어두운 곳에서 사물을 비추면 대낮같이 밝았고 거울에게 말을 걸면 거울 속 목소리가 대답했다. 한방은 키가 한 장이고 무릎까지 수염이 드리워졌으며 단사를 사용해서 양손으로 그림을 그리면 해와 달이 찼다가 이지러졌다가 하면서 백여 보를 비출 수 있었다. 주나라 사람이 그것을 보고 신명 같다고 했다. 영왕 말년에 그가 어디로 갔는지 알 수 없었다.

有韓房者, 自渠胥國來, 獻玉駱駝高五尺, 虎魄鳳凰高六尺, 火齊鏡廣三尺, 闇中視物如畫, 向鏡語, 則鏡中影應聲而答. 韓房身長一丈, 垂髮至膝, 以丹砂畫左右手如日月盈缺之勢, 可照百餘步. 周人見之, 如神明矣. 靈王末年, 亦不知所在.

의미읽기

이 글에 소개된 거서국(渠胥國)은 거수(渠搜)로 고대 서방의 오랑캐 국이며 수대에는 발한국(鏺汗國)이라고 했으니 ≪수서·서역전(西域傳)≫을 보면 "발한국은 파미르 고원 서쪽 500여 리에 있고 이전의 거수국(鏺汗國都葱嶺之西五百餘里, 古渠搜國也)"이라는 기록이 보인다. 거서국에서 온 한방은 옥으로 만든 낙타와 호박(琥珀)으로 만든 봉황, 그리고 보석 거울을 가져왔는데 각각 5. 6. 3척이라면 거의 사람 키만큼 큰 셈이다. 재미있는 것은 거울인데 백설공주에 나오는 거울처럼 말을 걸면 대답을 하고 밤에 비추어도 야간렌즈보다 밝게 대낮인 것처럼 환하게 비춘다. 거울을 선물한 한방은 또 키가 한 장밖에 안되는 난장이인데 수염은 무릎에 닿는 기인(奇人)이다. 단사로 그림을 그려 해와 달을 움직일 수 있으며 백여 걸음 앞을 비추는 능력을 지녔으며 기타 신비한 사람들처럼 그 역시 영왕 말년에 이르자 어디로 갔는지 알 수 없게 되었다. 지금 한방 같은 기인과 기이한 거울이 발견된다면 분명 매스컴의 핫이슈감이니 ≪습유기≫가 어쩌면 지금의 〈세상에 이런 일이〉류의 프로그램처럼 인기를 누렸을 수도 있겠다.

▌소기의 록 11

대저 하고 싶은 일에 이끌리면 정덕이 어그러지고 보고 듣는 데에 미혹되면 마음 씀이 변한다는 것은 주 영왕을 가리키는 말이다! 이에 마음대로 이익을 보도록 제도를 정하고 멋대로 신을 가지고 놀면서 정교를 흐리게 하였으니 천하게 즐기고 주색에 빠져드는 것은 이로부터

시작된 것이다. 어쩌다 그리 되었는가? 여기 신선이 되는 데 빠져서
저기 유교를 저버리고 기이한 풍속을 살피느라 만대의 신을 끊어버렸
다. 이런 흐름은 먼 지역으로 흘러갔고 이런 풍조는 변경지역까지 미
쳤으니 이제 정월 초에 복종하던, 사방 기운이 품고 있는 바가 아니요
온갖 귀신들을 사방에서 다투어 이르게 하고 기이한 정령 스스로 멀리
서 오게 하여 하늘 끝을 다하고 땅 끝을 다하니 오상을 뒤집고 사시를
바꾸는데 미묘한 형상은 잘 보이지도 않고 밝고 어두운 경계마저 모호
하여 실로 언급하기 어렵다.

   그윽한 지혜를 다하는 것은 아름답고 아름답다! 무릇 군주를 섬기
는데 예를 다하고 충성을 미덕으로 여긴다. 틀린 점이 있으면 살펴 간
언하고 따르지 않으면 몸 바쳐 물러나길 청한다. 그러므로 몸을 가르
고 머리를 부술 수 있으며 목숨에 연연하지 않고 문을 밀치고 바퀴를
걸어서라도 막고 죽을 것을 알아도 떠나지 않는 것이다. 수족처럼 두
목을 호위하면서 노가 되어 넓은 강을 건너니 군신의 의리가 이에 이
르렀다. 장홍은 "뜻을 거스르더라도 숨기지 않는다"는 계율을 어기고
아첨하면서 받아들여지길 구하다가 결국 몸이 도륙되었으니 불쌍하다.
용성과 장홍은 나란히 거론하지 않는다.

   錄曰. 夫誘於可欲. 而正德虧矣. 惑於聞見. 志用遷矣. 周靈之謂乎! 爾乃
受制於奢. 玩神於亂. 波蕩正敎. 爲之嫄薄. 淫湎因斯而滋焉. 何則? 溺此仙
道. 棄彼儒敎. 觀乎異俗. 萬代之神絶者也. 及其化流遐俗. 風被邊隅. 非正
朔之所被服. 四氣之所含養. 而使鬼物隨方而競至. 奇精自遠而來臻. 窮天區
而盡地域. 反五常16)而移四序17). 惚悅形象之間. 希夷明昧之際. 難可言也.

---

16) 인의예지신(仁義禮智信)을 말한다(≪논형(論衡)・문공(問孔)≫).
17) 봄・여름・가을・겨울의 사시(四時)를 말한다. ≪위서(衛書)・율력지(律歷
志)≫를 보면 "사계절이 바뀌니 오행이 변한다(四序遷流. 五行變易)"는 기
록이 보인다.

窮幽極智, 偉哉偉哉! 凡事君盡禮, 忠爲令德. 有違則規諫以竭言, 弗從則奉身以求退. 故能剖身[18]碎首[19], 莫顧其生, 排戶[20]觸輪[21], 知死不去. 如手足衛頭目[22], 舟楫[23]濟巨川, 君臣之義, 斯爲至矣. 而弘違'有犯無隱[24]'之

---

18) 은(殷)나라 주(紂)왕이 무도(無道)하여 비간(比干)이 강하게 간언하자, "내가 듣기로 성인의 가슴에는 일곱 개의 구멍이 있다던데(吾聞聖人心有七竅)" 하면서 비간을 죽여 시체를 해부하고 가슴을 들여다보았다는 ≪사기·은본기≫의 고사를 배경으로 한다.

19) ≪한서·두업전(杜鄴傳)≫에 "금식(禽息)이 나라를 걱정하느라 머리가 부서져도 탓하지 않았다(禽息憂國, 碎首不恨)"는 기록이 보인다. 금식은 진(秦) 무공(繆公)의 신하로 백리해(百里奚)를 천거해도 무공이 듣지 않자 문에 고개를 엎드리고 머리를 부수며 죽자 무공이 애통해 하며 백리해를 등용했다는 내용의 ≪논형·유증(儒增)≫의 기록을 배경으로 하고 있다.

20) ≪한서·번쾌전(樊噲傳)≫, "고제(高帝)가 병이 나서 사람만나길 꺼리고 궁 안에 누워서 문지기에게 신하들을 들여보내지 않도록 조치를 취했다. 그러나 번쾌는 문을 밀치고 들어갔다(高帝嘗病, 惡見人, 臥禁中, 詔戶者無得入群臣, 噲乃排闥直入)." 왕선겸(王先謙)은 ≪광아(廣雅)·석고(釋詁)≫에 '배는 추(排, 推也)'라 했으니 문을 밀고 곧장 들어간 것(謂推門直入)"이라고 주를 달았다.

21) ≪후한서(後漢書)·신도강전(申屠剛傳)≫에, "광무제(光武帝)는 나가 놀려고 일부러 농(隴)과 촉(蜀)을 평정하지 않았고 잔치하며 즐기는 것이 적당하지 않다고 간언해도 듣지 않더니 바퀴목을 수레바퀴에 걸어 버리자 결국 말을 따랐다(光武嘗欲出游, 剛以隴蜀未平, 不宜宴安逸豫, 諫不見聽, 遂以頭軔乘輿輪, 帝遂爲之)"고 하였다. "인(軔)은 머릿가지로 만든 수레바퀴(軔, 謂以頭枝車輪也)"라고 한다. 즉, 수레 바퀴을 괴어 수레를 멈추는 장치를 가리킨다.

22) ≪순자(荀子)·의병(議兵)≫을 보면 "아랫사람이 윗사람에게⋯⋯마치 손과 어깨가 머리와 눈을 지키듯 한다(下之於上也, ⋯⋯若手臂之扞頭目也)"고 했다. ≪한서·형법지(刑法志)≫도 "어진 사람은 위에서 아랫사람이 우러르는 바가 되니, 아들과 아우가 아버지와 형님을 호위하는 것 같고 수족이 머리와 눈을 호위하는 것 같다(夫仁人在上, 爲下所卬, 猶子弟之衛父兄, 若手足之扞頭目)"고 하였다.

23) ≪서·설명상(說命上)≫에, "만약 내가 큰 하천을 건너려면 당신을 노로 삼을 것이고(若濟巨川, 用汝作舟楫)"라 하였다. 이는 고종(高宗)이 부열(傅說)에게 한 말이다. 부열은 고종의 명재상으로 「설명(說命)」편은 고종이 부열에게 했던 명령을 기록하고 있다.

24) ≪예기·단궁(檀弓)≫을 보면 "임금을 섬김에 죄가 있으면 숨기지 않는다(事君有犯而無隱)"고 했으니 임금이 찡그려도 간언을 해야지 숨기고 표정을

誠, 行求媚以取容[25]), 身卒見於夷戮, 可爲哀也. 容成 · 萇弘不並語矣.

[4] 사광은 아마 진 영왕 때 조정에 나와서 악관을 지냈는데 음률을 기가 막히게 구별했고 병서 10,000편을 찬했다. 당시에도 그의 조상이나 후손을 몰랐고 생졸년대도 정확하지 않다. 진 평공 때 세상에 음양학이 유행했다. 자신의 눈을 태워 장님이 되어 여러 사념을 끊어버리고 오직 천문, 역수 및 음률에만 전념했다. 악률을 살펴 사시를 정함에 털끝만큼의 오차도 없었다. ≪춘추≫는 사광이 어느 왕 때 나왔는지 기록하지 않았다. 사광은 자신의 명이 다해가는 것을 알고 이에 ≪보부≫ 100권을 저술했다. 전국 시대 전쟁 통에 그 책이 없어졌다.

師曠者, 或出於晉靈之世, 以主樂官, 妙辨音律, 撰兵書萬篇. 時人莫知其原裔, 出沒難祥也. 晉平公之時, 以陰陽之學顯於當世. 燻目爲瞽人, 以絶塞衆慮, 專心於星算音律之中. 考鍾呂以定四時, 無毫釐之異. ≪春秋≫不記師曠出何帝之時. 曠知命欲終, 乃述≪寶符≫百卷. 至戰國分爭, 其書滅絕矣.

의미읽기

사광(師曠)은 타고난 음악인으로 자는 자야(子野)이며 대략 B.C. 572-532년경에 활동했던 것으로 추측된다. 현 하북성(河北省) 남부에 해당되는 기주(冀州) 남화(南和) 사람으로 음을 듣고 길흉(吉凶)을 예언할 수 있었다고 한다. 그

꾸며서는 안 된다. 범안(犯顔)은 임금이 싫어하는 안색을 하는데도 불구하고 면전에서 바른대로 허물을 지적하여 임금의 뜻에 거슬리는 것을 말한다.
25) 취용(取容): 사람에게 받아들여지기를 원하는 것이다. ≪한서 · 장석전(張釋傳)≫에 "당시에 취용될 수 없었기에 종신토록 죽지 않았다(以不能取容當世, 故終身不死)"는 기록이 보인다.

는 음악으로 덕행을 널리 베풀 수 있다고 믿었기 때문에 진 평공(平公) 즐겨 듣던 신성(新聲)에 대해 '쓰러뜨리는 소리(靡靡之音)' 혹은 '망국지음(亡國之音)' 등의 악평을 던졌던 것으로 전해진다. 평공 당시에 세상을 휩쓸었던 음양학을 하지 않기 위해 직접 눈을 멀게 하였다니 덕행이 담기지 않은 음악과 학문은 엄격하게 멀리했던 것을 알 수 있다. 서적이 전해지지 않은 까닭에 그의 저서에 대해서는 과장이라고도 하고 실제 있었다고도 하는 등 이견이 분분하다.

[5] 진 평공이 사광에게 청징을 연주하도록 하자 사광은 이런 답을 전한다. "청징은 청각만 못합니다." 평공은 "청각은 들어볼 수 있는가?"하고 묻는다. 사광은 또 다음과 같이 대답한다. "왕은 덕이 가벼워 청각을 듣기는 좀 부족하십니다. 그래도 정히 들으시겠다면 일을 그르치게 될지도 모르겠습니다." 평공은 다시 이렇게 부탁한다. "과인은 이미 늙었고 내가 좋아하는 것이 또 음악이니 좀 들려주시오!" 사광은 어쩔 수 없이 연주하였는데 한 번 연주하니 서북방에서 구름이 일었고 두 번 연주하니 센바람이 불며 폭우가 뒤따르더니 휘장을 끌어 당겨 도마와 접시를 깨고 회랑의 기와도 떨어뜨렸다. 좌중은 흩어져 달아났고 왕도 두려움에 떨며 행랑채에 엎드렸다. 진은 심한 가뭄으로 붉은 땅이 3년간 계속되었다. 평공의 몸도 결국 병을 얻게 되었다.

晉平公使師曠奏淸徵, 師曠曰 "淸徵不如淸角也. " 公曰 "淸角可得聞乎?" 師曠曰, "君德薄, 不足聽之. 聽之, 將恐敗." 公曰 "寡人老矣, 所好者音, 願遂聽之!" 師曠不得已而鼓, 一奏之, 有雲從西北方起. 再奏之, 大風至, 大雨隨之, 裂帷幕, 破俎豆, 墮廊瓦. 坐者散走, 平公恐懼, 伏於廊室. 晉國大旱, 赤地三年. 平公之身遂病.

의미읽기

원가계에 올라 아래를 굽어볼 때보다도 모골이 송연한 느낌을 주는 글인데도 ≪한비자·십과(十過)≫·≪사기·악서(樂書)≫·≪논형·기요(紀妖)≫에 모두 기재될 정도로 흔하다. 평공과 사광의 실랑이도 재미있지만 그 결과의 반전이 더욱 충격적이다.

> "이 음악 들려줘."
> "안돼요."
> "그럼 저 음악이라도 들려줘."
> "당신은 들을 자격이 없어. 틀어 줄 수는 있지만 난 뒷감당 못해."
> "늙은이 소원도 하나 못 들어 주나. 곧 죽을 몸 뭐가 두렵겠는가. 그
> 러지 말고 좀 들려주게나. 나 음악 좋아하는 거 알지 않은가. 응?"
> "정이 그러하시다면야……"

마지못한 사광의 연주가 시작되자 곧 먹구름이 일고 거센 바람이 몰아치더니 폭우가 내리쏟아붓고 급기야는 커튼을 걷어 젖히더니 음악소리는 그릇을 와르르 깨고 기왓장을 우르르 떨어뜨린다. 소리로 인해 자연이 울부짖고 인재가 생겨난 것이다. 들을 자격이 없는 자의 탐욕이 재앙을 부른 것이다. 음악을 고집하던 왕은 땅에 엎디어 부들부들 떨다가 결국 병났고 온 나라는 가뭄 때문에 3년 동안 비는 구경도 못했다니 실로 무서운 음악의 후환이다!

중국 글을 읽다 보면 특히 옛날 글을 읽다보면 기(氣)라는 것에 대해 다시 생각해보게 된다. 무엇인가 분명하지 않지만 삶에 흐르는 기운이 있고 그 기운에 의해 우리가 살아지는 것 같은 느낌이 든다. 이런 것을 초능력이라고 단언하기도 찜찜한데 비단 중국만이 아니라 고대문명에 관한 글을 읽을 적에는 꼭 다가오는 감각이다. 발전하고 개척하고 문명을 건설하면서 영영 잃어버리게 되었을지도 모르는, 초자연적인 힘을 지닌 더듬이에 대한 그리움이랄까. 지금은 바로 맑은 공기를 꿈꾸며 전원으로 돌아갔던 현대인이 금수(禽獸)도 아닌 일개 해충이 두려워 단체 소독이 실시되는 도시로 다시 복귀하는 시대이다. 이 시대를 살아가는 사람으로서 해충은 물론 금수와 정령 나아가 우주만물을 장악하고 다스리면서 삶

을 누렸던 고대 무격(巫覡)의 파워를 어찌 가늠할 것인가. 한번 감동하고 말든지 혹은 이런 기록은 허황된 과장 투성이 소설이라고 폄하하는 수밖에……. 다른 반응이 떠오르지 않는다.

[6] 주나라 말 노담은 저녁놀이 지는 일실산에서 속세와 인연을 끊고 살았다. 오직 누런 수염이 난 5명이 있었는데 기러기와 학을 타기도 하고 깃털 옷을 입고 있기도 하며 귀는 이마에 붙어 있고 눈동자는 모나며 얼굴은 옥처럼 맑고 손에 청죽 지팡이를 짚고서 노담과 함께 천지의 수를 논했다. 노담이 산에서 나와 주하사로 봉직하게 되자 천하에서 복용하는 도술을 구하였고 사해의 명사들이 다투듯이 도착했다. 다섯 노인들은 바로 오방의 정령이다.

老聃在周之末, 居反景日室之山, 與世人絶跡. 惟有黃髮老叟五人, 或乘鴻鶴, 或衣羽毛, 耳出於頂, 瞳子皆方, 面色玉潔, 手握靑筠之杖, 與聃共談天地之數. 及聃退跡爲柱下史, 求天下服道之術, 四海名士, 莫不爭至. 五老卽五方之精也.

의미읽기

앞에서 공자의 탄생설화를 말하더니 이제는 노자의 삶을 다룬다. 세상과 절연하고 저녁놀이 지는 산에 사는 노자는 오방의 정령만이 그를 만날 수 있다. 깃털로 몸을 가리고 새를 타고 다니는 이마에 귀가 달린 네모 눈동자 정령 다섯은 옥처럼 맑은 얼굴로 청죽 지팡이를 짚고 노자와 천지를 논한다. 이렇게 신선으로 사는 노자는 "초고현 여향 곡인리 사람으로 성은 이(李), 이름은 이(耳), 자는 담(聃)으로 주 수장실 사관을 지냈다(老子者, 楚苦縣厲鄕曲仁里人也, 姓李氏,

名耳, 字聃, 周守藏室之史也)"고 한다. 이 글에서는 주하사로 봉직할 당시에 그에게 도를 구하러 모여든 인파와 여러 명사들의 방문을 통해 노자에 대한 세간의 반응을 상징적으로 표현했다. 덕행이 뛰어나고 도술에 밝지만 왕이 신하로 등용하지 않아 은거하는 무직의 명사들이 노자를 찾아 모여든 것은 그에게 세상을 초탈한 어떤 특별함이 있었기 때문일 것이다. 노자와 관련된 도가·도교의 신화 및 선화(仙話)는 무궁무진하며 공자와의 일화를 소개한 글도 발견된다.

[7] 부제국에서 선서에 신통한 2인을 바쳤는데 어려졌다가 나이가 들었다가 하고 형체를 숨겨도 그림자가 드러나고 목소리가 들려도 형체는 안보였다. 팔꿈치 사이에서 4치 크기의 금 호리병을 꺼냈는데 위에 오룡(五龍) 봉인이 있고 푸른 진흙으로 밀봉되어 있다. 병 속에 옻칠처럼 새까만 먹물이 담겨 있는데 땅이나 돌에 뿌리면 전서·예서·과두문자가 되었다. 인륜조화의 시작을 기록하고 노자를 보좌하여 ≪도덕경≫을 찬하니 10만 자에 달했다. 옥첩에 적고 금줄로 매서 옥함에 보관했다. 밤낮으로 정진하여 몸과 마음이 피곤해졌다. 금 호리병의 먹물이 다 떨어지자 2인은 심장을 갈라 피가 뚝뚝 흐르자 이 피로 묵을 대신했다. 번갈아 뇌 골을 뚫어 골수로 등불 기름을 대신했다. 골수와 피가 다 떨어지자 가슴 속 옥관을 찾아 그 속에 든 단약가루를 몸에 문지르니 이내 골이 예전대로 차올랐다. 노자는 "번다하고 어지러운 내용을 없앴더니 5천자가 되었다"고 했다. 경전이 완성되어 일이 끝나자 2인 역시 간 곳을 몰랐다.

浮提之國, 獻神通善書二人, 乍老乍少, 隱形則出影, 聞聲則藏形. 出肘間金壺四寸, 上有五龍之檢, 封以靑泥. 壺中有黑汁如淳漆, 灑地及石, 皆成篆隷科斗之字. 記造化人倫之始, 佐老子撰≪道德經≫垂十萬言. 寫以玉牒, 編以金繩, 貯以玉函. 晝夜精勤, 形勞神倦. 及金壺汁盡, 二人刳心瀝血, 以代

墨焉. 遞鑽腦骨取髓, 代爲膏燭. 及髓血皆竭, 探懷中玉管, 中有丹藥之屑,
以塗其身, 骨乃如故. 老子曰, "更除其繁紊, 存五千言." 及至經成工畢, 二
人亦不知所往.

의미읽기

이 글의 주인공 2인은 신통력을 지닌 사람들이다. 어렸다가 늙었다가 형체가
보이다가 안 보이다가 음성만 들리기도 하는 은형술(隱形術)에 능하다. 그들이
지닌 금 호리병에 든 귀한 먹물은 뿌리기만 해도 글자가 써지는데 이것으로 노자
를 도와 ≪도덕경≫집필에 종사한다. 먹물이 바닥나자 피로 쓰고 골수로 불을 밝
혀가며 책을 완성한다. 집필 작업에 근면하게 정진했음을 강조하기 위해 이렇게
잔인하게 표현했을 것이라고 믿고 싶을 정도로 섬뜩하다. 붉은 피도 다 떨어지고
골수도 없어져서 2인이 쓰러져 죽자 노자가 잘 묻어 주었다고 결론지었다면 첫줄
에 밝힌 그들의 신통력과 맞지 않을 것이다. 역시 2인은 단약을 몸에 발라 원상
태를 회복해가면서 작업을 마쳤고 10만 자의 서적을 완성했다. 그것을 노자가 5
천자로 줄였다고 하니 요즘 세간에 전해지는 ≪도덕경≫ 분량과는 비교할 수도
없겠다. 작업을 마치자 2인의 간 곳을 몰랐다.

유가에서는 어디로 가는지 부모에게 반드시 말씀드려야 효자라고 하는데 ≪습
유기≫의 등장인물은 주로 간 곳을 모른다. 이데올로기의 차이를 좁히면서 불교
나 기독교나 천주교나 결국은 동일한 산을 오르는 것이라고 말하고 중국 사상을
대변하는 유교, 불교, 도교에 대해서도 결국은 그들의 사유를 형성해온 요소라고
말해야 한다. 하지만 속세의 부모와 맺은 인연을 버리고 출가해야 하는 시스템과
낳아준 부모에게 효도를 다해야 하는 제도적 장치. 그리고 가끔 출산을 치른 어
머니만 말하며 이슬 등을 먹으면서 심산에서 지내다가 간 곳을 모르게 되는 사
람이 대우받는 사유구조를 뭉뚱그려 설명한 방법이 떠오르지 않는다. 중국 글을
읽기 위해 논어를 보고 맹자를 보고 도덕경을 보고 습유기를 보았다. 연구에 연
구를 거듭해보지만 가닥이 잘 잡히지 않는다. 결국은 이렇게 말한다. 중국 고대
사유체계는 실로 심오하다.

▌소기의 록 12

　장주는 말한다. "덕은 천지의 짝이 될 만한데 도리어 지언을 빌린
다." 노자를 바라보면 겸손과 온유함을 숭상하는 것을 중요하게 여기
고 빔과 고요에 떠서 참으로 돌아가고 대박(大朴)이 이미 흐르는 것을
알고 검은 글자를 써서 세상에 보인다. 누가 그 허무를 판별하고 이
깊은 고요를 다할 수 있으리오? 그래서 공자가 그 덕을 분명하게 하여
신령에 어울리게 하였으니 두 사람을 비유하여 용이라 하는 것이다.
사광은 수천 년을 베풀다가 춘추 말년에 죽었다. ≪포박자≫에서 그를
'음을 아는 성인'이라고 했다. 비록 용성의 묘함과 대요의 역법, 기·양
의 음악, 연주의 들음이라 해도 그를 능가할 수 없다.

　　錄曰, 莊周云, "德配天地, 猶假至言.[26]" 觀乎老氏, 崇謙柔以爲要[27], 挹
虛寂以歸眞, 知大朴之旣漓, 發玄文以示世. 孰能辨其虛無, 究斯深寂? 是以
仲尼責其德, 叶以神靈, 極譬二人, 以爲龍矣[28]. 師曠設數千間, 卒其春秋之

---

26) ≪장자·전자방(田子方)≫에는 "공자가 말한다. '그대의 덕은 천지의 짝이
　　될 만한데 도리어 지언을 빌어 마음을 닦으니 옛날 군자라 해도 누가 이
　　보다 뛰어날 수 있겠습니까?(孔子曰 '夫子德配天地, 而猶假至言以修心, 古
　　之君子, 孰能脫焉?)"로 기재되어 있다.
27) ≪노자≫에 '유약함이 강함을 이긴다(柔弱勝剛强)'·'교만하지 말라(勿驕
　　)'·'자랑치 말라(勿矜)'·'벌하지 말라(勿伐)' 등 겸손과 온유함에 대한 언
　　급이 자주 보인다.
28) ≪장자·천운(天運)≫에 "공자는 노자를 만나고 와서 사흘간 말하지 않았
　　다. 제자들이 여쭌다. '선생님께서는 노자를 만나 무엇을 가르쳐 주셨습니
　　까?' 공자가 대답한다. '나는 이제야 용을 보았다. 용은 모이면 훌륭한 몸
　　이요, 흩어지면 아름다운 무늬가 되어 구름타고 음양을 양생한다. 나는 입
　　이 벌어져 다물 수도 없었는데 내가 또 어찌 노담에게 가르친단 말이냐?
　　(孔子見老聃歸, 三日不談. 弟子問曰, '夫子見老聃, 亦將何規哉?' 孔子曰, '吾
　　乃今於是乎見龍. 龍合而成體, 散而成章, 乘雲氣而養乎陰陽. 予口張而不能嗋,
　　予又何規老聃哉!)"라고 했다.

末. ≪抱朴子≫謂爲 '知音之聖'也. 雖容成之妙, 大撓之推曆, 夔·襄之理樂,
延州之聽, 故未之能過也.

[8] 사연은 위 영공 때 세상에 나왔는데 시대별로 음악을 적어낼 수
있었으며 신곡을 지어 옛 소리를 대체하는데 능했으니 사시에 어울리
는 가락이 있었고 또 신기하고 아름다운 악기가 있었다. 봄은 큰 기러
기 날고 기러기 떠나고 부평초 싹트는 노래, 여름은 맑은 새벽녘 온천
물 샘솟고 붉은 꽃·흐르는 금의 가락, 가을은 갈바람과 흰 구름·낙
엽·바람결에 구르는 쑥대의 곡조, 겨울은 얼어붙은 강물로 드리워진
진한 구름의 절주가 있었다. 이 사시의 소리를 영공에게 연주하니 영
공은 정신이 빠지고 마음이 미혹되어 정사마저 잊어버렸다. 거백옥이
급히 계단을 뛰어 올라가 간언했다. "이것이 비록 기와 율을 발양시키
기는 하지만 결국에는 깊이 빠뜨리는 음란하고 질질 끄는 음으로 풍아
에 적합하지 않으니 신하가 군주에게 천거할 곡으로 적절하지 않습니
다." 이리하여 영공은 그 소리를 끊고 정무에 힘썼는데 그래서 위 사
람은 그의 변화를 찬미하였다. 사연은 〈아〉·〈송〉에 위배되었던 것을
후회했으며 신하의 도를 실추시킨 것을 탓하면서 물러나 종적을 감추
었다. 거백옥이 아홉 갈래로 통하는 대로변에서 그의 악기를 불사른
것은 행여 후대에 전해질까 봐 염려한 탓이었다.

師涓出於衛靈公之世, 能寫列代之樂, 善造新曲以代古聲, 故有四時之樂.
亦有奇麗寶器. 春有離鴻去雁應蘋之歌, 夏有明晨焦泉朱華流金之調, 秋有
商風白雲落葉吹蓬之曲, 冬有凝河流陰沉雲之操. 以此四時之聲, 奏於靈公,
靈公情湎心惑, 忘於政事. 蘧伯玉趨階而諫曰, "此雖以發揚氣律, 終爲沉湎
淫曼之音, 無合於風雅, 非下臣宜薦於君也." 靈公乃去其聲而親政務, 故衛

人美其化焉. 師涓悔其乖於〈雅〉·〈頌〉, 失爲臣之道, 乃退而隱跡. 蘧伯玉焚
其樂器於九達之衢, 恐後世傳造焉.

의미읽기

중국 고전의 세계에서는 정(正)과 사(邪) 혹은 변(變)을 선명하게 가른다. 이 잣대는 대부분의 문예에 엄격하게 적용되어 요새 말로 '천재적인 예술성'이라든지 '예술 혼을 불살라 작품을 토해내는 예술가의 사생활이야 다소 문란한 듯할 수밖에 없다'는 식의 공인된 통념은 존재하지 않아 보인다. 음악도 도덕군자(道德君子)가 해야 하고 그림도 그러하며 문장도 그러할 뿐 아니라 정치도 그러하다. 때문에 음악이나 그림이나 문장 모두 중용(中庸)의 미덕(美德)을 잘 드러내야 하며 조금만 지나쳐도 야(野)하거나 음(淫)하다는 비평이 어김없이 뒤따라 정(正)과 아(雅)의 반열에서 밀려나게 된다.

이 글의 주인공 사연은 앞서 진 평공의 애를 먹였던 사광과 명현하게 대비되는 인물로 자연과 호흡하는 절묘한 소리를 지어내는 천재적인 음악인이다. 그는 옛 가락에 얽매이지 않고 새로운 곡을 지어내는 예술적인 재능과 끼를 지녔지만 이성적인 충신 거백옥에 의해 퇴출당하는 운명을 맞는다. 사연은 비발디의 바이올린 협주곡 〈사계(四季)〉처럼 봄여름가을겨울마다 어울리는 곡조를 지었으니 이를 들은 영공이 음에 홀려 정사를 잊을 정도로 아름다웠던 모양이다. 이런 음악인은 국가가 육성해야 할 인재였을 진댄 당시 풍아(風雅)에 맞지 않고 음란하다는 이유로 쫓겨나 종적을 감추게 된다. 거백옥은 만인이 보는 앞에서 그의 악기를 불태워 다시는 이 땅에 음란한 음악이 발을 붙이지 못하도록 말끔하게 처리한다.

사연의 음악이 진실로 어떠했는지 현재로서는 알 수 없다. 그러나 한 천재 음악인이 정치적으로 평가 절하되고 사장(死藏)되는 현상은 좀더 심사숙고해볼 여지가 있다.

▌소기의 록 13

대저 나라를 통치하는 자는 진실과 정직을 우선시 하고 정책으로 백성을 이끄는 자는 공손과 약속이 기본이다. 그러므로 삼풍십건은 ≪상서≫에서 그것을 경계로 삼았고 무황무태는 ≪당풍≫에서 그에 따르고 검소하도록 한 것이다. 영공은 당시 사람의 간언에 따르지 않고 오직 마음을 미혹시키는 바를 좇다가 비록 처음의 실수로 인해 후회는 했지만 나중에 간언을 따라 정황을 바로 잡았으므로 일식, 월식이 밝음을 가리지는 않았다. 거백옥은 뜻을 군주를 바로잡는데 두고 충성심을 굳게 유지했다. 사연은 나아가고 물러나는 도를 알고 있었으니 허물을 보고 어짊을 알 수 있다. 한 임금과 두 신하가 가히 아름답구나.

錄曰, 夫體國以質直爲先, 導政以謙約爲本. 故三風十愆, ≪商書≫以之昭誓. 無荒無怠, ≪唐風≫貴其遵儉. 靈公違時人之明諷, 惟奢縱惑心, 雖追悔於初失, 能革情於後諫, 日月之蝕, 無損明焉. 伯玉志存規主, 秉亮爲心. 師涓識進退之道, 觀過知仁. 一君二臣, 斯可稱美.

[9] 송 경공 시절에 별자리에 능한 자가 있어 상대부 지위를 제공하고 높은 누각에 살면서 기상을 살피도록 했다. 산해진미를 베풀고 보배로운 의복을 하사했다. 음식은 거창 물오리가 있는데 계수나무즙으로 달였고 총정 메추라기가 있는데 꿀물로 쪘으며 기장의 잉어는 푸른 가지로 포를 뜬 것이고 구강의 진주 같은 쌀은 난초과 차조기로 불을 땠으며 화청수와 하결수는 고운 비단과 흰 명주로 뿌린다. 화청은 우물물이 맑게 빛나는 것이다. 수라간에서는 때를 보고 종을 울리고 식사 시간을 살펴 경쇠를 두드리니 식사 시간을 알릴 때마다 번번이 종

과 경쇠를 두드린다. 사계절의 의복을 걸어 두었는데 춘하복은 금옥으
로 장식했고 추동복은 물총새털로 보온성을 높였다.

  누대에 특이한 향을 피웠다. 문득 한 야인이 풀 옷을 걸치고 책 상
자를 등에 매고 나타나 문을 두드리고 들어와 말했다. "듣자하니 이
나라 왕이 음양술을 아끼고 상위의 비결을 좋아한다 하여 알현을 청하
오!" 이에 경공은 그를 높은 당으로 모시게 했다. 그가 하는 말을 들
어보니 미래의 조짐을 언급했고 다음에는 과거지사로 나아갔는데 만
에 하나도 다르지 않다. 밤이면 별의 기운을 관망하고 낮이면 산가지
를 잡고 괘를 그리는데 보배로운 의복을 입지 않고 산해진미를 즐기지
않았다. 경공은 "지금 송이 어지러우니 과인이 어떻게 보필해야겠소?"
하고 물어본다. 야인은 "덕이 고르지 않아서 장차 난이 닥칠 것입니다.
덕을 닦으면 사람이 올 것이고 그것이 하늘의 상서로움이니 백성은 그
변화를 아름다이 여길 것입니다" 하고 답한다. 경공은 "잘 알겠소!"라
고 한다. 마침내 그에게 성을 하사했으니 자씨이고 이름은 위, 즉 자위
이다.

  宋景公之世, 有善星文者, 許以上大夫之位, 處於層樓延閣之上, 以望氣
象. 設以珍食, 施以寶衣. 其食則有渠滄之鳧, 煎以桂髓. 叢庭之鷃, 蒸以蜜
沫. 淇漳之鱧, 脯以靑茄. 九江珠稬, 爨以蘭蘇. 華淸夏潔, 灑以纖縞. 華淸,
井水之澄華也. 饗人視時而叩鍾, 伺食以擊磬. 言每食而輒擊鐘磬也. 懸四時
之衣, 春夏以金玉爲飾, 秋冬以翡翠爲溫. 燒異香於臺上. 忽有野人, 被草負
笈, 扣門而進, 曰 "聞國君愛陰陽之術, 好象緯之祕, 請見!" 景公乃延之崇
堂. 語則及未來之兆, 次及已往之事, 萬不失一. 夜則觀星望氣, 晝則執算披
圖, 不服寶衣, 不甘奇食. 景公謝曰, "今宋國喪亂, 微君何以輔之?" 野人曰,
'德之不均, 亂將及矣. 修德以來人, 則天應之祥, 人美其化.' 景公曰 '善'. 遂
賜姓曰子氏, 名之曰韋, 卽子韋也.

128

이 글은 별자리에 능한 사람을 말하고 있는데 처음 독서 때는 두 명의 기인이 등장한다고 착각했었다. 상대부가 되어 누각에서 기상을 살피면서 산해진미와 귀한 의복을 하사받은 사람이 바로 풀 옷을 입고 책 상자를 등에 지고 나타났던 그 사람이다. 이 글은 먼저 그의 현재 모습을 말해주고 다음으로 그가 처음에 궁에 등장했던 순간을 묘사한 후 마지막으로 경공이 하사한 성명 두 자를 언급하는 순서로 진행된다. 흔하지 않은 글의 순서인지 난독(難讀)이다.

기(氣)의 흐름을 보고 미래의 일을 점치는 능력을 지닌 사람은 고래로 정치인의 환대를 받는다. "앞으로 어떻게 되겠습니까?"여쭙고 "이러이러하리라"답하는 막연해 보이는 선(禪) 문답이 특정한 목적을 지닌 이에게 다각도로 해석되어 명확한 행동지침이자 확실한 성공의 열쇠로 기능하는 사례가 허다하다. 그에게 산해진미를 바치고 벼슬자리를 내주고 값진 의복을 내린다. 계수나무즙으로 오리고기를 달이고 꿀물로 메추라기를 찌며 가지로 잉어 포를 뜨고 진주 쌀은 난초로 불을 때며 비단명주로 맑은 우물의 청정수를 뿌린다. 거지처럼 풀로 몸을 가리고 나타났던 야인(野人)을 금과 옥, 새털로 지은 옷으로 갈아입히고 온갖 진미를 대접하는 유일한 이유는 그의 예언능력이다. 바로 그에게 송이라는 한 국가의 운명이 달려있는 것이다.

음양 술을 하는 자는 음양 술을 알아주는 왕을 찾아 몸을 의탁하면서 과거와 미래를 말하고 해결방안을 제시하면서 술사로 근무한다. 저 유명한 제갈공명(諸葛孔明), 사마의, 방통이나 재신(梓愼), 비조(裨竈), 복언((卜偃))의 계열에 이 자위(子韋)를 슬쩍 넣어봄직 하다.

소기의 록 14

송의 자위가 천부를 맡아 별자리를 잘 보니 재신·비조의 짝이다. 경공은 자위를 신으로 대우하고 상빈으로 예우했다. 절세의 의복을 입히고 산해진미를 먹였다. 비록 삼청 하늘 수라간의 맛난 음식이나 화려한 장식의 곤룡포라도 이보다는 못했다. ≪춘추≫는 출생지로 성씨를 하사하고 사건에 연유하여 이름을 드러내서 사성씨라고 호칭한다. 육국 말년에 이르러 음양서를 저술했다. 반고의 ≪예문지≫ 참조.

錄曰, 宋子韋世司天部, 妙觀星緯, 抑亦梓愼·神竈之儔. 景公待之若神, 禮以上列, 服以絶世之衣, 膳以殊方之味, 雖復三淸天廚之旨, 華蘂龍袞之服, 及斯固陋矣. ≪春秋≫因生以賜姓, 亦緣事以顯名, 號司星氏. 至六國之末, 著陰陽之書. 出班固≪藝文志≫

의미읽기

재신(梓愼)은 춘추시대 노나라 대부로 별 무늬를 보고 송(宋)과 정(鄭)의 흉년을 예언했다. 비조(神竈)는 춘추시대 정나라 대부로 천문(天文) 및 점후술(占候術)에 밝아서 세성(歲星)이 현효(玄枵)에 머무르는 것을 보고 주(周)의 왕과 초(楚)의 아들이 죽을 것이라고 예언했다. 이에 관해 ≪좌전≫양공(襄公) 28년에도 나오고 ≪한서·예문지≫는 "수술은 명당과 희화와 사복의 직위다……. 춘추시대 노에는 재신이, 정에는 비조가, 진에는 복언이, 송에는 자위가 있다(數術者, 皆明堂羲和史卜之職也……春秋時魯有梓愼, 鄭有神竈, 晉有卜偃, 宋有子韋)"고 했다.

[10] 월은 오를 멸하려는 계획을 세우고 천하의 보물, 미인, 진미를 모아서 오에 진상했다. 세 가지 희생을 도살하여 천지에 제사지내고 용과 뱀을 도살하여 산천에 제사지냈다. 강남의 억만 백성들을 구슬려 오에 고용인으로 이주시켰다.

월에는 또 두 미녀가 있는데 하나는 이광이고 또 하나는 수명으로 바로 서시와 정단의 별명이다. 오에 공물로 바쳐졌다. 오에서는 초화방에 살면서 가는 구슬을 꿰어 주렴을 만들어 아침이면 내려서 햇빛을 가리고 저녁에는 말아 올리고 달을 기다렸다. 두 여인은 나란히 난간에 기대 앉아 주렴 속에서 거울을 보고 화장했다. 살짝 엿보다가는 가슴이 쿵쾅거리고 혼이 빠지지 않는 자가 없었으므로 신인(神人)이라고 했다. 오왕은 아리따움에 미혹되어 정사를 잊었다. 월의 군대가 오로 들어오자 이내 두 여인을 안고 오원으로 도피시켰다. 월의 군대는 난입하였다가 나무 밑에서 두 여인을 발견했는데 모두들 신녀(神女)라고 멀리서 바라만볼 뿐 감히 접근하지 않았다. 현재 오성의 사문 내에 나무그루가 있어 신녀에게 제사지내는 곳이 되었다.

애초에 월왕이 오에 들어올 적에 붉은 까마귀가 왕을 끼고 날았기 때문에 구천이 패권을 잡은 것이라고 하며 망오대를 세우고 붉은 까마귀의 상서로움을 이야기한다.

越謀滅吳, 蓄天下奇寶・美人・異味進於吳. 殺三牲以祈天地, 殺龍蛇以祠川岳. 矯以江南億萬戶民, 輸吳爲傭保. 越又有美女二人, 一名夷光, 二名脩明, 卽西施・鄭旦之別名. 以貢於吳. 吳處以椒華之房, 貫細珠爲簾幌, 朝下以蔽景, 夕捲以待月. 二人當軒並坐, 理鏡靚妝於珠幌之內. 竊窺者莫不動心驚魄, 謂之神人. 吳王妖惑忘政. 及越兵入國, 乃抱二女以逃吳苑. 越軍亂入, 見二女在樹下, 皆言神女, 望而不敢侵. 今吳城蛇門內有朽株, 尙爲祠神女之處. 初, 越王入吳國, 有丹烏夾王而飛, 故勾踐之霸也, 起望烏臺, 言丹烏之異也.

의미읽기

이 글은 오왕인 합려(闔閭), 부차(夫差) 부자와 월왕 구천(勾踐)의 악연이 빚어낸 드라마의 최종회에 해당한다. 이들의 악연은 와신상담(臥薪嘗膽). 오월동

주(吳越同舟), 서시빈목(西施嚬目) 등의 성어(成語)로 잘 알려져 있다. 오왕 편에는 저 유명한 오자서(伍子胥)가 등장하고 월왕 편에는 신하 범려(范蠡)의 지모로 계획된 절세미인 서시(西施)를 동원한 미인계가 사용된다.

　때는 춘추시대. 초(楚)에서 아버지와 형의 억울한 죽음을 가슴에 묻고 오(吳)로 망명한 오자서는 복수의 칼날을 갈면서 오왕 치하에 몸을 의탁하게 된다. 당시 오왕 합려는 월왕 구천과의 전투에서 입은 부상이 악화되어 세상을 뜬다. 아버지의 유언인 월왕에 대한 복수를 곱씹으며 땔나무를 깔고 자던[臥薪]하던 부차는 마침내 구천을 공격하여 아버지의 원수를 갚는다. 회계(會稽)에서 농군행세를 하고는 있었지만 역시 쓸개를 맛보면서[嘗膽] 복수를 기약하던 구천은 범려의 지략대로 절세미인 서시를 교육시켜 오왕 부차에게 선물한다. 당시 오자서는 오왕 부차에게 구천을 죽여야 한다고 간언하지만 이미 서시의 미모에 홀린 오왕에게는 우이독경(牛耳讀經)일 뿐이었다. 이로써 오왕 부자는 모두 구천에게 패하였으며 오의 도읍 고소(姑蘇)를 빼앗긴 부차가 자결함으로써 오월의 악연은 막을 내린다.

　이 글은 부차가 쓸개를 맛보면서 오 정벌 계획을 세우면서 시작된다. 희생으로 제사지내고 오에 온갖 보물을 상납하고 월나라 사람들을 오로 이주시키고 미녀 서시와 정단을 바치는 행위는 모두 복수 프로젝트의 일환이다. 교육된 미녀 희생양 서시와 정단은 이야기 속에서 신녀로 화했으며 그녀들의 마지막 장소였을 나무그루는 성역화되었다. 월왕 구천이 오나라 궁중에 들어오던 순간 상서로운 붉은 까마귀가 날았다고 전해지는데 다음 이백의 시 〈오서곡(烏棲曲)〉에는 그날 습격의 순간과 오월(吳越)의 깊은 한(恨)이 절절히 배어난다.

　　　姑蘇臺上烏棲時　고소대에 까마귀 서식할 때
　　　吳王宮裏醉西施　오왕 부차는 궁에서 서시에 빠졌네.
　　　吳歌楚舞歡未畢　오의 노래 초의 춤 그 즐거움 끝나기도 전에
　　　靑山猶銜半邊日　청산은 이미 지는 해를 머금었구나.
　　　銀箭金壺漏水多　은 화살 꽂힌 금 호리병은 물이 새나 질펀한데
　　　起看秋月墜江波　일어나 보니 가을 달이 강 물결에 빠졌구나.
　　　東方漸高奈樂何　벌써 동은 터오고 아아 이 즐거움 어찌할까.

항간에서는 범려와 서시의 애정을 둘러싼 이야기가 인구에 회자되어 왔으며 이에 관한 flash도 제작된 실정이다. 다음의 사이트 http://app.wx88.net /flash/friend/xishi/xishi.swf를 방문하면 연인 범려와 서시의 사랑을 확인할 수 있다.

[11] 범려는 월을 도와 날마다 천금의 이익을 냈다. 집안 어린 하인 중에 산술에 능한 자가 만 명이요 사해 각지에서 거두어들인 희귀한 재화가 월의 도읍에 가득 쌓여서 그릇인 줄 알았다. 구리나 철이 쌓여 언덕을 이루었고 일부가 우물과 참호에 숨겨졌으니 이를 '보정'이라고 불렀다. 기이할 정도로 아름다운 자태를 지닌 여인이 규방에 넘쳐 났으니 이를 '유궁'이라고 불렀다. 역대로 본 적이 없는 일이다.

范蠡相越, 日致千金, 家童閑算術者萬人, 收四海難得之貨, 盈積於越都, 以爲器. 銅鐵之類, 積如山阜, 或藏之井塹, 謂之'寶井'. 奇容麗色, 溢於閨房, 謂之'遊宮'. 歷古以來, 未之有也.

의미읽기

전쟁에 승리할 수 있었던 데에는 장수의 공이 가장 크지만 장수를 승리로 이끈 경제적인 후원자 및 책략가의 존재 역시 간과될 수 없다. 이 글의 범려는 한때 패장이 되었던 월왕 구천을 명장으로 만들어낸 지략가였다. 그에 관한 글은 ≪국어·월어(越語)≫, ≪사기·월세가(越世家)≫, ≪오월춘추(吳越春秋)≫, ≪월절서(越絶書)≫ 등에 자세하며 ≪사기·화식열전(貨殖列傳)≫ 왈 범려가 부를 쌓아 세 번이나 천금에 달했다고 한 것으로 보아 재테크 방면에 탁월한 소질을 지녔던 것으로 보인다. 집안에 만 명의 회계사를 두고 재물과 미인으로 넘쳐나는 보정(寶井)과 유궁(遊宮)을 소유했던 거부(巨富)이자 기획 실장이었던 범려야말로 오월 전쟁의 숨은 공로자라 아니할 수 없을 것이다. 하지만 사마천의 언급대로 저이자피(邸夷子皮), 도주공(陶朱公)이 모두 범려의 제 이, 제 삼의 인생이라면 그는 오·월 간의 복수전으로 소진되지 않는 보다 광범위한 삶을 살았다고 해야 할 것이다.

▌소기의 록 15

≪주역≫은 겸허함을 숭상하고 ≪서경≫은 고요모와 같은 명석한 지략을 드러냈으니 남의 신하된 자는 이러한 겸손과 지략을 으뜸으로 여긴다. ≪전≫은 "하지 않은 것이 없음을 아는 것이 충"이라 했다. 범려가 공격 전술의 근본을 펼치자 구천이 이내 패권을 쥐었고 결국 백월을 다스렸으며 부강하다고 일컬어졌으니 이는 바로 범려의 힘이었다. 그러므로 거짓으로 미친 척 하며 종적을 감출 수 있었고 바다를 떠돌면서 세상을 피해 세 번 자리를 옮겨가며 세 번 다른 이름으로 살았던 것이니 공을 이루면 물러난다함은 바로 이 의미이다. '보정'이나 '유궁'은 사치스럽지만 미혹시키는 것은 아니었다. 대저 흥망의 도는 역법의 셈으로만 되는 것이 아니라 또한 재주와 힘이 있어야 가능한 법이다. 월은 오를 멸하기 위해 자기를 낮추는 부드러운 예를 다했고 절세미인을 바쳤으며 역대의 신령스런 보물을 수집했으니 이 모두는 자취는 달라보여도 동일한 일을 도모하는 과정이었다. 박식한 군자라면 이 말뜻을 증험할지어다.

錄曰, ≪易≫尚謙益, ≪書≫著明謨, 人臣之體, 以斯爲上. ≪傳≫曰, '知無不爲, 忠也'. 范蠡陳工術之本, 而勾踐乃霸, 卒王百越, 稱爲富强, 斯其力矣. 故能佯狂以晦跡, 浮海以避世, 因三徒以別名, 功遂身退, 斯其義也. 至如'寶井'·'遊宮', 雖奢不惑. 夫興亡之道, 匪推之曆數, 亦由才力而致也. 觀越之滅吳, 屈柔之禮盡焉, 薦非世之絶姬, 收歷代之神寶, 斯皆跡殊而事同矣. 博識君子, 驗斯言焉.

4권

[1] 연(燕) 소왕(昭王)

[1] 왕이 즉위한 지 2년째 되던 해에 광연국에서 무희 두 명을 바쳤다. 한 명은 선연이라 하고 다른 한 명은 제모라고 하는데 옥 같은 피부에 몸은 가볍고 향긋했으며 얌전하고도 정숙하여 만고에 비할 짝이 없었다. 걸어도 흔적이 나지 않고 그림자도지지 않으며 오랫동안 먹지 않아도 배고파하지 않는다. 소왕은 한 겹 생사로 짠 아름다운 휘장에 그녀들을 살게 했으며 옥즙을 마시고 단천에서 나는 조를 먹게 했다. 왕은 숭하대에 올랐는데 두 여인을 곁에 두고 있었다. 그때 향기로운 바람이 불었고 그녀들이 이리저리 노닐며 춤추는 모습이란 정말이지 스스로 움직이는 품이 아니었다. 왕이 갓끈을 흔들면 두 미녀는 춤을 춘다. 그 자태 요염하고도 화려해서 난새가 나는 듯 아름답고 노래 소리는 경쾌하게 흩날린다. 여자 악공에게 그 곡을 번갈아 부르게 하니 맑은 음과 매끄러운 운은 들보를 흔들고 나무를 요동치게 하지만 그녀들의 미모에 비하면 대할 것도 아니었다. 그녀의 춤 영진은 몸이 가벼워 먼지같이 흩날린다는 뜻이다. 집우는 굽어 도는 품이 바람에 깃털이 나부끼는 듯 하다는 뜻이다. 선회는 몸이 가볍게 감기는 모습이 마치 품이나 소매로 들어오는 듯하다는 뜻이다.

기린문양 자리를 깔고 전무향을 뿌렸다. 이 향은 파익국에서 나는데 땅에 스며들면 흙과 돌에 향기가 배고 썩은 나무나 풀에 묻으면 무성하게 자라게 하며 마른 뼈에 이 향을 쏘이면 살이 다시 돋아난다. 그 가루를 땅에 뿌리면 4내지 5치는 두터워지는데 두 여인이 그 위에서 하루 종일 춤을 추어도 자국이 남지 않는 것은 몸이 가벼운 탓이었다. 하얀 난새가 이삭 천개를 입에 물고서 외로이 날아 왔다. 공중에서 절로 싹이 트고 꽃과 열매가 땅에 떨어지더니 뿌리와 잎이 생겨났다. 일년에 백 개, 한줄기에 한 수레 분량을 거두므로 '영거가수'라 했다. 기린문양은 여러 보석들을 섞어 자리를 장식한 것인데 저녁노을과 기린·봉황들이다. 소왕이 다시 옷소매를 흔들자 무희들이 춤을 멈춘다. 소왕은 그녀들의 신비함을 알고 숭하대에 머무르면서 이부자리를 깔아 편히 자도록 했으며 시녀를 보내 그녀들을 시중들게 했다. 왕이 신선술을 좋아했기에 현천의 신녀가 두 여인으로 화한 것이었다. 소왕 말에 그녀들의 간 곳을 알 수가 없게 되었다. 한수와 강수에서 노닌다고도 하고 이수나 낙수라고도 한다.

王卽位二年, 廣延國來獻善舞者二人. 一名旋娟, 一名提謨, 並玉質凝膚, 體輕氣馥, 綽約而窈窕, 絶古無倫. 或行無跡影, 或積年不飢. 昭王處以單綃華幄, 飮以瑞珉之膏, 飴以丹泉之粟. 王登崇霞之臺, 乃召二人來側, 時香風欻起, 二人俳徊翔轉, 殆不自支. 王以纓縷拂之, 二人皆舞, 容冶妖麗, 靡於鸞翔, 而歌聲輕颺. 乃使女伶代唱其曲, 淸響流韻, 雖飄梁動木, 未足嘉也. 其舞一名縈塵, 言其體輕與塵相亂, 次曰集羽, 言其婉轉若羽毛之從風, 末曰旋懷, 言其支體纏曼, 若入懷袖也. 乃設麟文之席, 散荃蕪之香. 香出波弋國, 浸地則土石皆香, 著朽木腐草, 莫不鬱茂, 以燻枯骨, 則肌肉皆生. 以屑噴地, 厚四五寸, 使二女舞其上, 彌日無跡, 體輕故也. 時有白鸞孤翔, 銜千莖穟. 穟於空中自生, 花實落地, 則生根葉. 一歲百穫, 一莖滿車, 故曰'盈車嘉穟'. 麟文者, 錯雜寶以飾席也, 皆爲雲霞麟鳳之狀. 昭王復以衣袖麾之, 舞者皆止. 昭王知其神異, 處於崇霞之臺, 設枕席以寢讌, 遣侍人以衛之. 王好神仙之術, 故玄天之女, 託形作此二人. 昭王之末, 莫知所在. 或云遊於漢江, 或伊洛之濱.

의미읽기

정말로 이런 여인만 곁에 있다면 누군들 인생이 즐겁지 않으리오. 역사 속에서 연 소왕의 이미지는 다소 엄격하다. 부친 연왕(燕王) 쾌(噲)가 간신을 총애하여 내란이 일어나는 바람에 제(齊)가 그 틈에 연나라를 대파한다. 그러므로 소왕은 즉위와 함께 어진 이를 초빙하고 선비들을 불러 들여 백성과 동고동락(同苦同樂)하면서 즉위 28년 만에 제를 치고 원수를 갚는 데 성공한다. 따라서 소왕 즉위 2년일 경우 제에 대한 복수를 위해 절차탁마할 시기인데 신선술을 좋아해서 신녀들과 즐기며 지냈다니 뜻밖이긴 하다.

　몽중녀(夢中女) 무희를 바친 광연국은 ≪어람≫에 관련 기록이 있다. "광연국은 연에서 7만 리 떨어진 곳으로 해뜨는 곳인 부상보다 동쪽에 위치한다. 그 지역은 춥기 때문에 한여름에도 얼음이 한 장 두께로 얼고 늘 비가 내리고 파란 눈이 온다. 얼음과 서리색깔은 모두 벽옥 같다(廣延之國. 去燕七萬里. 在扶桑東. 其地寒. 盛夏之日. 冰厚至丈. 常雨靑雪. 冰霜之色. 皆如紺碧)." 정말 꿈을 꾸는 기분이 들 정도이다. 해뜨는 곳보다 더 동쪽에 있는 나라 광연국에서는 파란 눈과 비가 내리고 비취빛 얼음과 서리가 언다. 그곳에서 온 여인은 몸이 가벼워서 하루 종일 춤을 추어도 발자국이 남지 않을 정도이다. 옥즙을 마시긴 하는데 먹지 않더라도 허기지지 않는데다가 몸에서는 향기까지 솔솔 풍긴다니 소왕에게 정말 이런 여인이 있었나 싶다.

　[2] 연 소왕 4년, 왕은 정침에 들고서 신하 감수를 불렀다. "과인이 선도에 뜻을 두고 장생구시의 방도를 배우고 싶은데 가능하겠소?" 감수는 이렇게 답한다. "신이 곤대산에서 노닐다가 수염을 늘어뜨린 한 노인을 만났는데 마치 어린아이 같고 모습이 빙설 같았으며 형태는 처자 같았는데 피는 맑고 뼈는 단단하고 피부는 꽉 차고 내장은 가벼워 봉래산과 영주산을 지나 비취빛 바다를 넘나드는데 건너고 오르고 내려가며 노닒이 무궁한 것으로 보아 이는 상선이었습니다. 정체된 욕망을 없애고 즐기고 아끼는 것으로부터 벗어나 정신을 씻고 사념을 없애면 늘 태극문에서 노닐 수 있다고 합니다. 지금 왕께서는 요사스러운 용모에 눈이 미혹되고 아름다운 맛에 입이 상하여 계집들이 떼로 마음을 어지럽히고 사념을 발동시켰으니 애지중지하는 용모가 옥보다 못할까봐 걱정하고 가는 허리와 새하얀 치아가 신보다 못할까 근심하시

니 이는 국자를 들고 푸른 바다를 헤아리려 하거나 터럭을 잡고 해와 달을 일주하려는 격이니 그 어찌 가능하겠습니까?" 그리하여 소왕은 여색을 끊고 오미를 줄였으며 고정적으로 정침에서 생활했고 감수에게는 털옷 한 벌을 하사하여 그의 탄식이 '명 진리'임을 밝혔다.

四年, 王居正寢, 召其臣甘需曰, "寡人志於仙道, 慾學長生久視之法, 可得遂乎?" 需曰, "臣遊昆臺之山, 見有垂髮之叟, 宛若少童, 貌如冰雪, 形如處子, 血淸骨勁, 膚實腸輕, 乃歷蓬·瀛而超碧海, 經涉升降, 遊往無窮, 此爲上仙之人也. 蓋能去滯慾而離嗜愛, 洗神滅念, 常遊於太極之門. 今大王以妖容惑目, 美味爽口, 列女成羣, 迷心動慮, 所愛之容, 恐不及玉, 纖腰皓齒, 患不如神. 而欲却老雲遊, 何異操圭爵以量滄海, 執毫釐而迴日月, 其可得乎!" 昭王乃徹色減味, 居乎正寢, 賜甘需羽衣一襲, 表其墟爲'明眞理'也.

의미읽기

2년 전에 미녀 무희들에게 빠져있던 소왕은 이제 감수의 충정어린 간언으로 정신을 차린 모양이다. 도를 얻으려면 마음과 몸을 정갈하게 해야 한다는 말에 소왕은 여색과 식탐을 물리치고 정침(正寢) 즉 천자와 제후가 사무를 볼 적에 거하던 정옥(正屋)에서 생활하면서 정사에 전념한다.

[3] 연 소왕 7년, 목서국에서 조배를 드리러 왔으니 목서국은 바로 신독국이다. 도술인이 있었는데 시라라고 했다. 나이를 물었더니 '130세'라고 한다. 석장을 매고 술병을 들고서 말하길 "목서국을 출발한 지 5년이 지나서 연나라 도읍에 도착했다"고 한다. 현혹술에 능해서 손끝에서 10층 불탑을 내놓았는데 높이가 3척이었고 여러 천신들도 정교하

고 아름답고 빼어났다. 사람은 모두 5내지 6분 크기로 버팀목과 덮개
에 줄서서 북을 두드리며 춤을 추면서 탑을 돌았는데 가창하는 음이
진인과 같았다. 시라가 물을 뿜어내면 안개가 되어 수리가 어두워졌다.
문득 다시 불면 사나운 바람이 불고 안개는 걷혔다. 또 손가락 위의
불탑을 불면 점점 구름 속으로 들어갔다. 또 왼쪽 귀에서 용이 나오고
오른쪽 귀에서 백호가 나왔다. 처음 나올 때는 겨우 일이 치 정도지만
조금 후에는 팔 구척이 되었다. 갑자기 바람이 불고 구름이 일면 한
손으로 그것을 휘저었고 그러면 용과 호랑이는 모두 귓속으로 들어갔
다. 또 입을 벌리고 해를 향해서면 깃털 덮개를 탄, 뿔 없는 용과 고니
를 모는 사람이 나타나 입속으로 곧장 들어갔다. 다시 손으로 가슴께
를 누르면 품속에서 우르릉 꽝꽝 뇌성이 들렸다. 또다시 입을 벌리면
앞에 나왔던 깃털 덮개·용·고니가 잇따라 입속에서 나왔다. 시라는
늘 태양 가운데 앉아 있었는데 모습이 점점 작아지는가 싶으면 노인으
로 변하기도 했고 어린애로 변하기도 했는데 돌연 죽으면 향기가 방
안 가득 차올랐고 그때 청풍이 불면서 다시 예전 모습대로 살아났다.
주술로 현혹시키니 그 신괴함이 무궁무진했다.

　七年, 沐胥之國來朝, 則申毒國之一名也. 有道術人名尸羅. 問其年, 云
"百三十歲." 荷錫持缾, 云 "發其國五年乃至燕都." 善衒惑之術. 於其指瑞
出浮屠十層, 高三尺, 及諸天神仙, 巧麗特絕. 人皆長五六分, 列幢蓋, 鼓舞,
繞塔而行, 歌唱之音如眞人矣. 尸羅噴水爲霧霧, 暗數里間. 俄而復吹爲疾風,
霧霧皆止. 又吹指上浮屠, 漸入雲裏. 又於左耳出靑龍, 右耳出白虎. 始出之
時, 纔一二寸, 稍至八九尺. 俄而風至雲起, 卽以一手揮之, 卽龍虎皆入耳中.
又張口向日, 則見人乘羽蓋, 駕螭·鵠, 直入於口內. 復以手抑胸上, 而聞懷
袖之中, 轟轟雷聲. 更張口, 則向見羽蓋·螭·鵠相隨從口中而出. 尸羅常坐
日中, 漸漸覺其形小, 或化爲老叟, 或爲嬰兒, 倏忽而死, 香氣盈室, 時有淸
風來吹之, 更生如向之形. 呪術衒惑, 神怪無窮.

의미읽기

보고 싶다. 125세에 신독국을 떠나서 여정으로 5년을 보내고 130세가 되는 해에 드디어 연나라에 도착한 시라라는 도사를 만나고 싶다. 지금 돈황(燉煌)에서 북경까지만 해도 기차로 60여 시간이 걸리므로 교통이 불편했던 위진 남북조시대에 신독국 즉 인도에서 연나라로 오는 데에 5년이 소요될 법도 하다. 요즘이라면 시라 그의 장수 비결을 인터뷰하는 것만으로도 방송섭외 1순위일 것이다. 시라가 왜 오랜 세월을 소요하면서 중국으로 오게 되었는지 애석하게도 이 글은 말해주지 않는다. 그저 5년이 걸렸고 나이는 130세였으며 무궁무진한 현혹술의 진상이 어떠했는지 소개하기에 여념이 없는데 눈앞에서 벌어진 광경이라면 사실 놀랄 만하다.

시라의 손가락에서 3척 10층의 불탑과 사람들이 나와 북치고 춤추면서 탑돌이를 한다. 물을 뿜으면 안개가 되고 훅 불면 거센 바람이 안개를 걷는다. 왼쪽 귀에서는 용이 나오고 오른쪽 귀에서는 백호가 나오는데 적은 크기였다가 커지며 훅 불면 다시 귓속으로 들어간다. 해를 보고 아! 하고 있으면 뿔 없는 용과 고니를 모는 사람이 입으로 들어간다. 손으로 가슴께를 누르면 우르릉 꽝꽝 뇌성이 들려오고 입을 벌리면 용·고니가 입속에서 줄줄이 나온다. 항상 해 속에 앉아 있는데 점점 작아지다가 노인이 되었다가 어린애로 변했다가 하며 갑자기 죽으면 향기가 가득하고 맑은 바람이 불면 다시 살아난다.

입속에서 사람이나 사물이 나오는 모티브는 앞에서도 인도의 영향이라고 언급했듯이 여기에서도 역시 시라라는 인도인을 통해 소개되고 있다. 사물의 크고 작음에 상관없이 입에서 무궁무진한 물건들이 시라의 입과 귀로 나왔다가 들어갔다가 한다. 시라는 태양과 우뢰, 바람을 자유자재로 제어하며 늙음과 젊음, 죽음과 삶까지도 통제하는 능력을 지니고 있다. 생사(生死), 천기(天氣), 노화(老化) 등 인간의 힘으로 해결할 수 없음이 천명된 대상을 조절할 수 있는 힘, 그것은 세상을 주관하는 신(神)적인 존재로서 군림하기에 충분한 요건이다. 하지만 이 글에서 시라의 존재는 막강한 파워를 지닌 신 혹은 통치자의 배후인물이 아닌, 힘들여 중국에 도착한 술사(術士)에 지나지 않아 보인다. 이미 자연의 섭리를 파악한 달인 시라가 신독국에서 중국에 이르는 공간의 이동시간을 단축시키지 못하고 5년이라는 세월을 허비했다는 사실은 아이러니가 아닐 수 없다.

[4] 연 소왕 8년. 노부국에서 조배를 드리러 왔는데 물 건너 만 리를 지나서 겨우 도착했다. 그 나라 산천은 해로운 짐승들이 없고 물결은 출렁거리지 않으며 바람도 나무를 부러뜨리지 않는다고 한다. 사람들은 300살까지 살고 풀을 엮어 옷을 만드는데 이 옷을 훼복이라 하며 죽을 때까지 늙지 않고 효도와 겸양을 안다. 백 살이 넘으면 서로 공경함이 친척을 대하는 예와 같단다. 죽으면 들 밖에 묻고 향기로운 나무와 신비한 풀로 시신을 덮는다. 마을 사람들이 탈상을 돕고 호곡소리가 수풀과 골짜기에 진동하여 물줄기도 흐름을 그치고 봄 나무도 색을 바꿔 시들해진다. 상중에는 물이나 액체를 입에 대지 않으며 죽은 사람의 뼈가 먼지로 변한 뒤에야 비로소 먹는다. 옛날에 우가 산을 따라 물을 다스릴 때, 그 나라를 늙지 않는 순수한 효도국으로 표창했다.

八年. 盧扶國來朝, 渡河萬里方至. 云其國中山川無惡禽獸, 水不揚波, 風不折木. 人皆壽三百歲, 結草爲衣, 是謂卉服, 至死不老, 咸知孝讓. 壽登百歲以上, 相敬如至親之禮. 死葬於野外, 以香木靈草瘞掩其屍. 閭里助送, 號泣之音, 動於林谷, 溪源爲之止流, 春木爲之改色. 居喪水漿不入於口, 至死者骨爲塵埃, 然後乃食. 昔大禹隨山導川, 乃旌其地爲無老純孝之國.

의미읽기

이 글의 노부국은, 강물을 격하고 있고 자연환경이 좋으며 장수국이고 풀 옷을 입고 장사지낼 때 풀로 시신을 덮고 마을 사람들이 모두 탈상을 도우며 상중에 금식하는 효도국이다. 어쩌면 한국의 옛 모습과 비슷하다고 억측을 해도 통할 법하다. 자연의 해악이 없고 서로 위하며 노인을 공경하는 나라, 그것은 아마 고대 중국인이 바라는 이상적인 사회 모습이었을 것이다.

▌소기의 록 16

대저 영기를 품어 천지음양의 상을 취하여 천명을 받아 태어나 다섯 가지 덕을 아우른다. 고로 순후하고 밝게 처신하고 보시를 근본으로 여긴다. 뜻은 친속관계의 인연을 따르는 것이니 살아있을 적에는 아끼고 공경하는 몸가짐을 다한다. 몸은 마음의 자비에서 비롯하는 것이니 돌아가시면 장례를 지내고 제사를 모시는 추도의식을 행한다.

무릇 사물에는 상정이 있고 앎에는 상도가 있다. 그러므로 충간이 한번 이르면 이치가 유명계에 통하고 신의가 마음에서 나오면 땅 귀신도 감읍한다. 신의 흔적이 드러나면 상서로운 징조들이 내려오니 도를 행함에 어긋남 없이 멀거나 가깝거나 덕을 밝힌다.

아름다운 이국인들은 왕의 교화로부터 먼 곳에 있어서 큰 도리를 듣지 못했으니 그 나라 법을 보면 중화와 오랑캐의 차이가 있고 정교를 살펴보아도 사뭇 다르다. 예가 사방 오랑캐에 있으니 그 일이 여러 서적에 전해져오는데 그 효양의 풍조를 높이 평하지 않은 책이 없다.

錄曰, 夫含靈稟氣, 取象二儀[29], 受命因生, 包乎五德.[30] 故守淳明以循身, 資施以爲本. 義緣天屬, 生盡愛敬之容. 體自心慈, 死結追終[31]之慕. 蓋處物之常情, 有識之常道. 是以忠諫一至, 則會理以通幽, 神義由心, 則祇靈爲之昭感. 迹顯神著, 表降羣祥, 行道不違, 遠邇旌德. 美乎異國之人, 隔絶

---

29) 이의(二儀): 천지·음양이니 사람이 천지·음양의 신령한 기운을 품고 태어나는 것을 말한다.

30) 오덕(五德): 오상(五常)의 덕으로 인·의·예·지(智)·신(信)이다.

31) 추종(追終): 부모님 상에 삼가 장례를 모시고 제사지내는 것을 말한다. ≪논어·학이(學而)≫를 보면 "신종추원은 백성의 덕이 후한 곳으로 돌아가는 것(愼終追遠, 民德歸厚矣)"이라 했다. 주희의 주에서는 '신종(愼終)은 상중에 예를 다하는 것이고 추원(追遠)은 제사에 정성을 다하는 것(愼終者, 喪盡其禮, 追遠者, 祭盡其誠)'으로 풀었다.

王化. 闕聞大道, 語其國法, 華戎有殊, 觀其政敎, 頗令殊俗. 禮在四夷, 事存
諸誥, 孝讓之風, 莫不尙也.

[5] 연 소왕 9년, 소왕이 신선을 만나고자 했다. 곡장자는 도를 아는
사람으로 왕에게 이렇게 말해준다. "서왕모가 노닐러 와서 허무술을
말할 것입니다." 일년이 되지 않아 정말로 서왕모가 이르렀다. 소왕과
수림을 노닐면서 염제의 점화술을 논했다. 녹색 계수나무진을 취해 온
밤을 환하게 불살랐다. 홀연히 불을 머금은 나방 한 마리가 날아왔는
데 생김새가 붉은 참새 같았으며 계수나무진 위로 와서 파르르 떤다.
이 나방은 원구 동굴에서 난다. 동굴 혈이 구천으로 통하는데 내부에
흐르는 모래 같은 작은 구슬이 들어 있으며 이를 뚫거나 맺을 수 있기
때문에 패물로 사용되니 이것은 바로 신령한 나방의 배설물이다. 나방
은 기에 의지하고 이슬을 마시며 날면서 내려오지 않으므로 뭇 신선들
이 이를 죽여서 단약에 합한다. 서왕모는 여러 신선과 원구에서 노닐
다가 신령한 나방을 모아 옥 상자에 담고는 옥동자에게 짊어지게 한
뒤 사방을 두루 노닐었다. 연나라 뜰에 내려 이 나방을 꺼내 소왕에게
보여 주었다. 왕이 "제발 이 나방을 아홉 번 구운 단약에 합하게 해주
시오!"라고 했으나 서왕모는 주지 않았다.

九年, 昭王思諸神異. 有谷將子, 學道之人也, 言於王曰 "西王母將來遊,
必語虛無之術." 不踰一年, 王母果至. 與昭王遊於燧林之下, 說炎帝鑽火之
術. 取綠桂之膏, 燃以照夜. 忽有飛蛾銜火, 狀如丹雀, 來拂於桂膏之上. 此
蛾出於員丘之穴. 穴洞達九天, 中有細珠如流沙, 可穿而結, 因用爲珮, 此是
神蛾之矢也. 蛾馮氣飮露, 飛不集下, 羣仙殺此蛾合丹藥. 西王母與羣仙遊員
丘之上, 聚神蛾, 以瓊筐盛之, 使玉童負筐, 以遊四極, 來降燕庭, 出此蛾以
示昭王. 王曰, "令乞此蛾以合九轉神丹!" 王母弗與.

　서왕모의 강림이 이미 예시되었음에도 불구하고 소왕은 억지로 신령한 나방을 뺏으려 할 뿐 선인의 마음가짐을 지니지 못했다. 억지 부리던 소왕은 결국 원하는 것을 얻는데 실패했고 서왕모의 강림을 예시했던 곡장자(혹은 감수)는 승천해버렸으며 서왕모도 다시는 오지 않았다는 후문이다.

　이 글은 염제를 비롯해서 주로 불에 대해 이야기한다. 나무진으로 밤새 불을 타오르게 하였고 불을 머금은 나방이 있으며 그 나방의 배설물은 보석처럼 패물을 만드는 데 사용된다. 이토록 신기한 나방은 신선이 되기 위한 단약을 만들기 위해 죽어야 하는 희생제물로서 소왕의 욕망의 대상이 된다. 소왕은 나방을 욕망했으나 나방을 얻지 못했으며 다수가 욕망하는 나방을 탈취하려 했던 과욕으로 인해 많은 것을 잃게 된다. 실로 짧은 글에 담긴 깊은 뜻을 읽어내야 문장 보는 참맛을 안다고 할 수 있을 것이다.

　[6] 연 소왕은 악일대에 앉아 구름을 보았는데 누대 위에서 해를 만질 수 있었다. 그때 머리가 흰 흑조가 왕 곁으로 날아들었는데 직경 1척의 동광주를 물고 있었다. 구슬 빛이 옻처럼 까만데 집 안에 걸어두고 비추면 모든 신들이 그 정령을 숨길 수 없다. 이 구슬은 음천 바다에서 난다. 음천은 한산 북쪽 원수 중심에 있으며 물결이 항상 빙빙 돌면서 흐른다고 한다.

　비상하는 검은 벌이 있는데 오악 위를 왔다갔다 날아다닌다. 옛날 황제 시절에 무성자가 한산 고개에서 노닐다가 낭떠러지 위에서 검은 벌을 잡은 적이 있어서 검은 벌이 비상할 수 있다는 것을 알았다. 연 소왕 때 이르러 어떤 나라에서 그 벌을 소왕에게 헌상했다. 왕은 요장수로 벌에 묻은 진흙과 모래를 씻기고 나서 이렇게 읊조린다. "해와 달이 걸린 이래로 검은 벌이 구슬을 낳은 지 이미 팔구십년이 흘렀다고 하니 이 벌은 천년에 한번 구슬을 낳는구나." 구슬은 점점 가벼워지고 가늘어졌다. 소왕은 항상 이 구슬을 품고 있었는데 어느 더운 여

름날 몸이 절로 가볍고 시원해졌기에 "더위를 없애고 시원함을 불러오
는 구슬"로 불렀다.

昭王坐握日之臺參雲, 上可捫日. 時有黑鳥白頭, 集王之所, 銜洞光之珠,
圓徑一尺. 此珠色黑如漆, 懸照於室內, 百神不能隱其精靈. 此珠出陰泉之底.
陰泉在寒山之北, 員水之中, 言水波常圓轉而流也. 有黑蚌飛翔, 來去於五岳
之上. 昔黃帝時, 務成子遊寒山之嶺, 得黑蚌在高崖之上, 故知黑蚌能飛矣.
至燕昭王時, 有國獻於昭王. 王取瑤漳之水, 洗其沙泥, 乃嗟歎曰 "自懸日月
以來, 見黑蚌生珠已八九十遇, 此蚌千歲一生珠也." 珠漸輕細. 昭王常懷此
珠, 當隆暑之月, 體自輕涼, 號曰 '銷暑招涼之珠'也.

의미읽기

여기 소개된 해를 만질 수 있는 악일대에는 다이달로스가 만든 날개를 타고
미궁을 탈출했다가 태양열로 추락한 이카루스의 비극은 없다. 대신 해의 높이로
날아다니는 검은 새가 물고 온 구슬이 나온다. 귀신의 정체를 밝힌다는 이 구슬
은 이야기를 읽다보면 사실 검은 벌이 천년마다 한번 낳는 알이기도 하다. 흰머
리의 검은 새, 영험한 검은 구슬, 검은 벌이 낳는 검은 알들의 이야기는 저 하늘
태양 근처를 무대로 전개된다. 여기에는 태양이 뜨거워 다가가지 못한다거나 태
양열 때문에 새나 벌이나 알이 검게 탔다거나 하는 현실적인 상상이 개입되지
않는다. 이야기의 맥락 안에서 소왕은 해를 만질 수 있고 귀신을 판별할 수 있으
며 검은 벌과 그 알에 대해 알고 있는 신력을 지닌 존재이거나 그런 신력을 가
능하게 하는 매개를 지닌 존재이다. 빙빙 돌아 흐르는 소용돌이에서 나오는, 숨
은 정령을 비추고 더위를 없애는 검은 알은 지금 소왕의 소유물이지 않은가. 이
글은 내단 및 외단 수련을 통해서 혹은 신적 매개물을 통해서라도 신통력을 확
보하려했던 고대 중국인 특히 통치자의 열망을 잘 보여준다.

[2] 진시황(秦始皇)

[1] 진시황 원년, 건소국에서 옥을 조각하는 화공 예를 바쳐왔다. 그가 단청을 입에 머금었다가 땅에다 뿜어내면 곧바로 도깨비나 괴물들로 변했고 옥으로 짐승들을 새기면 살아 있는 듯 털이 구불거렸다. 만들어진 모든 것의 가슴에 명문을 써넣고 제작 연월일을 기재했다. 화공이 손가락으로 땅에 선을 긋는데 100장 길이를 그어도 먹줄을 댄 것처럼 반듯했다. 사방 한 치 안에다가 네 강, 5대 명산, 그리고 여러 국가를 그려 넣을 수 있었다. 또 용과 봉황을 그리면 날아갈 듯 날갯짓한다. 모든 것에 절대 눈을 그려서는 안 되니 만약 눈을 그려 넣으면 당장 날아간다.

이에 진시황은 "새기고 그린 형상이 어찌 날아갈 수 있느냐"면서 흑색으로 두 마리 호랑이의 눈을 하나씩만 그리게 했는데 열흘이 지나자 호랑이가 사라졌고 간 바를 알 수 없었다. 산택에 사는 사람이 말하길 "두 마리 백호가 눈이 하나씩 밖에 없는데 나란히 달렸고 털빛이 비슷한 것을 보았는데 보통 호랑이와 달랐다"고 했다. 이듬해 서방에서 백호 두 마리를 헌상했는데 모두 외눈박이였다. 진시황이 우리를 열어 살펴보고 잃어버렸던 호랑이인지 궁금해서 찔러 죽이고 가슴께를 검사해봤더니 과연 진시황 원년에 새겼던 옥 호랑이였다. 호해의 멸망기에 이르면 보검 등 신물들도 시대에 따라 이리저리 흩어진다.

始皇元年, 騫霄國獻刻玉善畵工名裔. 使含丹靑以漱地, 卽成魑魅及詭怪羣物之象, 刻玉爲百獸之形, 毛髮宛若眞矣. 皆銘其臆前, 記以日月. 工人以指畵地, 長百丈, 直如繩墨. 方寸之內, 畵以四瀆五岳32) 列國之圖. 又畵爲龍

---

32) 사독(四瀆): 강(江)·하(河)·회(淮)·제수(濟水). 이 사수(四水)는 각각 따로 흘러 바다로 들어가기 때문에 독(瀆)이라고 한다. 《박물지》 1권 30을

鳳, 騫翥若飛. 皆不可點睛. 或點之, 必飛走也. 始皇嗟曰, "刻畫之形, 何得
飛走." 使以淳漆各點兩玉虎一眼睛, 旬日則失之, 不知所在. 山澤之人云,
"見二白虎, 各無一目, 相隨而行, 毛色相似, 異於常見者." 至明年, 西方獻
兩白虎, 各無一目. 始皇發檻視之, 疑是先所失者, 乃刺殺之, 檢其胸前, 果
是元年所刻玉虎. 迄胡亥之滅, 寶劍神物, 隨時散亂也.

의미읽기

이 글에 나오는 화공 예(裔)의 생명을 불어넣는 그림실력을 들으니 황룡사 벽
에 솔거(率居)가 그린 ≪노송도(老松圖)≫에 정말로 새들이 날아들었다는 일화
가 떠오른다. 화공의 손을 거치면 도깨비, 괴물, 용, 봉황, 호랑이 등 각종 피조물
이 완성되므로 그는 생명을 주관하는 신력을 지닌 존재이다. 정통한 그림솜씨에
대한 긍정적인 평가로만 보이에는 너무도 무속적이고 신적이로다.

[2] 진시황은 신선 같은 것에 관심이 있었는데 어떤 완거국 사람이
소라 배를 타고 왔다. 배는 소라모양이고 물속으로 가도 물이 새지 않
아 '윤파주'라고 했다. 완거국인은 키가 10장이고 새 및 짐승 털을 엮
어서 몸을 가렸다. 그와 더불어 천지개벽에 대해 이야기 나누는데, 직
접 본 듯이 훤히 알고 있었다.

"신이 젊었을 때는 허공을 밟고 하루에 만 리를 노닐었지만 이제 늙
어서 앉은 채로 천지 밖의 일을 내다봅니다. 신의 나라는 해지는 함지

보면 "사독 중에서 황하는 곤륜산에서 나오고, 장강은 민산(岷山)에서 나온
다. 제수(濟水)는 왕옥산(王屋山)에서 나오고, 회수(淮水)는 동백산(桐柏
山)으로부터 나온다(四瀆河出崑崙墟, 江出岷山, 濟出王屋, 淮出桐柏)"고 나
온다. 독(瀆)은 도랑이나 큰 강독으로 하천의 총칭이기도 하다.
오악(五嶽) : 5대 명산. 동쪽의 대산(岱山 또는 太山)·남쪽의 형산(衡山)·
서쪽의 화산(華山)·북쪽의 항산(恒山)·중앙의 숭산(嵩山)을 가리킨다.

에서 9만 리 떨어진 곳에 위치하고 있어 이곳의 만년은 그곳의 하루에 해당합니다. 평시에는 안개가 자욱하며 가끔 날이 개이면 하늘이 구름 층으로 나뉘어 강수와 한수처럼 발합니다. 그때에는 흑룡과 흑 봉황이 몸을 뒤집으면서 하강한답니다. 밤이면 연석이 태양을 대신해 발광합 니다. 이 돌은 연산에서 나며 그 산의 돌과 흙은 스스로 빛을 발하는 데 그것을 체에 내려 가루로 만들면 좁쌀만한 알갱이 하나로도 집 한 채를 환히 밝힐 수 있습니다. 옛날에 염제가 날로 먹는 습관을 처음 바꿀 적에 이 불을 이용했다고 합니다. 나라사람이 지금 이 돌을 헌상 했습니다. 누군가가 계곡에 그 돌을 던졌더니 수십 리까지 포말이 끓 어올랐기에 끓는 연못이라 하였습니다. 신의 나라는 헌원 언덕에서 만 리 떨어져 있으며 소전의 아들이 수산의 구리로 큰솥을 주조한 적이 있습니다. 신이 그 나라에서 금과 불의 기운이 동하는 것을 보고 달려 가 보니 세발솥이 이미 완성되었습니다. 또 기주에서도 이상한 기운이 감지되기에 성인이 날 징조라 여겼더니 과연 경도가 요를 낳았습니다. 또 붉은 구름이 풍호로 들어가기에 가보았더니 과연 붉은 참새가 창에 게 전한 길조가 있었습니다."

진시황은 "이 사람이야말로 진정 신인이로다" 하고 더더욱 신선술 을 신봉하게 되었다.

始皇好神仙之事, 有宛渠之民, 乘螺舟而至. 丹形似螺, 沉行海底, 而水不 浸入, 一名'淪波舟'. 其國人長十丈, 編鳥獸之毛以蔽形. 始皇與之語及天地 初開之時, 了如親覩. 曰, "臣少時躡虛卻行, 日遊萬里, 及其老朽也, 坐見天 地之外事. 臣國在咸池日沒之所九萬里, 以萬歲爲一日. 俗多陰霧, 遇其晴日, 則天割然雲裂, 耿若江漢. 則有玄龍黑鳳, 翻翔而下. 及夜, 燃石以繼日光. 此石出燃山, 其土石皆自光澈, 扣之則碎, 狀如粟, 一粒輝映一堂. 昔炎帝始 變生食, 用此火也. 國人今獻此石. 或有投其石於溪澗中, 則沸沫流於數十里, 名其水爲焦淵. 臣國去軒轅之丘十萬里, 少典之子採首山之銅, 鑄爲大鼎. 臣 先望其國有金火氣動, 奔而往視之, 三鼎已成. 又見冀州有異氣, 應有聖人生,

果有慶都生堯. 又見赤雲入於酆鎬, 走而往視, 果有丹雀瑞昌之符." 始皇曰,
"此神人也", 彌信仙術焉.

소라모양의 잠수함을 타고 온 재미있는 사람이 불로장생을 꿈꾸는 진시황에게
즐거운 이야기를 들려준다. 동남동녀(童男童女)를 보내 불사약을 찾아오게 했던
이야기를 굳이 들먹거리지 않아도 진시황이 불로불사에 집착했음이 알려져 있다.

[3] 진시황은 운명대를 짓고 사방 진기한 나무를 다 가져왔고 천하의
명 장인들을 모두 데려왔다. 남으로 연구의 푸른 계수나무 · 리수의 타
오르는 모래 · 분도의 붉은 진흙 · 운강의 하얀 대나무를 비롯하여, 동으
로 총만의 금빛 잣나무 · 표수의 용을 닮은 소나무 · 한하의 별모양 산
뽕나무 · 완산의 구름 모양 가래나무를 얻었고, 서로는 누해의 가벼운
금 · 낭연의 깃털 같은 둥근 옥 · 척장의 노을 같은 뽕나무 · 침당의 둥
근 산가지를 얻었으며, 북으로는 명부의 마른 옻나무 · 음판의 무늬 있
는 소태나무 · 건류의 검은 달빛 · 암해의 향옥 등 진기한 것이라면 무
조건 모았다. 두 사람이 허공에 올라 나무에 기댄 채 공중에서 도끼를
휘두르며 자시에 시작한 공사가 오시에 끝나는 것을 보고, 진나라 사람
이 '자오대(子午臺)'라 했다고도 하고 자(子)땅과 오(午)땅에 각각 하
나씩 지었기 때문이라고도 하는데 두 가지 설이 다 미심쩍다.

始皇起雲明臺, 窮四方之珍木, 搜天下之巧工. 南得烟丘碧桂, 酈水燃沙,
賁都朱泥, 雲岡素竹, 東得葱巒錦柏, 漂檖龍松, 寒河星柘, 岹山雲梓, 西得
漏海浮金, 狼淵羽璧, 滌嶂霞桑, 沉塘員籌, 北得冥阜乾漆, 陰坂文杞, 褰流
黑魄, 闇海香瓊, 珍異是集. 二人騰虛緣木, 揮斤斧於空中, 子時起工, 牛時
已畢. 秦人謂之 '子牛臺', 亦言於子午之地, 各起一臺, 二說疑也.

의미읽기

진시황의 진기한 물건 수집벽에 관해서는 익히 잘 알려져 있지만 세상에 이토록 신기한 형상의 나무며 모래, 흙, 금과 옥들을 혼자 다 보고 살았다니 그는 행복한 사람이다. 한 줌도 안 되는 행복을 거머쥐기 위해 얼마나 많은 사람들이 발품을 팔고 목숨을 잃었을지 궁금하지만 말이다. 뒤에 나오는 '자오(子午)'는 밤 11시 12시인 자시(子時)와 낮 11시 12시인 오시(午時)를 말하며 누대를 빨리 완성했다는 의미로 봐야 할 것이다. '자오땅'은 자를 북쪽방향으로 오를 남쪽방향으로 해석하면 된다.

[4] 장의(張儀)와 소진(蘇秦)은 지향하는 바가 같고 학문을 좋아했으니, 교대로 머리카락을 팔아 서로를 돌보았다. 돈을 받고 책을 베껴도 성인의 말씀이 아니면 읽지 않았다. 우연한 기회로 ≪삼분≫·≪오전≫을 보았는데 길 가던 중이라 적을 데가 없어서 손바닥과 넓적다리 안쪽에 급히 묵으로 적고, 밤에 돌아와서 정서한 뒤 대나무를 쪼개 엮어서 간(簡)으로 만들었다. 두 사람은 늘 길에서 빌어먹었지만, 나무껍질을 벗겨 책 상자를 만들고 천하의 좋은 책들을 담았다. 커다란 나무 그늘에서 쉬곤 했는데 하루는 깜박 선잠이 들었다. 어떤 선생이 묻는다. "그대들은 왜 그렇게 힘들게 노력하는가?" 장의와 소진이 되묻는다. "당신은 어느 나라 분이십니까?", "나는 귀곡(歸谷)에서 태어났소"라고 대답한다. 귀곡(鬼谷)이라고도 하니, 귀(鬼)는 귀(歸)며 골짜기의 이름이다. 그에게 방법을 여쭈니, 세상에 나아가 출세할 수 있는 언변을 가르쳐 주었고 품을 뒤적거리더니 설서 2권을 꺼냈는데 시대를 보필하는 일들을 말하고 있다. ≪고사고(古史考)≫에서, "귀곡자(鬼谷子)의 귀(鬼)와 귀(歸)는 음이 비슷하다"고 했다.

張儀·蘇秦二人, 同志好學, 迭剪髮而鬻之, 以相養. 或傭力寫書, 非聖人之言不讀. 遇見≪墳≫·≪典≫, 行途無所題記, 以墨書掌及股裏, 夜還而寫之, 析竹爲簡. 二人每假食於路, 剝樹皮編以爲書帙, 以盛天下良書. 嘗息大樹之下, 假息而寐. 有一先生問, "二子何勤苦也?" 儀·秦又問之, "子何國人?" 答曰, "吾生於歸谷." 亦云鬼谷, 鬼者歸也. 又云, 歸者, 谷名也. 乃請其術, 敎以干世出俗之辯, 卽探胸內, 得二卷說書, 言輔時之事. ≪古史考≫云, '鬼谷子也, 鬼, 歸音相近也.'

의미읽기

장의와 소진은 전국시대 종횡가(縱橫家)로 소진은 합종(合縱)을, 장의는 연횡(連橫)을 주장한 인물들이다. 설서(說書)는 유세(遊說)하는 책으로 ≪한지(漢志)≫에는 나오지 않고 ≪수지(隋志)≫에는 〈종횡가〉에 세 권으로 언급된다.

[5] 진왕(秦王) 자영(子嬰) 즉위 100일, 승상 조고(趙高)는 자영의 살인을 꾀한다. 자영이 망이궁(望夷宮)에서 밤에 잠이 들었는데 꿈에서 키가 10장이나 되고 수염과 살쩍머리는 파아란 사람이 옥신발을 신고 붉은 수레를 타고 붉은 말을 몰아 대궐로 왔다. 진왕 자영을 만나고 싶다 하니 문지기가 통과시킨다. 자영이 그와 더불어 이야기 나누는데 그 사람이 이렇게 고백한다. "나는 하늘의 사신으로 사구(沙丘)에서 왔습니다. 천하에 난리가 나서 같은 성씨인 사람이 당신을 잔인하게 죽일 것입니다." 다음날 깨어나서 생각해 봤더니 아무래도 조고가 의심스러웠다. 함양옥(咸陽獄)에 가두고 우물에 매달았으나 일주일이 지나도 죽지 않는다. 가마솥에 물을 끓여 그를 삶았으나 7일이 지나도 그대로 있어서 그를 육시했다. 자영이 옥리에게 물었다. "조고는 신선이던가?" 옥리가 대답한다. "처음에 조고가 갇혔을 때 푸른 알약을 품고 있었는

데, 크기는 참새 알만 했습니다." 그때 방사가 거든다. "조고는 전에 한종(韓終)에게 단법(丹法)을 사사 받아서, 겨울에 단단한 얼음에 앉고 여름에 난로에 누워도 추위와 더위를 느끼지 않습니다." 조고가 죽자, 자영은 그 시체를 사방으로 통하는 큰길에 버렸는데, 울며 지나는 사람이 수천이며 푸른 참새가 조고의 시체에서 나와 구름 속으로 곧장 날아드는 것을 보았다고도 했다. 구전(九轉)의 영험이 여기서 증명되는구나! 자영의 꿈에 나타난 것은 진시황의 영혼이고 옥신발은 안기 선생(安期先生) 유품이다. 귀신의 이치는 늘 한가지이다.

秦王子嬰立, 凡百日, 郎中趙高謀殺之. 子嬰寢於望夷之宮, 夜夢有人身長十丈, 鬚鬢絶靑, 納玉舃而乘丹車, 駕朱馬而至宮門, 云欲見秦王子嬰, 闇者許進焉. 子嬰乃與言. 謂子嬰曰, "余是天使也, 從沙丘來. 天下將亂, 當有同姓者欲相誅暴." 翌日乃起, 子嬰則疑趙高, 囚高於咸陽獄, 懸於井中, 七日不死, 更以鑊湯煮, 七日不沸, 乃斀之. 子嬰問獄吏曰, "高其神乎?" 獄吏曰, "初囚高之時, 見高懷有一靑丸, 大如雀卵." 時方士說云, "趙高先世受韓終丹法. 冬月坐於堅冰, 夏日臥於爐上, 不覺寒熱." 及高死, 子嬰棄高屍於九達之路. 泣送者千家, 或見一靑雀從高屍中出, 直飛入雲. 九轉之驗, 信於是乎! 子嬰所夢, 卽始皇之靈. 所著玉舃, 則安期先生所遺也. 鬼魅之理, 萬世一時.

의미읽기

진시황 사후에 아들 호해(胡亥)가 즉위하니 그가 진(秦) 이세(二世)다. 나중에 조고가 정권을 멋대로 장악하고 호해를 핍박하여 자살하게 한 뒤 형의 아들 공자 영(嬰)을 진왕(秦王)으로 추대한다. 자호(子胡)(B.C.-206년)는 진시황의 장남 부소(扶蘇)의 아들로 조고가 이세를 죽이고 자영을 세우자 제(帝) 대신 왕(王)이라고 한다. 재위 46일 만에 유방(劉邦) 군대가 침입했고 자영은 흰 수레에 흰 말을 몰고 가서 항복했으며 후에 항적(項籍)에게 살해되었다.

한종(韓終)은 한중(韓衆)이라고도 하는데 진시황의 방사로 후공(侯公)·석생(石生)과 선인(仙人) 및 불사약을 구했다는 일화가 ≪사기·진시황본기≫에 나온다. 또 옛 선인(仙人) 이름이라고도 한다.

안기선생(安期先生)은 안기생(安期生)으로 진(秦) 낭야(瑯琊)사람이다. 하상장인(河上丈人)에게 배운 뒤, 바닷가에서 약을 팔았는데 당시에는 천세공(千歲公)이라고 불렸다. 진시황이 동에서 노닐다가 함께 3일 밤을 이야기 나누고 금과 비단 수만 필을 하사했지만 모두 두고 떠났으며, 책과 붉은 옥신 한 켤레를 남겨 보답했다는 일화가 ≪열선전≫을 통해 전해진다.

▌소기의 록 17

신령한 기운을 품은 뛰어난 사람들 중에 장생구시(長生久視)를 원하지 않은 경우는 드물다. 진실로 재주와 타고난 품성을 훼손하면 장생구시는 더욱 요원해진다. 왜 그럴까? 높은 궁궐과 집들로 사치를 일삼고, 얌전하고 살결 고운 여자들에게 멋대로 **빠져들며**, 「구소(九韶)」·「육영(六英)」으로 귀를 즐겁게 하면서, 기쁨과 성냄, 그리고 상주고 벌주는 것으로 권위를 내세우니, 정령은 일정한 막힘으로 **빠져들고** 뜻과 의지는 치달리는 채찍질에 피로하여, 신령한 생각은 녹아 없어지고 천지의 조화로운 기운은 깎여 없어진다. 진시황은 스스로 삼황보다 공이 뛰어나고 오제보다 업적이 많다고 하면서 방사 서시(徐市)에게 **빠져들었고** 사구(沙丘)에서 죽었다. 연 소왕은 온갖 신들에게 예를 올리니 영령들이 모여들었다. 게다가 국가 대사를 제쳐 두고 진극(眞極)에 노닐며 속세를 벗어나 날아가는 구름을 바라봄은, 도랑물이 은하수와 같아지려 하고 하루살이 식물이 참죽나무와 나란히 서려 하는 것, 그리고 곤륜산에서 천지를 초월하려 하고, 한 광주리의 흙을 쌓아 하늘에 오르려는 것과 같으니, 어떻게 사다리도 없이 그것을 바라보겠는가? ≪포박자≫에서, "소털같이 배우지만 기린 뿔같이 얻는다"고 했다. 진시황과 연소왕의 지혜는 신선의 기본에는 다소 비슷하지만 현진(玄眞)에 들지 못한다. 도량이 좁아 빠져드는 데가 많고 막힌 정이 트이지 않은 탓이다. 신통하고 오묘해지고 형형색색으로 변해야 느릿느릿한 구름의 짝이요, 그림자를 모는 노을의 상대가 되어 어깨를 나란히 하고 걸으며 더불어 서식할 수 있는 것이다. 빼어난 신이함들이 국경을 넘어 온다. 신(神)을 빌어 변하고 변(變)에 따라 신을 다하니 상(象)을 만지거나 이름 짓기 어렵고 그 신령스럽고 괴이함은 헤아릴 수조차 없다. ≪회남자≫에, "우뢰를 머금고 불 뿜는 기술은 수만 가지 학설보다 낫다"고 했다. 솜털을 끓는 화로에 놓기·얼음 속에 봉홧불 피우기·바닷물 새지 않는 소라배·날아다니는 구슬과 가라앉는 노을 등 수 만 가지 일들이 서적에 자세히 기록되지 않았고 신의 덕화 이래로 신기함은 낱낱이 열거할 수 없는데, 어떻게 말세의 경박하고 무망함으로 엿보고 우러를 수 있으며, 어리고 지식 짧은 사람들이 본받을 수 있겠는가! 지금 왕자년의 기록을 보니 소진과 장의의 이야기는 말만 다를 뿐 같은 내용으로, 글자와 음이 비슷하거나 땅과 풍속이 다른 경우가 있는데, 서적들을 검증해 본다면 소진과 장의만 다른 점이 있겠는가!

錄曰, 夫含靈挺質, 罕不羨乎久視, 祈以長生. 苟乖才性, 企之彌遠. 何者? 夫層宮峻宇肆其奢, 綽約柔曼縱其惑, 九韶·六英悅其耳, 喜怒刑賞示其威, 精靈溺於常滯, 志意疲於馳策, 銷竭神廬, 翦刻天和. 秦政自以功高三皇, 世踰五帝, 取惑徐市, 身殞沙丘. 燕昭能延禮羣神, 百靈響集. 並欲棄機事以遊眞極, 去塵垢而望雲飛, 譬猶等溝澮於天河, 齊朝菌於椿木, 超二儀於崑巒, 升一匱而扳重漢. 何則望之與無階矣. ≪抱朴子≫曰, '學若牛毛, 得如麟角.'

至如秦皇·燕昭之智, 雖微鑒仙體, 而未入玄眞. 蓋猶褊惑尙多, 滯情未盡.
至於神通玄化, 說變萬瑞, 故曰徐行雲垂之儔, 駕影乘霞之侶, 可得齊肩比步
焉與之棲息也. 窮神絶異, 隋方而來. 銜絶殊形, 越境而至. 託神以盡變, 因
變以窮神, 觸象難名, 靈怪莫測. ≪淮南子≫云, '含雷吐火之術, 出於萬畢之
家.' 方霾羽於洪鑪, 炎烟火於冰水, 漏海螺船之屬, 飛珠沈霞之類, 千途萬品,
書籍之所未詳, 自神化以來, 神奇莫與爲例, 豈末代浮誣, 所能窺仰, 夭齡促
知之所效哉! 今觀子年之記, 蘇·張二人, 異辭同迹, 或以字音相類, 或以土
俗爲殊, 驗諸墳史, 豈惟秦·儀之見異者哉!

5권

전한(前漢) 상

[1] 한 태상황(太上皇)이 즉위하기 전에 차고 다니던 칼은 길이가 3척이고 명문이 새겨져 있다. 글자를 알아보기 어렵긴 해도 고종(高宗)이 귀방(鬼方)을 공격할 때 만든 것 같다. 태상황은 풍(酆)과 패(沛)의 산중에서 노닐었다. 깊은 골짜기에 살면서 금속을 다루는 사람 곁에서 쉬다가 이렇게 물었다. "이것으로 무슨 병기를 만듭니까?" 장인이 웃으면서 대답한다. "천자께 바칠 검을 만들고 있으니, 절대 누설하지 마시오! 상황은 농담이려니 하고 개의치 않자 장인은 계속한다. "지금 만드는 철강은 갈아도 완성되기 어렵지만 당신 허리에 있는 칼을 녹여 넣으면 신비한 무기가 만들어져. 천하를 평정할 뿐 아니라 별의 정령도 도와서 삼활(三猾)을 섬멸할 것이오. 목(木)이 쇠하고 화(火)가 성하니 신비한 조짐이라우." 상황이 대답한다. "이 물건을 비수(匕首)라 명명했고, 예리함으로는 상대할 만한 것이 없소. 물에서 교룡을 자르고 육지에서 호랑이와 외뿔소를 베며 도깨비도 두 개로 동강나니 감히 나타나질 않소. 옥을 찍고 금을 파도 칼날이 굽지 않지요." 장인이 말을 잇는다. "만일 이 비수를 함께 주조하지 못하면, 구야(歐冶)가 정성을 다하고 월(越)의 숫돌로 칼날을 갈아도 결국 비루한 무기가 되어 버릴 것이오." 상황이 즉시 비수를 끌러 화로 속으로 던졌다. 갑자기 연기와 불꽃이 하늘높이 치솟아 낮인데도 태양이 빛을 잃는다. 검이 완성되자, 세 희생양을 죽여 그 피를 칼끝에 칠하고 제사 올렸다. 장인은 상황에게 언제 비수를 얻었는지 묻는다. "진나라 소양왕(昭襄王) 때 길을 가다가 동서쪽에서 한 야인을 길에서 만났는데 그가 주었소. 은대의 영물로 전해 내려왔으며 위에 옛글자를 새겨 제작 연월을 기록했다 하더이다"라고 대답했다. 검을 완성한 뒤에 보니, 전부터 새겨져 있던 기록이 그대로 남아 있어 이전의 의심에 들어맞았다. 장인

은 검을 상황께 바쳤다. 상황이 고조(高祖)에게 하사했고 고조는 그 검을 몸에 차고서 삼활을 섬멸했다. 천하가 평정되자 여후(呂后)가 보물창고에 감춰 두었다. 창고장이는 구름 같은 하얀 기운이 집밖으로 나오는 것을 목격했다. 용과 뱀 같은 형상이었기에, 여후는 창고를 '영금장(靈金藏)'으로 개명했다. 여씨들이 정권을 잡으니 흰 기운도 사라졌다. 혜제(惠帝)가 즉위한 후에, 이곳에 병기 저장하는 것을 금지하고 '영금내부(靈金內府)'라고 불렀다.

漢太上皇微時, 佩一刀, 長三尺, 上有銘, 其字難識, 疑是殷高宗伐鬼方之時所作也. 上皇遊酆沛山中. 寓居窮谷裏有人冶鑄. 上皇息其傍, 問曰, "此鑄何器?" 工者笑而答曰, "爲天子鑄劍, 愼勿泄言!" 上皇謂爲戲言而無疑色. 工人曰, "今所鑄鐵鋼礪難成, 若得公腰間佩刀雜而冶之, 卽成神器, 可以剋定天下, 星精爲輔佐, 以殲三猾. 木衰火盛, 此爲異兆也." 上皇曰, "余此物名爲匕首, 其利難儔, 水斷虯龍, 陸斬虎兕, 魑魅罔兩, 莫能逢之, 斫玉鐫金, 其刃不卷." 工人曰, "若不得此匕首以和鑄, 雖歐冶專精, 越砥斂鍔, 終爲鄙器." 上皇則解匕首投於鑪中. 俄而烟焰衝天, 日爲之晝晦. 及乎劍成, 殺三牲以釁祭之. 鑄工問上皇何時得此匕首. 上皇云, "秦昭襄王時, 余行逢一野人, 於陌上授余, 云是殷時靈物, 世世相傳, 上有古字, 記其年月." 及成劍, 工人視之, 其銘尙存, 叶前疑也. 工人卽持劍授上皇. 上皇以賜高祖, 高祖長佩於身, 以殲三猾. 及天下已定, 呂后藏於寶庫. 庫中守藏者見白氣如雲, 出於戶外, 狀如龍蛇. 呂后改庫名, '靈金藏'. 及諸呂擅權, 白氣亦滅. 及惠帝卽位, 以此庫貯禁兵器, 名曰, '靈金內府'也.

의미읽기

구야(歐冶)는 춘추시대 사람으로 검을 잘 만들어, 월왕(越王)을 위해 검 다섯 자루를 주조했는데 날카롭기가 이루 말할 수 없었다고 한다. 왕이 되는 신표로 검은 동서고금을 막론하고 자주 등장한다. 이 이야기는 한 고조의 왕후 여치(呂雉)는 혜제(惠帝)를 낳았고 혜제가 죽자 소제(少帝)를 세운 인물이다. 여후(呂后)는 조정에 나아가 천자대신 섭정을 하다가, 소제를 죽이고 항산왕(恒山王) 의(義)를 세우니 여러 여씨에게 왕권이 분할되었다. 여씨가 죽기 전에 조서를 남겨 여산(呂産)을 재상으로 등용하자, 여씨들은 난을 일으켰고 주발(周勃)·진평(陳平)이 그들을 주살하고 문제(文帝)를 세운 역사를 배경으로 하고 있다.

▌소기의 록 18

정령의 변화는 그 방법이 한 가지가 아니다. 명부(冥府)의 감응(感應)함은 이치가 일관되기 어렵다. ≪삼분≫과 ≪오전≫에 기재된 것은 모두 지나간 과거의 일들로부터 증험되었고 가요와 방언에서는 미래에 대한 조짐을 찾으며, 그림을 살피고 서적을 파헤쳐 수시로 편집했다. 장인(匠人)의 말을 분석하면, 요사스러운 예언의 심원한 효력을 알게 된다. 3척 검이 천지의 운수에 부응하므로 삼(三)은 양수(陽數)가 되고 천지의 덕에 들어맞는다. ≪구명결(鉤命訣)≫에, "소하(蕭何)는 묘성(昴星)의 정령이고 항우(項羽)·진승(陳勝)·호해(胡亥)는 삼활(三猾)"이라 했다. 주는 목덕이고 한은 화덕에 부합함, 이것이 그 조짐이다.

錄曰, 夫精靈變化, 其途非一. 冥會之感, 理故難常. 至如墳識所載, 咸取驗於已往, 歌謠俚說, 皆求微於未來, 考圖披籍, 往往而編列矣. 觀乎工人之說, 諒妖言之遠効焉. 三尺之劍, 以應天地之數, 故三爲陽數, 亦應天地之德. 按≪鉤命訣≫曰, "蕭何爲昴星精, 項羽·陳勝·胡亥爲三猾." 周爲木德, 漢叶火位, 此其徵也.

[2] 효혜제(孝惠帝) 2년, 사방에서 문자와 도량형을 통일하니, 천하가 태평하여 무기는 누워 자고 먼 나라 이향에서 통역을 거듭하며 와서 조공을 바친다. 도사가 있는데 성은 한(韓)이고 이름은 치(稚)로, 바다 건너온 한종(韓終)의 후손이었다. 동해신의 사자인데 성스러운 덕이 두루 미친다는 말을 듣고 기뻐서 조정으로 왔단다. 동극(東極)은 부상의 밖에 있었고, 이리국(泥離國)에서 알현하러 왔다. 키가 4척이고 누에고치 같은 두 뿔이 있고, 어금니가 입술을 뚫고 나오며, 태어난 후 신비로운 털로 몸을 가리고 깊은 동굴에 살고, 수명은 헤아릴 수 없다. 왕이 물었다. "방사 한치는 외국인의 말을 알아듣는다고 하니, 그 사람한테 수명이 얼마나 되는지, 몇 대의 일을 보아 왔는지 물어 보겠소?" 다음과 같이 대답한다. "다섯 가지 운(運)의 상승(相勝)에 따라 삶과 죽음이 갈마드는 것이 흩날리는 먼지와 가랑비 같으니 존재와 소멸을 어찌 헤아리겠습니까!" 또 물었다. "여왜(女媧) 이전 일도 알고 있는가?", "뱀의 몸으로 팔풍을 다스리고 사시를 정했으니 위세로 운을 잡은 것이 아니라"고 한다. 수인씨(燧人氏) 이전에 대해 물었더니, 이렇게 대답한다. "나무를 뚫어 불을 피워서 날고기를 익혀 먹은 이래, 어버이는 늙어도 자애로우며 아들은 오래 살면서 효성이 지극하게 되었습니다. 헌원 이래로, 세상이 불안하여 서로를 죽여 대니 사치함이 극에 달해 예악이 음란하기 짝이 없고 세상의 덕은 왜곡되었으며 순박한 풍토는 땅에 떨어졌습니다."라고 한다. 왕은 "멀고도 어둡구나 신령한 이치에 달하지 않고서는 이 도를 말하기 어려울지고."라 한다. 이때, 한치가 물러 나왔는데, 간 곳을 알 수 없었다. 왕이 방사들에게 장안성 북쪽에 신선단(神仙壇)을 세우게 하고 '사한관(祠韓館)'이라 했다. 속요(俗謠)에, "사한신(司寒神)을 성 북쪽에서 제사모시네"라 했다. ≪춘추전(春秋傳)≫의, "사한(司寒)을 흠향한다"와 음이 혼동된 것으로 '사한관(祠韓館)'이 맞다. 2년 뒤, 궁녀 100명을 불러 무늬 있는 비단 만 필과 망루 있는 배 열 척으로 니리국 사신을 환송하고 죄인을

크게 사면하였다.

孝惠帝二年, 四方咸稱車書同文軌, 天下太平, 干戈偃息. 遠國殊鄉, 重譯
來貢. 時有道士, 姓韓名稚, 則韓終之胤也. 越海而來, 云是東海神使, 聞聖
德洽乎區宇, 故悅服而來庭. 時有東極, 出扶桑之外, 亦有泥離之國來朝. 其
人長四尺, 兩角如繭, 牙出於唇, 自乳以來, 有靈毛自蔽, 居於深穴, 其壽不
可測也. 帝云, "方士韓稚解絶國人言, 令問人壽幾何, 經見幾代之事." 答曰
"五運相承, 迭生迭死, 如飛塵細雨, 存歿不可論算." 問, "女媧以前可聞乎?"
對曰, "蛇身已上, 八風均, 四時序, 不以威悅攬乎精運." 又問燧人以前, 答
曰. "自鑽火變腥以來, 父老而慈, 子壽而孝. 自軒皇以來, 屑屑焉以相誅滅,
浮靡囂動, 淫於禮, 亂於樂, 世德澆訛, 淳風墜矣." 稚以答聞於帝. 帝曰, "悠
哉杳昧, 非通神達理者, 難可語乎斯道矣." 稚於斯而退, 莫知其所之. 帝使諸
方士立仙壇於長安城北, 名曰, '祠韓館.' 俗云, '司寒之神, 祀於城陰.' 按《
春秋傳》曰, '以享司寒' 其音相亂也, 定是'祠韓館'. 至二年, 詔宮女百人, 文
錦萬疋, 樓船十艘, 以送泥離之使, 大赦天下.

의미읽기

정말로 이 시대에 한치와 같은 사람이 있다면 그래서 아득한 여와 이전, 수인
씨 이전의 일들을 말해준다면 비단 기념관만 세우겠는가. 그 분을 떠나지 못하게
모시고 오래도록 정치자문을 구할 것이다.

[3] 한 무제는 죽은 이 부인(李夫人)이 그리워도 만날 수 없었다.
곤령지(昆靈池)를 파서 비상하는 새 같은 배를 띄웠다. 왕은 직접 노
래를 만들어 가희(歌姬)에게 부르게 했다. 해가 서쪽으로 기울자 시원
한 바람이 불어와 물이 찰랑거리고 노래 소리 맑게 울린다.〈낙엽애선
(落葉哀蟬)〉을 들어보자.

능라 옷소매는 소리도 없고, 누대 옥 계단은 먼지가 이네.
빈 방 썰렁하고 적막한데, 낙엽만 겹 문에 기대는구나.
아리따운 여인 바라만 보네, 어떻게 얻을까.
내 마음 편치 않구나.

왕은 노래에 감정이 북받쳐 고민 고민하다가 참질 못하고, 용 기름 등으로 배안을 비춰보지만 슬픔은 가실 길 없다. 시종들이 근심 가득한 왕의 안색을 보고, 홍량주(洪梁酒)를 소라무늬 잔에 따라 올린다.

술잔은 파기국(波祇國)에서 난다. 술은 홍량현(洪梁縣)에서 나는데 그곳은 우부풍(右扶風)에 속했다가 애제(哀帝) 때 폐지되었다. 남인(南人)이 양조법을 전했다. 지금 '운양(雲陽)에서 맛좋은 술이 난다'함은 두 음이 혼동된 것이다. 왕이 삼작(三爵)하더니 안색이 환해지고 기분도 좋아져 가희를 불러들인다.

왕이 연량실(延涼室)에서 살포시 잠이 들었는데 이 부인이 꿈에 나와 형무향을 준다. 깜짝 놀라 일어나니 그 향기 아직도 의복과 베개에 물씬하고 한 달이 지나도 그대로다. 왕은 더욱 그리워했으나 다시는 나타나지 않았다. 눈물로 자리를 적셨고 연량실을 유방몽실(遺芳夢室)이라 불렀다. 처음에 이 부인을 너무 사랑하여 죽은 뒤에도 늘 보고 싶어 그녀 꿈을 꾸었으며, 어떻게든지 만나려 했다. 왕이 초췌해 있으니 모시는 이들 마음도 편치 못하다.

이소군(李少君)을 불렀다. "짐은 이 부인이 너무 보고 싶은데 방법이 없겠소?" 소군이 대답한다. "멀리서 볼 수는 있어도 함께 침실에 계실 수는 없습니다." 왕이 사정한다. "한번 보기만 하면 되네. 그렇게만 해주게." 소군은 "암해의 잠영석은 빛깔이 푸르고 깃털처럼 가볍습니다. 추워질수록 돌은 따뜻해지고 무더위에는 돌이 차디찹니다. 그 돌에 사람모습을 새기면 신기하게도 진짜 사람 같답니다. 이 석상을 걸게 하면 부인이 올 겁니다. 이것은 사람의 말을 통역할 수 있고, 음성은 있지만 숨은 없으므로 그것의 신이함을 알 수 있습니다"고 한다.

왕은 "그 석상은 어떻게 구하는가?"하고 묻는다. 소군의 대답은 이러하다. "망루 있는 배 100척과 장사 천명을 주시면, 물을 건너고 나무에 오를 수 있는 자라면 도술을 가르치고 불사약을 먹이겠습니다."

이들은 암해로 떠난 지 10년 뒤에야 돌아 왔다. 떠났던 이들은 구름 타고 올라가 안 돌아오거나 형체를 빌어 가사(假死)하는 바람에 다시 돌아온 이는 겨우 사오 명뿐이었다. 돌은 도착되자마자 장인들에 의해 부인의 초상에 따라 조각되었다. 완성된 후 가벼운 비단 휘장 안에 두니 살아있는 듯하다.

왕은 너무 기뻐서 물어 본다. "어떻게 가까이 갈 수 없을까?" 소군이 강경하게 간언한다. "한밤중 갑자기 꾸는 꿈과 같은데, 대낮에 어떻게 가까이에서 보겠습니까? 이 돌은 독이 있어서 멀리 봐야지 접근하시면 안 됩니다. 만승(萬乘)의 존엄함을 경시한 채 정령의 농간에 빠지지 마소서!" 왕은 그 말을 따른다. 왕이 이 부인을 다 보고 나자 소군이 이 돌을 빻아 환약으로 만들어 왕에게 먹였다. 그 후 다시는 이 부인을 그리워하거나 꿈꾸는 일이 없었다. 영몽대를 세우고 그녀에게 제사를 모셨다.

漢武帝思懷往者李夫人, 不可復得. 時始穿昆靈之池, 泛翔禽之舟. 帝自造歌曲, 使女伶歌之. 時日已西傾, 涼風激水, 女伶歌聲甚遒, 因賦〈落葉哀蟬〉之曲曰, '羅袂兮無聲, 玉墀兮塵生, 虛房冷而寂寞, 落葉依於重扃. 望彼美之女兮安得, 感余心之未寧!' 帝聞唱動心, 悶悶不自支持, 命龍膏之燈以照舟內, 悲不自止. 親侍者覺帝容色愁怨, 乃進洪梁之酒, 酌以文螺之巵. 巵出波祇之國. 酒出洪梁之縣, 此屬右扶風, 至哀帝廢此邑. 南人受此釀法. 今言 '雲陽出美酒', 兩聲相亂矣. 帝飲三爵, 色悅心歡, 乃詔女伶出侍. 帝息於延涼室, 臥夢李夫人授帝蘅蕪之香. 帝驚起, 而香氣猶著衣枕, 歷月不歇. 帝彌思求, 終不復見, 涕泣洽席, 遂改延涼室爲遺芳夢室. 初, 帝深嬖李夫人, 死後

168

常思夢之, 或欲見夫人. 帝貌顇頓, 嬪御不寧. 詔李少君與之語曰, "朕思李夫
人, 其可得見乎?" 少君曰, "可遙見, 不可同於帷幄." 帝曰, '一見足矣, 可致
之.' 少君曰, '暗海有潛英之石, 其色青, 輕如毛羽, 寒盛則石溫, 暑盛則石冷.
刻之爲人像, 神悟不異眞人. 使此石像往, 則夫人至矣. 此石人能傳譯人言語,
有聲無氣, 故知神異也.' 帝曰, '此石像可得否?' 少君曰, '願得樓船百艘, 巨
力千人, 能浮水登木者, 皆使明於道術, 齎不死之藥.' 乃至暗海, 經十年而還.
昔之去人, 或升雲不歸, 或託形假死, 獲反者四五人. 得此石, 卽命工人依先
圖刻作夫人形. 刻成, 置於輕紗幬裏, 宛若生時. 帝大悅, 問少君曰, '可得近
乎?' 少君曰, '譬如中宵忽夢, 而晝可得近觀乎? 此石毒, 宜遠望, 不可逼也.
勿輕萬乘之尊, 惑此精魅之物!' 帝乃從其諫. 見夫人畢, 少君乃使舂此石人
爲丸, 服之, 不復思夢. 乃築靈夢臺, 歲時祀之.

의미읽기

사모하는 사람을 그리워하는 것은 왕이나 일반 사람이나 다를 바 없었나 보다.
핸드폰을 껐다가 켰다가 던졌다가 사진을 꺼냈다가 태웠다가……. 그리움을 잊기
위한 몸부림은 예나 지금이나 처절하다. 한 무제는 이 연년(李延年)의 누이인 이
부인을 무척 사랑했다. 그녀는 물론 미인이었고 가무에 능해서 늘 무제가 곁에
두었지만 미인박명이라던가! 결국 요절했다.

제(齊)의 방사인 이소군은 무제에게 조왕신(竈王神)에게 제사 드리는 방법을
통한 노화방지책으로 신임을 얻은 인물이다. 여기서 그는 또 한번의 놀라운 법술
을 보여준다. 돌로 이소군의 형상을 만들어 꿈에도 그녀는 그리는 무제의 마음을
치료한 것이다. 《박물지》 5권 185를 보면 환담(桓譚)의 《신론(新論)》을 인
용해서 이소군, 몇몇 서적에서는 동중군이라고 하는데, 그가 죄를 짓고 옥살이를
하다가 죽은 척했는데 시체가 썩었다. 그런데 얼마 지나서 눈에서 벌레가 나오더
니 다시 부활했다고 한다.(桓譚《新論》說方士有董仲君, 有罪繫獄, 佯死, 臭爛
目陷蟲出, 旣而復生). 하하. 중국 역사에는 부활하는 신선이 참으로 많다. 불로불
사보다는 부활의 묘책을 연구하는 것이 더 빠르지 않을까.

[4] 원봉 원년 부흔국에서 난금니(蘭金泥)를 바쳤다. 이 금은 탕천(湯泉)에서 나며, 무더운 여름에 끓어 넘치는데 그 모습이 타오르는 불길 같아서 하늘을 나는 새도 지나가지 못하였다. 그 나라 사람들은 물가에서 항상 이 금으로 그릇을 만들고 있는 사람을 보았다. 금은 진흙같이 덩어리져 있고 순금색이다. 백 번 주조하면 하얗게 변색되어 은같이 빛나니 '은촉(銀燭)'이 바로 이것이다. 여러 함갑 및 궁문을 이 금빛 진흙으로 봉하면, 도깨비도 감히 침범하지 못한다. 한대 상장(上將)이 출정하면서 먼 나라에 사신을 보낼 적에도 이것으로 새봉(璽封)했다. 위청·장건·소무·부개자 같은 사신들도 금빛 진흙 새봉을 받는다. 무제가 붕어하자 금빛 진흙도 사라졌다.

元封元年, 浮忻國貢蘭金之泥. 此金出湯泉, 盛夏之時, 水常沸湧, 有若湯火, 飛鳥不能過. 國人常見水邊有人冶此金爲器. 金狀混混若泥, 如紫磨之色, 百鑄, 其色變白, 有光如銀, 卽'銀燭'是也. 常以此泥封諸函匣及諸宮門, 鬼魅不敢干. 當漢世, 上將出征, 及使絕國, 多以此泥爲璽封. 衛靑·張騫·蘇武·傅介子之使, 皆受金泥之璽封也. 武帝崩後, 此泥乃絕焉.

의미읽기

위청·장건·소무는 다들 한 무제 때 사람들이다. 위청은 거기장군(車騎將軍)으로 나중에 대장군(大將軍)이 되어 흉노를 일곱 번이나 친 적이 있다. 장건은 박망후(博望侯)에 봉해져 중랑장(中郞將)으로 발령받아 오손(烏孫)에 사신으로 갔다가, 다시 부사(副使)로서 대완(大宛)·강거(康居)·대하(大夏)·서역(西域) 등으로 다닌 적이 있다(오손은 한대 서역인 이(伊)와 이(犂)에 있던 나라다). 소무는 중랑장으로 흉노에 갔다 붙잡혔는데 절개를 지키고 굽히지 않았으며 19년 만에 한으로 돌아왔다. 부개자는 한 소제 때 대완에 사신으로 간 적이 있으며, 나중에 루란(樓蘭)을 정복하고 왕의 머리를 베어 돌아온 공이 있다.

[5] 일남군 남쪽에 음천(淫泉)이란 개펄이 있다. 물이 땅에서 차츰차츰 배어 나와 연못을 이루었다고 해서 '음천'이라 한다. 또는 물이 달고 부드러워 남녀가 마시면 음탕해진다고 한다. 물이 얕을 때는 조그만 술잔에 넘칠 정도의 깊이로 옷을 걷고 건널 만했고 물이 불면 배를 띄우고 물살 따라 구불구불 노닐 수 있다. 물이 돌에 부딪히는 소리가 사람이 노래하고 웃는 소리 같아서 듣는 사람을 음탕하게 하므로, '음천'이라는 말도 있다.

물오리와 기러기는 금빛으로 모래 위의 여울목에서 떼 지어 날면서 놀고 있다. 그물을 쳐 잡았더니 진짜 금물오리였다. 진대에 여산(驪山)의 무덤을 파다가, 금물오리가 남쪽으로 날아가 음천에 도착하는 것을 보았다는 사람이 있다. 보정(寶鼎) 원년에 장선(張善)이 일남군에 태수로 오자, 군민들이 금물오리를 바쳤다. 장선은 박학다식한 사람으로 년 월을 조사해 보았더니, 바로 진시황 무덤의 금물오리였다. 옛날 시황이 무덤을 만들면서, 안에다 천하의 기이한 것을 집어넣고 장인까지 생매장시켰을 뿐 아니라, 먼 나라 보물들이 무덤 안에 무너질 만큼 쌓여 강·바다·하천·도랑 및 산악의 형상을 이루었다.

사당목(沙棠木)과 침단목(沈檀木)으로 노를 만들고, 금과 은으로 물오리와 기러기를, 유리 및 온갖 보석들로 거북이와 물고기를 만들어 넣었다. 바다에는 옥고래를 만들고 불구슬을 입에 물려 별을 삼으니, 등불도 대신하고 무덤에서 빛을 발산해 정령의 위대함도 나타냈다.

옛날 무덤에 생매장했던 장인들이 발굴당시 모두 살아 있었다. 장인들은 안에서 돌을 쪼아 용·봉황·선인의 형상을 만들고 비문을 지어 찬미했다. 한나라 초에 무덤을 파서 역사 기록들을 검증해 보아도 신선·용·봉황에 대한 기록이 없어, 장인들이 생매장된 후에 만들었음이 밝혀졌다. 나중에 이 비문을 옮겨 적다 보니, 원한에 사무친 글귀가 많아서 '원비(怨碑)'라 했다. ≪사기≫에는 이 기록이 없다.

日南之南, 有淫泉之浦. 言其水浸淫從地而出成淵, 故曰'淫泉'. 或言此水甘軟, 男女飮之則淫. 其水小處可濫觴褰涉, 大處可方舟沿泝, 隨流屈直. 其水激石之聲, 似人之歌笑, 聞者令人淫動, 故俗謂之'淫泉'. 時有鳧雁, 色如金, 群飛戲於沙瀨, 羅者得之, 乃眞金鳧也. 當秦破驪山之墳, 行野者見金鳧向南而飛, 至淫泉. 後寶鼎元年, 張善爲日南太守, 郡民有得金鳧以獻. 張善該博多通, 考其年月, 卽秦始皇墓之金鳧也. 昔始皇爲塚, 斂天下瓌異, 生殉工人, 傾遠方奇寶於塚中, 爲江海川瀆及列山岳之形. 以沙棠沈檀爲舟楫, 金銀爲鳧雁, 以瑠璃雜寶爲龜魚. 又於海中作玉象鯨魚, 銜火珠爲星, 以代膏燭, 光出墓中, 精靈之偉也. 昔生埋工人於塚內, 至被開時皆不死. 工人於塚內琢石爲龍鳳仙人之像, 及作碑文辭讚. 漢初發此塚, 驗諸史傳, 皆無列仙龍鳳之製, 則知生埋匠人之所作也. 後人更寫此碑文, 而辭多怨酷之言, 乃謂爲'怨碑'. ≪史記≫略而不錄.

의미읽기

멋지지 않은가. 술에 배를 띄우고 첨벙거리며 마시면 다들 음탕해진다. ≪박물지≫ 2권 72에도 '일남'이 나오는데 같은 곳이라고 확신할 수는 없지만 다소 음탕하다는 면에서 통한다. 내용을 보면 "일남에는 야녀(野女)들이 많아 무리 지어 다니며 남자를 구한다. 그녀들은 얼굴이 맑고 고우며 옷을 입지 않고 나체로 돌아다닌다(日南有野女, 羣行見丈夫, 其狀晶目, 裸袒無衣褌)." 지금 이런 여인들이 있다면 반응이 어떨까. 다들 일남으로 몰려가지 않을런지. ≪사기≫가 이런 야화를 싣지 않을 만하고 그것이 또 ≪습유기≫류 서적의 매력이 아니었을까.

[6] 동언(董偃)은 늘 연청실에 누워 있었는데, 무늬난 돌로 만든 침상은 무늬가 비단 같았다. 돌은 매우 가볍고 질지국에서 난다. 앞에 자색유리 휘장과 옥돌 병풍을 치고 영마 등을 걸고 자색 옥으로 대야를 만드니 굽은 용 같은데 뭐든지 보석들로 장식했다.

시종들이 문밖에서 부채 부치는 것을 보며 동언이 말을 꺼냈다. "옥돌 침대인데 어찌하여 꼭 부채질을 해야만 시원할까?" 시종들은 얼른 부채를 놓고 손으로 더듬다가 병풍이 있는 걸 알았다. 옥 대야에 얼음을 채워 무릎 앞에 두었다.

옥정(玉精)과 얼음은 투명하고 깨끗하기가 똑같다. 시종들이 얼음만 있고 대야가 없는 줄 알고 자리가 함빡 젖겠다면서 옥 대야를 같이 치켜 올리다가 계단 밑으로 떨어뜨려 얼음과 옥이 와르르 깨졌는데, 동언이 음악소리 같다고 한다. 이 옥정(玉精)은 천도국(千塗國)에서 공물로 바쳤다. 무제가 동언에게 주었다. 애제·평제(平帝) 때는 민가에도 이 그릇이 있었지만 대부분 깨져 버렸다. 왕망(王莽) 때는 소재조차 알 수 없었다.

董偃常臥延淸之室, 以畵石爲牀, 文如錦也. 石體甚輕, 出郅支國. 上設紫瑠璃帳, 火齊屛風, 列靈麻之燭, 以紫玉爲盤, 如屈龍, 皆用雜寶飾之. 侍者於戶外扇偃. 偃曰, "玉石豈須扇而後涼耶?" 侍者乃却扇, 以手摸, 方知有屛風. 又以玉精爲盤, 貯冰於膝前. 玉精與冰同其潔澈. 侍者謂冰之無盤, 必融濕席, 乃合玉盤拂之, 落階下, 冰玉俱碎, 偃以爲樂. 此玉精千塗國所貢也. 武帝以此賜偃. 哀·平之世, 民家猶有此器, 而多殘破. 及王莽之世, 不復知其所在.

의미읽기

최근에도 옥돌침대, 옥 사우나, 옥 매트, 옥 탕이 인기절정인데 옛날 한 무제 때의 농신(弄臣) 동언도 옥을 꽤나 좋아한 모양이다. 동언은 어릴 때 어머니와 진주를 팔며 살았고 13세가 되던 해에 어머니를 따라 무제의 고모 쪽인 도공(陶公) 댁에 살게 된다. 주변에서 하도 용모가 아름답다고 하자 도공이 관심을 두고 총애했으며 결국 무제의 눈에 들어 엄청난 사랑을 받은 '왕의 남자'다. 그러니 무더운 여름 수정보다 맑은 옥 대야에 얼음을 담아 두고 시종의 부채질 바람 속에 누워있었겠지. 여름날 옥과 얼음의 투명함, 그리고 투명한 조각들이 와르르 깨지면서 내는 화음이 어울리는 아름다운 글이다.

[7] 태초 2년, 대월씨국에서 쌍두계(雙頭雞)를 바쳤는데 다리는 넷, 꼬리는 하나다. 한 마리가 울면 다들 따라 울었다. 무제가 감천고관(甘泉故館)에 두고 다른 닭과 섞어서 종자(種子)를 얻었으나 울지 못했다.

간언이 들어 왔다. "≪시≫에, '암탉은 아침이 없다(牝雞無晨)'고 했습니다. 일설에, '암탉이 아침에 울면 집안이 망한다'고 합니다. 수컷이 울지 않는 것은 길조가 아닙니다." 왕이 다시 서역으로 돌려보냈다. 서쪽 관문에 이르자 쌍두계가 한궁실을 돌아보며 슬피 울었다. 이런 민요가 있다. "삼칠 말세(三七末世)에는 닭도 울지 않고 개도 짖지 않네. 궁 안은 가시덤불이 어지럽게 얽혔고, 아홉 호랑이가 왕이 되려고 싸운다네." 왕망(王莽)이 왕위를 빼앗을 때 장군 중에 아홉 호랑이로 불리는 사람들이 있었다. 그 뒤로 사람이 많이 죽는 난리가 더욱 빈번하게 일어났고 궁궐에는 쑥과 가시가 돋아났으며 집에는 닭 울고 개 짖는 소리가 사라졌다.

쌍두계는 월씨국(月氏國)에 도착하기도 전에 은하수로 날아갔으며 곤계(鵾雞)와 비슷한 소리를 내고 구름 속으로 비상했다. 훤계(暄雞)라는 별명은 곤(昆)과 훤(暄)의 소리가 비슷해서 생긴 것이다.

太初二年, 大月氏國貢雙頭雞, 四足一尾, 鳴則俱鳴. 武帝置於甘泉故館, 更以餘雞混之, 得其種類而不能鳴. 諫者曰, "≪詩≫云, '牝雞無晨.' 一云, '牝雞之晨, 惟家之索.' 今雄類不鳴, 非吉祥也." 帝乃送還西域, 行至西關, 雞反顧望漢宮而哀鳴. 故謠言曰, "三七末世, 雞不鳴, 犬不吠, 宮中荊棘亂相係, 當有九虎爭爲帝." 至王莽簒位, 將軍有九虎之號. 其後喪亂彌多, 宮掖中生蒿棘, 家無雞鳴犬吠. 此雞未至月氏國, 乃飛於天漢, 聲似鵾雞, 翱翔雲裏.
一名暄雞, 昆・暄之音相類.

의미읽기

대월씨(大月氏)는 옛 서역에 있던 나라로 월씨국(月氏國)이이다. 돈황(敦煌)
과 기련(祁連) 사이에 위치한다. 한대 흉노의 침략을 받아 서쪽으로 도망하여 대
완(大宛)을 지나 위수(渭水)를 점하고 북쪽에서 살았으며 박라성(薄羅城)에 도
읍을 정하고 대월씨(大月氏)라 이름하였다. 전성기의 영토는 지금 인도 갠지즈
강 유역・캐시미르고원・아프카니스탄 및 파미르 고원의 동서까지 포함된다고
하니 정말 대국이었던 셈이다.

[8] 천한 2년, 거수국 서쪽에 기륜국이 있었다. 풍속이 순후하고 평
화로우며 수명은 300세이다. 수목 림이 있는데 한 그루가 천심이나 되
어서 해와 달도 가려진다. 이 나무 밑에서 쉬면, 죽지도 않고 병들지도
않는다. 어떤 사람이 산 넘고 바다건너 와서 이 나뭇잎을 품고 돌아갔
는데 일생 동안 늙지 않았단다. 백성들은 풀과 깃털을 엮어 실을 짜고
그물을 엮어 옷을 만드는데, 얇고도 성기고 고운 정도가 지금의 명주
와 비슷했다. 원수 6년 거수국에서 그물 옷 한 벌을 바쳤다. 왕이 사방
으로 통하는 큰길에서 그 옷을 불살라 후대 사람이 사치와 낭비를 일
삼지 않도록 했다. 태울 때 나는 연기가 금석이 끓을 때와 같았다.

天漢二年, 渠搜國之西, 有祈淪之國. 其俗淳和, 人壽三百歲. 有壽木之林,
一樹千尋, 日月爲之隱蔽. 若經憩此木下, 皆不死不病. 或有泛海越山來會其
國, 歸懷其葉者, 則終身不老. 其國人綴草毛爲繩, 結網爲衣, 似今之羅紈也.

至元狩六年, 渠捜國獻網衣一襲. 帝焚於九達之道, 恐後人徵求, 以物奢費, 燒之, 烟如金石之氣.

[9] 태시 2년, 서쪽 인소국 사람들은 휘파람을 잘 부는데, 장부의 휘파람 소리는 백 리 밖에서도 들리고 부인의 휘파람 소리는 오십 리 밖까지 들리며, 생우(笙竽)소리와 비슷한데 가을과 겨울은 소리가 청량하고 봄여름은 소리가 침잠한다. 혀의 뾰족한 부분을 뒤집어 목구멍을 향할 수 있어, 양설중답(兩舌重沓)이라 부른다. 손톱으로 혀를 살살 긁으면 휘파람 소리가 더 멀리까지 퍼진다. ≪여씨춘추≫의 '혀를 뒤집는 먼 이향의 나라'는 바로 이곳을 말한다. 성군이 나타나면 와서 그의 교화에 복종했다.

太始二年, 西方有因霄之國, 人皆善嘯, 丈夫嘯聞百里, 婦人嘯聞五十里, 如笙竽之音, 秋冬則聲淸亮, 春夏則聲沈下. 人舌尖處倒向喉內, 亦曰兩舌重沓, 以爪徐刮之, 則嘯聲逾遠. 故≪呂氏春秋≫云, '反舌殊鄕之國', 卽此謂也. 有至聖之君, 則來服其化.

의미읽기

이 글의 인소국(因霄國)은 남방에 있는 반설(反舌)국으로 전해지며 ≪여씨춘추 · 위욕(爲欲)≫에도 "만이의 반설국은 혀를 뒤집는 기이한 나라(蠻夷反舌, 殊俗異習之國)"라고 나온다. 〈공명(功名)〉에도 "만이의 반설국은 풍속이 다르고 기이하다(蠻夷反舌, 殊俗異習)"고 했다. 주를 보면 '남방에 반설국이 혀뿌리는 앞에 있고 혀끝은 거꾸로 목구멍을 향해 있다(南方有反舌國, 舌本在前, 末倒向喉)'고 설명하는 것으로 보아 여기 소개된 '양설중답'하는 묘기를 부리는 지역이 있었던 모양이다.

▮소기의 록 19

한이 일어나 육국이 남긴 폐단을 계승하니, 천하가 성스러운 덕을 그리워했다. 백성들은 진이 늦게 망하고 한이 더디 온다고 탄식한다. 고조가 제왕의 업적을 닦아 영토를 넓혔고, 효 혜제(孝惠帝)는 느슨한 형벌로 무위지치(無爲之治)를 실시하니, 덕은 삼황과 같고 교화는 천하에 널리 미친다. 무제 때 더욱 빛을 발해 사방을 살피고 산악을 순수하여 원년과 연호를 정했다. 예악을 들어보고 옛 풍조를 되찾고 문장의 뜻을 넓혀 풍속을 만들어 나갔다. 율력을 고치고 봉선(封禪)을 세워 신들께 제사 올려서 온갖 길조를 불러 들였다. '흠명'이 〈당서〉에 무수히 나오고, '문사'도 〈우전〉에서 언급했지만 어떻게 이보다 뛰어나겠는가.

주공·공자의 가르침은 허무지학(虛無之學)을 중시하지 않는다. 무제는 황로(黃老)를 숭상하고 늙지 않는 법을 배웠으며 복 없는 제사에 보답을 구했다. 장창(張敞)이 충성스런 간언으로 신선술을 멀리 퇴치하고, 장홍(萇弘)·초양회(楚襄懷)·진황(秦皇)·서복(徐福)의 일을 지적했으므로 신원(辛垣) 무리가 결국 사형된 것이다. 신선은 마음이 맑고 온화함을 좋아하여 형체를 잊고, 적막을 지켜 잡다한 일들을 없앤다.

무제는 미행(微行)을 즐기고 정벌을 좋아해, 궁전과 정원도 넓혔다. 장생구시의 법도를 완전히 어기고 '현일수도(玄一守道)'의 요체마저 잃었다. 소옹 죽인 일을 후회하고, 난대의 괴이한 설에 넘어갔다. 이 부인에게 눈이 멀어 사랑을 속삭이고 규방의 속살거림에 귀를 기울였다. 혼의 갱생술에 빠져 신방(新房)을 꾸며 놓고 우두커니 혼을 기다리니, 지나친 총애로 마음에 쌓인 응어리가 풀리질 않았는데 구름과 무지개로 몸을 솟구쳐 천지와 더불어 머물고 싶어도 바람과 그림자를 따라 어떻게 올라가겠는가? 현진에는 들지 못했으나 상당한 경지에 도

달했으니, 유명(幽明)은 신묘함을 감출 수 없고 만상(萬象)은 정령을 숨길 곳이 없단다. 선부(仙部)들을 조사하고 학설들을 검증해도 이보다 이상한 것은 아직 없구나! 오운이 번갈아 일어나는 수(數)의 떳떳한 이치니 금·토의 징조는 위(魏)·진(晉)에 해당한다.

동언은 구슬을 파는 천한 무리였다가 재상 덕에 총애를 타고 올라 한때의 행운을 훔치니 재물이 고래 등 같은 집에 넘쳐나고 진기한 물건들이 안에 쌓였으며 이 세상 것이 아닌 보물을 뽐냈다. 하루아침에 총애가 사라지니, 성쇠(盛衰)의 징조가 있다는 것이 사실이로구나! 관곽(棺槨)이란 것은 땅강아지와 매미의 근심을 막아 주고 뼈 거두는 광주리를 분별해 주는 것이니, 성인은 올바른 예(禮)를 지키고 과소비를 꺼리며 지나친 박함도 싫어한다. 담대멸명(澹臺滅明)의 지나친 검소함과 성희(盛姬)·진시황의 사치는 모두 비용을 아끼는 선을 넘어 섰다.

오호 통재라! 형체가 사라지고 정신이 없어져 갑자기 관 하나의 흙으로 변해 구릉과 계곡에 합해지고 아름다운 옥들도 순식간에 먼지로 변하니, 생(生)을 소비하여 사(死)에 더한들 신명(身名)에 보탬이 안 되는 것이다. 아득히 가버리는데 어떻게 이전의 번성함을 기억하겠는가? 중니께서 "빨리 썩음만 못하다"고 하셨다. 손과 발의 생김새도 염하여 장사지내는 것, 성인이 이를 널리 경계하신 것이니 어찌 받들지 않겠는가!

錄曰. 漢興. 繼六國之遺弊, 天下思於聖德, 是以黔黎嗟秦亡之晚, 恨漢來之遲. 高祖肇基帝業, 恢張區宇. 孝惠務寬刑辟, 以成無爲之治, 德侔三王, 敎通四海. 至於武帝, 世載愈光, 省方巡岳, 標元崇號, 聞禮樂以恢風, 廣文義以飾俗, 改律曆而建封禪, 祀百神以招群瑞. 雖'欽明'茂於〈唐書〉, '文思'稱於〈虞典〉, 豈尙茲焉. 觀乎周·孔之敎, 不貴虛無之學. 武帝修黃老, 治却老之方, 求報無福之祀. 是以張敞切言, 使遠斥仙術, 指以萇弘·楚襄懷·秦

皇・徐福之事, 故辛垣之徒, 卒見夷戮. 夫仙者, 尙沖靜以忘形體, 守寂寞而祛囂務. 武帝好微行而尙剋伐, 恢宮宇而廣苑囿, 永乖長生久視之法, 失玄一守道之要, 悔少翁之先誅, 惑欒大之詭說. 至如李夫人, 緬心昵愛, 專媚蘭閨, 思沈魂之更生, 식(食)＋상新宮以延佇, 蓋猶嬖惑之寵過熾, 累心之結未祛, 欲竦身雲霓之表, 與天地而齊畢, 由係風晷, 其可階乎? 雖未及玄眞, 頗參神邃, 是以幽明不能藏其殊妙, 萬象無所隱其精靈. 考諸仙部, 驗以衆說, 未有異於斯乎! 夫五運遞興, 數之常理, 金・土之兆, 魏・晉當焉. 董偃起自販珠之徒, 因庖宰而升寵, 竊幸一時, 富傾海宇, 內蓄神異之珍, 衒非世之寶. 一朝絕愛, 信盛衰之有兆乎! 夫爲棺槨者, 以防螻蟻之患, 權斂骨之離, 聖人使合其正禮, 惡其踰費, 疾其過薄. 至如澹臺滅明之儉, 盛姬・秦皇之奢, 皆失於節用. 嗟乎! 形銷神滅, 炊爲一棺之土, 爲陵成谷, 瓊珣美寶, 奄爲燼塵, 斯則費生如死, 無益身名也. 冥然長往, 何憶曩時之盛? 仲尼云, "不如速朽." 斂手足形, 聖人以斯昭誡, 豈不尙哉!

의미읽기

≪사기・효문본기(孝文本紀)≫를 보면 "옛날 선왕은 널리 베풀고 보답은 구하지 않으셨으며 망제를 지내고도 복은 바라지 않으셨다(昔先王遠施不求其報, 望祀不祈其福)"고 했는데 무제는 신선을 믿고 장생을 구하고 봉선을 했으므로 '복 없는 제사에 보답을 바랬다(求報無福之祀)'고 한 것이다. 이 소옹(少翁)은 앞서 언급한 대로 무제에게 이 부인 귀신을 보여준 덕으로 문성장군(文成將軍)이 되어 많은 재물을 하사받았는데 나중에 소 뱃속에서 책이 나온 것처럼 꾸며 무제를 속였다가 거짓이 탄로나 주살 당한다. 무제는 그를 죽인 일을 매우 후회하면서 소옹의 신기한 술법들을 다 보지 못해 안타까워하고 있는 차에 마침 악성후(樂成侯)가 난대(欒大)를 소개했다. 무제는 다시 난대를 총애하고 오리장군(五利將軍)으로 봉하고 만다.

이 글에 등장하는 검소함의 대가 담대멸명(澹臺滅明)은 자가 자우(子羽)로 공자의 제자를 말한다. ≪박물지(博物志)≫ 8권 284를 보면 "자우의 아들이 강에 빠져 죽어 제자가 시신을 거두어 장사지내려 하였다. 자우가 '땅강아지와 개미가 어떻게 친하게 지내고 물고기와 자라가 어떻게 원수가 되겠는가'하면서 끝까지 아들의 장사지내지 않았다(子羽子溺死於江. 弟子欲收葬之. 子羽曰. '螻蟻何親. 魚鼈何仇'. 遂不收葬)"는 일화가 나오는데 자식이 죽었는데 장사도 지내지 않는 것은 지나친 검약으로 예에 어긋남을 지적한 사례이다. ≪예기 · 단궁(檀弓)≫을 보면 "옛날 부자께서 송나라에 계실 적에 환사마가 손수 석곽을 만드는데 3년이 지나도록 완성되지 않자 부자가 이렇게 말씀하셨다고 한다. '이렇게 사치할 바에는 차라리 죽어서 빨리 썩는 게 낫겠다.(昔者夫子居於宋. 見桓司馬自爲石槨. 三年而不成. 夫子曰. 若是其靡也. 死不如速朽之愈也)'" 여기서 소기도 지나치게 화려한 장례를 탓하면서 공자의 말씀을 인용한 것이다.

6권

[1] 전한(前漢) 하

[1] 소제 원년 임지(淋池)를 파고 사방 천 걸음을 넓혔다. 연꽃을 심었는데 한 줄기에 네 개의 잎이 나서 수레덮개를 나란히 한 모양이다. 해가 비치면 잎이 아래로 드리워져 뿌리와 줄기를 그늘지게 하는 것이 해바라기가 뿌리를 보호하는 것과 같다고 해서 저광하(低光荷)라고 부른다. 열매는 혹 구슬 같아서 노리개로 꿸 수 있다. 꽃잎은 시들지 않으며 향기가 천리까지 퍼진다. 먹으면 입에서 늘 향내가 나며 맥(脈)의 흐름을 도와 병을 치료한다. 궁인들도 그것을 아껴 잔치 때 나오면 꼭 머금고 씹었다. 잘라서 옷을 만들거나 꺾어서 해를 가리거나 꽃잎으로 서로 장난한다. ≪초사≫의, "마름과 연꽃을 따 옷 만드네"와 같다. 거꾸로 자라는 마름이 있는데, 줄기는 얽힌 실타래 같고 꽃 하나에 잎이 천개며, 뿌리는 물위에 떠있고 열매는 진흙 속에 있으며 '자릉(紫菱)'이라 하고 그것을 먹으면 늙지 않는다.

소제 때 물에서 즐겁게 놀면서 하루 종일 잔치를 베풀었다. 그 지역 사람이 커다란 통을 가져온 것을 보고 왕이 이렇게 말한다. "계수나무, 소나무 배도 무겁고 졸박한데 이 통을 어떻게 탈꼬?" 무늬 있는 가래나무로 배를 만들고 목란(木蘭)으로 키를 만들며 나르는 난새와 비상하는 익새를 조각해서 뱃머리를 장식하게 했다. 바람 따라 살랑살랑 흘러가니 그림자 지고 저물도록 돌아갈 일 잊어 결국은 밤을 새워 버렸다. 궁인에게 노래를 부르게 했다.

가을 아름다운 경치, 넓은 물결에 배를 띄우고 섬섬옥수로 마름과 연꽃을 따네.
시원한 바람 살랑살랑 배를 흔들고, 구름 사이로 빛이 나와 아침 해를 물에 드리우네.
만년을 즐긴들 어찌 길다 하겠는가.

184

소제는 너무 기뻐한다. 못 위에 상대(商臺)를 세웠다. 말년에 간언하는 사람이 늘어나고 즐거운 일은 점점 줄어들자 못 위에 있던 누대를 불살랐다. 난새 배·연꽃과 마름도 세월 따라 사라졌다. 이제 누대는 흔적도 없고 도랑과 못도 이미 평지가 되었다.

昭帝始元元年, 穿淋池, 廣千步. 中植分枝荷, 一莖四葉, 狀如駢蓋, 日照則葉低蔭根莖, 若葵之衛足, 名'低光荷'. 實如玄珠, 可以飾佩. 花葉難萎, 芬馥之氣, 徹十餘里. 食之令人口氣常香, 盆脈理病. 宮人貴之, 每遊宴出入, 必皆含嚼. 或剪以爲衣, 或折以蔽日, 以爲戲弄. ≪楚辭≫所謂 '折荭衣以爲衣', 意在斯也. 亦有倒生菱, 莖如亂絲, 一花千葉, 根浮水上, 實沈泥中, 名'紫菱', 食之不老. 帝時命水嬉, 游宴永日. 土人進一巨槽, 帝曰, "桂楫松舟, 其猶重朴. 況乎此槽, 可得而乘也?" 乃命以文梓爲船, 木蘭爲柂, 刻飛鸞翔鷁, 飾於船首, 隨風輕漾, 畢景忘歸, 乃至通夜. 使宮人歌曰, "秋素景兮泛洪波, 揮纖手兮折荭荷, 涼風淒淒揚棹歌, 雲光開曙月低河, 萬歲爲樂豈云多!" 帝乃大悅. 起商臺於池上. 及乎末歲, 進諫者多, 遂省薄遊幸, 堙毀池臺, 鸞舟荷荭, 隨時廢滅. 今臺無遺址, 溝池已平.

[2] 원봉 2년, 임지 남쪽에 계대(桂臺)를 세우고 먼 곳의 구름 기운을 보았다. 동으로 태액(太液)의 물길을 이끈다. 연리수(連理樹)가 있는데 윗가지는 도랑을 넘고, 아래가지는 언덕을 사이에 두고 남쪽으로 윗가지와 같은 그루에서 자란다. 왕은 늦은 가을이면 늘 두형과 난초와 구름과 익새가 그려진 배를 띄우고, 새벽을 지나 밤까지 누대 밑에서 낚시한다. 향기나는 금으로 갈고리하고 흰 실로 낚싯줄 삼아 붉은 잉어를 낚시 밥으로 흰 교룡을 잡는데 길이가 3장에 큰 뱀 같고 비늘과 껍데기는 없다. 왕은 "길조가 아니"라면서 태관(太官)에게 젓갈 담으라고 명했는데 고기는 붉고 뼈는 푸르며 맛이 향기로워 신하들에게 하사했다. 왕이 그 맛좋음을 그

리워했지만, 어부들도 그것을 잡을 수 없으니 영물임을 알았다.

元鳳二年, 於淋池之南起桂臺, 以望遠氣. 東引太液之水, 有一連理樹, 上
枝跨於渠水, 下枝隔岸而南, 生與上枝同一株. 帝常以季秋之月, 泛蘅蘭雲鷁
之舟, 窮晷係夜, 釣於臺下, 以香金爲鉤, 糸霜絲爲綸, 丹鯉爲餌, 釣得白蛟,
長三丈, 若大蛇, 無鱗甲. 帝曰, "非祥也." 命太官爲鮓, 肉紫骨靑, 味甚香
美, 班賜君臣. 帝思其美, 漁者不能復得, 知爲神異之物.

[3] 선제 지절 원년 낙랑 동쪽 배명국(背明國)에서 특산물을 바치
러 왔다. 그 나라는 부상 동쪽에 있어서 서쪽에서 해뜨는 것이 보인단
다. 항상 어둑어둑해서 곡물을 기르기에 적당하므로, '융택'이라 했으며
사방 3천 리다. 오곡이 모두 잘 자라고, 그것을 먹으면 하늘같이 산다.
  협일도는 심으면 열흘 만에 익는다. 번형도를 먹으면 죽어도 다시
태어나고 요절했더라도 장수하게 된다. 명청도(明淸稻)를 먹으면 수명
이 늘어난다. 청장도(淸腸稻)는 한 알만 먹어도 수년 동안 배고프지
않다. 요기속(搖枝粟)은 줄기가 길고 약해서 바람 불지 않아도 늘 흔
들리는데 그것을 먹으면 골수가 생긴다. 봉관속(鳳冠粟)은 봉황머리
같고 먹으면 힘이 세어진다. 유용속(遊龍粟)은 가지와 잎이 노는 용처
럼 구불구불하다. 경고속(瓊膏粟)은 은처럼 희고 두알 먹으면 뼈가 가
벼워진다. 요명속(繞明粟)은 줄기가 약해서 저절로 엉킨다. 협검두(挾
劍豆)는 콩깍지형태가 사람이 검을 차듯 비스듬히 자란다. 경리두(傾
離豆)는 콩이 해를 바라보고 잎은 드리워져 땅을 덮는데 그것을 먹으
면 늙지도 병들지도 않는다. 연정맥(延精麥)은 수명을 늘리고 기(氣)
를 보충한다. 곤화맥(昆和麥)은 육부(六府)를 조화롭게 한다. 경심맥
(輕心麥)을 먹으면 몸이 가벼워진다. 순화맥(醇和麥)은 누룩이 되어

좋은 술 만드는데 쓰이며 한 번 취하면 몇 달 동안 계속 깨지 않으며, 먹으면 꽁꽁 언 겨울에도 옷을 벗어 던질 수 있다. 함로맥(含露麥)은 이삭 속에 이슬이 들어 있고, 맛은 엿처럼 달콤하다. 자침마(紫沈麻)가 있는데 열매가 뜨지 않는다. 운빙마(雲冰麻)의 열매는 차갑고 빛나며 기름 짜기에 좋다. 통명마(通明麻)를 먹으면 밤에 다닐 때 등불이 필요 없으니 이것이 거등(苣藤)이며, 먹으면 수명이 길어져 하늘같이 산다. 북쪽에 있는 풀은 홍초(虹草)로, 줄기는 한 장이고 잎은 수레바퀴 같고 뿌리는 바퀴통만큼 크며 꽃은 아침 무지개 빛이다.

옛날 제 환공이 산용을 칠 때 백성이 그 씨를 바쳐 뜰에다 심고 패자의 길조라 했다. 소명초(宵明草)가 있는데 밤이면 쭉 늘어선 등불 같다가 낮에는 저절로 빛이 사라진다. 자국(紫菊)은 일정(日精)이라 하며 한줄기가 넝쿨 하나로 여러 묘(畝)에 걸쳐 뻗어 나가는데, 맛은 달고 먹으면 죽을 때까지 배고프거나 목마르지 않다. 초모(焦茅)는 높이가 다섯 장이고 태우면 재로 변했다가 물을 뿌리면 다시 원상태로 자라나므로 영모(靈茅)라 한다. 황거초(黃渠草)는 태양이 비치면 불같고, 열매가 단단하고 질겨 금 같으며, 먹으면 몸을 불태워도 뜨거움이 느껴지지 않는다. 몽초(夢草)는 잎이 부들 같고 줄기는 시초풀 같으며 캐서 길흉을 점치면 만 번에 한번도 틀리지 않게 영험하다. 문하초(聞遐草)를 먹으면 귀가 밝아지는데, 계수나무 향으로 줄기는 난초 같다. 그 나라에서 바친 후로는, 거의 열매가 열리지 않았고 잎도 누렇게 시들었다. 없애 버리도록 조서를 내렸다.

宣帝地節元年, 樂浪之東, 有背明之國, 來貢其方物. 言其鄉在扶桑之東, 見日出於西方. 國昏昏常暗, 宜種百穀, 名曰 '融澤', 方三千里. 五穀皆良, 食之後天而死. 有決日之稻, 種之十旬而熟. 有翻形稻, 言食者死而更生, 天而有壽. 有明淸稻, 食者延年也. 淸腸稻, 食一粒歷年不飢. 有搖枝粟, 其枝長而弱, 無風常搖, 食之益髓. 有鳳冠粟, 似鳳鳥之冠, 食者多力. 有遊龍粟, 葉屈曲似遊龍也. 有瓊膏粟, 白如銀, 食此二粟, 令人骨輕. 有繞明豆, 其莖弱, 自相縈纏. 有挾劍豆, 其莢形似人挾劍, 橫斜而生. 有傾離豆, 言其豆見日, 葉垂覆地, 食者不老不疾. 有延精麥, 延壽益氣. 有昆和麥, 調暢六府. 有輕心麥, 食者體輕. 有醇和麥, 爲麴以釀酒, 一醉累月, 食之凌冬而可祖. 有含露麥, 穟中有露, 味甘如飴. 有紫沉麻, 其實不浮. 有雲冰麻, 實冷而有光, 宜爲油澤. 有通明麻, 食者夜行不持燭, 是苣藤也, 食之延壽, 後天而老. 其北有草, 名虹草, 枝長一丈, 葉如車輪, 根大如轂, 花似朝虹之色. 昔齊桓公伐山戎, 國人獻其種, 乃植於庭, 云霸者之瑞也. 有宵明草, 夜視如列燭, 晝則無光, 自消滅也. 有紫菊, 謂之日精, 一莖一蔓, 延及數畝, 味甘, 食者至死不飢渴. 有焦茅, 高五丈, 燃之成灰, 以水灌之, 復成茅也, 謂之靈茅. 有黃渠草, 映日如火, 其堅韌若金, 食者焚身不熱. 有夢草, 葉如蒲, 莖如菁, 探之以占吉凶, 萬不遺一. 又有聞遐草, 服者耳聰, 香如桂, 莖如蘭. 其國獻之, 多不生實, 葉多萎黃, 詔並除焉.

[4] 2년 함도국에서 진귀한 물건을 바치러 왔다. 사신이 말했다. "여기서 7만 리 떨어져 있습니다. 새와 짐승들이 모두 말을 합니다. 개와 닭이 죽으면 묻어 주는데 썩질 않습니다. 수십 대가 지나서 그 집에 사는 사람이 산언덕과 해안에서 노닐다가 땅속에서 개와 닭이 우짖는 소리를 듣고 주인이 파서 집으로 가져와 길렀는데, 털과 깃털은 빠져도 다시 나고 오래 되면 아주 윤택해집니다."

二年, 含塗國貢其珍怪. 其使云, "去王都七萬里. 鳥獸皆能言語. 雞犬死者, 埋之不朽. 經歷數世, 其家人遊於山阿海濱, 地中聞雞犬鳴吠, 主乃掘取, 還家養之, 毛羽雖禿落更生, 久乃悅澤"

[5] 장액군은 질족이 번성해서 지어진 이름이다. 질기의 자는 군진인데 상중에 예가 극진했다. 묘에서 백 리 떨어진 곳에 살지만 밤마다 가보는데 항상 새가 불을 머금고 주변을 맴돌며 산 오르고 물 건너 소리 높여 울면서 쉼 없이 따라 오니 험난함을 걱정한 적 없고 밤도 대낮같이 밝혀 주었다. 돌에다 이 새의 눈물을 뿌리면 자국이 남고 썩은 나무와 마른 풀에 묻히면 모두 무성해진다. 눈물이 땅에 스며들면 소금기가 되니 속칭 '염향'이라 한다. 소제 때 그 효성이 남다름을 아름다이 여겨 그 읍을 '효감향'으로 표창했으며 사계절마다 제사를 모셨고 사당을 세웠다.

張掖郡有郅族之盛, 因以名也. 郅奇字君珍, 居喪盡禮. 所居去墓百里, 每夜行, 常有飛鳥銜火夾之, 登山濟水, 號泣不息, 未嘗以險難爲憂, 雖夜如晝之明也. 以淚灑石則成痕, 著朽木枯草, 必皆重茂. 以淚浸地卽醎, 俗謂之'醎鄕'. 至昭帝嘉其孝異, 表銘其邑曰 '孝感鄕', 四時祭祀, 立廟焉.

▌소기의 록 20

"마음이 가는 곳은 심오하여 꿰뚫지 않음이 없고 이치는 은미한 곳에서 드러나며 어두움은 저절로 나타난다. 검은 햇빛이 노나라 양공의 창칼을 되돌리고 혹독한 서리는 필부의 탄식을 자아내니 인간사에서 신의 흔적을 높이 받드는 것이다. 하물며 신명을 구하니 효도하는 마음 두터워 목석도 깊이 감동하고 조수들도 모여든다.

위원이 슬피 울자 싱싱한 봄꽃도 떨어져 낙엽으로 변했고 숙통(叔通)이 새벽에 일어나니 아침 강물에 갑자기 가로놓인 돌이 생겼으며 신선이 난새의 서식지에 자취를 드러냈고 위농은 꿈속의 호랑이에게 덕을 보여 주니 질씨의 행동도 이와 같다. 한 소제 때 황색 고니가 태액지로 내려온 적이 있다. 지금 임지(淋池)가 그 못의 다른 이름일 것이다. 선제 때 풍요로운 곡식과 검은 기장의 길조가 있었다 하고 지금 자라는 것들은 언급하지 않았지만, 신농·후직이 파종한 공적이 있고 왕 자년이 일컬었다 해서 어떻게 세상 사람이 먹는 것과 다르겠는가. 명칭을 잘 설명했고 꽃은 피지만 열매는 맺지 않는다. 날고 달리는 것·신령하고 이상한 풀들은 기이함을 나타내 보이니, 만대의 진기하고 위대함이다.

錄曰, 夫心迹所至, 無幽不徹, 理著於微, 冥昧自顯. 玄曦迴魯陽之戈, 嚴霜感匹夫之歎, 在於凡倫, 尙昭神迹. 況求之精爽, 以會蒸蒸之心, 木石爲之玄感, 鳥獸爲之馴集. 偉元哀號, 春花以之改葉. 叔通晨興, 朝流欻生橫石. 辛繢迹於樓鸞, 衛農示德於夢虎, 郅氏之行, 類斯道焉. 按漢昭帝時, 有黃鵠下太液池. 今云淋池, 蓋一水二名也. 宣帝之世, 有嘉穀玄稷之祥, 亦不說今之所生, 豈由神農·后稷播厥之功, 抑亦王子所稱, 非近俗所食. 詮其名, 華而不實. 及乎飛走之類, 神木怪草, 見奇而說, 萬世之瑰偉也.

의미읽기

원문의 정상(精爽)은 신명(神明)과 같은 말로 ≪좌전≫소공 7년을 보면 "물건을 사용해 정기가 많으면 혼백의 기운도 강해지므로 정상이 있으면 신명에 이른다(用物精多則魂魄强, 是以有精爽至於神明)"고 했다. 소에서도 정(精)은 신(神)이고 상(爽)은 명(明)이다. 정은 신이 아직 나타나지 않은 것이고 상은 명이 아직 밝지 않은 것(精亦神也, 爽亦明也, 精是神之未著, 爽是明之未昭)'이라는 설명이 나온다. 증증(蒸蒸)은 증증(烝烝)과 같이 효(孝)를 뜻하는 말이다. ≪서·요전≫에, 순은 "효성으로 가정의 화목을 유지하고, 지극 정성으로 집안을 다스려 간악한 집사람들을 감화시켰다(克諧以孝, 烝烝乂, 不格姦)"고 했으며, ≪후한서·원소전(袁紹傳)≫에도, "공손히 엎드려 장군을 생각하오니 지극한 효성이 많고도 많습니다(伏惟將軍, 至孝蒸蒸)"라는 내용이 나온다.

인용된 효자이야기를 다시 살펴보자. 위원(偉元)은 원위(元偉)로 표기되었던 인물로 교정을 보았다. 위원은 진왕(晉王) 부(裒)의 아들로 효성이 지극해서 아버지가 사마소(司馬昭)에게 피살되자 종신토록 서쪽을 향해 앉지 않았고 진의 신하노릇도 하지 않았으며, "묘 옆에 오두막을 짓고 조석으로 항상 묘에 가서 무릎 꿇고 절하며 잣나무에 올라가 슬피 울었는데 그 눈물이 나무에 배어들어 나무도 시들었다(廬於墓側, 旦夕常至墓所拜跪, 攀柏悲號, 涕淚著樹, 樹爲之枯)"고 전해진다. 소광제(蕭廣濟)의 ≪효자전(孝子傳)≫(황석집본(黃奭輯本))을 보면, "외통은 자가 군상으로 어머니가 강물을 마시고 싶다 하여 배타고 노 저어 갔는데 물살이 빠르고 출렁거려 난관에 부딪혔다. 그때 갑자기 비스듬한 돌이 불쑥 솟더니 그의 배를 몰고 강 허리로 곧장 달렸다. 다행히 쉽게 물을 뜰 수 있게 되었다(隤通字君相, 母好飮江水, 嘗乘舟楫致之, 漂浚(沒?)艱辛. 忽有橫石特起, 直麴(趨)江脊, 後取水, 無復勞劇)"는 이야기가 나온다. ≪수경(水經)≫의 〈약수주(若水注)〉를 보면 효자석(孝子石)이 있고 이 이야기가 기록되어 있다고 하며 다만 외통을 외숙통(隤叔通)으로 적어놓았다고 한다. 소광제의 ≪효자전≫에도, "신선은 자가 유문(幼文)으로 어머니는 돌아가셨고 오두막 곁에 큰 새가 있는데 머리는 5척이고 닭 머리에 제비 뺨, 물고기 꼬리와 뱀목을 하고 있으며, 오색을 겸비했지만 푸르고 문 옆에 있는 나무에서 살았다(辛繕字幼文, 母喪, 精廬旁有大鳥, 頭高五尺, 雞首燕鳥頜(頷), 魚尾蛇頸, 備五色而靑, 棲於門樹)"고 나온다. 위농은 형농(衡農)으로≪수신기≫ 11권에, "형농은 자가 표경으로 동평 사람이다. 어려서 고아가 되었으며 지극정성으로 계모를 섬겼다. 항상 그의 숙소에서 자는데 번개치고 바람 불던 어떤 날, 호랑이가 발을 꽉 무는 꿈을 꿨다. 형농은 아내를 깨워 뜰로 나와 세 번 절을 했는데 그때 갑자기 집이 무너졌고 깔려 죽은 사람이 삼십여 명이나 되었다. 오직 형농 부부만 죽음을 면한 것이다(衡農字剽卿, 東平人也, 少孤, 事繼母至孝. 常宿於他舍, 值雷風, 頻夢虎嚙其足. 農呼妻相出於庭, 叩頭三下. 屋忽然而壞, 壓死者三十餘人, 唯農夫妻獲免)"라는 일화가 전해진다.

[6] 한 성제는 미행을 좋아해서 태액지 옆에 소유궁(宵遊宮)을 세우고 옻칠하여 기둥을 만들고 검은 명주 휘장을 쳤다. 그릇·의복·수레 모두 검은 색이다. 몰래 다니는 것을 좋아하고 등촉의 빛을 싫어했다. 궁 안의 아름다운 시녀들 모두 검은 비단옷을 입고 반첩여(班婕妤)의 검은 끈을 매는데 옷과 패물은 비단으로 수놓은 뒤 다시 목란 생사로 짠 비단을 덮어 가렸다. 소유궁에 오면 등불을 켠다. 잔치가 끝나고 조용히 북을 두드리며 혼자 춤을 추는데 걸어도 먼지가 날리지 않는다. 밤에 노니는 것을 좋아해 비행전(飛行殿)을 만들었으니 사방 한 장으로 수레와 같은 모습이다. 우림의 장사를 뽑아 비행전을 등에 지게 했다. 왕이 수레가 빠르다고 여겨 바람과 번개소리를 들었다고 하시니 매우 빠르다는 의미에서 '운뇌궁(雲雷宮)'이라도 불렀다. 거동하는 궁마다 담요나 명주로 땅을 덮어둔 것은 수레바퀴나 말발굽 소음이 싫어서였다. 왕이 미행과 사적인 연회에 빠졌어도 백성들은 수고로워 하거나 원망하지 않았다. 수레 타고 말을 몰 때마다 애첩에게 귀한 옷·진기한 음식들을 도로 변에 놓아두게 하니 백성 중에 가난하고 늙은 사람들은 모두 '만세'를 부르며 집어갔다. 홍가·영시 연간에 나라는 부유하고 집들도 넉넉했으며 병기는 오랫동안 쓰임 없이 묻혀 있었다. 유향·곡영이 간언을 올리자 왕은 단숨에 소요궁과 비행전을 불사르고 파티의 쾌락을 끝냈다. 먹줄을 대면 선이 똑바로 그어지는 법, 신하의 간언을 존중하고 따름이 이같이 명확했다.

漢成帝好微行, 於太液池旁起宵遊宮, 以漆爲柱, 鋪黑綈之幕, 器服乘輿, 皆尙黑色. 旣悅於暗行, 憎燈燭之照. 宮中美御, 皆服皂衣, 自班婕妤以下, 咸帶玄綬, 衣珮雖加錦繡, 更以木蘭紗絹??之. 至宵遊宮, 乃秉燭. 宴幸旣罷, 靜鼓自舞, 而步不揚塵. 好夕出遊. 造飛行殿, 方一丈, 如今之輦, 選羽林之士, 負之以趨. 帝於輦上, 覺其行快疾, 聞其中若風雷之聲, 言其行疾也, 名曰, '雲雷宮'. 所幸之宮, 咸以氍毹藉地, 惡車轍馬跡之喧. 雖惑於微行昵宴.
在民無勞無怨. 每乘輿返駕, 以愛幸之姬寶衣珍食, 捨於道傍, 國人之窮老者
皆歌'萬歲'. 是以鴻嘉・永始之間, 國富家豊, 兵戈長戢. 故劉向・谷永指言
切諫. 於是焚宵遊宮及飛行殿, 罷宴逸之樂. 所謂從繩則正, 如轉圜焉.

의미읽기

한 성제는 이름이 오(驁)로 원제(元帝)의 장남으로 전한 제일의 방탕한 왕이
다. 재위 26년 동안(B.C. 32년−7년) 일곱 번이나 개원(改元)해서 건시(建
始)・하평(河平)・양삭(陽朔)・홍가(鴻嘉)・영시(永始)・원정(元延)・수화(綏
和) 모두 그의 재임기간에 해당된다. 미행을 즐겨 몰래 후문으로 빠져나가 민간
인처럼 돌아다녔고 소음이 싫어 땅에 카펫을 깔 정도로 조용조용 다녔으니 결코
권위적인 왕의 모습은 아니었을 것이다. 미녀도 키우고 수레도 만들고 아름다운
소유궁도 지었지만 백성들에게도 정성을 베풀어 폭군으로 전해지지 않는다. 본인
이 좋아하는 일들을 피해 주지 않고 즐기려 최선을 다하다가도 신하가 제동을
걸자 칼같이 그만두는 모습은 역사에서 흔히 발견되는 미담은 아닌 것 같다. 물
론 그래서 왕가가 채록했겠지만 말이다. 사실 백성들의 원성이 전혀 없었다는 말
도 그다지 신빙성 있는 이야기는 아닐 것이다. 아무 문제도 없다면 유향이 왜 간
언을 올렸겠는가. 역사소설은 이런 행간에 숨은 상상의 여지로 읽는 재미가 더해
진다.

[7] 왕은 늦은 가을 한가한 날이면 늘 비연(飛燕)과 태액지에서
놀았다. 사당목으로 배를 만들면 가라앉지 않는다. 운모로 뱃머리를
장식하고 '운주'라고 했다. 커다란 오동나무를 깎아 교룡을 만드는
데 살아있는 듯 깎아서 배를 끼고 가게 했다. 자색 계수나무로 키를
만들었다. 구름을 보며 노를 젓다가 장난으로 마름과 연꽃을 따는
데, 왕은 배가 조금만 흔들려도 비연이 놀랄까봐 걱정이 되서 발 빠

른 군사에게 물결 위에다 금 자물쇠로 운주를 고정시키게 했다. 약한 바람에도 비연은 휩쓸려 물에 빠질 것만 같다. 왕은 비취빛 끈으로 비연의 치마를 묶어 주고 노닐다가 피곤해져 돌아왔다. 나중에 왕이 소원해진 뒤 비연은 원망 어린 표정으로 "첩이 미천한데 어떻게 끈으로 치마를 묶이는 즐거움을 다시 맛보겠어요?" 했다. 지금도 태액지에는 피풍대가 남아 있으며 비연의 치마를 묶었던 곳으로 전해진다.

帝常以三秋閑日, 與飛燕戲於太液池, 以沙棠木爲舟, 貴其不沈沒也. 以雲母飾於鷁首, 一名'雲舟'. 又刻大桐木爲蚪龍, 雕飾如眞, 以夾雲舟而行. 以紫桂爲柁楫. 及觀雲棹水, 玩擷菱藨, 帝每憂輕蕩, 以驚飛燕, 令伕飛之士, 以金鏁纜雲舟於波上. 每輕風時至, 飛燕殆欲隨風入水. 帝以翠纓結飛燕之裙, 遊倦乃返. 飛燕後漸見疏, 常怨曰, "妾微賤, 何復得預纓裙之遊?" 今太液池尙有避風臺, 卽飛燕結裙之處.

의미읽기

조비연(趙飛燕)은 한 성제의 총애를 듬뿍 받은 절세미녀로 가무에 능했고 자매 합덕(合德)과 더불어 성제의 후궁으로 들어갔다가 황후가 되었다. ≪비연외전(飛燕外傳)≫을 보면 이들의 일화가 자세히 나오는데 양아주(陽阿主)의 집에서 가무를 배우던 비연은 우연히 성제의 눈에 들어 궁으로 들어가게 된다. 날씬한 그녀는 이 글의 묘사대로 사랑을 받고 지내지만 방탕한 왕이 갑자기 죽자 그날 밤을 모시던 합덕이 용의자로 몰려 자살하고 비연도 서인의 신분으로 고생하다가 결국 자살한다. 왕이 바람에 날릴 것을 걱정해서 손수 치마를 묶어주었을 정도로 몸이 가벼워 본명 의주(宜主)보다 나는 제비 비연으로 불리는 그녀, 앞 글 반첩여에게 향했던 성제의 사랑을 독차지했던 그녀는 동서고금에서 가장 날씬하고 가벼운 미인으로 지금도 회자되고 있다. 반첩여에게 다시 총애를 빼앗길까 전전긍

궁하다가 결국 그녀를 모략했던 것이 들통이 나서 가을 부채신세가 되고 말았지만 그녀의 상큼하고 날아갈 듯한 미모는 지금도 많은 여인들의 동경의 대상이다.

▌소기의 록 21

제위에 앉아 묵묵히 공수(拱手)하는 것은 군주의 존엄이다. 기거할 때는 절도가 있고, 나아가고 물러남에는 법도가 있다. 나아가면 태사가 등거(登車)의 예절을 행하고, 들어오면 소사가 승당(升堂)의 예절을 행한다. 무늬 있는 깃발로 둘레를 호위하고 청궁을 닦아 편히 쉬게 한다. 성제는 남면(南面) 자리를 가벼이 보고 미행하면서 총희들과 놀아났다. 신선을 좋아하여 빠져드니 곡영이 간언한 것이다. ≪서≫에서 말하지 않던가. "사소한 일을 돌보지 않으면 결국 큰 덕에 누를 끼친다."

錄曰, 夫言端扆拱嘿者, 人君之尊也. 是故興居有節, 進止有度, 出則太師奏登車之禮, 入則少師薦升堂之禮, 列旌門以周衛, 修淸宮以宴息. 成帝輕南面之位, 微遊媟幸, 好惑神仙之事, 谷永因而抗諫. ≪書≫不云乎, '弗矜細行, 終累大德.' 斯之謂矣.

[8] 애제(哀帝)는 사치에 빠져 아첨하는 간신을 몽땅 등용했다. 총애 받기 위해 경쟁하듯 요염하고 화려한 장식을 찼고, 말과 행동에는 교태가 흘러 넘쳤다. 동현(董賢)은 안개 같이 비치는 얇은 한 겹 비단옷을 매미날개처럼 나부끼고 흐느적거리며 다녔다. 왕이 침실로 들어와 동현에게 가볍고 짧은 소매를 입고 풀기 복잡한 띠를 매거나 긴치마를 입지 말라고 당부했다. 얼싸안고 구를 때 편하게 벗길 수 있도록

배려한 것이다. 궁인들도 다들 동현의 짧은 소매를 유행타 듯 따라 입
었다. 왕은 늘 동현을 보며 "찢겨진 소매가 아리따운 그대의 잠을 깨
울까 걱정이야." 했다.

　哀帝尙淫奢, 多進諂佞. 幸愛之臣, 競以妝飾妖麗, 巧言取容. 董賢以霧綃
單衣, 飄若蟬翼. 帝入宴息之房, 命筵卿易輕衣小袖, 不用奢帶脩裙, 故使宛
轉便易也. 宮人皆效其斷袖. 又曰, 割袖恐驚其眠.

의미읽기

　영화 "왕의 남자"가 한때 성황이었다. 역대로 국가별로 왕의 남자들을 헤아려
보면 정말 각양각색일 것이다. 여기 애제는 원제의 차손(庶孫)으로 이름이 흔
(欣)이었는데 연산군과 비교도 안 될 정도로 남색을 밝혔다. 당시 동현(董賢)이
라는 매력적인 남자를 지나칠 정도로 총애했으며 하사한 재물만 43억에 달했다
고 한다. 동현은 자가 성경(聖卿)이었으며(본문에서는 성경을 연경으로 잘못 기
재했다) 예쁘고 교태를 잘 부리는데다가 섹시한 옷차림으로 애제 곁에 낮이나
밤이나 붙어 있었다. 고안후(高安侯) 벼슬에 봉해질 정도로 권력과 사치의 중심
에 있었던 그였지만 애제가 죽고 왕망(王莽)에게 걸려 죄상을 추궁 받다가 끝내
자살로 생을 마감했다.
　≪한서 · 녕행전(佞幸傳)≫을 보면 "동현에 대한 애제의 총애가 날로 심해
져……. 조정이 마구 흔들리도록 그를 아꼈고 늘 함께 자고 일어났다. 하루는 낮
에 동현이 왕의 팔에 기대어 자고 있었다. 왕이 일어나려는데 동현은 모르고 곤
히 자니 그를 깨우지 않으려고 왕은 옷소매를 자르고 일어났다. 애제가 동현을
아끼고 사랑함이 이토록 지극했다(賢寵愛日甚……. 貴震朝廷, 常與上臥起. 嘗晝
寢, 偏藉上袖, 上欲起, 賢未覺, 不欲動賢, 乃斷袖而起, 其恩愛至此)"고 한다. 동
현은 그 시대 패션리더이자 첨단 유행을 이끄는 걸출한 연예인으로써 남자들 사
이에 꽃 미남 열풍을 일으켰다. 동현 스타일 피부 관리는 물론 매미날개처럼 얇
고 나긋나긋해서 속살이 훤히 비치는 의상, 짧은 소매와 짧은 스커트, 안겼을 때

부드럽고 편안한 느낌을 주는 원단으로 제작된 입고 벗기 쉬운 디자인 등 이루 헤아릴 수 없을 정도라고 한다. 꽃 미남 신드롬은 21세기만의 이야기는 아닌 듯 싶다.

[2] 후한(後漢)

[1] 명제 때 음귀인(陰貴人)이 꿈에 먹은 오이가 너무 맛있다고 하자 왕이 사방 제후국에게 분부해서 그 오이를 구해 오라고 했다. 돈황에서 신기한 오이씨를 바쳤고, 항산에서는 거대한 복숭아씨를 바쳤다. 그 오이는 궁륭(穹隆)이라 하며 길이가 3척이고 구불구불하게 생겼으며 맛은 꿀처럼 달콤하다.

한 노인이 이런 말을 했다. "옛날에 한 도사가 봉래산에서 이 오이를 땄는데 '공동영과(崆峒靈瓜)'로 4겹마다 한번 열매를 맺었습니다. 서왕모가 이곳에 그 오이를 남겼고 오랜 세월이 지났지만 여전히 자라고 있습니다.", "이 거대한 복숭아는 서리 내리면 꽃봉오리 맺고 무더운 여름에 잘 익으며 선인의 음식입니다." 왕은 그것을 상림원에 심도록 했다. 상림원에는 한과(寒果)를 심어 얼음이 어는 계절에도 온갖 과일이 무성해서 '상릉(相陵)'이라 했는데 이는 상림(霜林)과 와전된 것이다.

"서왕모의 복숭아와 동왕공의 오이를 먹는다면 만세를 살 텐데 어떻게 심을 수 있을까?"라고 말하고는 붕어하신 뒤 시종들이 경대에 들어 있는 오이와 복숭아씨를 보고 눈물을 뚝뚝 흘렸다는데 그 종류가 아닌가 싶다.

明帝陰貴人夢食瓜甚美. 帝使求諸方國. 時燉煌獻異瓜種, 恒山獻巨桃核.
瓜名'穹隆', 長三尺, 而形屈曲, 味美如飴. 父老云, "昔道士從蓬萊山得此瓜,
云是崆峒靈瓜, 四劫一實, 西王母遺於此地, 世代遐絶, 其實頗在." 又說,
"巨桃霜下結花, 隆暑方熟, 亦云仙人所食." 帝使植於霜林園. 園皆植寒菓,
積冰之節, 百菓方盛, 俗謂之'相陵', 與霜林之聲訛也. 后曰, "王母之桃, 王
公之瓜, 可得而食, 吾萬歲矣, 安可植乎?" 后崩, 內侍者見鏡奩中有瓜·桃
之核, 視之涕零, 疑非其類耳.

의미읽기

명제(明帝)는 동한 광무제(光武帝) 유수(劉秀)의 네 번째 아들로 이름은 장
(莊)이다. 음귀인은 이름이 여화(麗華)라 하고 광무제의 후비이다. 귀인(貴人)으
로 봉해져 명제를 낳았다. ≪후한서·음황후기(陰皇后紀)≫를 보면, 왕이 어머님
의 묘를 알현한 뒤 "침대에 엎드려 경대의 화장대 안을 들여다보다가 슬픔에 눈
물을 흘리며 연지를 바꾸고 장신구를 닦게 하니 좌우 모두 우느라고 볼 수조차
없었다(伏御牀, 視太后鏡奩中物, 感動悲涕, 令易脂澤裝具. 左右皆泣, 莫能仰
視)"고 한다.

여인이 꿈에 먹은 오이가 하도 달아서 꿈을 깬 후 이야기했더니 온 세상을 뒤
져 그 오이를 찾아다 상림원에 심어주는 남자 후한의 명제를 보니 마치 별을 따
다 여인에게 주는 남자의 사랑이 보이는 듯하다. 하지만 신령한 오이와 복숭아를
말하면서 선인이나 서 왕모를 언급하는 것을 보면 역시 이 글 역시 신선, 도교,
장생, 불로불사에 대한 갈망과 염원이 짙게 배어난다. 열매가 익어 음 귀인이 맛
있게 따먹었다는 결론이 아닌 그녀 사후에 씨앗을 보고 울먹이는 시녀이야기로
마무리된 걸 보면 그녀의 염원은 여전히 염원으로 남아 있나 보다.

[2] 장제 영녕 원년 조지국(條支國)에서 기이한 물건을 바쳤다. 이
름은 어치새로 키가 7척이고 사람 말을 이해한다. 나라가 태평하면 어

치새가 떼 지어 날았다. 옛날 한 무제 때 사방의 오랑캐가 복종해 오면서 길든 까치를 바쳤는데 기쁘고 즐거운 일이 있으면 날개 짓하며 날아올라 울었다. 장주(莊周)의 "조릉(雕陵) 까치" 같다. ≪회남자≫에, "까치가 사람의 경사를 안다"고 했다. 크기도 다르고 원근도 서로 달라서 여기 간단히 기록해 두었다.

章帝永寧元年, 條支國來貢異瑞. 有鳥名鴗鵲, 形高七尺, 解人語. 其國太平, 則鴗鵲羣翔. 昔漢武帝時, 四夷賓服, 有獻馴鵲, 若有喜樂事, 則鼓翼翔鳴. 按莊周云"雕陵之鵲", 蓋其類也. ≪淮南子≫云, "鵲知人喜". 今之所記, 大小雖殊, 遠近爲異, 故畧擧焉.

[3] 안제는 몰래 다니기를 좋아해서 교외에 노숙하거나 장막에 묵었는데 장막은 수놓은 견이나 모직물로 만들었다. 영초 3년, 나라에 벼슬아치가 부족하여 지방의 아전 같은 천한 출신도 돈을 내면 관리가 되었다.

낭야의 왕부는 왕길의 후손이다. 왕길은 전에 장읍중위(昌邑中尉)를 지냈다. 왕부는 수대에 걸친 몰락으로 능멸을 당했으며 안제 때도 집이 가난해 벼슬을 얻지 못한 채 죽간을 끼고 붓을 잡고 낙양에서 고용직으로 책을 베꼈다. 용모가 아름답고 글재주도 뛰어나 그를 고용한 사람들은 남자면 그에게 의관을 주었고 부인이면 진주와 옥을 주었다. 하루 만에 옷과 보석으로 그의 수레가 가득 차서 돌아왔다. 창고에는 껍질 안 벗긴 벼가 꽉 찼으니 구족 종친들은 하나같이 그 옷과 음식을 부러워했고 낙양에서는 글을 잘 써서 부자가 된 사람으로 통했다.

왕부가 가난했을 때 우물을 파다가 철도장이 나왔는데 명문에 이렇게 적혀 있었다. '고용직으로 일하면 부자가 되어 곳집마다 수억이 쌓이겠다. 땅 하나에 밭이 셋이니 군문주부(軍門主簿)로다.' 나중에 관가로 1억을 보내니 중루교위(中壘校尉)가 되었다. 땅 하나에 밭이 셋이

란 루(壘)자고 중루교위는 북군루문(北軍壘門)을 담당하므로 군문주
무인 것이다. 선이 쌓이니 복이 내려와 신명이 보답한 셈이다.

安帝好微行, 於郊坰或露宿, 起帷宮, 皆用錦罽文綉. 至永初三年, 國用不
足, 令吏民入錢者得爲官. 有瑯琊王溥, 卽王吉之後. 吉先爲昌邑中尉, 溥奕
世衰凌, 及安帝時, 家貧不得仕, 乃挾竹簡揷筆, 於洛陽市傭書. 美於形貌,
又多文辭. 來倩其書者, 丈夫贈其衣冠, 婦人遺其珠玉, 一日之中, 衣寶盈車
而歸. 積粟于廩, 九族宗親, 莫不仰其衣食, 洛陽稱爲善筆而得富. 溥先時家
貧, 穿井得鐵印, 銘曰, '傭力得富, 錢至億庚, 一土三田, 軍門主簿.' 後以一
億錢輸宮, 得中壘校尉. 三田一土, '壘'字也, 中壘校尉掌北軍壘門, 故曰軍門
主簿. 積善降福, 神明報焉.

중국의 매관매직은 고래로 유명하다. 상인은 권력을 사기 위해 돈을 벌고 관리
는 부를 얻기 위해 벼슬을 판다. ≪후한서·안제기≫ 영초 3년을 보면 "삼공은
나라에 벼슬아치가 부족하자 하급관리에게 돈과 곡식을 받고 관내후·호분우림
랑·오대부·부관리·제기·영사로 승진시켰으며 각각 차등을 두었다(三公以國用
不足, 令吏人入錢穀得爲關內侯·虎賁羽林郎·五大夫·府官吏·緹騎·營士各有
差)"고 나온다. 왕부도 이런 세태에 부응하면서 극도로 성공한 사례라 할 것이다.
왕길은 자가 자양(子陽)이고 창읍왕중위(昌邑王中尉)를 지냈다. 후에 안제가 황
음(荒淫)에 빠지자 자주 간언하다가 머리 깎고 매일 아침 성 쌓는 죄수로 전락했
다. 죽지 않은 것이 다행이었다. 선제가 다시 불러 들여 박사로 삼고 대부(大夫)
의 직책에서 간언하게 했다는 기록이 ≪한서≫ 본전(本傳)에 실려 있다. 왕길의
아들인 왕부는 아버지의 기구한 몰락으로 가세가 기울자 고용직으로 책이나 베끼
는 신세가 된 것은 당연하다. 이 글에서는 몰락한 집안의 왕부가 빼어난 미모와
재주로 성공한 케이스를 철도장과 같은 우연한 게시를 빌어 재미있게 그려내는
동시에 세태를 은근히 풍자하는 것도 잊지 않고 있다.

[4] 영제 초평 3년, 서쪽 화원에 나유관(裸遊館) 천 칸을 세우고 푸른 이끼로 계단을 덮고 도랑물을 끌어다 섬돌을 둘러 흐르게 했는데, 물이 맑고 투명해서 배를 타거나 헤엄치며 떠다녀도 된다. 궁녀들을 태우되 옥같이 하얀 피부에 몸이 가벼운 사람을 뽑아 쑥대로 만든 노를 잡게 하고 시냇물 가운데로 흔들흔들 다녔다. 물은 맑고 깨끗하니 한여름이면 배의 덮개를 걷고 궁녀의 아름다움을 감상했다. 〈초상〉가를 연주하니 시원한 기운이 몰려온다. 가사를 들어보자.

> 서늘한 바람이 일어나 태양은 도랑을 비추고,
> 푸른 연꽃 낮에 잎을 말았다 밤이면 펼치네.
> 하루해가 짧구나. 즐거움은 넘치는데,
> 맑은 현 소리 유창한 관 소리에 〈옥부〉가 부르니
> 천년만년이 흐른들 이보다 즐겁기는 어려우리.

시냇물에 연꽃을 심었는데, 수레덮개만큼 크고 한 장이며 남국(南國)에서 바쳤다. 이파리는 밤에 펴졌다가 낮에 말려들고 한 줄기에 꽃 세 송이가 모아서 나니 '야서하(夜舒荷)'라 한다. 달뜨면 잎이 펴지므로 '망서하(望舒荷)'라 한다.

한여름 왕은 나유관에서 더위를 피하며 밤새도록 잔치를 벌였다. 이렇게 탄식한다. "만년 동안 이렇게 지낸다면 바로 이것이 상선(上仙)이로구나." 궁녀들은 열네 살부터 열여덟의 나이로 화장하고 상의를 벗고 속옷만 입거나 아예 벗고 목욕하게 했다. 서역에서 바친 인지향을 끓여 목욕탕을 만들어 궁녀들이 목욕을 마치면 남은 물을 시내로 흘러 보냈으니 이를 '유향거(流香渠)'라 한다.

내시에게 당나귀 울음소리를 흉내 내도록 했다. 나유관 북쪽에 '계명당(鷄鳴堂)'을 짓고 닭을 몽땅 길렀는데 이는 왕이 취해 비틀거리다 날이 샐 때마다 내시들이 다투어 닭울음소리를 내서 날 밝음을 알리는 진짜 닭울음소리와 헷갈리도록 하려는 장치였다.

횃불을 전(殿) 앞에 던지자 왕이 놀라서 깼다. 동탁(董卓)은 도읍을 점령했고 미녀들은 흩어졌으며 궁관은 불에 전소되었다. 위(魏) 함희 연간, 횃불을 던졌던 곳에서 밤마다 별 같은 빛이 반짝거렸다. 후대 사람들이 그것을 신령한 빛으로 여기고 그 자리에 작은 집을 세운 뒤 '여광사(餘光祠)'라 명명하고 복을 기원했다. 그 빛은 위 명제 말이 되자 약해지더니 사라졌다.

靈帝初平三年, 遊於西園, 起裸遊館千間, 采綠苔而被階, 引渠水以繞砌, 周流澄澈. 乘船以遊漾, 使宮人乘之, 選玉色輕體者, 以執篙檝, 搖漾於渠中. 其水淸澄, 以盛暑之時, 使舟覆沒, 視宮人玉色. 又奏〈招商〉之歌, 以來涼氣也. 歌曰, "涼風起兮日照渠, 靑荷晝偃葉夜舒, 惟日不足樂有餘, 淸絲流管歌玉鳧, 千年萬歲喜難踰." 渠中植蓮, 大如蓋, 長一丈, 南國所獻. 其葉夜舒晝卷, 一莖有四蓮叢生, 名曰, '夜舒荷'. 亦云月出則舒也, 故曰'望舒荷.' 帝盛夏避暑於裸遊館, 長夜飮宴. 帝嗟曰, "使萬歲如此, 則上仙也." 宮人年二七已上, 三六以下, 皆靚妝, 解其上衣, 惟著內服, 或共裸浴. 西域所獻茵墀香, 煮以爲湯, 宮人以之浴浣畢, 使以餘汁入渠, 名曰'流香渠.' 又使內豎爲驢鳴, 於館北又作雞鳴堂, 多蓄雞, 每醉迷於天曉, 內侍競作雞鳴, 以亂眞聲也. 乃以炬燭投於殿前, 帝乃驚悟. 及董卓破京師, 散其美人, 焚其宮館. 至魏咸熙中, 先所投燭處, 夕夕有光如星. 後人以爲神光, 於此地立小屋, 名曰'餘光祠', 以祈福. 至魏明末, 稍掃除矣.

의미읽기

영제는 동한 말의 황제로 장제의 현손(玄孫) 즉 고손(高孫)이다. 성은 유(劉) 이름은 굉(宏)으로 환제(桓帝)를 계승하여 재위한 22년 동안 원년을 네 번 바꿨다. 건녕(建寧)·희평(熹平)·광화(光和)·중평(中平)이 그것이다. 본문의 초평은 한 헌제(獻帝)의 연호이므로 중평이라 해야 할 것이다.

〈초상〉가를 부르자 시원한 바람이 불어온다. 때는 여름밤으로 접어드는 저녁나

절이다. 초상의 상(商)은 물시계를 의미하므로 삼상(三商)이 지나면 해가 지고 해가 지면 하늘에서 시원한 바람이 불어오므로 초상으로 제목을 붙인 것이다. 서늘해지는 여름밤의 초입에 예쁘게 화장하고 옷은 벗다시피 한 하얀 피부의 날씬한 미녀들을 나유관, 즉 벗고 노는 관에 모아놓았다. 14세에서 18세 사이의 풋풋한 궁녀들이 날개 같은 옷을 흐르듯 벗어던지고 아로마 향기 가득한 탕으로 뛰어들어 논다. 이 최상의 여탕풍경을 안주삼아 술을 마시는 영제는 상선이 부럽지 않을 정도로 행복을 느낀다. 쾌락에 취한 왕이 깨어나지 않도록 내시들은 당나귀 소리도 내고 한쪽 계명당에 닭을 무리무리 키워 시도 때도 없이 울게 한다. 왕은 시간가는 줄을 모르고 취하고 마시고 또 취해야 한다. 술 향기에 여인 향기에 여름밤이 흐르고 다시 여름밤이 오도록 깨어나서는 안 된다. 왜? 쿠데타가 준비되고 있기 때문이다.

동탁은 동한 말 전장군(前將軍)과 병주목(并州牧)을 역임했으며 도읍으로 들어가 환관의 난을 평정한 뒤 나라를 돕는다는 명목으로 영제를 폐위시키고 잔인하게 태후를 죽이는 등 못된 짓이란 못된 짓을 모두 저질렀다. 그가 나중에 여포의 방천화극에 피살되는 일화는 이미 ≪삼국지≫를 통해 잘 알려져 있다.

나유관과 맥락이 닿는 일화는 ≪사기·은본기≫에 나온다. "주(紂)왕은……. 술로 못을 만들고 고기를 매달아 숲을 만든 다음 남자와 여자들이 벗은 알몸으로 그 숲을 서로 쫓아다니게 해놓고 그들이 나누는 밀어와 사랑행위를 엿보며 긴 밤 내내 술을 마셨다(帝紂……. 以酒爲池, 懸肉爲林, 使男女倮相逐其間, 爲長夜之飮)"는 내용일 것이다. 닭 울음소리의 원조는 역시 ≪연단자(燕丹子)≫에 나오는 '계명구도(鷄鳴狗盜)' 일화가 아닐지. 연단이 진에서 돌아오다가 "밤이라 관문이 닫히고 아직 열리지 않아 닭 울음소리를 흉내 냈더니 다른 닭들까지 따라 울기 시작해서 결국 도망쳐 돌아올 수 있었다(夜到關, 關門未開, 丹爲雞鳴, 衆雞皆鳴, 遂得逃歸)"는 이야기 말이다.

▌소기의 록 22

"명제와 장제는 전대의 위업을 받드니 풍속과 교화가 사해에 미치고 위엄은 팔방에 드리웠다. 먼 나라 변방에서 와서 복종하고 길조가 다투듯 모여들었다. 안제와 영제 모두 덕을 손상시켰다. 눈과 마음을 즐겁게 하려다 정욕에 빠지지 않는 사람은 없다. 스스로 흥망을 살피지 않고, 어떻게 속된 풍속을 멀리 하겠는가? 평범한 재주로 마음에 기대니 즐기려는 욕망에 빠져, 간언하는 신하를 제지하고 간신을 임용하여 음탕하고 사치함에 정신을 빼앗겼다.

역대의 망군을 보면 위엄과 용맹에 의해 나라를 잃고 사치와 화려함을 일삼아 종묘사직을 뒤엎었다. 선조의 서적과 기재된 역대 이야기를 검증해 보면 기록이 한둘이 아니다. 관직을 매매하는 것은 관리의 본분을 어긴 행동이고 교외에서 노숙하는 것은 사방을 순수하는 뜻을 어긴 것이다. 성제와 안제는 시대 차이가 멀지만 정치가 어지럽다는 점에서 일치한다. 역사서와 이전의 제반 기록을 살펴보니 개와 말에게 정을 빼앗기고 용과 학을 애호함은 현명한 왕으로서 후세에 보이는 행동이 아니다. 안에서는 음탕하고 잔혹함을 다하고 밖에서는 사냥으로 황망함을 다하여 이목의 즐거움을 구하니 만대에 악평(惡評)이 전해 내려온다.

이리하여 암 요괴 때문에 재앙을 초래했고 한 영제는 환관 때문에 종묘사직을 기울게 했다. 술로 채운 연못에서 옷을 벗고 쫓아다니는 추태, 닭 울음을 울어 긴긴 밤으로 혼동시키는 일들은 상나라 주(紂)에게서 비롯되었고 멀리 연단을 본뜬 것이니 서로 시대는 다르지만 동일한 경우로 가히 슬픈 일이다.

錄曰, 明・章兩主, 丕承前業, 風被四海, 威行八區, 殊邊異服, 祥瑞輻湊. 安・靈二帝, 同爲敗德. 夫悅目快心, 罕不淪乎情慾, 自非遠鑒興亡, 孰能移隔下俗. 傭才緣心, 緬乎嗜慾, 塞諫任邪, 沒情於淫靡. 至如列代亡主, 莫不憑威猛以喪家國, 肆奢麗以覆宗祀, 詢考先墳, 往往而載, 僉求歷古, 所記非一. 販爵鬻官, 乖分職之本. 露宿郊居, 違省方之義. 成·安二帝, 載世雖遠, 而亂政攸同. 驗之史牒, 訊諸前記, 迷情狗馬, 愛好龍鶴, 非明王之所聞示於後也. 內窮淫酷, 外盡禽荒, 取悅耳目, 流貶萬世. 是以牝妖告禍, 漢靈以巷伯傾宗. 酒池裸逐之醜, 鳴雞長夜之惑, 事由商乙, 遠仿燕丹, 異代一時, 可爲悲矣.

[5] 헌제 복 황후의 총명하고 인자하고 지혜로움은 《내칙》편에 실려 있다. 헌제가 이각에게 패하여 수레타고 밤낮으로 도망치고 궁인들도 이리저리 달아났지만 만 명 중에 단 한 명도 살아남지 못했다. 강에 이르렀으나 배도 노도 없자 황후가 헌제를 등에 업고 강을 건너는데 물살은 급해도 발밑에 뭔가 밟을 곳이 느껴졌으니 이는 다름 아닌 영물(靈物)들이 돕는 것이었다. 병사들이 해안으로 쫓아오자 황후는 황제를 끌어안고 온몸으로 가렸다. 황제가 발을 다치면 비단으로 피를 닦고 옥비녀로 상처를 덮어 손으로 만지면 다 낫는다. 눈물로 헌제의 옷과 얼굴을 씻기면 물로 씻은 듯 깨끗했다. 군인들이 감동하여 엎드렸다. 비록 난리 통이라도 현명하고 지혜로운 부인은 있었던 것이다. 지극한 정성에 땅 귀신도 감동했다.

獻帝伏皇后, 聰惠仁明, 有聞於內則. 及乘輿爲李傕郭所敗, 晝夜逃走, 宮人奔竄, 萬無一生. 至河, 無舟楫, 后乃負帝以濟河, 河流迅急, 惟覺脚下如有乘踐, 則神物之助焉. 兵戈逼岸, 后乃以身擁遏於帝. 帝傷趾, 后以綉拭血, 刮玉釵以覆於瘡, 應手則愈. 以淚湔帝衣及面, 潔靜如浣, 軍人嘆伏. 雖亂猶有明智婦人. 精誠之至, 幽祇之所感矣.

의미읽기

보통 야사에는 왕과 후궁의 뒷이야기가 나오는 것이 일반적이지만 여기에는 고대 귀족 부녀자의 효경(孝敬)에 관한 예절이 두루 기록된 ≪예기≫ 내칙 편에 실린 복황후(伏皇后) 일화가 실렸다. 그녀의 이름은 수(壽)로 낭야(瑯邪) 동무(東武) 사람인데 ≪후한서·황후기(皇后紀)≫에도 그녀의 이야기가 상세하게 나온다. "헌제를 찾아 동으로 가서 이각·곽범 등이 조양에서 수레로 쫓았으나 헌제는 밤을 틈타 하수를 건너 달아났고 육궁 모두 군영을 나갔다. 복황후는 손에 비단 수필을 들고 있었는데 동승이 부절로 손휘로 하여금 빼앗고 시종들을 죽이니 황후의 옷이 피로 물들었다((獻)帝尋而東歸, 李傕·郭汜等追敗乘輿於曹陽, 帝乃潛夜渡河走, 六宮皆步行出營. (服)后手持縑數匹, 董承使符節令孫徽以刃脅奪之, 殺傍侍者, 血濺后衣)." 헌제에 대한 그토록 어질고 지혜로운 애정을 지녔지만 복 황후의 운명은 그리 녹록하지만은 않았다.

헌제는 영제의 둘째 아들로 십상시의 난에 소제와 함께 피신했었던, 동탁이 세운 바로 그 어린 임금이다. 아홉 살에 왕위에 올라 동탁의 부장이던 이각과 곽사의 난으로 심하게 고초를 겪는다. 이후 조조에게 당하는 수모는 ≪삼국지≫를 통해 잘 알려진 대로 동귀비와 복 황후 그리고 황자까지도 조조의 손에 처절하게 죽는다. 헌제도 조비가 즉위하자 산양공으로 강등되어 근근이 지내다가 제갈량이 죽은 그해에 54세를 일기로 생을 접는다.

▌소기의 록 23

붉은 돌은 갈아도 본색이 변하지 않는다. 난초와 계수가지는 꺾어도 향기는 그대로다. 복 황후는 순수하고 현명한 태도와 충성스런 마음으로 위급할 때 목숨을 바쳤으니 천하장사라도 그녀보다 못하다. 죽을 줄 알고도 전혀 망설임이 없으니 풍원의 짝이로구나! 만고를 거슬러도 들어본 적이 없다.

한이 흥성하여 애제·평제·원제·성제까지 다들 궁궐을 정비하고 정원을 확장했으니 서경에서부터 심한 사치가 시작되어 동도까지도 이런 사치가 퍼져나갔다. 서까래를 베지만 다듬어 꾸미지 않는다는 법도를 어겼으니 영소의 검약한 풍조는 변질되었다. 황실의 도서를 살피고 기록들을 조사해 봐도 수천수만 집에 가득 찬 분량의 서적·궁전·누대와 널찍한 연못, 화려한 겹겹 이중문으로 집을 축조하는 등 이보다 극심한 낭비는 보지 못했다. 효애제는 사계절 궁전을 넓혔고 영제는 나유관을 세워 요사스러움에 빠졌으니 신은 분노했고 장인에게 기교를 부리게 하느라고 사람들은 학대를 당했다.

나라도 망하고 집안도 망하니 정말 슬프도다! 신령하고 아름다운 날짐승·화려한 풀·신기한 나무는 본 토양이 아니면 자라지 않고 모습이나 울음소리조차 달라지며 중원의 기후를 쐬지 않으면 서적에 기록된 것과 판이하게 달라지는데 어떤 것은 덕업에 따라 예의를 갖춰서 온 것이고 어떤 것은 시기와 풍속(時俗)에 따른 예물로 온 것이므로 모두 여기에 자세히 기록했다. 경전들을 두루 살폈고 수만 권을 뒤져 보았지만 이렇게 지독한 화려함은 찾아볼 수 없도다.

錄曰, 夫丹石可磨, 而不可奪其堅色, 蘭桂可折, 而不可掩其貞芳. 伏后履純明之姿, 懷忠亮之質, 臨危授命, 壯夫未能加焉, 知死不吝, 馮媛之儔也. 求之千古, 亦所罕聞. 漢興, 至於哀·平·元·成, 尚以宮室, 崇苑囿, 而西京始有弘侈, 東都繼其繁奢, 旣違采椽不斲之製, 尤異靈沼邃儉之風. 考之皇圖, 求之志錄, 千家萬戶之書, 臺衛城隍之廣, 自重門橫宇以來, 未有若斯之費溢也. 孝哀廣四時之房, 靈帝脩裸遊之館, 妖惑爲之則神怨, 工巧爲之則人虐, 夷國淪家, 可爲慟矣! 及夫靈瑞·嘉禽·艷卉·殊木, 生非其壤, 詭色訛音, 不稟正朔之地, 無涉圖書所記, 或緣德業以來儀, 由時俗以具質, 咸得而備詳矣. 歷覽群經, 披求方冊, 未若斯之宏麗矣.

[6] 곽황은 광무황후(光武皇后)의 동생이다. 금이 수억에 집안 하인이 400여 인이고 황금으로 그릇을 만들며 그 소리가 성 밖까지 진동했다. 당시 사람들이 "비가 안 와도 곽씨네 집에서는 우뢰 소리가 들린다"고 했다. 주조하고 단련하는 소리가 요란하다는 말이다. 뜰에는 높은 누대와 긴 낭야를 만들고, 그 위에 저울추를 두어 구슬과 옥의 무게를 달았다. 누대 아래에 장금굴(藏金窟)이 있는데 무사들을 배치하여 지키게 했다. 옥들을 섞어 누대와 위의 정자(亭子)를 장식하고 네 귀퉁이에는 밝은 구슬을 달았더니 낮에도 별이 떠 있는 듯, 밤에는 달처럼 보였다.

마을 속담에 "낙양에서 돈 많은 곽씨네 집, 밤에 해뜨고 낮에 별이 뜨니 그 부유함은 비할 데 없어라"는 내용이 있다. 총애 받는 사람들 모두 옥그릇에 밥을 담았으므로 장안에서는 곽씨 집안을 '옥 주방에 금 아궁이'라 불렀다.

곽황은 삼가고 조심하였으며 비록 부자였고 세력도 있었지만 문을 닫고 유유자적하면서 세상 돌아가는 일에 간섭하지 않았으니 실로 한 시대의 지혜로운 사람이었다.

郭況, 光武皇后之弟也, 累金數億, 家僮四百餘人, 以黃金爲器, 工冶之聲, 震於都鄙. 時人謂, "郭氏之室, 不雨而雷." 言其鑄鍛之聲盛也. 庭中起高閣長廡, 置衡石於其上, 以稱量珠玉也. 閣下有藏金窟, 列武士以衛之. 錯雜寶以飾臺榭, 懸明珠於四垂, 晝視之如星, 夜望之如月. 里語曰, "洛陽多錢郭氏室, 夜日晝星富無匹." 其寵者皆以玉器盛食, 故東京謂郭家爲'瓊廚金穴'. 況小心畏愼, 雖居富勢, 閉門優遊, 未曾干世事, 爲一時之智也.

의미읽기

≪후한서·황후기≫를 보면 "광무 곽 황후는 휘가 성통이고 진정고 사람이다. 그 지역에서 이름났다. 아버지 창은…… 진정 공왕의 딸을 아내로 맞아 곽주로 불렸고 딸 황후와 아들 곽황을 낳았다(光武郭皇后, 諱聖通, 眞定稿人也. 爲郡著姓. 父昌……. 娶眞定恭王女, 號郭主, 生后及子況)"고 기록되어 있다. 곽황은 부유한 집안의 왕실 외척세력으로 권세와 부귀를 누렸으면서도 처세를 잘해서 다치지 않고 지혜롭게 살아간 인물로 평가된다. "곽황이 대홍로로 옮기자 왕이 자주 동생을 불러 공경제후들을 모아 잔치를 베풀며 돈과 비단을 하사했는데 풍성함이 비할 데 없었다. 도읍에서 곽씨 집을 '금광'이라고 불렀다(況遷大鴻臚, 帝數行其第, 會公卿諸侯親家飮燕, 賞賜金錢縑帛, 豊盛莫比. 京師號況家爲'金穴')"고 한다.

▌소기의 록 24

대저 황후의 외척이 성하여 안주인의 권위를 마음대로 끼고 편파적인 총애로 강해져 천하를 떠들썩하게 했다. 간신이 정치에 간섭하면서 초방 친척들을 멋대로 부렸다. 옛날 위염은 나라를 기울게 할 만큼 부자였고 한대 왕봉은 다섯 제후와 같은 신분이었다. 관과 집들은 경도보다 어마어마하게 컸고 첩들은 궁녀보다 더 예뻤으며 둥근 구슬과 남쪽지방에서 나는 금은 왕의 보물창고보다 더욱 화려했고 무늬를 수놓은 붉은 명주로 흙과 나무를 장식했으며 높은 회랑과 깊은 문은 큰집의 성대함을 다했고 무늬 있는 말과 붉은 수레는 수레복식의 사치를 다했다. 예로부터 방자한 교만함이라도 이 같은 선례는 없었다. 삼귀대(三歸臺)가 관중의 집으로 옮겨졌고 팔일(八佾) 춤이 계손씨 뜰에서 베풀어진 것도 여기에 비하면 약소하다.

곽황은 안으로 혼인의 인연으로 총애 받았고 밖으로 명리(名利)를 맘대로 했으며 멀리 산단의 광산을 캐 도주공이나 정정과 같은 재산을 쌓았으니 성대함을 일컫기 충분하지 않은가? 하지만 외척세력에 기대지 않았고 재력과 권세에도 자만하지 않았으며 온순하고 공손하게 바름을 견지하고 도리를 지켜 보호했으며 스스로 삼가고 경계했으니 이는 가히 신의 경지라 할 만하다!

　錄曰, 夫后族之盛, 專挾內主之威, 皆以黨孼强盛, 肆囂於天下, 妖幸侵政, 擅椒房之親. 在昔魏冉, 富傾嬴國, 漢世王鳳, 同拜五侯. 館第僭於京都, 嬌姬麗於宮掖, 瑰賂南金, 彌玩於王府, 緹繡雕文, 被飾於土木, 高廊洞門, 極夏屋之盛, 文馬朱軒, 窮車服之靡, 自古擅驕, 未有如斯之例. 雖三歸移於管室, 八佾陳於季庭, 方之爲劣矣. 郭況內憑姻龍, 外專聲厲, 遠探山丹之穴, 積陶朱 · 程鄭之産, 未足稱其盛歟? 曾不恃其戚里, 矜其財勢, 秉溫恭之正, 守道持盈, 而自競愼, 是可謂知幾其神乎!

의미읽기

　이 글에서 초방(椒房)은 한대에 후비의 궁을 말하며 산초나무와 진흙으로 벽을 발라 아들을 많이 낳도록 기원했으므로 초방이라 했는데 초방 친척은 바로 후비의 외척세력을 뜻한다. 외척세력의 사례로 든 위염(魏冉)은 전국 진(秦) 소왕(昭王)의 어머니인 선 태후(宣太后)의 동생으로 소왕이 즉위하자 직위가 4등급 올라가 양후(穰侯)로 봉해졌다. "태후란 이유로 사가인데도 왕실보다 부유했다(以太后故, 私家富重於王室)"고 한다. 나중에 위염이 관직을 그만두고 "도 땅으로 돌아갈 적에 현관에게 수레와 소를 주어 옮기게 했는데 이삿짐이 천승이 넘었다. 관에 이르러 보기(寶器)를 진열해 놓았는데 보기와 진기한 것들이 왕실보다 많았다(使歸陶, 因使縣官給車牛以徒, 千乘有餘. 到關, 關閱其寶器, 寶器珍怪多於王室)"고 ≪사기 · 양후열전(穰侯列傳)≫과 ≪범저열전(范雎列傳)≫에 전해진다.

　관중의 집에 삼귀대를 옮긴 일은 ≪논어 · 팔일≫을 보면, "관씨에게 삼귀가 있다(管氏有三歸)"고 나오는데 삼귀란 세 가지 성씨의 여인을 취했다는 의미이거나 그들에게 삼귀(三歸)의 땅을 하사했다는 뜻이거나 누대의 이름일 수 있다. 후자라는 설은 ≪설원(說苑)·선설(善說)≫에 나온다. ≪좌전≫에는 "백성들이 환공을 원망하고 관중을 어질다고 여겼다. 그래서 관중이 스스로 삼귀대를 세워 환공의 사치를 가려 주었다(民怨桓公而賢管仲, 于是管仲自起三歸臺, 以掩飾桓公之奢)"는 기록이 있다.

또 ≪논어·팔일≫에는 "공자께서, 계씨는 뜰에서 팔일을 춤추게 하니 이것도 차마 하는데 어찌 차마 하지 못하겠는가!(孔子謂季氏, 八佾舞於庭, 是可忍也, 孰不可忍也!)"라고 나온다. 주희의 주를 보면, '계씨는 노나라 대부 계손 씨를 말한다. 일이란 춤추는 서열인데 천자는 여덟 줄·제후는 여섯 줄·대부는 넉 줄인데……. 계씨는 대부면서 천자의 춤을 멋대로 사용했다(季氏, 魯大夫季孫氏也, 佾, 舞列也, 天子八·諸侯六·大夫四, ……季氏大夫而僭用千字之樂)'고 꼬집었다. 하지만 이런 예들도 곽황의 사치에 비하면 아무 것도 아니라고 소기는 역설하지 않았는가.

심지어 도주공(陶朱公)으로 불리는 범려(范蠡)조차도 곽황의 부을 이기지 못한다. ≪사기·화식열전(貨殖列傳)≫을 보면 범려는 "14년 동안 천금을 세 번 이루었다……. 자손이 세업을 닦아 증식시키니 드디어 거만금에 달했으므로 부자하면 도주공이라 칭하게 되었다(十九年之中, 三致千金……. 子孫修業而息之, 遂至巨萬, 故言富者皆稱陶朱公)"고 했다. 정정(程鄭)도 금을 주조하여 부자가 되었으며 역시 ≪화식열전≫에 거론된 거부인데 곽황이 그들과 어깨를 나란히 할 정도로 부자라면 대단한 일이지 않은가.

[7] 유향은 성제 말년 천록각에서 책을 교정하고 주석을 다는데 전력을 다해 몰두하고 있었다. 밤에 어떤 노인이 누런 옷을 입고 청려장을 짚고 나타났다. 천록각에 올라와 유향이 어둠 속에 홀로 책 암송하는 것을 본다. 노인이 지팡이 끝부분을 불자 사방이 환해졌다. 불빛 아래에서 유향을 만나 개벽 전의 이야기를 들려주었다. 유향은 ≪홍범오행≫의 글을 받았는데 문장이 복잡하고 많아서 잊어 버릴까 봐 치마와 허리띠를 찢어 기록했다. 새벽에 떠나려 하기에 유향이

성함을 여쭙자 "저는 태일의 정령으로서 천제께서 금묘(金卯)의 아들 가운데 박학다식한 아들이 있다는 말을 들으시고 저를 내려 보내 만나도록 하신 것입니다"라 했다. 품속에서 대나무로 만든 책을 꺼냈는데 거기에는 하늘의 온갖 현상과 땅 위의 여러 모습들에 대한 글이 적혀 있었으며 "이 책을 당신에게 주겠다"고 했다. 유향의 아들 유흠에 이르러 그 기술이 전해졌으나 역시 이 노인이 누군지는 알지 못했다.

劉向於成帝之末, 校書天祿閣, 專精覃思. 夜有老人, 着黃衣, 植靑藜杖, 登閣而進, 見向暗中獨坐誦書. 老父乃吹杖端, 烟然, 因以見向, 說開闢已前. 向因受≪洪範五行≫之文, 恐辭說繁廣忘之, 乃烈裳及紳, 以記其言, 至曙而去, 向請問姓名. 云"我是太一之精, 天帝聞金卯之子有博學者, 下而觀焉." 乃出懷中竹牒, 有天文地圖之書, "余略授子焉". 至向子歆, 從向受其術, 向亦不悟此人焉.

의미읽기

≪삼보황도(三輔黃圖)≫를 보면 "천록각은 전적을 숨겨 보관하는 곳으로 소하가 만들었다(天祿閣, 藏典籍之所, 蕭何所造)"고 한다. 그 천록각에서 늦은 밤 책을 암송하던 유향, 그는 고서에 등장하지 않는 곳이 없을 정도로 자주 나오는 인물이다. 이 글은 현존하는 그의 서적 ≪신서≫ · ≪열녀전≫ · ≪홍범오행전≫ 중에 ≪홍범오행전≫의 성서배경과 관련된 일화이다. ≪한서 · 유향전≫을 보면 "유향의 사람됨은 간결하고 위엄 있고 꾸밈이 없으며 청렴하고 조용하며 도를 좋아하여 세속과 사귀지 않고 오로지 경술에 전념하여 낮에는 서전을 외우고 밤에는 별자리를 보았는데 어떤 때는 잠이 들기도 전에 날이 새버렸다(向爲人簡易無威儀, 廉靖樂道, 不交接世俗, 專積思於經術, 晝誦書傳, 夜觀星宿, 或不寐達旦)"고 했다.

[8] 가규는 다섯 살 때부터 보통 애들보다 총명하고 지혜로웠다. 누나는 한요에게 시집을 갔지만 자식을 낳지 못해 친정으로 돌아와 있었다. 그녀도 마음이 곧고 현명하다는 소문이 자자했다. 이웃집에서 글 읽는다는 말을 듣고 아침저녁으로 가규를 안고 가서 울타리를 사이에 두고 들었는데, 가규는 조용히 듣기만 하고 말하지 않았지만 누나는 그가 좋아한다고 생각했다. 열 살이 되자 육경을 몰래 외웠다.

누나가 가규에게 물었다. "우리 집은 가난하고 어려워 선생님을 모신 적이 없는데, 너는 어떻게 천하에 ≪삼분≫과 ≪오전≫이 있음을 알고 더구나 한 구절도 남김없이 외웠니?" 그는 이렇게 대답했다. "옛날 누나가 저를 안고 울타리 너머로 이웃집 글 읽는 소리를 들었잖아요. 지금도 그때 들은 만여 글자 중 한자도 빠뜨리지 않고 기억하고 있습니다." 텃밭에 난 뽕 껍질을 벗겨 첩(牒)을 만들어 문짝과 병풍에 표제하거나 외우고 적었다. 일년이 지나자 경문을 통달했다.

마을에서 보는 사람마다 자고로 짝할 사람이 없다면서 칭찬했다. 문하생들이 배우려고 몰려들었는데 만 리를 멀다하지 않았고 어떤 사람들은 어린 아들이나 손자를 강보에 싸서 문 옆에 두었는데 가규가 그 아이들에게 경문을 구두로 전수해 주었다. 바친 곡식이 창고에 가득했다. 어떤 사람은 "가규가 힘써 밭을 갈아 얻은 곡식이 아니라, 혀를 놀려 경을 외워 얻은 것이니 후대의 이른바 '설경(舌耕)'이 바로 이것"이라 했다.

賈逵年五歲, 明惠過人. 其姊韓瑤之婦, 嫁瑤無嗣而歸居焉, 亦以貞明見稱. 聞隣中讀書, 且夕抱逵隔離而聽之. 逵靜聽不言, 姊以爲喜. 至年十歲, 乃暗誦六經. 姊謂逵曰 "吾家貧困, 未嘗有敎者入門, 汝安知天下有≪三墳≫·≪五典≫而誦無遺句耶?" 逵曰"憶昔姊抱逵於籬間聽隣家讀書, 今萬不遺一." 乃剝庭中桑皮以爲牒, 或題於扉屛, 且誦且記. 期年, 經文通遍. 於閭里每有觀者, 稱云振古無倫. 門徒來學, 不遠萬里, 或褓負子孫, 舍於門側, 皆口授經文, 贈獻者積粟盈倉. 或云 "賈逵非力耕所得, 誦經舌倦, 世所謂舌耕也."

의미읽기

이렇게 공부하면 성공하지 않을 사람이 없을 것이다. 사교육비로 나라가 휘청거리는 지금 이런 학습열정과 태도를 지닌 학생들만 많다면 한국의 미래가 밝아지지 않을까. 시선 이백도 도끼를 갈아 바늘을 만들겠다[磨斧作針]는 의지의 할머니를 만나 깊게 깨닫고 공부에 열중했다는데 가규의 의지와 열정도 '마부작침'에 결코 뒤지지 않아 보인다. ≪후한서 · 가규전≫을 보면 가규의 자는 경백이고 부풍 평릉 사람으로 아버지 휘는 유흠 · 도운과 사만경에게서 ≪좌씨춘추(左氏春秋)≫와 ≪고문상서(古文尙書)≫ 및 ≪모시(毛詩)≫를 수학한 인물이라고 한다. 가규는 부업을 전수받아 약관에 ≪좌씨전≫ 및 ≪오경≫ 본문을 외웠고 자신을 아이로 여기고 늘 태학(太學)에 머물렀다고 한다. 본문에서 가규의 누이가 그를 안고 울타리 너머로 이웃집 책 읽는 소리를 들었다는 이야기나 집안 대대로 전하는 학문이 없다는 것은 사실 사서의 기록과 어울리지 않는 면이 있다.

[9] 하휴는 순박하고 말수가 적으며 지혜롭고, ≪삼분≫과 ≪오전≫ · 음양 산술 · 하도와 낙서 및 옛날 속담 · 역대 서적과 지도까지 외우지 않은 것이 없었다. 문하생 중에 묻는 자가 있으면 주를 달아 버리니 이야기를 꺼낼 수가 없었다. ≪좌씨고맹(左氏膏肓)≫ · ≪공양폐질(公羊廢疾)≫ · ≪곡량묵수(穀梁墨守)≫를 지어 '삼궐(三闕)'이라 했다. 말이 깊고 미묘해서 실마리를 알고 옛것에 통달한 사람이 아니면 이해할 수 없다.

정강성(鄭康成)이 일어나(학문으로) 치고 들어 올 적에, 학문을 구하는 자가 천리를 멀다 않고 양식을 짊어지고 왔는데 마치 가는 물줄기가 큰 바다로 향하는 듯했다. 도읍에서 강성을 '경학의 신'이라 했고 하휴를 '학문의 바다'라고 일컬었다.

何休木訥多智, ≪三墳≫ · ≪五典≫, 陰陽算術, 河洛讖緯, 及遠年古諺,歷代圖籍, 莫不咸誦也. 門徒有問者, 則爲注記, 而口不能說. 作≪左氏高盲≫・≪公羊廢疾≫・≪穀梁墨守≫, 謂之'三闕'. 言理幽微, 非知機藏往, 不可通焉. 及鄭康成鋒起而攻之, 求學者不遠千里, 贏糧而至, 如流之赴巨海. 京師謂康成爲'經神', 何休爲'學海.'

의미읽기

하휴는 자가 소공(邵公)으로 사람됨이 순박하고 말이 어눌하며 생각이 전아했고 ≪육경≫을 열심히 공부해서 세상 어느 유학자도 그를 따를 사람이 없었다고 ≪후한서・유림열전(儒林列傳)・하휴전≫에 전해진다. ≪하휴전≫에는 또 "하휴는 역서와 산술에 능하고 스승인 박사 양필과 더불어 이육(이육은 공양가(公羊家)로 ≪난좌씨의(難左氏義)≫41사(事)를 지었다.)의 뜻에 따라 ≪공양묵수≫와 ≪좌씨고맹≫・≪곡량폐질≫을 지었다(休善曆算, 與其師博士羊弼, 追述李育意(按李育亦公羊家, 曾作≪難左氏義≫四十一事)以難二傳, 作≪公羊墨守≫・≪左氏膏盲≫・≪穀梁廢疾≫)"고 한다.

≪후한서・정현전(鄭玄傳)≫을 보면, "정현의 자는 강성으로 북해 고밀 사람이다……. 정현은 유학 십여 년 후에 고향으로 돌아왔다. 집이 가난해서 경작하지 않은(동래의) 남의 밭을 갈았는데 그를 따르는 제자가 수십만 명이었다……. 당시 임성 하휴가 ≪공양≫전을 좋아하여 ≪공양묵수≫・≪좌씨고맹≫・≪곡량폐질≫을 지었다. 정현이 ≪발묵수≫와 ≪침고황≫, 그리고 ≪기폐질≫을 지어 공박하였다. 하휴가 탄식하며 '강성이 내 집으로 들어와서 내무기를 가지고 나를 친단 말인가!'(鄭玄字康成, 北海高密人也……. 玄自游學, 十餘年乃歸鄉里. 家貧, 客耕東萊, 學徒相隨已數百千人……. 時任城何休好≪公羊≫學, 遂著≪公羊墨守≫・≪左氏膏盲≫・≪穀梁廢疾≫, 玄乃≪發墨守≫, ≪鍼膏肓≫, ≪起廢疾≫. 休見而歎曰'康成入吾室, 操吾矛, 以伐我乎!')"고 말했다. 이 이야기는 제4차 경금고문학 논쟁에서 하휴와 정현의 논쟁에 관한 것으로 ≪공양전≫을 통해 세상을 바로 잡고 구하는 방안을 마련하려는 하휴의 입장에 대한 정현의 반박은 고문학자의 입장에서 이루어진 것이라기보다는 금고문학을 서로 보충하여 종합하려는 의미가 있다.

≪박물지≫ 6권 208을 보면 "하휴가 ≪공양전≫에 주를 달고 '하씨학'이라 하였는데 그 뜻을 이해하지 못하는 자가 있었다. 혹자가 답하기를 "하휴가 겸사를 쓴 것이다. 스승에게서 수학하여 뜻을 편 것이지 자신에게서 나온 것이 아니다"고 하였는데 이 말이 타당하다(何休注≪公羊傳≫云 '何氏學'. 又不能解者, 或答云, 休謙詞, 受學於師, 乃宣此義不出於己. 此言爲允)"는 언급도 보인다.

[10] 임말은 열네 살이 되자 더 이상 배울만한 스승이 없어져 책 상자를 등에 지고 험난한 곳도 멀다 않고 떠났다. 늘 "사람이 배우지 않으면 장차 무엇이 되겠는가?"라고 말했다. 숲 속 나무 아래에 띠 풀을 엮어 초막을 짓고 가시나무를 깎아서 펜을 만들고 나무진을 모아 묵을 삼았다. 밤이면 별과 달이 비추어 주었고 너무 어두우면 마와 쑥을 잘게 썰어 스스로 불을 밝혔다. 책을 보다가 담겨진 뜻이 있으면 상의나 치마에 기록해 두었다. 문하생들은 그의 근면한 학문정신을 존경하여 깨끗한 옷을 가져와 그의 낡은 옷으로 바꾸어 갔다. 성인의 말씀이 아니면 보지 않았다.

그가 임종을 맞게 되자 이렇게 훈계하였다. "사람이 학문을 좋아하면 죽더라도 살아있는 것과 다름없고, 배우지 않는 사람은 살아 있어도 시체가 걸어 다니고 고기가 달려 다니는 것일 뿐 이니라!" 하도와 낙서의 심오한 비결은 일반 서적에는 실려 있지 않다. 임말이 기둥과 벽, 정원과 숲 속 나무에 주를 달고 기록해 둔 것들이다. 그의 학문을 우러르고 아끼는 사람들이 와서 그것을 베껴 갔다. 당시 임씨를 '경원'이라 불렀다.

任末年十四時, 學無常師, 負笈不遠險阻. 每言 "人而不學, 則何以成?" 或依林木之下, 編茅爲菴, 削荊爲筆, 剋樹汁爲墨. 夜則映星望月, 暗則縷麻蒿以自照. 觀書有合意者, 題其衣裳, 以記其事. 門徒悅其勤學, 更以靜衣易

之. 非聖人之言不視. 臨終誠曰"夫人好學, 雖死若存, 不學者雖存, 謂之行
尸走肉耳!"河洛秘奧, 非正典籍所載, 皆注記於柱壁及園林樹木, 慕好學者,
來輒寫之. 時人謂任氏爲'經苑'.

의미읽기

  세상에 정말 공부를 열심히 하는 학자들이 많다. 임말도 둘째가라면 서러워할
만큼 학습에 힘쓴 인물로 그의 자는 숙본(叔本)이며 ≪후한서·유림전≫에 그의
전기가 실렸다. 얼마나 공부하고 쓰고 했으면 그를 경학의 정원(經苑)이라 일컬
었겠는가! 종이가 넘쳐나는 세상에 하얀 빈 종이가 하염없이 버려지는 모습을
임말이 본다면 과연 어떤 훈계를 할런지…….

  [11] 조증은 노나라 사람이다. 본명은 평인데 증삼을 사모하여 이름
을 증으로 고쳤다. 집안의 재물이 수억에 달하고 부모님을 섬기는 예
가 극진하여 매일 세 가지 희생양을 잡아 요리하였는데 절대 한 가지
조미료도 빠뜨리지 않았다. 부모님께서 먼저 드시지 않으면 새로 수확
한 음식을 결코 먹지 않았다. 다른 집에 손님으로 갔다가 새로운 음식
을 대접받으면 꼭 가슴속에다 품고 돌아왔다. 닭과 개를 키우지 않는
이유는 시끄럽고 떠들썩한 소리가 늙으신 부모님을 놀라게 할까 걱정
한 탓이었다.
  당시 가뭄이 심해 우물과 연못이 모두 말랐다. 어머니가 달고 맑은
물을 마시고 싶어 하셔서 무릎 꿇고 물병을 잡았더니 달디 단 샘물이
솟구쳐 흘렀는데 어떤 물보다 맑고 맛이 좋았다고 한다. 문하생들 중
가난한 사람이 있으면 음식을 나눠 주었다. 천하의 유명한 책들 가운
데 상고 이래로 글자가 와전되고 누락된 것을 조증이 교정본 것만 해
도 만 여권에 달한다. 국난이 평정되자 천하에 남은 책을 조증의 집에
서 거두어 들였는데, 수레가 잇달아 오고 바퀴 자국이 계속되었으며

책들은 왕의 서고로 보내졌다. 제자들이 문밖에 사당을 세우고 '조사부님 사당'이라 했다. 세상에 난리가 일어나 집집마다 창고에 불이 나자, 조증은 옛 글이 불타 없어질까 봐 돌을 쌓아 서고를 만들고 책을 감춰 두었기에 조씨를 '서적 창고'라 하는 것이다.

　曹曾, 魯人也. 本名平, 慕曾參之行, 改名爲曾. 家財巨億, 事親盡禮, 日用三牲之養, 一味不虧於是. 不先親而食新味也. 爲客於人家, 得新味則含懷而歸. 不畜雞犬, 言喧囂驚動於親老. 時亢旱, 井池皆竭, 母思甘淸之水, 曾跪而操瓶, 則甘泉自涌, 淸美於常. 學徒有貧者, 皆給食. 天下名書, 上古以來, 文篆訛落者, 曾皆刊正, 垂萬餘卷. 及國難旣夷, 收天下遺書於曾家, 連車繼軌, 輸於王府. 諸弟子於門外立祠, 謂曰曹師祠. 及世亂, 家家焚廬, 曾慮先文湮沒, 乃積石爲倉以藏書, 故謂曹氏爲'書倉'.

의미읽기

　조증은 책을 교정하고 수집하는 데 흥미를 지닌 사람이다. 《후한서 · 유림전 · 구양흡전(歐陽歙傳)》을 보면 "제음 조증의 자는 백산이고 흡에게 《상서》를 전수받았다. 문하 제자가 300여인으로 직위는 간의대부에 이르렀다(濟陰曹曾字伯山, 從歙受《尙書》門徒三千人, 位至諫議大夫)"고 나온다.

　《후한서 · 유림열전》에 따르면 광무제(光武帝)가 해내를 평정하면서 "왕망 · 갱시 말에 천하가 어지럽고 예악이 무너지고 책과 문장이 다 없어졌다. 광무중흥 시기에 경술을 좋아하여 수레에서 내리기도 전에 먼저 유자를 방문하여 궐문을 얻은 뒤 누락되고 빠진 것을 보충하고 엮었다(昔王莽 · 更始之際, 天下散亂, 禮樂分崩, 典文殘落. 及光武中興, 愛好經術, 未及下車, 而先訪儒雅, 採求闕文, 補綴漏逸)"고 한다. 당시 도읍에 책을 헌납한 사람 중에 범승(范升) · 진원(陳元) 등이 있어서 조증에게 오기 전에 빠지고 누락된 것이 보충될 수 있었다고 한다. 오랜 역사를 거슬러 중국의 서적들이 지금 상태로나마 전수될 수 있었던 데에는 조증 등과 같은 많은 사람들의 노력이 바탕이 되었을 것이다.

█ 소기의 록 25

　한나라 성제 때 유향의 저명한 학문은 재능이 삼고를 포괄했고 예 (藝)는 옛 성인들에게 미쳤다. 해와 달이 생긴 이래로 이런 사람은 드물게 보인다. 후한에 이르러 가규·하휴·임말·조증과 함께 성스러운 신으로 일컬어진다. 백성이 태어난 이래 지금까지 이 사람들뿐일 것이다. 안연이라면 거의 이에 근접하니 관미와 장패가 어찌 대유를 드러낸다 하겠는가! 다섯 사람의 경우 공자제자 외에는 없지만 승당입실에 비교한다면 저들도 부끄러움을 느낄 것이다. 가씨 누나는 이른바 지식 있는 부인으로 성인을 거울로 삼았다.

　錄曰, 觀乎劉向顯學於漢成時, 才包三古, 藝該九聖, 懸日月以來, 其類少矣. 逮乎後漢, 賈·何·任·曹之學, 並爲聖神, 通生民到今, 蓋斯而已. 若顔淵之殆庶幾, 關美·張霸, 何足顯大儒哉! 至如五君之徒, 孔門之外未有也, 方之入室, 彼有慚焉. 賈氏之姊, 所謂知識婦人鑒乎聖也. 감

　의미읽기

　안연은 잘 알려진 대로 ≪역·계사≫에도 나오듯이 "공자께서 말씀하셨다. '안자가 거의 도에 가깝다. 선하지 않은 일은 모르는 것이 없었고 알면 다시는 행하지 않는다.'(子曰, '顔氏之子, 其殆庶幾乎! 有不善未嘗不知, 知之未嘗復行也')"고 했는데 안자가 안연이다. 관미(關美)는 상세한 기록이 없고 장패(張霸)는 자가 백요(伯饒)이고 촉성도인(蜀成都人)으로 일곱 살에 ≪춘추≫에 통달했고 후에 ≪엄씨공양춘추(嚴氏公羊春秋)≫를 익힌 후 ≪오경≫을 보았다고 전해진다. ≪후한서≫ 36권에 그의 전기가 있다.

7권

[1] 위(魏)

[1] 문제가 사랑하는 미인은 성이 설, 이름이 영운으로 상산 사람이다. 그녀의 부친은 이름이 업이고 찬향 정장(酇鄉亭長)을 지냈으며 어머니는 진씨 부인이다. 진씨는 업을 따라 정자 곁에 살았는데 생활이 궁핍하여 밤에는 이웃집 부녀자들과 길쌈을 했으며 마와 쑥으로 불을 밝혔다. 영운은 15세가 되자 용모가 몹시 빼어나 이웃 소년들이 밤마다 엿보러 왔지만 끝내 보지 못했다.

함희 원년 곡습은 상산군 군수였는데 정장의 집에 예쁜 딸이 있으며 집은 아주 가난하다는 말을 들었다. 당시 문제는 양가 규수를 뽑아 입궁시키고 있었다. 곡습은 천금의 보물과 뇌물로 그녀를 맞아 가려 했고 일이 잘 되자 문제에게 그녀를 바쳤다. 영운은 부모님과 헤어진 후 몇 날 며칠을 흐느껴 울었는데 눈물이 흘러 옷깃을 적셨고 수레를 타고 갈 때 옥 호리병에 눈물을 받았더니 옥 호리병이 붉게 물들었다. 상산을 떠나 수도에 도착할 때까지 병 안의 눈물이 굳어 피처럼 되었다.

왕은 무늬 있는 수레 10승으로 그녀를 맞았는데 수레들에 금을 아로새겨 바퀴와 바퀴 테를 만들고 가운데는 단청으로 그림을 그렸다. 멍에 앞에 보석들로 용과 봉황을 만들어 방울 백 개를 물려 놓아 딸랑딸랑 하는 소리가 숲과 들녘에 울려 퍼졌다. 발굽을 나란히 맞춘 푸른 소를 모는데 하루에 300리를 달린다. 이 소는 시도국에서 바쳐온 것으로 발이 말발굽처럼 생겼다. 길가에 석엽향(石葉香)을 피우면 낙엽이 층층이 쌓인 모습이 운모(雲母)같고 빛깔과 기운으로 악질(惡疾)과 역병을 쫓는다. 이 향은 복제국(腹題國)에서 진상한 것이다.

영운이 수도에 닿으려면 수십 리 남았을 때도 기름 등이 꺼지지 않고 계속 탔으며 수레 행렬이 길을 메우면서 일어난 먼지가 별과 달을 가려 당시에 '진소'라 불렀다. 흙을 쌓아 누대를 만들었는데 터의 높이만 30장이고 대 밑으로 등불을 늘어놓아 '촉대'라 했으며 멀리서 보면 별똥이 줄줄이 떨어지는 듯 했다. 대로변에 마을마다 구리 깃발로 표시를 해두었는데, 높이가 5척으로 노정을 기록했다. 행인이 이렇게 노래한다.

> 푸른 홰나무 좁은 길에 먼지 무성히 일고,
> 용 누각 봉황대궐 높고 험하게만 보이네.
> 푸른 바람, 가랑비에 향기 실려 전해 오고,
> 땅에서는 금과 불이 솟아나 누대를 비추네.

이 일곱 글자는 요망한 말이다. 길에 세운 구리 이정표는 토에서 금이 나옴을 의미한다. 누대 아래의 등불은 화가 토 밑에 있음을 뜻한다. 한은 화덕으로 왕이 되었고 위는 토덕으로 왕 노릇하니, 화가 복종하여 토가 흥했고 다시 토에서 금이 나온다는 것은 위가 망하고 진이 일어난다는 모종의 암시다.

영운이 수도에 닿기 10여 리 전에 왕이 옥을 아로새긴 천자수레를 타고 거대한 수레행렬을 바라보다가 감탄했다. "옛날 '아침엔 구름 끼고 저녁엔 비 내린다'했거늘, 지금은 구름도 없고 비도 내리지 않으며 아침도 저녁도 아니로구나." 영운의 이름을 야래(夜來)로 바꾸고 입궁한 직후부터 총애했다. 외국에서 불구슬을 물고 있는 용과 난 새 비녀를 바쳤다. 왕이, "진주와 비취도 그녀의 아름다움을 감당하지 못하는데 용과 난 새 비녀 정도로 되겠는가!"하면서 공물을 받아들이지 않았다. 야래는 바느질 솜씨가 뛰어나 깊은 휘장 속에서 불빛이 없어도 천을 마름질해서 옷을 거뜬히 만들어 냈다. 야래가 봉제한 옷이 아니면 왕은 입지 않았다. 궁중에서 그녀는 '침신(針神)'으로 통했다.

文帝所愛美人, 姓薛名靈芸, 常山人也. 父名鄴, 爲酇鄉亭長, 母陳氏, 隨鄴舍於亭傍. 居生窮賤, 至夜, 每聚隣婦夜績, 以麻蒿自照. 靈芸年至十五, 容貌絶世, 隣中少年夜來竊窺, 終不得見. 咸熙元年, 谷習出守常山郡, 聞亭長有美女而家甚貧. 時文帝選良家子女, 以入六宮. 習以千金寶賂聘之, 旣得,

乃以獻文帝. 靈芸聞別父母, 歔欷累日, 淚下霑衣. 至升車就路之時, 以玉唾
壺承淚, 壺則紅色. 旣發常山及至京師, 壺中淚凝如血. 帝以文車十乘迎之,
車皆鏤金爲輪輞, 丹畫其轂, 軿前有雜寶爲龍鳳, 銜百子鈴, 鏘鏘和鳴, 響於
林野. 駕靑色駢蹄之牛, 日行三百里. 此牛尸屠國所獻, 足如馬蹄也. 道側燒
石葉之香, 此石重疊, 狀如雲母, 其光氣辟惡厲之疾. 此香腹題國所進也. 靈
芸未至京師數十里, 膏燭之光, 相續不滅, 車徒咽路, 塵起蔽於星月, 時人謂
'塵霄'. 又築土爲臺, 基高三十丈, 列燭於臺下, 名曰'燭臺', 遠望如列星之墜
地. 又於大道之傍, 一里一銅表, 高五尺, 以誌里數. 故行者歌曰"靑槐夾道多
塵埃, 龍樓鳳闕望崔嵬. 淸風細雨雜香來, 土上出金火照臺." 此七字是妖辭
也. 爲銅表誌里數於道側, 是土上出金之義. 以燭置臺下, 則火在土下之義.
漢火德王, 魏土德王, 火伏而土興, 土上出金, 是魏滅而晉興也. 靈芸未至京
師十里, 帝乘雕玉之輦, 以望車徒之盛, 嗟曰, "昔者言'朝爲行雲, 暮爲行雨',
今非雲非雨, 非朝非暮." 改靈芸之名曰夜來, 入宮後居寵愛. 外國獻火珠龍
鸞之釵. 帝曰, "明珠翡翠尙不能勝, 況乎龍鸞之重!" 乃止不進. 夜來妙於鍼
工, 雖處於深帷之內, 不用燈燭之光, 裁製立成. 非夜來縫製, 帝則不服. 宮
中號爲'鍼神'也.

의미읽기

위 문제는 바로 조조(曹操)의 장남 조비(曹丕)를 말한다. 낙양을 도읍으로 정
했으며 한대부터 명대까지 후궁의 비빈들을 부르는 미인이라 불렀으니 여기 설영
운도 비빈에 해당된다. 그녀는 지금 하북성 정정현인 상산군에서 선발되었으며
그녀의 입궁을 신녀(神女)가 올 때의 신령스럽고 황홀한 상황에 비유했다. 송옥
(宋玉)의 〈고당부(高唐賦)〉에 초나라 회왕(懷王)이 고당(高唐)에서 노니는 것
이 나오는데 꿈에 무산신녀(巫山神女)가 나타나 "소첩은 무산 남쪽, 고구의 험
한 곳에서 살고 있는데 아침이면 구름이 되고 저녁에는 비가 되어 조석으로 누
대 아래로 내립니다(妾在巫山之陽, 高丘之阻, 旦爲朝雲, 暮爲行雨, 朝朝暮暮, 陽
臺之下)"라고 했던 그 유명한 무산신녀에 설영운을 비유한 것이다.

■소기의 록 26

오행의 운행은 삶과 죽음을 갈마들고 기복이 서로 따르면서 언단에서 나타난다. 동요가 춘추보다 믿을 만하고 참언은 한나라 말에 대유행하여, 선인의 전적이나 그림과 기록을 빌어 드러난다. ≪하≫・≪낙≫을 자세히 보면, 다섯 운에 응함이 서로 다르다. 당요는 염정으로 우에게 선양했고 대한은 화덕으로 위에게 주니 대대로 계승되면서 마땅함을 얻었다. 명성이 올라 푸른 옥에 의지하는 것은 사건에 따라 다가오는 것이다. 부드럽고 아름다운 여자가 진상되어 기막힌 재봉 술로 총애를 얻고 보드랍게 아첨하니 영예란 대대로 이어지는 것이 아니라 하루아침에 오기도 하므로, 천한 과거를 벗어 던지고 화려한 수레로 나아가는 것이다.

錄曰, 五常之運, 迭相生死, 起伏因循, 顯於言端. 童謠信於春秋, 讖辭煩於漢末, 或著明先典, 或託見圖記. 僉詳≪河≫・≪洛≫, 應運不同. 唐堯以炎正禪虞, 大漢以火德授魏, 世歷沿襲, 得其宜矣. 夫升名藉璧, 因事而來. 旣而柔曼之質見進, 亦以裁縫之妙要寵, 媚斯婉約, 榮非世載, 取或一朝, 去彼疑賤, 延此華軒.

[2] 위 명제가 능운대를 세우면서 몸소 땅을 파니 신하들도 모두 삼태기와 가래를 짊어졌다. 추운 날씨에 얼어붙어 죽은 사람들이 서로 베개를 삼고 누워있다. 낙수와 업수의 솥이 진동하면서 저절로 옮겨졌다. 궁궐 지하에서는 원한 맺힌 탄식소리가 들려 왔다. 고당륭 등이 표를 올려 간언한다. "왕께서는 심신을 조용히 하여 백성을 부양해야 합

니다. 지금 이 탄식소리는 인귀들에게서 나오는 것이니 원컨대 사치와 낭비를 줄이고 검소하고 소박함으로 돈독하게 하소서." 왕은 듣지 않고 이상한 것들을 구하고 진기한 보물을 모아 댔다. 누각과 정자는 닦기 힘쓴 때로부터 수년이 더 흘러서야 끝났다.

간언하는 사람이 더욱 많아지자 왕은 번다했던 사치를 청산하고 검약하게 지내면서 죽은 사람을 거두어 장사지내 주었다. 사람과 신 모두 감동하고 상서로움도 이르렀다. 태산 밑에 있는 연리지 모양의 돌은 높이가 12장이고 잣나무같이 생겼다. 무늬가 아름다워 마치 인공으로 아로새긴 듯하다. 아래와 위는 붙어 있고 가운데만 6척 넓이로 벌어져 멀리서 보면, 진짜 연리지 같다.

한 노인이 이런 말을 했다. "진나라 말에 두개의 돌이 서로 백여 걸음 떨어져 있었는데 잡초가 하도 우거져 오솔길도 없었다우. 위제 초에 조금씩 서로 가까워지더니 대궐의 좌우 문처럼 되었다니까 글쎄." 흙과 돌은 음에 속하는 류인데 위나라가 화덕이므로 이것은 신령한 징조다. 궁정의 뜰과 민가의 초목들도 연리지[33]로 자랐다. 합환초는 가새풀을 닮았고 넝쿨 하나에 백 개의 줄기가 달려 있다. 낮에는 가지들이 무성하다가 밤이면 하나로 합해진다. 만 가지 중에 하나의 가지도 빠지지 않으므로 '신령한 풀'이라 했다.

무기일에 패국에 노란 기린이 나타났는데 다들 토덕의 길조로 여기고 무기단을 세웠다. 노란별이 밤에 빛나기에 묘필대를 세워 제사 지냈다. 위나라에서는 이 별자리에 해당하는 지역에서 매년 제사를 모신다.

魏明帝起凌雲臺, 躬自掘土, 群臣皆負畚鍤, 天陰凍寒, 死者相枕. 洛・鄴諸鼎, 皆夜震自移. 又聞宮中地下, 有怨嘆之聲. 高唐隆等上表諫曰 "王者宜靜以養民, 今嗟嘆之聲, 形於人鬼, 願省薄奢費, 以敦儉樸." 帝猶不止, 廣求

---

33) 돈황변문 한붕부 참조.

瑰異, 珍賂是聚, 飭臺榭累年而畢. 諫者尤多, 帝乃去煩歸儉, 死者收而葬之. 人神致感, 衆祥皆應. 太山下有連理文石, 高十二丈, 狀如柏樹, 其文彪發, 似人雕鏤, 自下及上皆合, 而中開廣六尺, 望若眞樹也. 父老云 "當秦末, 二石相去百餘步, 蕪沒無有蹊徑. 及魏帝之始, 稍覺相近, 如雙闕." 土石陰類, 魏爲土德, 斯爲靈徵. 苑囿及民家草樹, 皆生連理. 有合歡草, 狀如蓍, 一株百莖, 晝則衆條扶疏, 夜則合爲一莖, 萬不遺一, 謂之'神草'. 沛國有黃麟見於戊己之地, 皆土德之嘉瑞. 乃修戊己之壇, 黃星炳夜. 又起昴畢之臺, 祭祀此星, 魏之分野, 歲時修祀焉.

의미읽기

위 명제는 문제 조비의 아들로 이름은 예(叡)이고 재위기간은 13년간 (227-239)이다. ≪하남통지(河南通志)≫에 "능운대는 하남부 성녕 양문 밖에 있는데 위 문제가 건축했고 높이는 13장으로 올라가면 맹진이 보인다(凌雲臺在河南府城寧陽門外, 魏文帝築, 高十三丈, 登之可見孟津)"고 나온다. 여기 말하는 하남부는 지금 하남성 낙양시에 해당한다.

≪삼국지·위서·고당륭전(高堂隆傳)≫을 보면 "(명)제가 궁전을 증축하고 누각을 지어 태행의 석영을 뚫고 곡성의 무늬 있는 돌을 캐서 방림원에 경양산을 만들고, 태극 북쪽에 소양전을 세워 황룡·봉황 등 기이한 짐승을 주조해 금용·능운대·능소궐을 꾸몄다. 부역이 많아져 짓는 사람 수만 명이 동원되니 공경 이하 학생까지 힘을 쓰지 않은 사람이 없었고 황제도 몸소 땅을 파면서 그들을 인솔하였다((明)帝愈增崇宮殿, 彫飾觀閣, 鑿太行之石英, 采穀城之文石, 起景陽山於芳林之園, 建昭陽殿於太極之北, 鑄作黃龍鳳皇奇偉之獸, 飾金墉·陵雲臺·陵霄闕. 百役繁興, 作者萬數, 公卿以下至於學生, 莫不展力, 帝乃躬自掘土以率之)"고 했다. 명제가 토목공사를 크게 시작하자 간언하는 사람이 고당융 외에도 고유(高柔)·신비(辛毗)·양부(楊阜)·장무(張茂) 등 날로 늘어났다. 장무는 ≪명제기≫주에 ≪위략(魏略)≫을 인용한 이야기가 나오고 다른 사람들은 각각 전기가 남아 있다. 역사가의 말을 들어 보면 명제는 신하들의 간언과 논쟁에

대해 관대하게 대했을 뿐 한번도 회개하고 고친 적이 없었다고 한다.

　[3] 임성왕 창(彰)은 무제의 아들이다. 어려서도 강직한 성품으로 쉽게 굴복하지 않았으며 음양과 참위설을 학습하고 ≪육경≫과 ≪홍범≫의 말씀을 암송했다. 무제가 오와 촉을 정벌하려 할 때 군대를 일으켜 승리할 수 있는 비결을 창에게 물었다. 창은 양손 모두 다 화살을 잘 쏘고 격검을 배워 백보 안에서 윗수염과 머리를 맞힐 수 있는 실력자였다.

　당시 낙랑국에서 호랑이를 바쳤는데 무늬가 비단 얼룩 같았다. 철로 우리를 만들어도 사납고 용맹한 무사들조차 감히 얕보지 못했다. 조창이 호랑이 꼬리를 끌어다가 어깨를 감싸고 호랑이 귀를 잡아당겨 늘여도 아무런 소리를 내지 않았다. 또 하얀 코끼리를 왕에게 바쳤는데 조창이 손으로 코를 꺾고 상아를 땅에 대도 전혀 움직이지 않았다. 문제가 종(鐘) 만근을 주조하여 승화전에 두었다가 옮기려 했으나 장사 백 명이 힘써도 꿈쩍도 하지 않았다. 그런데 조창은 종을 짊어지고 쌩쌩 달렸다. 사방에서 그의 초인적 용맹을 전해 듣고는 다들 전쟁을 그만두고 수비만 열심히 했다.

　문제가 이렇게 말하였다. "너의 씩씩하고 강함으로 파촉을 병합하니 마치 올빼미가 썩은 쥐를 덥석 무는 것 같구나!" 조창이 죽었을 때는 마치 한나라 동평왕의 장례식과 같이 융숭하게 치러졌다. 출상하는데 공중에서 수백 명의 호곡하는 소리가 들려 왔다. 보내는 사람들은 입을 모아 옛날 뒤섞여 싸우다 다쳐 죽은 사람들은 관과 곽이 없었는데 창이 어질고 은혜로움으로 썩은 뼈를 거두어 주었으니 죽은 이들이 지하에서 기뻐하고 정령도 감격한다면서 아름다운 왕 조창의 덕을 찬미하였다. 국사에 ≪임성왕구사≫ 3권을 넣었고 진나라 초에는 이를 비각에 보관했다.

任成王彰, 武帝之子也, 少而剛毅, 學陰陽緯候之術, 誦≪六經≫·≪洪範
≫之書數千言. 武帝謀伐吳·蜀, 問彰取便利行師之決. 王善左右射, 學擊劍,
百步中髭髮. 時樂浪獻虎, 文如錦斑, 以鐵爲檻, 梟殷之徒, 莫敢輕視. 彰曳
虎尾以繞臂, 虎弭耳無聲. 莫不服其神勇. 時南越獻白象子在帝前, 彰手頓其
鼻, 象伏不動. 文帝鑄萬斤鍾, 置崇華殿, 欲徒之, 力士百人不能動, 彰乃負
之而趨. 四方聞其神勇, 皆寢兵自固. 帝曰, "以王之雄武, 呑倂巴蜀, 如鴟銜
腐鼠耳!" 彰薨, 如漢東平王葬禮. 及喪出, 空中聞數百人泣聲. 送者皆言, 昔
亂軍相傷殺者, 皆無棺槨, 王之仁惠, 收其朽骨, 死者歡於地下, 精靈知感,
故人美王之德, 國史撰≪任成王舊事≫三卷, 晉初藏於秘閣.

의미읽기

조조의 아들 중에 조비, 조식에 비해 조창(曹彰)은 ≪삼국지≫나 기타 서적에
서 거론되는 경우가 많지 않다. 조조의 둘째아들인 조창은 황초(黃初) 년간에 임
성왕에 봉해진 뛰어난 무사이다. ≪삼국지·위서≫ 조창의 전기를 보면 그는
"어려서부터 활을 잘 쏘고 말을 잘 부리며 남보다 힘이 세어 맹수를 손으로 때
려잡았으며 어떤 위험도 피하지 않았다(少善射御, 膂力過人, 手格猛獸, 不避險
阻)"고 한다. 조비와 조식과 달리 후계자 분쟁에서도 한 발 물러나 있었고 전장
에서 늘 아버지를 구했으며 유비의 아들 유봉도 전혀 그의 적수가 되지 못했다.
퇴각하는 중에도 오란을 한 칼에 베었으며 어디서나 용감하게 싸운 장수였다. 하
지만 그의 출중한 무예는 늘 조비에게 위협이었으니 결국 황초 4년(223) 5월 낙
양 회의 때 의문의 죽음을 당하고 만다. 지금 삼국지 게임에서 그는 여전히 뛰어
난 무예로 게이머의 사랑을 한 몸에 받고 있으며 그다지 잘 알려지지 않은 조창
에 존재에 관심을 갖는 사람이 은근히 많다.

≪삼국지·위서≫에 조창의 장례 때 "난로와 용기를 하사하고 호분 백 사람
을 하사했는데 이는 한나라 동평왕 때의 사례와 같다(賜鑾輅龍旂, 虎賁百人, 如
漢東平王故事)"고 나온다. 동평왕 유창(劉蒼)은 한 광무제의 여덟 째 아들로
명·장제 모두 그를 총애했기에 사후 장례식이 매우 융성했던 것이다.

[4] 건안 3년, 서도국에서 침명석계를 바쳤다. 색이 붉고 제비만 하며 늘 땅속에서 산다. 때가 되면 우는데 울음소리가 멀리까지 퍼졌다. 그 나라에서는 닭울음소리가 들리면 희생을 죽여 제사를 모셨다. 울음소리가 나는 곳을 파보면 닭이 있었다. 천하가 태평하면 비상하여 오르락내리락하므로 길조로 여겼다. '보물 닭'이라 했는데 그 나라에는 닭이 없고 땅속에서 소리만 내면서 때를 기다리고 있다.

도가에서 "옛날 선인 동군이 돌을 캐러 동굴 안으로 수리를 들어갔다가 붉은 돌 닭을 얻었다. 그것을 빻고 찧어 약을 만들었는데 그것을 먹으면 사람이 기백이 생기고 하늘같이 산다"고 했다. 전에 한 무제 보정 원년에 서쪽지방에서 진기한 물건을 바쳤는데 그중에 호박보석으로 만든 제비가 있었다. 조용한 방에 두면 혼자 방안을 울며 날아다녔다 하니 같은 종류인 것 같다. ≪낙서≫에 "천자의 그림 속 보물은 토덕의 상징이요 대위의 길조"라 했다.

建安三年, 胥徒國獻沈明石雞, 色如丹, 大如燕, 常在地中, 應時而鳴, 聲能遠徹. 其國聞鳴, 乃殺生以祀之, 當鳴處掘地, 則得此雞. 若天下太平, 翔飛頡頏, 以爲嘉瑞, 亦謂'寶鷄'. 其國無雞, 聽地中候晷刻. 道家云"昔仙人桐君採石, 入穴數里, 得丹石雞, 舂碎爲藥, 服之者令人有聲氣, 後天而死." 昔漢武帝寶鼎元年, 西方貢珍怪, 有虎魄燕, 置之靜室, 自於室中鳴翔, 蓋此類也. ≪洛書≫云, "皇圖之寶, 土德之徵, 大魏之嘉瑞."

의미읽기

동군(桐君)은 옛날 신선으로 약초를 캐고 도를 구하다 동로동산(桐盧東山) 모퉁이 오동나무 밑에 멈췄다. 누군가 그 성씨를 물으면 오동나무를 가리켜 보여주었으니 세상 사람이 동군이라 한 것이다. 의술과 약을 잘 알아 ≪약성(藥性)

≫ 및 〈채약가(採藥歌)〉를 지었다고도 하고 황제 때 사람으로 무함(巫咸)과 함께 약을 처방했다고도 한다. ≪엄주부지(嚴州府志)≫에도 나온다.

[5] 명제는 즉위 2년에 영금원(靈禽園)을 만들었다. 먼 나라에서 바친 기이한 새와 짐승들은 모두 여기서 길렀다.

곤명국에서 수금조(嗽金鳥)를 바쳤다. 사신이 "연주에서 9천리나 떨어진 곳에서 이 새가 나오며 참새처럼 황색이고 깃털은 부드럽고 섬세하며 항상 바다 위를 높이 날아오릅니다. 그물을 쳐서 잡히면 지극한 상서로움으로 여깁니다. 위나라의 덕이 먼 지역까지 베풀어진다는 말을 듣고, 산을 넘고 바다를 건너 대국에 헌납하러 왔습니다"라고 말했다. 왕은 새를 얻어 영금원에서 기르며 진주를 먹이고 거북이의 뇌를 마시게 했다. 새는 늘 좁쌀 같은 금가루를 뱉어 내는데 녹여서 그릇을 만들 수 있다.

옛날 한 무제 때 어떤 사람이 신기한 참새를 바친 적이 있는데 이와 같은 종류인 것 같다. 이 새는 서리와 눈을 두려워하므로 작은 집을 지어 그 안에서 살게 하고, 그 집을 '피한대'라고 했다. 수정으로 들창을 달아 안팎으로 빛이 통하게 했다. 궁인들은 다투어 새가 뱉어낸 금으로 비녀와 패물을 만들려 했으며, 그 금을 '피한금'이라 했다. 궁인들은 서로 조롱하면서 "흥! 피한금을 달지도 않고 어떻게 왕의 마음을 사로잡겠어?"라 했다. 아양을 떨어 유혹하려는 사람은 이 보배 금으로 다투어 몸치장 하느라 난리를 피웠고 심지어 걷거나 누워 있을 때에도 품거나 끼고서 총애를 구했다. 위가 망하자 연못과 누각은 타서 재만 남았고 수금조도 멀리 날아가 버렸다.

明帝卽位二年, 起靈禽之園. 遠方國所獻異鳥殊獸, 皆畜此園也. 昆明國貢嗽金鳥. 國人云, "其地去燃洲九千里, 出此鳥, 形如雀而色黃, 羽毛柔密, 常

翱翔海上, 羅者得之, 以爲至祥. 聞大魏之德, 被於荒遠, 故越山航海, 來獻
大國." 帝得此鳥, 畜於靈禽之園. 飴以眞珠, 飮以龜腦. 鳥常吐金屑如粟, 鑄
之可以爲器. 昔漢武帝時, 有人獻神雀, 皆此類也. 此鳥畏霜雪, 乃起小屋處
之, 名曰'辟寒臺'. 皆用水精戶牖, 使內外通光. 宮人爭以鳥吐之金用飾釵珮,
謂之'辟寒金'. 故宮人相嘲曰, "不服辟寒金, 那得帝王心?" 於是媚惑者, 亂
爭此寶金爲身飾. 及行臥皆懷挾以要寵幸也. 魏氏喪滅, 池臺鞠爲煨燼, 嗽金
之鳥, 亦自翱翔矣.

의미읽기

　왕조가 바뀌거나 새로 새워지면 상서로운 징조에 매우 집착하는 경향을 보인
다. 재위 중에도 어떤 징조나 동요 속의 숨은 의미를 캐는데 혈안이 된 왕의 모
습을 어렵지 않게 만날 수 있다. 한은 오행에서 토에 속하고 위는 불에 속하며
금은 진에 속한다고 한다. 이 글은 금을 뱉어내는 새의 일화와 함께 위의 멸망과
진의 등극을 은연중 암시하고 있다.

　[6] 함희 2년 한밤중에 궁궐 안에 이상한 짐승이 나타났는데 백색으
로 광채를 내면서 궁궐 주변을 돌아다녔다. 환관이 보고 왕에게 알렸더
니 왕이 "궁궐은 어둡고 숲이 빽빽해 만일 이상한 짐승이 있다면 뭐든
길조는 아닐 것"이라 했다. 환관에게 짐승을 살펴보게 했더니 과연 흰
호랑이였는데 그것은 여러 방들을 마구 돌아 다녔다. 숨어서 기다렸다
가 창을 던져 호랑이의 왼눈을 딱 맞췄다. 그런데 가까이 가서 살펴봐
도 바닥에 핏자국만 보이고 호랑이 몸은 보이질 않았다. 궁 안과 우
물·연못들을 번갈아 샅샅이 뒤져 보았지만 아무 것도 찾아내지 못했
다. 마지막으로 보물창고를 뒤지다가 호랑이머리 모양의 옥 베개를 보
았는데, 왼쪽 눈에 상처가 있고 핏자국이 아직도 촉촉이 젖어 있었다.

원제는 고금에 두루 통달한 탓에 이 베개를 보고 말했다. "한나라 때 양기를 주살하고 호랑이머리 옥 베개를 하나 얻었는데 그것은 단지 국에서 바친 것이었지. 턱 밑을 살펴보니 전서자로 제신의 베개로 달기와 동침했던 보물이라는 내용과 함께 이 베개가 은나라의 유물이라는 사실이 적혀 있었던 것이지."

≪오제본기≫에서는 제신은 은나라 말이었다고 적고 있다. 함희 연간까지 지나온 세월이 오래 되었지만 이 보물은 대대로 보존되어 온 것이다. 원래 진기한 보물은 오래되면 정령이 생긴다고 했으니 필시 신령한 물체가 그로 인해 생겨났던 것이다.

咸熙二年, 宮中夜有異獸, 白色光潔, 繞宮而行, 閽宦見之, 以聞於帝. 帝曰, "宮闈幽密, 若有異獸, 皆非祥也." 使宦者伺之, 果見一白虎子, 遍房而走. 候者以戈投之, 卽中左目. 比往取視, 惟見血在地, 不復見虎. 搜檢宮內及諸池井, 不見有物. 次檢寶庫中, 得一玉虎頭枕, 眼有傷, 血痕尙濕. 帝該古博聞, 云 "漢誅梁冀, 得一玉虎頭枕, 云單池國所獻, 檢其頜下, 有篆書字, 云是帝辛之枕, 嘗如妲己同枕之, 是殷時遺寶也. 又按≪五帝本紀≫云, 帝辛殷代之末. 至咸熙多歷年所, 代代相傳. 凡珍寶久則生精靈, 必神物憑之也."

의미읽기

함희는 위 원제 조환의 연호로 함희 원년 12월에 진(晉)이 위를 대신했으니 함희 2년(265년)이면 조환이 진류왕(陳留王)에 봉해진 연도다. 본문에는 연호를 사용함에 있어 다소 오류가 있어 보인다.

한나라 때 주살된 양기는 동한 순제(順帝) 양황후(梁皇后)의 오빠로 대장군에 봉해졌었는데 하도 흉폭하고 제멋대로여서 재위 20여 년 동안 동료관리들의 곁눈질을 당했다고 한다. 나중에 환제(桓帝)가 중상시(中常侍) 단초(單超) 등과 모의하여 군대를 풀어 양기를 잡아들이자 그는 자살하였다고 전해진다.

제신(帝辛)은 은나라 주(紂)왕으로 그가 총애했던 유명한 비 달기는 주가 포악해지도록 조장했던 여인으로 유명하다. 주(周) 무왕이 주왕(紂王) 등을 참수하고 주를 건국했으므로 그는 달기에 빠져, 그리고 사치에 빠져 은나라를 망친 장본인으로 대부분의 역사에 기록되고 있다. 본문에서는 ≪오제본기≫라고 했지만 분명 ≪은본기≫를 의미할 것이다. 어쨌거나 은나라 말 주왕과 달기가 베고 자던 옥으로 만든 호랑이 베개에서 위나라 말 원제의 보물창고에 보관되고 있었다. 하루는 베개에서 호랑이 정령이 나왔고 그것이 궁을 돌아다니다가 왼 눈에 화살을 맞고 다시 베개로 들어간 정황이 피 묻은 베개 조각을 통해 확인되었다는 이야기는 사람들의 주목을 끌고 입에서 입으로 전해지기에 안성맞춤이었음에 틀림없다.

[7] 위가 진에게 선양하던 해에 북쪽 궁궐 문 아래쪽으로 작은 참새만한 하얀 빛이 왔다 갔다 하며 날아 다녔다. 유사가 그 광경을 보고는 왕에게 알렸다. 사람들이 그물로 잡았더니 다름 아닌 하얀 제비였다. 왕은 그것을 신물이라 여기고 금으로 조롱을 만들어 궁 안에 두었다. 10일 뒤에 그 새는 오간데 없이 사라져 소재를 알 수 없게 되었다. 논자는 말했다. "이는 금덕의 길조입니다. 옛날 사광 때 하얀 제비가 와서 서식한 적이 있습니다." ≪서응도≫를 찾아보니 과연 그의 말과 같았다. 흰색은 금덕에 어울리고 사광은 진대 사람이니 고금의 뜻이 서로 잘 들어맞는다.

魏禪晉之歲, 北闕下有白光如鳥雀之狀, 時飛翔來去. 有司聞奏帝所. 羅之, 得一白燕, 以爲神物, 於是以金爲樊, 置於宮中, 旬日不知所在. 論者云 "金德之瑞. 昔師曠時, 有白燕來巢." 檢≪瑞應圖≫, 果如所論. 白色叶於金德, 師廣晉時人也, 古今之義相符焉.

의미읽기

위에서 진으로 선양되는 왕조의 변경에 수금조나 하얀 제비 등 금덕(金德)의 상서로움을 알리는 징조들이 이야기에 자주 등장한다. ≪초학기(初學記)≫ 16권을 보면 ≪서응도≫를 인용하면서 "사광이 가야금을 타면 신명이 통해서 하얀 고니가 날아와 모인다(師曠鼓琴, 通於神明, 而白鵠翔集)"고 했는데 이 글에서 언급한 내용으로 추정된다. ≪태평광기(太平廣記)≫에 실린 동일한 이야기는 출전이 ≪왕자년 습유기≫로 되어 있고 제목은 〈하얀 제비(白燕)〉로 소개되었다.

[8] 설하는 천수 사람으로 그의 박학다식함에는 필적할 만한 사람이 없었다. 어머니가 그를 잉태했을 때 꿈을 꾸었는데 어떤 사람이 작은 옷상자를 주면서 "부인은 반드시 현명한 아이를 낳을 것이고 그 아이는 제왕의 존경받는 인물이 될 것"이라고 했단다. 어머니는 꿈꾼 날을 기록해 두었다.

설하는 약관의 나이에 재주와 언변이 남보다 뛰어났다. 위 문제가 그와 논쟁을 벌이면 종일토록 쉬지 않았으니 설하는 논변에 유창하게 응대했으며 막힘이 없었다고 한다. 왕은 그에게 이렇게 말하곤 했다. "옛날에는 공손룡을 말을 잘하고 민첩하다고 했었는데 그의 말은 이상과 괴리된 무망한 말들이었소. 지금 그대는 성인의 말씀이 아니면 이야기하지 않으니 자유·자하라도 그대를 능가할 수 없겠소이다! 만일 공자께서 지금 위나라에 계셨었더라면 또 승당입실했을지 누가 아오. 허허허" 왕은 손수 글을 써서 설하에게 하사했으니 그 제목은 〈입실생〉이었다. 설하의 직위는 비서승에 이르렀다. 하지만 그는 몹시 가난했으며 가난한 그에게 왕은 선뜻 어의를 벗어 하사할 정도로 아꼈으니 정말 태몽이 그대로 실현된 셈이다. 당시 설하의 명성은 으뜸이었으며 일대의 존경받는 선비였다.

薛夏, 天水人也, 博學絶倫. 母孕夏時, 夢人遺之一篋衣云, "夫人必産賢明之子也, 爲帝王之所崇." 母記所夢之日. 及生夏, 年及弱冠, 才辯過人. 魏文帝與之講論, 終日不息, 應對如流, 無有疑滯. 帝曰, "昔公孫龍稱爲辯捷, 而迂誕誣妄. 今子所說, 非聖人之言不談, 子游·子夏之儔, 不能過也. 若仲尼在魏, 復爲入室焉." 帝手制書與夏, 題云〈入室生〉. 位至秘書丞. 居生甚貧, 帝解御衣以賜之, 果符元所夢. 名冠當時, 爲一代高士.

의미읽기

설하의 자는 선성(宣聲)으로 그에 관한 이야기는 ≪삼국지·위서·왕숙전(王肅傳)≫(≪왕랑전(王朗傳)≫이 부록으로 있음)의 주에 인용된 ≪위략(魏略)≫에 자세히 나온다.

위 문제가 예로 든 공손룡은 전국시대 조(趙)나라 사람으로 자는 자병(子秉)이고 견백동이지변(堅白同異之辯)으로 유명하다. 견백동이지변이란 질이 단단하고 빛이 흰 돌이 있을 때 보기만 하면 희다는 것만 알고 손으로 만져 보면 단단하다는 것만 알게 되므로 단단한 돌과 흰 돌은 서로 다른 사물이며 같지 않다는 논리이다. 다시 말하면 억지를 써서 옳은 것을 그르다 하고 그른 것은 옳다 하고 또 같은 것을 다르다고 하는 궤변으로 알려져 있다.

자유와 자하는 알려진 대로 공자 제자들로 문학으로 유명하다. 자유는 성이 언(言)이고 이름은 언(偃)이다. 자하는 성이 복(卜)이고 이름은 상(商)이다. 공자 문하의 승당입실은 학문이 정묘하고 심오한 경지에 이르렀음을 비유하는 말이다. 만일 공자가 위대에 다시 태어나신다면 설하는 당연히 승당입실한 자유나 자하와 같은 서열의 제자가 되었을 것이라고 문제가 설하를 칭찬하고 있다. 그만큼 그의 직위도 비서승(秘書丞)이라는 우리나라 고려 때 비서성(秘書省)에 종육품(從六品), 이조 말에 비서감(秘書監)·비서원(秘書院)에 있던 벼슬까지 올라간 것이 아니겠는가.

[9] 전주는 북평 사람이다. 유우가 공손찬에게 살해당하자 유우를 사모하던 전주는 추모하는 마음이 그칠 줄을 몰랐다. 유우 묘에 가서 닭과 술로 예를 다했으며 통곡하는 소리는 산과 들에 진동했다. 날아가던 새도 슬피 울고 달리던 짐승도 땅에 엎드렸다.

하루는 전주가 풀숲에 누워 있는데 홀연히 어떤 사람이 다가 와서 "유유주가 와서 전자태와 더불어 평생 일들을 얘기하려 하오"라 했다. 전주는 그가 유우의 혼령임을 재빨리 알아차리고 가까이 다가오자 절을 올리며 울음을 참지 못했다. 그와 더불어 닭고기와 술을 먹고 마시며 이야기를 나누었다. 전주가 취하자 유우가 말했다. "공손찬이 그대를 급히 찾고 있으니 숨어서 해를 피해야 할 것이오!" 이 말에 전주는 절을 올리고 이렇게 말했다. "제가 듣기로 군신의 도는 살았을 적에 신하의 도리를 다하는 것이라 했습니다. 지금 이렇게 당신의 영혼을 만났으니 원컨대 함께 구천으로 가고 싶습니다. 죽어도 썩지 않을 진대 어찌 도망가겠습니까!"라 했다. 유우는 "그대는 만고에 지조 있는 선비요. 거동을 매우 조심하시오!"라 당부하고 갑자기 사라졌으며 그 순간 전주도 술에서 확 깨어났다.

田疇, 北平人也. 劉虞爲公孫瓚所害, 疇追慕無已, 往虞墓設鷄酒之禮, 慟哭之音, 動於林野, 翔鳥爲之悽鳴, 走獸爲之吟伏. 疇臥於草間, 忽有人通云 "劉幽州來, 欲與田子泰言平生之事." 疇神悟遠識, 知是劉虞之魂, 旣近而拜, 疇泣不自支, 因相與進鷄酒. 疇醉, 虞曰 "公孫瓚求子甚急, 宜竄伏以避害!" 疇拜曰 "聞君臣之義, 生則盡禮, 今見君之靈, 願得同歸九地, 死且不朽, 安可逃乎!" 虞曰 "子萬古之貞士也, 深愼爾儀!" 奄然不見, 疇亦醉醒.

의미읽기

　꿈의 계시 특히 조상 등 이미 유명을 달리한 사람이 꿈을 통해 복이나 위험을 알려오는 것은 참으로 신기한 일이다. 꿈을 꾸는 이의 무의식이나 상상이라고 할 수도 있겠지만 그리 간단하게 치부하기에는 꿈을 둘러싼 묘한 일들이 너무 많이 발생한다.

　전주는 자가 자태(子泰)로 지금 하북성 계현(薊縣)인 무종(無終)사람이다. 유우를 섬겼으며 사신으로 장안에 도착했는데 다시 돌아가기 전에 유우는 이미 공손찬에게 살해당했다. 그래서 전주는 떠나지 않고 '유우의 묘에 가서 알현하고 제사를 모시고 장표를 베풀고 곡을 했던 것(謁祭虞墓, 陳發章表, 哭泣而去)'이다. ≪삼국지·위서≫ 본전에 이에 관한 이야기가 실려 있다.

　유우는 자가 백안(伯安)이고 지금 산동성 담성현(郯城縣)인 염(剡) 사람으로 유주자사(幽州刺史) 및 유주목(幽州牧)이 되어 공손찬을 토벌하였으나 군대가 패하자 체포되어 계시(薊市)에서 참수 당했다. 그를 죽인 공손찬은 자가 백규(伯圭)이고 지금 하북성 천안현(遷安縣)인 영지(令支) 사람. 한 헌제 때 황건적의 난을 진압한 공으로 계후(薊侯)에 봉해졌으며 나중에 원소(袁紹)가 패하자 자살했다. ≪후한서≫와 ≪삼국지≫에 그의 전기가 나온다.

　[10] 조홍은 무제의 이종 동생이다. 집에 재산이 넘치고 준마들도 열 지어 있다. 무제가 동탁을 토벌할 적에 밤에 말을 잃어버리자 조홍은 자신이 타던 말을 왕에게 바쳤다. 그 말은 '백곡'이라고 했다. 달릴 때 귓속에 바람소리만 들릴 뿐 발이 땅에 닿지 않는 듯 빠르다. 변수에 이르러 말이 없는 조홍이 건널 수 없게 되자 왕이 조홍을 말 위에 같이 앉혀 건넜고 수백 리를 달려 순식간에 목적지에 도착했다. 그런데도 말발굽의 털은 아예 젖지도 않았다. 당시 사람들은 바람을 타고 달리다니 역시 세간의 신비한 준마라고 칭송했다. "허공에 의지해 뛰어 오르는 조씨네 백곡"이라는 속담은 바로 이 말에 관한 말이다.

曹洪, 武帝從弟, 家盈産業, 駿馬成群. 武帝討董卓, 夜行失馬, 洪以其所乘馬上帝. 其馬號曰'白鵠'. 此馬走時, 惟覺耳中風聲, 足似不踐地. 至汴水, 洪不能渡, 帝引洪上馬共濟, 行數百里, 瞬息而至. 馬足毛不濕. 時人謂爲乘風而行, 亦一代神駿也. 諺曰 "憑空虛躍, 曹家白鵠."

의미읽기

조홍은 자가 자렴(子廉)으로 ≪삼국지·위서≫ 본전에 조홍은 집이 부자지만 성품이 인색하다고 했다. 주에서 ≪위략≫을 인용하여 조조가 초령(譙令)에게 "우리 집 재산을 어찌 자렴만큼 늘릴 수 있을까!(我家資那得如子廉也!)"라고 했다니 한때 천하를 휘두른 위 무제 조조도 부러워할 정도로 부유했음은 자명한 사실이다.

사실 〈조홍전〉에는 "걸어서 변수에 도착하였는데 물이 깊어서 건널 수가 없자 조홍이 물을 따라가다가 배를 구해 태조와 함께 건너 초 땅으로 돌아갔다(遂步從到汴水, 水深不得渡, 洪循水得船, 與太祖(曹操)俱濟, 還奔譙)"고 나오며 이 글처럼 '말 한 마리에 조조와 같이 탔다'는 언급은 없으니 어느 것이 사실이라고 단언하기는 어렵겠다.

▮소기의 록 27

왕은 만여 가구를 자신의 집처럼 바다와 산을 성의 연못처럼 생각하고 진실로 백성을 편안하게 하고 덕을 닦으며 두 손을 맞잡고 다스려야 한다. 역대로 사치를 없애고 돈독한 교화의 도로 이끌며 궁실을 숭배하지 않고 검소한 숲과 정원을 두어야 한다. 서까래도 깎지 않으니 대당은 이같이 밝고 검소했었다. 초라한 궁과 거친 음식, 백우는 늘 그것으로 사치를 경계했다.

3대의 왕에 이르러 이러한 왕도가 사라졌다. 재물을 없애고 백성의 힘을 수고롭게 하면서 사치와 화려함을 자랑했다. 옥 궁궐의 사치스러움과 벽옥 누대의 풍요로움은 제작의 신묘함을 다하느라 여념 없이 바쁘게 백성들을 부려먹은 결과일 뿐이다. 춘추시대에 왕실이 능멸되자 성 쌓던 사람이 노래를 지었는데 노역에 피곤하고 지친 몸을 노래하고 있다. 진은 기치궁을 쌓아서 백성의 원망을 불러 일으켰고 송은 택문의 부역으로 노역하는 사람 마음에 깊은 탄식을 쌓이게 했다. 고소는 앞에서 낭비를 해댔고 아방은 뒤에서 사치를 다했으니 자로고 일 때문에 강이며 산이 굳어버렸고 명성은 만세를 초월해 종묘사직을 전복시킬 지경에 이르렀으니 슬프고 슬프도다.

명제를 가만 보면 중구의 비옥하고 융성함을 딛고 위령의 두려워하는 바이니 이는 역대의 강함과 비할 만 하고 상서로움과 신비한 보물들은 끊임없이 기록되었으며 여러 지방의 진귀한 공물들이 곳집에 가득 차 틈이 없으며 솥은 세 방향을 따르니 사해의 영웅으로 불렸다. 그러나 성스러운 교화는 요와 우보다 미미하고 역대로 주와 한보다 열세에 놓여 있다. 동으로 민과 오가 목에 걸리고 서로 공촉이 골칫거리로 해마다 군사를 일으켜 재력만 낭비할 뿐 백성을 지키고 부양할 능력은 없었다. 전대의 소박함과 거리가 멀어 궁실은 화려함의 극치요 못가의 정자는 넓기 그지없으니 오랑캐에게 망한 나라들의 전형적인 모습이로다!

임성왕은 깊은 못처럼 꾀가 많고 신처럼 용맹하며 지혜롭고 재주가 많아서 내주와 봉몽이 검을 잘 쓰고 활을 잘 쏜다 해도 그를 능가할 수 없을 정도다. 전주는 산 사람처럼 죽은 사람을 섬기고 곧은 절개를 지켜 지극정성을 다했으니 신명에 통한 것이다. 조홍은 충성심이 깊어 친족을 사랑하고 나라를 걱정하였다. 목만의 준마 정도라면 '백곡'과 계룰 만 할 것이다.

錄曰, 王者廓萬宇以爲邦家, 因海嶽以爲城池, 固是安民養德, 垂拱而治焉. 去乎遊歷之費, 導於敦教之道, 無崇宮室, 有薄林園, 采椽不斲, 大唐如斯昭儉, 卑宮菲食, 伯禹以之戒奢. 迄乎三代之王, 失斯道矣. 傷財弊力, 以驕麗相誇, 瓊室之侈, 璧臺之富, 窮神工之奇妙, 人力勤苦. 至於春秋, 王室凌廢, 城者作謳, 疲於勤勞. 晉築祈襫之宮, 爲功動於民怨, 宋興澤門之役, 勞者以爲深嗟. 姑蘇積費於前, 阿房奮竭於後, 自以業固河山, 名超萬世, 覆滅宗祀, 由斯哀哀. 竊觀明帝, 踐中區之沃盛, 威靈所懾, 比强列代, 禎祥神寶, 史不絶書, 殊方珍貢, 府無虛月, 鼎據三方, 稱雄四海. 而聖敎微於堯·禹, 歷代劣於姬·漢, 東鯁閩·吳, 西病邛蜀, 師旅歲興, 財力日費, 不能遵養黎元, 遠瞻前朴, 宮室窮麗, 池榭肆其宏廣, 終取夷滅, 數其然哉! 任成淵謀神勇, 智周祥藝, 雖來舟·蓬蒙劍射之好, 不能加也. 田疇事死如生, 守以直節, 精誠之至, 通於神明. 曹洪忠烈爲心, 愛親憂國. 此穆滿之駿, 方之'白鵠', 可謂齊足者也.

의미읽기

왕권과 국가를 지키는 길은 검소와 박약에 있으니 사치하고 화려한 것을 멀리해야 한다고 소기는 강하게 주장한다.

≪문선·장형·동경부≫에 "하규의 아름다운 옥 누대, 은신의 아름다운 옥방(夏癸之瑤臺, 殷辛之瓊室)"을 노래하면서 주에서 ≪급총고문(汲冢古文)≫을 인용하여 "하나라 걸왕이 경궁과 옥대를 짓느라 백성의 재산을 다 없앴고 은나라 주왕은 옥방을 짓고 옥문을 세웠다(夏桀作傾宮瑤臺, 殫百姓之財, 殷紂作瓊室, 立玉門也)"고 평했다.

≪좌전≫ 선공 2년을 보면 "송나라가 성을 쌓는데 화원이 주 장관으로 공사를 순시했다. 그때 성 쌓던 사람이 노래를 불렀는데……(宋城, 華元爲植, 巡功. 城者謳曰……)"라는 대목이 나온다. 바로 성을 쌓던 인부가 반주 없이 웅얼웅얼 도가(徒歌)를 불렀던 기록으로 보인다. ≪좌전≫소공 8년에도 진 평공이 사기궁을 세우자 사광이 "궁전을 높고 사치스럽게 지어 백성은 힘이 빠지고 원망이 솟

아나 본래 성품을 보전하지 못하고 있습니다(宮室崇侈, 民力彫盡, 怨讟並作, 莫保其性)"하고 간언했다고 한다. ≪좌전≫ 양공 17년에도 "송나라 황국보가 재상이 되어 평공을 위해 누대를 세우느라 농가의 추수를 방해했다……누대 짓던 사람이 노래하길 '택문 가에 사는 얼굴빛 하얀 사람이 우리에게 노역을 시키네'(宋皇國父爲大宰, 爲平公築臺, 妨於農收, ……築者謳曰 '澤門之晳, 實興我役')"하고 원망을 담아 불렀다.

≪사기 · 오태백세가(吳太伯世家)≫의 집해에도서 ≪월절서(越絶書)≫를 인용하여 "합려가 고 소대를 세우느라 3년간 자재를 모으고 5년이 지나서야 완성했는데 높이가 3백리는 되었다(闔廬起姑蘇臺, 三年聚材, 五年乃成, 高見三百里)"고 했다. ≪사기 · 진시황 본기≫에 따르면 시황이 "위수 남쪽 상림원에 궁전을 지었다. 먼저 아방에 전전을 지었는데 동서 넓이가 500보, 남북의 길이가 50장으로 위쪽에 만여 명이 앉을 수 있고 아래쪽에 5장 높이의 깃발을 꽂을 수 있다……(乃營作朝宮渭南上林苑中. 先作前殿阿房, 東西五百步, 南北五十丈. 上可以坐萬人, 下可以建五丈旗……)"고 한다. 아방궁이 완성되기 전에 당시 사람들이 이미 건축된 전전을 그렇게 불렀다고 한다. 궁형당한 사람과 징역자 7십여 만 사람을 불러 아방궁과 여산묘로 나누어 일을 시켰고 시황이 죽자 여산묘에 묻었다고 전해진다. 이세(二世)가 다시 아방궁을 계속 지었으며 옛터는 지금 섬서성 장안현 서북쪽에 위치하는데 이 아방궁과 여산 묘야말로 지금까지도 영화나 소설에서 끊임없이 상상되고 재건되는 가장 잘 알려진 사치의 상징이다.

내주(來舟)는 내단(來丹)으로 교정해야 하는데 검을 잘 쓰는 인물로 ≪열자 · 탕문(湯問)≫에 내단이 보검으로 아버지 원수를 갚은 이야기가 나온다. 봉몽(蓬蒙)은 봉몽(逢蒙)으로 활을 잘 쏘았다고 한다. ≪맹자 · 이루(離婁)≫에 보면 "봉몽은 예보다 활을 잘 쏘고 예의 도를 다했으며 천하에 예만이 자기보다 낫다고 여겨 그를 죽였다(逢蒙學射於羿, 盡羿之道, 思天下惟羿爲愈己, 於是殺羿)"고 나온다.

8권

[1] 오(吳)

[1] 손견의 어머니가 그를 가졌을 때 꿈을 꿨는데 뱃속에서 창자가 나와 그녀의 허리를 휘어 감았다. 어떤 계집아이가 그녀를 업고서 오나라 성문 밖을 맴돌다가 향기로운 띠 풀 한 줄기를 건네주면서 말했다. "이것은 매우 상서로운 풀이에요. 어머님은 반드시 재주 있고 용감한 아들을 낳으실 것입니다. 지금 어머님께 땅을 드리는 것과 같으므로 익과 진땅에서 왕 노릇하며 천하에 세력을 정립할 아들이 태어날 것입니다. 하지만 백년 안에 기이한 보물을 결국 남에게 주게 됩니다."

그녀의 말이 끝나자 어머니는 잠에서 깨어났고 해가 뜬 뒤에 꿈 풀이하는 곳에 갔다. 점쟁이가 말하길 "꿈에서 계집아이가 어머니를 업고 성문을 돌았던 것은 태백의 정령이 감화하여 꿈에 나타난 것입니다."

자고로 제왕의 탄생에는 반드시 신령한 징조가 나타나는 법이니 하얀 기운은 금의 색이다. 이는 오나라가 망하고 진이 천자의 자리에 오르는 징조가 꿈에 나온 것이다.

孫堅母姙堅之時, 夢腸出繞腰. 有一童女負之繞吳閶門外, 又授以芳茅一莖. 童女語曰, "此善祥也, 必生才雄之子. 今賜母以土, 王於冀·軫之地, 鼎足於天下. 百年中應於異寶授於人也." 語畢而覺, 日起筮之. 筮者曰, "所夢童女負母繞閶門, 是太白之精, 感化來夢." 夫帝王之興, 必有神跡自表, 白氣者, 金色. 及吳滅而踐晉祚, 夢之徵焉.

　손견은 자가 문대(文臺)로 지금 절강성 부양현(富陽縣)인 오군(吳郡) 부춘(富春) 사람이다. 그는 바로 손책(孫策)과 손권(孫權)의 아버지로 ≪삼국지·오서(吳書)≫에 전기가 나온다. 익(翼)·진(軫) 별 이름으로 ≪사기정의논례(史記正義論例)≫를 보면 "초 땅은 익과 진의 세력 범위다. 지금 남군·강하·영릉·계양……(楚地, 翼·軫之分野. 今之南郡·江夏·領陵·桂陽……)"이라고 했다. 방금 언급한 지역은 모두 삼국시대에 오나라에 복속된 곳이다.

　꿈에서 기이한 보물을 다른 사람에게 준다(以異寶授人)는 것은 바로 오가 진에게 망한다는 의미로 풀이된다. 오나라는 손권부터 제(帝)로 칭했고 손호(孫晧) 때 망했으니 총 59년의 세월이다. 손견이 37세로 죽었고 그는 무열황제(武烈皇帝)로 추앙받는데 손견의 탄생부터 오의 멸망까지 총 백년세월이므로 백년 정도에 보물을 넘긴다는 말이 들어맞는다.

▌소기의 록 28

　≪오서≫를 보면 "손견의 어머니가 그를 뱄을 때 꿈에 창자가 나와서 성문을 휘감았다"고 했으니 왕가의 말과 좀 다르다. 서방 금의 위치는 진나라 덕에 부합되니 흥망의 조짐이 나중에 나타난 것이다. 오가 망하고 진이 천자의 자리를 계승함을 암시한 것이다. 여섯 가지 꿈과 여덟 가지의 징조는 ≪주역≫에 분명하게 나와 있고 난초를 받고 해를 품어 아이를 낳은 내용은 비슷하지만 아주 같지는 않다. 오씨가 흥할 적에 가화(嘉禾)란 연호가 있었으니 바로 본문의 띠 풀에 관련된 징조다. 진 태강 원년에 손호가 여섯 덩어리의 금 옥새를 보내면서 "전문적인 옥기술자가 없어서 금으로 도장과 옥새를 만들었습니다."라고 했다.

　손씨가 강동 지역을 맘대로 분할하고 백월을 석권하고 한양을 점유하여 중하를 위협했으니 부국강병의 위업은 삼웅에 비할 만큼 성대했다. 아직 복종하지 않은 곳이 있어 해마다 전쟁이 일어났고 매번 공촉에 마음을 두고 연위에 분개하고 사방이 평정되지 않아 정벌도 했다. 군대를 이동함에 검소함을 지켜 유랑의 낭비를 없애고 화려하게 조각한 도랑을 메운 것은 사방 백성이 수고롭지 않도록 한 처사였지 옥공이 없기 때문은 아니었다. 연못과 산을 가벼이 여기고 멧대추 열매도 천히 여길 수 있었으니 한나라는 가득한 수레의 부스러기를 비루하게 여겼고 연 나라는 횡목과 곁채에다 옥돌을 버렸으며 산에 버리고 못에 빠뜨렸으니 이는 예전의 뜻을 밝히고 검약에 힘쓴 것으로 어찌 뛰어나다 하지 않겠는가! 오가 망하자 6대의 금 옥새가 진에게 돌아감으로써 손견 어머니의 꿈이 실제로 증험되었다.

錄曰, 按≪吳書≫云 "孫堅母懷堅之時, 夢腸出繞閭門." 與王之說爲異. 夫西方金位, 以叶晉德, 興亡之兆, 後而效焉. 蓋表吳亡而授晉也. 夫六夢八徵, 著明≪周易≫, 授蘭懷日, 事類而非. 及吳氏之興年, 嘉禾之號, 芳茅之微信矣. 至晉太康元年, 孫晧送六金璽云 "時無玉工, 故以金爲印璽." 夫孫氏擅割江東, 包卷百越, 呑席漢陽, 威惕中夏, 富强之業, 三雄比盛. 時有未賓而兵戈歲起, 每梗心於邛蜀, 憤慨於燕魏, 四方未夷, 有事征伐, 因之以師旅, 遵之以儉素, 去其游侈之費, 塞茲雕靡之塗, 不欲使四方民勞, 非無玉工也. 固能輕彼池山, 賤斯棘實, 漢鄙盈車之屑, 燕棄璞於衡廡, 沈河底谷, 義昭攸古, 務崇儉約, 豈非高歟! 及乎吳亡時, 以六代金璽歸晉, 堅母之夢驗矣.

의미읽기

제왕의 태몽은 주로 길몽인데 여기 손견의 태몽은 진의 등극을 암시하는 희한한 패턴이다. ≪삼국지 · 오서 · 손파로토역전(孫破虜討逆傳)≫의 주를 보면 ≪오서≫를 인용하면서 "손견이 오에서 벼슬을 했는데……. 어머니가 견을 뱄을 때 꿈에 내장이 나와 오의 성문을 감쌌다. 놀라고 두려워 이웃 여인에게 알렸더니 그녀가 말하길 '길한 징조가 아닌지 어찌 알겠요?'라 했다. 손견이 태어났는데 용모가 비범하고 성질이 활달하며 기이한 일을 좋아했다(堅世仕吳, ……及母懷 妊堅, 夢腸出繞吳昌門, 寤而懼之, 以告隣母. 隣母曰'安知非吉徵也.' 堅生, 容貌不 凡, 性闊達, 好奇節)"고 한다.

난초와 관련된 태몽으로는 춘추 정 문공(鄭文公)의 첩 연길(燕姞)의 꿈에 천 사가 나와 그녀에게 난초를 주며 말하였다. "나는 너의 조상이다. 난초로 너의 아들을 낳게 할 것이다. 난은 국향이므로 나중에 사람들이 네 아들을 모두 따르 고 아름다이 여김이 이와 같을 것이다(余而祖也, 以是爲而子, 以蘭有國香, 人服 媚之如是)." 연길은 곧 목공을 낳았고 이름을 난이라 했다는 일화가 ≪좌전≫선 공 3년에 등장한다.

해를 품은 태몽은 ≪한무고사(漢武故事)≫에 나온다. "한 경황제가 왕 황후를 태자궁으로 들였는데 은총을 받고 그녀가 임신하였다. 꿈을 꾸었는데 해가 그녀 의 품속으로 들어왔다(漢景皇帝王皇后納太子宮, 得幸, 有娠, 夢日入其懷)" 왕 황후는 곧 무제를 낳았다고 한다.

반고의 〈동도부〉를 보면 "산에 금을 버리고 연못에 진주를 빠뜨리네(捐金於 山, 沈珠於淵)"라는 대목이 있다. 주에서 ≪장자≫를 인용하여 "산에 금을 버리 고 연못에 진주를 감춘다(捐金於山, 藏珠於淵)"는 것은 재화를 이롭게 하지 않 고 부귀를 숭상하지 않는 태도를 의미한다.

[2] 오주의 조 부인은 승상 조달의 누이다. 그림을 잘 그리는데 교 묘함이 비할 데 없어, 손가락 사이에 색실을 끼고 구름·노을·용·뱀 이 그려진 비단을 짜면 큰 것은 1척이 넘고 적은 것은 사방 1치 이내 였으니 궁중에서 '기절(機絕)'이라고 불렀다. 손권은 항상 위와 촉 땅 이 평정되지 않음을 탄식하면서 군대가 쉬는 틈을 타서, 그림을 잘 그 리는 사람으로 하여금 산천지세·군대 진영의 형세를 그리도록 했다.

그래서 조달이 자신의 누이를 진상한 것이다.

손권이 전국과 5대 명산의 형세를 그리도록 했다. 부인이 "단청 빛은 너무 쉽게 바래므로 오래 보존할 수 없습니다. 신첩이 수를 놓아 사각 비단 위에다 여러 나라를 만들고 오악·강과 바다·성읍·군대 진영의 형세를 그려 넣겠습니다."라고 했다. 완성하여 오주께 드리니 당시 사람들이 그녀를 '침절(針絕)'이라 불렀다. 멧대추나무의 가시와 암 원숭이, 구름사다리와 나르는 솔개도 이보다 아름답지는 않다.

손권이 소양궁에 거할 적에 여름에 더워서 붉은 비단 휘장을 걷어 올렸더니 부인이 이렇게 말하였다. "이 휘장은 최고가 못됩니다." 손권이 부인에게 그 까닭을 물었다. "신첩이 사려를 다해 비단 휘장을 만들어 시원한 바람이 절로 들어오고 밖으로 트여서 열 지어 모시는 자들이 나풀대며 시원해 하는 것을 보실 수 있으며 바람을 몰고 가는 것처럼 만들어 드리겠어요."라고 대답한다. 권이 좋다고 했다. 그러자 부인이 머리카락을 잘라 특별한 아교로 그것을 붙였다. 아교는 울이국에서 나며 활과 쇠뇌의 끊어진 줄을 붙이면 백발백중으로 다 붙었다. 드디어 바탕에 잔주름이 있는 비단을 짜서 여러 달 후 완성되자 장막으로 재단하고 안팎이 보이게 했다. 나풀거리며 연기같이 가볍게 움직이니 방안이 절로 시원해졌다. 당시 손권은 군대에 있을 때 언제나 이 장막을 가지고 다니면서 사용했다. 그것을 펼치면 가로세로 한 장이고 말면 베개 속에 넣을 수도 있다. 당시 사람들이 그녀를 '사절(絲絕)'이라 했다.

오나라의 '삼절(三絕)'! 사해를 모두 뒤져도 그녀의 오묘함에 짝할 만한 것이 없었다. 나중에 총애를 탐하고 아첨을 구하는 이가 말하길 부인이 군주 손권보다 고혹적이고 빛난다고 하자 손권은 그녀를 쫓아 버린다. 의심받고 쫓겨났긴 했지만 그녀의 솜씨 좋은 작품은 보존되었다가 오나라가 망하자 모두 흩어져 사라졌다.

吳主趙夫人, 丞相達之妹. 善畫, 巧妙無雙, 能於指間以綵絲織雲霞龍蛇之錦, 大則盈尺, 小則方寸, 宮中謂之'機絶'. 孫權常嘆魏·蜀未夷, 軍旅之隙, 思得善畫者使圖山川地勢軍陣之像. 撻乃進其妹. 權使寫九州方嶽之勢. 夫人曰 "丹靑之色, 甚易歇滅, 不可久寶, 妾能刺繡, 作列國方帛之上, 寫以五嶽河海城邑行陣之形." 旣成, 乃進於吳主, 時人謂之'針絶'. 雖棘刺木猴, 雲梯飛玄鳥, 無過此麗也. 權居昭陽宮, 倦暑, 乃褰紫綃之帷, 夫人曰, "此不足貴也." 權使夫人指其意思焉. 答曰, "妾欲窮慮盡思, 能使下綃帷而淸風自入, 視外無有蔽礙, 列侍者飄然自涼, 若馭風而行也." 權稱善. 夫人乃折髮, 以神膠續之. 神膠出鬱夷國, 接弓努之斷弦, 百斷百續也. 乃織爲羅縠, 累月而成, 裁爲幔, 內外視之, 飄飄如烟氣輕動, 而房內自涼. 時權常在軍旅, 每以此幔自隨, 以爲征幙, 舒之則廣縱一丈, 卷之則可納於枕中, 時人謂之'絲絶'. 故吳有'三絶', 四海無儔其妙. 後有貪寵求媚者, 言夫人幻耀於人主, 因而致退黜. 雖見疑墜, 猶存錄其巧工. 吳亡, 不知所在.

의미읽기

오주는 손권으로 ≪광기≫ 225를 보면 '조달의 누이(趙達之妹也)'라고 나온다. 조달은 하남 사람으로 계산 술에 능했으며 "손권이 군대를 일으켜 정벌할 때마다 조달에게 나아갈 바를 물어 그의 말대로 따랐다. 손권이 그 방법을 물었지만 조달은 결국 대답하지 않았으며 이로 인해 미움을 받아 직위를 받지 못했다(孫權行師征伐, 每令達有所推步, 皆如其言. 權問其法, 達終不語, 由此見薄, 祿位不至)"는 이야기가≪삼국지·오서≫ 본전에 나온다. 조달은 승상이 된 적이 없고 손권의 부인 중에 조씨 성을 가진 사람이 없는 것으로 보아 본문은 다소 소설적 상상력이 과장되었거나 부인이 아닌 솜씨가 뛰어난 궁녀로 살다갔을 가능성도 있다.

[3] 오주의 반 부인은 부친이 법에 연좌되자 반 부인까지 베 짜는 곳으로 보내졌는데 그녀의 미모는 비할 사람이 없을 정도로 강동의 절

세미인이었다. 함께 갇힌 백여 사람은 그녀를 신녀로 공경하고 우러렀다. 유사가 오주에게 이 사실을 알렸더니 오주는 그녀의 모습을 그려오라고 했다. 하지만 반 부인은 베 짜는 곳으로 온 후 근심과 슬픔에 잠겨 먹지도 않는 바람에 아주 수척해져 예전의 아름다운 모습이 사라졌다. 화공은 그냥 있는 그대로 그려갔고 오주는 그 근심어린 자태가 마음에 쏙 들어 호박을 멋대로 주무르고 있다가 딱 멈추고 감탄했다. "수심에 찬 표정마저 이리도 사람을 빨아들이니 기뻐하는 모습이야 오죽할꼬!"

잘 꾸민 수레를 베 짜는 곳으로 보내 그녀를 후궁으로 맞아들이니 반 부인은 아름다운 용모로 오주의 총애를 받았다. 반 부인과 소선대(昭宣臺)로 놀러갈 때마다 손권은 흐뭇하여 얼근히 술에 취해 옥항아리에 침을 뱉어 시종에게 누대 밑에다 버리게 했으며 화제(火齊) 반지를 얻어 그것을 석류가지에 걸어 두었다. 그곳에 대를 세우고 환류대라 했다. 그때 간언이 들어 왔다. "지금 오와 촉이 경쟁하고 있으니 '환류(環榴)'는 요망한 이름입니다!" 그래서 손권은 류환대(榴環臺)로 고쳐 불렀다.

부인과 누대에서 낚시질하다 대어를 낚았다. 왕이 아주 기뻐하자 부인이 말한다. "옛말에 읍어(泣魚)라 했으니 지금 기쁘면 반드시 근심할 날이 온다는 뜻으로 저 역시 매우 조심되옵니다!" 예상대로 말년이 되자 사람들이 서로 헐뜯으며 물러나고 떠나갔다. 사람들은 "부인은 신령한 징조를 볼 줄 안다"고 헐뜯었다. 잔치가 끝난 뒤 오주는 과연 부인을 쫓아냈다. 그녀와 낚시하던 누대의 터는 지금도 그대로 남아 있다.

吳主潘夫人、父坐法、夫人輸入織室、容態少儔、爲江東絶色. 同幽者百餘人、謂夫人爲神女、敬而遠之. 有司聞於吳主、使圖其容貌. 夫人憂戚不食、

減瘦改形, 工人寫其眞狀以進, 吳主見而喜悅, 以虎魄如意撫按卽折, 嗟曰
"此神女也, 愁貌尙能惑人, 況在歡樂!" 乃命雕輪就織室, 納於後宮, 果以姿
色見寵. 每以夫人遊昭宣之臺, 志意幸愜, 旣盡酣醉, 唾於玉壺中, 使侍婢瀉
於臺下, 得火齊指環, 卽掛石榴枝上, 因其處起臺, 名曰環榴臺. 時有諫者云
"今吳・蜀爭雄 '環榴'之名, 將爲妖矣!" 權乃翻其名曰榴環臺. 又與夫人遊
釣臺, 得大魚. 王大喜, 夫人曰 "昔聞泣魚, 今乃爲喜, 有喜必憂, 以爲深
戒!" 至於末年, 漸相譖毁, 稍見離退. 時人謂 "夫人知幾其神." 吳主於是罷
宴, 夫人果見棄逐. 釣臺基今尙存焉.

의미읽기

≪삼국지・오서・비빈전(妃嬪傳)≫을 보면 "오주 손권의 반 부인은 회계 구
장 사람이다. 아버지는 벼슬아치였는데 법에 연좌되어 죽음을 당했다. 부인은 언
니와 함께 궁의 베 짜는 방으로 보내졌는데 권이 그녀를 보고 특별하게 생각해
후궁으로 불러 들였다(吳主權潘夫人, 會稽句章人也. 父爲吏, 坐法死. 夫人與姊
俱輸織室, 權見而異之, 召充後宮)"고 한다.

읍어(泣魚)에 관한 이야기는 다음과 같다. 전국시대 위 왕의 총신 중에 용양
군(龍陽君)이란 사람이 있었는데 왕의 사랑을 받았다. 왕이 용양군과 함께 배타
고 낚시하는데 용양군이 십여 마리의 고기를 잡더니 갑자기 울기 시작했다. 왕이
연고를 물었더니 "신이 처음에 고기를 잡고 매우 기뻐했는데 나중에 더 큰 것을
잡으니 전에 잡았던 것을 버리고 싶어집니다. 지금은 신이 이부자리에서 떨지 않
아도 되지만 사해에 미인은 많고 신하가 운을 얻으면 치마입고 왕을 쫓아다닌다
고 하니 신 또한 신이 전에 잡은 고기처럼 버려질 것인데 어떻게 울지 않겠습니
까?(臣始得魚甚喜, 後得又益大, 直欲棄前所得矣. 今臣得拂枕席, 而四海之內, 美
人甚多, 聞臣得幸, 必褰裳而趨王, 臣亦猶臣前所得之魚也, 臣亦將棄矣, 安能無涕
乎!)"라고 대답했다. 이 이야기는 ≪전국책・위책(魏策)≫에 나오는데 반 부인
이 읍어의 이야기를 인용해서 외모가 추해지면 사랑도 식을 것에 대한 근심을
말한 것이다.

한편 ≪비빈전≫을 보면 반 부인이 손량을 낳아 후(后)로 봉해졌지만 그녀는 "성질이 험하고 투기가 많으며 아첨이 심했고 처음부터 끝까지 원 부인을 참해하는 등 매우 성질이 심한 여자(性險妬容媚, 自始至卒, 譖害袁夫人等甚衆)"라고 적었다. 그래서 결국 원한이 맺힐 대로 맺힌 궁인들에게 목 졸려 죽었다고 하니 이 글의 이미지와는 사뭇 다르다.

▌소기의 록 29

조 부인과 반 부인은 재능이 뛰어나고 유순하고 아름다우며 신통력이 있어서 한수의 유녀와 낙수의 비와 짝할 만하고 형 땅의 무산신녀와 같으니 총애 받는 요녀를 피해 나아가고 물러나는 기미를 알아차릴 수 있었다. 달은 차면 기우는 법이고 도에도 성하고 쇠함이 있는 법, 성하면 반드시 쇠한다는 이치는 자명하다. 성함과 쇠함을 초목에 비유하면 꽃이 떨어져 나부끼다가 스러지는 것은 형세의 필연적인 결과이다. 간사한 말에 얽히고설켜 전대의 왕들은 사람을 신뢰했다가 또다시 의심을 했으니 주나라 신후와 포사가 그러했고 한대에 반첩여와 조비연이 그러한 경우다. 시대는 달라도 동일한 일이 반복되니 정말 탄식할 일이로다!

錄曰, 趙·潘二夫人, 姸明伎藝, 婉變通神, 抑亦漢遊洛妃之儔, 荊巫雲雨之類, 而能避妖幸之孽, 睹進退之機. 夫盈則有虧, 道有崇替, 居盛必衰, 理固明矣. 語乎榮悴, 譬諸草木, 華落張弛, 勢之必然. 巧言萋斐, 前王之所信惑, 是以申·褒見列於前周, 班·趙載詳於往漢. 異代同聞, 可爲嘆也!

의미읽기

소기는 역사가 반복되면서 인간에 대한 신뢰의 스러짐, 왕의 변덕스런 총애에 대해 한탄한다. ≪시·주남(周南)·한광(漢廣)≫을 보면 "한수에 유녀가 있다는 데 찾아서 사랑할 수 없네(漢有游女, 不可求思)"라고 했다. 제(齊)·노(魯)·한(韓) 모두 유녀를 한수의 여신으로 받들었다면 낙비(洛妃)는 낙수의 여신이다. 조식(曹植)의 〈낙신부(洛神賦)〉에도 "하수와 낙수의 신은 이름이 복비라네(河洛之神, 名曰宓妃)"라고 묘사했다. 그리고 초나라를 본래 형(荊)이라고 칭했는데 송옥(宋玉)의 〈고당부(高唐賦)≫ 서문을 보면 춘왕이 고당에 노닐다가 꿈을 꾸었는데 신녀가 베개를 들고 떠나며 이별하는 말이 "첩은 무산 남쪽, 고구의 험한 곳에 살고 있사옵니다. 아침에는 구름이 되고 저녁에는 비가 됩니다(妾在巫山之陽, 高丘之阻, 旦爲朝雲, 暮爲行雨)"라고 했다. 이 글의 '형무운우(荊巫雲雨)'는 무산신녀를 상징하는 말로 앞문장과 연결해 보면 조·반 부인의 아름다움이 한수와 낙수·무산의 신녀에 비할 만하다는 의미이다.

반첩여와 조비연 모두 한 성제의 후궁으로 ≪한서·외척전≫에 따르면 처음에는 반첩여가 어질고 재주 있고 언변에 능하고 시가에도 뛰어나 한 성제의 사랑을 받았다. 그런데 조비연이 들어와 총애를 얻으면서 후궁 계를 평정하니 반첩여는 참소를 당하기 시작했고 자신의 위치가 위태로워짐을 느끼고 장신궁(長信宮)으로 물러나 태후마마를 모신다. 이들의 이야기는 앞 한 성제 때 조비연에 관한 일화에 잠시 등장한다.

[4] 황룡 원년 무창에 도읍을 정했다. 월휴 남쪽에서 배명조를 바쳤는데 생김새는 학 같고 밝은 곳을 향하지 않고 둥지를 늘 북쪽으로 틀었다. 살이 많고 털은 적으며 새소리는 변화무쌍하고 종형·생황 소리를 들으면 잽싸게 날아올라 고개를 흔들어 댄다. 당시에 길조로 여겼다.

그해 건업(建業)으로 도읍을 옮겼고 만방에서 진기한 것들을 많이 바쳐왔다. 오나라 사람이 배명조의 배명을 배망조(背亡鳥)로 잘못 전했다. 나라에 큰 재앙이 있을 것이라고 예상은 했지만 과연 백년도 안

되어 재난이 닥쳤고 서로 배반하고 망했으니 다들 뿔뿔이 흩어져 폐허
에는 사람의 흔적조차 사라졌다. 과연 그 말 그대로였다. 그 새는 간
곳을 알 수 없게 되었다.

黃龍元年, 始都武昌. 時越舊之南, 獻背明鳥, 形如鶴, 止不向明, 巢常對
北, 多肉少毛, 聲音百變, 聞鍾磬笙竿之聲, 則奮翅搖頭. 時人以爲吉祥. 是
歲遷都建業, 殊方多貢珍奇. 吳人語訛, 呼背明爲背亡鳥, 國中以爲大妖, 不
及百年, 當有喪亂背判滅亡之事, 散逸奔逃, 墟無煙火. 果如斯言. 後此鳥不
知所在.

의미읽기

황룡(黃龍)은 오주 손권의 두 번째 연호로 원년은 229년이다. 이제 서서히 오
가 몰락하는 징조를 드러내는 상황이다.

[5] 장승의 어머니 손씨가 그를 뱄을 때 어느 날 가벼운 배를 타고
강가에서 노닐었다. 갑자기 3척이나 되는 흰 뱀이 배 안으로 뛰어 들
었다. 어머니는 "만약 길조라면 나를 물어 독이 퍼지게 하지는 말아다
오"하고 빌었다. 흰 뱀은 그녀의 몸을 휘감더니 금방 풀어 놓았다. 어
머니는 뱀이 길조하고 여기고 방에 두었는데 하룻밤을 지내고 다시 나
타나지 않아서 아쉬워하고 애석해 했다.

이웃 사람들이 수군거렸다. "어젯밤에 장씨 집에서 하얀 학이 솟아
오르더니 구름 속으로 들어갔다지 뭐요." 이 사실은 곧 장승의 어머니
에게 들어갔고 그녀는 얼른 점을 쳐보았다. 점쟁이 왈 "이것은 길조입
니다. 뱀과 학은 장수하는 동물이고 방에서 나와 구름 속으로 들어간

것은 아래에서 높은 곳으로 올라가는 형상입니다. 옛날 오왕 합려가 누이를 장사지내고 미녀와 진기한 보물과 신이한 검을 함께 묻어 강남의 부를 다 했습니다. 십년 안에 상서로운 구름이 계곡 가득 덮였고 미녀가 무덤에서 노닐었고 흰 고니가 숲에서 비상하고 흰 호랑이가 산기슭에서 휘파람 불었던 것은 모두 옛 정령이 지금 세상에 나와서 자손의 지위가 최고의 신하를 초월하여 장강 이남에 이름을 날리도록 하려는 징조들입니다. 만약 아들을 낳으시면 이름을 흰 고니(白鵠)라 하십시오."라 하였다. 그녀는 장승을 낳았고 지위가 승상·보오장군에 올랐으며 90살도 넘게 살았으니 뱀과 고니의 상서로움이 드러난 셈이다.

張承之母孫氏, 懷承之時, 乘輕舟遊於江浦之際. 忽有白蛇長三尺, 騰入舟中. 母祝曰, "若爲吉祥, 勿毒噬我!" 縈而將還, 置諸房內, 一宿視之, 不復見蛇, 嗟而惜之. 隣中相謂曰, "昨見張家有一白鶴聳翮入雲." 以告承母, 母使筮之. 筮者曰 "此吉祥也. 蛇·鶴延年之物. 從室入雲, 自下升高之象也. 昔吳王闔閭葬其妹, 殉以美女·珍寶·異劍, 窮江南之富. 未及十年, 雕雲覆於溪谷, 美女遊於塚上, 白鵠翔於林中, 白虎嘯於山側, 皆昔時之精靈, 今出於世, 當使子孫位超臣極, 擅名江表. 若生子, 可以名曰白鵠." 及承生, 位至丞相·輔吳將軍, 年踰九十, 蛇·鵠之祥也.

의미읽기

자기 몸을 휘감았던 뱀을 데리고 와서 방에 두다니 생각만 해도 섬뜩하다. 그런 일을 할 수 있는 강인한 담력의 어머니에게서 태어난 장승은 자가 중사(仲嗣)로 장소(張昭)의 아들이다.

《오월춘추(吳越春秋)》 4권에 합려가 여등옥(女滕玉)의 자살을 애통히 여기는 이야기가 나오는데 "서쪽 창문 밖에 묻고 땅 파서 쌓고 무늬난 돌로 곽을 만들고 곽의 머리부분을 안쪽에 두었다. 금 솥과 옥잔·은 준과 구슬 유 같은 보물을 전부 여등옥과 함께 묻었다. 흰 학이 춤추며 함께 선문으로 들어오니 기를 발해서 그것을 가렸다(葬於國西閶門外, 鑿積土, 文石爲槨, 題湊爲中, 金鼎·玉杯·銀樽·珠襦之寶, 皆以送女. 乃舞白鶴, 俱入羨門, 因發機以掩之)"고 한다. 보검과 영 땅의 너럭바위를 함께 묻었다고 하는데 본문에 적힌 순장 부품들과 많은 부분이 일치한다.

≪태평광기≫ 456에서는 '아들을 낳는다면 이름으로 지을 수 있소. 이에 승을 낳아서 이름을 학으로 지었고 승이 소를 낳아 그가 승상에 올랐다(若生子可以爲名, 及生承, 名曰鶴, 承生昭, 位之丞相)'고 했다. 사실 장승은 장소의 장남이며 소와 승 모두 승상을 지냈고 소는 보오 장군을 지냈고 승은 분위 장군(奮威將軍)으로 도향후(都鄕侯)에 봉해졌는데 왕자년이 역사의 기록과 달리 전해지는 이야기를 주워 모았다가 오록한 것 같다. ≪태평광기≫는 또 아버지 소를 아들이라 했으니 매우 혼동한 모양이다. ≪오서≫에 따르면 장소는 81세에 죽었고 장승은 67세에 죽었으니 둘 다 90세까지는 살지는 못한 셈이다.

▌소기의 록 30

나라가 망하려면 미리 징조들이 보인다.

≪전≫에 "밝은 신이 나타나 그 덕을 살핀다."고 했다. 귀명이 면박하고 항복하니 이것이 그 증거이다. 뱀과 고니는 벌레와 날짐승의 최고 영물로 장씨는 그것을 길조로 여겼다. ≪오월 춘추≫와 백가 잡설에서는 오왕 합려가 후한 장례를 받들어 미인을 생매장하고 보물을 많이 묻었다고 했다. 수백 년 후에 신령스런 고니가 숲과 계곡에서 비상하고 신령한 호랑이가 산언덕에서 휘파람 불고 담로 검이 초나라로 날아 들어갔다. 혼을 거두고 괴이한 것을 모아 부와 아름다움이 극에 달하고 기이한 것들은 올바른 도를 벗어나니 이는 신속히 썩짐만 같지 못하다. 옛날 송 사마환과 성희에 대해 지난 역사에서 그 사치와 미혹됨을 비난했고 영과 박 땅의 양손에 대해서는 군자도 그의 예에 들어

맞는 행동을 귀하게 여겼다.

아득한 이전에도 한 왕조를 여러 사적에서 살펴보면 검약과 교만이 서로 양쪽에 매달려 있다. 말세로 갈수록 점점 교만해지는데 살아서는 주색에 빠져들고 죽으면 함께 묻히더라도 진기한 보물은 쌓여 있지만 몸뚱어리는 먼지같이 사라져 버리니 기막힌 일이로다!

　　錄曰, 國之將亡, 其兆先見. 《傳》曰, 明神見之, 觀其德也. 及歸命面縛來降, 斯爲効矣. 蛇·鵠者, 蟲禽之最靈, 張氏以爲嘉瑞. 《吳越春秋》·百家雜說云, 吳王闔閭, 崇飾厚葬, 生埋美人, 多藏寶物. 數百年後, 靈鵠翔於林壑, 神虎嘯於山丘, 湛盧之劍, 飛入於楚. 收魂聚怪, 富麗以極, 而詭異失中, 不如速朽. 昔宋桓·盛姬, 前史譏其驕惑, 嬴博楊孫, 君子貴其合禮. 觀夫遠古, 指詳中代, 求諸事跡, 儉泰相懸. 至如末世, 漸相誇矯, 生滋溢涌, 死則同殉, 委積珍寶, 埃塵滅身, 乖於同穴, 可謂歟歟!

의미읽기

　　손 호(孫晧)가 진에 항복해 오자 진에서 그를 귀명후(歸命侯)에 봉했다. 《좌전》희공 6년에 "허남이 면박하고 벽옥을 물었다(許男面縛銜璧)"고 했다. 주에서 "손을 뒤로 묶고 얼굴만 드러내는 것(縛手於後, 唯見其面)"을 면박으로 풀었다. 옛날 망국의 군주가 투항할 때의 의식이 이러했다고 한다. 면박여츤(面縛輿櫬)이라고도 하는데 손을 뒤로 묶고 관을 이마에 올려 이 몸은 죽어 마땅하다는 의미를 보이는 행위이다. 《오서》에서 왕준(王濬)이 "손호의 항복을 받아들여 묶인 것을 풀어 주고 관을 불살랐다(受晧之降, 解縛焚櫬)"고 했다.

　　담로(湛盧)검은 보검의 명칭으로 《월절서·외전(外傳)·기보검(記寶劍)》을 보면 "오왕 합려가 잔악무도하니 자녀들이 그를 죽여서 보냈다. 담로검은 물처럼 사라져 진으로 갔다가 초를 지나는데 초 왕이 누워 있다 깨어나 오 왕의 담로검을 받았다(闔閭無道, 子女死殺生以送之. 湛盧之劍, 去之如水, 行秦過楚, 楚王臥

而窬, 得吳王湛盧之劍)”고 전해진다.

송환(宋 桓) 즉 송의 사마환 추(魋)는 ≪예기·단궁(檀弓)≫을 보면 스스로 석추(石魋)을 만들기 시작했으나 3년이 지나도록 완성하지 못했다고 하며 성희(盛姬)는 주 목왕의 비로 그녀의 장례가 매우 사치스러웠다는 기록이 ≪목천자전≫에 나온다.

영(嬴)·박(博) 땅은 춘추시대 제(齊)나라의 두 읍으로 ≪예기·단궁≫에서 “연릉계자가 제나라에 갔다가 돌아오는 중에 맏아들이 죽어서 영읍과 박읍 중간 지점에 묻었다……. 공자께서 ‘연릉계자는 예에 맞는 사람!’이라 하셨다(延陵季子適齊, 於其反也, 其莊子死, 葬於嬴·博之間……. 孔子曰 ‘延陵季子之於禮也, 其合矣乎!’)”고 했으며 이 일화는 ≪한서·유향전≫에도 실려 있다. 양손(楊孫)은 양왕(楊王)의 손자로 한 무제 때 인물인데 ≪한서≫ 본전에 따르면 그가 병들어 죽게 되자 아들에게 미리 이런 당부를 했다. “애비는 나장(裸葬)을 하고 싶으니 정말로 나를 그렇게 해다오!(吾欲裸葬, 以全吾眞!)” 아들은 차마 그렇게 할 수가 없어 아버님 친구인 기후(祁侯)를 찾아가 사정을 말했더니 기후는 양손에게 편지를 보내 그런 당부를 하지 말라고 권했다.

양손이 답서를 썼는데 다음과 같다. “후장으로 재물을 낭비해 봐야 남겨 놓고 돌아가 멀리 있어서 죽은 사람은 알지도 못하고 살아 있는 사람은 사용할 수도 없으니 이를 일러 중혹이라 하는 것이네. 아이고! 나는 그렇게 하지 않으려네(今費財厚葬, 留歸鬲至, 死者不知, 生者不得, 是謂重惑. 嗚乎! 吾不爲也).” 기후도 그의 뜻을 알고 나장으로 모셨다고 한다. 당시 장례에 드는 비용과 사치스러움이 얼마나 심했으면 사람들이 이렇게까지 탄식했고 양손처럼 나장까지 계획했는지 참으로 상상이 안 된다.

≪시·왕풍(王風)·대거(大車)≫를 보면 “죽어서 한 구덩이에 묻히네(死則同穴)”라는 구절이 있다. 부부가 한 구덩이에 묻힌다는 의미인데 본문에서는 구덩이에 간소하게 묻어야 한다는 취지이므로 만일 사치스러운 후장이라면 문장 뜻이 통하지 않는다. 게다가 후장은 언제고 도굴 당할 가능성이 크므로 앞에서 ‘진기한 보물은 쌓여 있지만 몸뚱이는 먼지가 되어 버린다(委積珍寶, 埃塵滅身)’고 깊이 탄식한 것이다. 본문은 합려가 ‘후한 장례를 좋아했던 점(崇飾厚葬)’을 개탄했는데 예상대로 합려의 묘는 도굴 당했다. ≪한서·유향전≫을 보면 “오왕 합

려는 예를 어기고 후장한 지 10여 년 후 월나라 사람에 의해 도굴되었으니…….
몹시 슬픈 일이로다(逮至吳王闔閭, 違禮厚葬, 十有餘年, 越人發之……. 甚足悲
也)"라고 했다. 여기 소기도 유향과 같은 생각인 것 같다.

[6] 여몽이 오나라로 갔더니 오주가 학업을 권장했다. 여몽은 여러
서적을 두루 살피면서 ≪역경≫을 주종으로 삼았다. 그가 술에 취해
손책의 자리에 잠깐 누운 적이 있었는데 꿈꾸다 ≪주역≫의 한 부분을
외웠고 갑자기 놀라 일어났다. 사람들이 모두 그에게 물었다. 여몽은
"방금 꿈에서 복희·주공·문왕을 만나 세상의 화복·흥망과 일월의
곧고 바른 도를 이야기하였는데 하도 정묘해서 그 심오한 뜻을 이해하
지 못하고 부질없이 문장만 암송했다"고 대답했다. 좌중이 "여몽은 잠
꼬대로 ≪주역≫을 외운다네."라고 놀렸다.

　呂蒙入吳, 吳主勸其學業, 蒙乃博覽羣籍, 以易爲宗. 嘗在孫策座上酣醉,
忽臥, 於夢中誦≪周易≫一部, 俄而驚起. 衆人皆問之. 蒙曰, "向夢見伏犧·
周公·文王, 與我論世祚興亡之事, 日月貞明之道, 莫不窮精極妙, 未該玄旨,
故空誦其文耳." 衆座皆云, "呂蒙囈語通≪周易≫."

의미읽기

　여몽은 자가 자명(子明)이고 현재 안휘성 부양현(阜陽縣) 남쪽인 여남부피
(汝南富陂) 사람이다. 오에서 벼슬이 남군(南郡)태수에 올랐고 잔릉후(孱陵侯)
에 봉해졌다. ≪삼국지·오서≫에 그의 전기가 있다. ≪여몽전≫의 주를 보면
≪강표전(江表傳)≫을 인용하여 말하길 "손권이 여몽과 장 흠에게 말했다. '그대
들은 이제 도장사가 되었으니 학문이 저절로 열릴 것이오.' ……여몽이 처음 학
문할 때는 의지가 굳어서 피로도 느끼지 않았기에 비교 분석하는 경지가 옛 유

학자도 따르지 못할 정도였다.((孫)權爲蒙及蔣欽曰 '卿今並當塗掌事, 宜學問以
自開益.' ……蒙始就學, 篤志不倦, 其所覽見, 舊儒不勝)"

▌소기의 록 31

지극정성은 유명(幽冥) 세계에 어울려 일월과 밝음을 나란히 하고
사시에 부합되기 때문에 덕은 삼고(三古)에 모이고 도는 신령하고 은
미함에 들어맞는다. 정군이 공자를 감동시킨 것과 주반이 동리를 꿈꾼
것은 자취는 같으나 다른 사건이지만 그 빛은 먼 후대의 서적에까지
비쳤으니 숨은 것을 찾아내면 심원한 도리보다 오묘하다. 공자 문하의
학설들도 여생의 학문에는 미치지 못한다.

錄曰, 夫精誠之至, 叶於幽冥, 與日月均其明, 與四時齊其契, 故能德會三
古, 道合神微. 若鄭君之感先聖, 周盤之夢東里, 迹同事異, 光被遐策, 索隱
鉤深, 妙於玄旨. 孔門羣說, 未若呂生之學焉.

의미읽기

선성(先聖)은 공자를 가리키니 ≪후한서·정현전(鄭玄傳)≫에 "꿈에 공자께
서 그에게 고했다. '일어나라! 일어나라! 금년은 세성이 신에 있고 내년은 세성
이 사에 있다.' 잠이 깨서 참위로 그것을 맞춰보고 천명이 다했음을 알았다(夢孔
子告之曰 '起! 起! 今年歲在辰, 來年歲在巳.' 旣寤, 以讖合之, 知命當終)"고 했
다. 주반 석(周磐石)은 동한 안제(安帝)때 사람으로 ≪후한서≫ 본전에 따르면
"주반이 두 아들을 불러 말하였다. '내가 어느 날 꿈에 옛 스승님인 동리선생(東
里先生)을 뵈었는데 나와 함께 음당에서 이야기하다가 길게 탄식하시더니 '어찌

내 목숨이 다했는가!'라 하시더구나.' 그 달 망일에 병도 없이 갑자기 돌아가셨다(令其二子曰 '吾日者夢見先師東里先生與我講於陰堂之奧, 旣而長歎, 豈吾齒之盡乎!'……其月望日, 無病忽終)"고 했다. 여몽, 정현, 주반의 사례 모두 꿈을 통한 암시에 관한 이야기들이다.

[7] 손화는 등 부인이 하도 예뻐서 늘 무릎에 앉혀 두었다. 손화가 달빛 아래서 수정 여의를 들고 춤을 추다가 실수로 등 부인의 **뺨**을 다치게 했다. 피가 흘러 바지에 흥건하니 아리따운 여인은 점점 아파한다. 손화는 친히 그녀의 상처를 핥고 태의에게 약을 바르도록 명했다. 의사가 다음과 같은 처방을 내렸다. "흰 수달의 골수를 구해서 옥과 호박가루를 섞은 다음 흉터에 발라야 흉이 안 남습니다." 손화는 즉시 현상금 백금을 걸어 흰 수달의 골수를 구해오는 자에게 후한 상을 내리겠다고 했다.

부춘(富春)의 한 어부가 말했다. "수달이란 놈은 사람이 잡으려는 것을 알아차리고 석굴로 들어가 버립니다. 그 놈이 물고기를 늘어놓고 먹는 때를 엿보아 수달 중에 싸우다 죽은 놈이 생기면 굴 안에 마른 **뼈**가 있기 마련인데 골수가 들어 있지 않지만 이 **뼈**를 옥과 함께 **빻**아서 상처에 바르면 흉터가 없어질 것입니다." 그래서 이 고약을 바르도록 했는데 호박이 너무 많이 들어가서 연지 같은 붉은 점들이 생겨 버렸지만 가까이서 보면 더욱 아름답게 보였다. 다른 비첩들도 총애 받고 싶어서 **뺨**에다 일부러 붉은 연지를 바르면 손화의 총애를 받았다고 한다. 요사함과 미혹됨이 서로 맞물려 마침내 음탕한 풍조를 빚어낸 것이다.

孫和悅鄧夫人, 常置膝上. 和於月下舞水精如意, 吳傷夫人頰, 血流汙袴, 嬌妕彌苦. 自舐其瘡, 命太醫合藥. 醫曰 "得白獺髓, 雜玉與琥珀屑, 當滅此

痕." 卽購致百金, 能得白獺髓者, 厚賞之, 有富春漁人云 "此物知人欲取, 則
逃入石穴. 伺其祭魚之時, 獺有鬪死者, 穴中應有枯骨, 雖無髓, 其骨可合玉
春爲粉, 噴於瘡上, 其痕則滅." 和乃命合此膏, 琥珀太多, 及差而有赤點如
朱, 逼而視之, 更益其姸. 諸孌人欲要寵, 皆以丹脂點頰而後進幸. 妖惑相動,
遂成淫俗.

의미읽기

손화는 손권의 셋째 아들로 태자였지만 남양왕(南陽王)으로 폐해졌다. 등 부
인에 대한 자세한 기록이 나오지 않는다. 그녀를 다치게 했다는 수정여의는 중국
인들이 지금도 좋아하는 옥돌로 만든 여의(如意)고 완상용으로 사용했던 기물이
다. 머리부분은 가늘고 굽었으며 영지(靈芝)로 만들기도 했으며 나뭇잎 모양도
있다. 어쨌든 여의에 미녀의 볼이 다쳤고 그 흉터가 남지 않도록 태의는 이상한
처방을 내렸고 전국에 현상금을 걸어 고약을 마련했다니 대단하다. 후시딘 연고
로 간단히 해결되었을 텐데 말이다. 게다가 결국 흉이 졌지만 그 흉이 등 부인의
아름다움을 더욱 돋보이게 한다는 이유로 다른 여인들이 일부러 흉터를 만들었다
니 말세로다. 문득 마릴린 먼로의 점을 찍던 여인들이 떠오른다.

[8] 손량의 유리병풍은 아주 얇고 투명한데, 맑은 밤이면 달빛 아래
병풍을 폈다. 늘 애첩 네 명과 지냈는데 다들 절세미인들로 조주 · 여
거 · 낙진 · 결화라고 했다. 네 여인을 병풍 안에 앉혀 놓고 밖에서 그윽
이 쳐다보면 벽이 없는 듯하지만 그녀들의 향기는 스며오지 않았다. 네
여인의 향기는 한데 어울려도 향기롭지만 원래 각각 다른 지역에서 나
는 것으로 그녀들이 거처하는 방을 지나가면 향기가 옷에 스며 해가
지날수록 진해지며 백번 씻어도 안 없어지기 때문에 '백탁향'이라고들
했다. 그래서 미녀마다 그 향기에 이름을 따서 조주향 · 여거향 · 낙진
향 · 결화향이라고 했다. 손량이 노닐 적마다 네 여인은 늘 함께 수레를

264

타고 곁에서 모셨으며 향기의 이름으로 전후의 순서를 정해주니 서로
혼란스럽지 않았다. 그녀들의 방은 '사향미침(思香媚寢)'이라고 했다.

孫亮作琉璃屛風, 甚薄而瑩澈, 每於月下淸夜舒之. 常與愛姬四人, 皆振古
絶色, 一名朝姝, 二名麗居, 三名洛珍, 四名潔華. 使四人坐屛風內, 而外望
之, 如無隔, 惟香氣不通於外. 爲四人合四氣香, 殊方異國所出, 凡經踐躡宴
息之處, 香氣沾衣, 歷年彌盛, 百浣不歇, 因名曰‘百濯香’. 或以人名香, 故
有朝姝香 · 麗居香 · 洛珍香 · 潔華香. 亮每遊, 此四人皆同輿席, 來侍皆以
香名前後爲次, 不得亂之. 所居室名爲‘思香媚寢’.

손량은 손권의 작은 아들로 왕위를 계승하였으며 나중에 손침(孫綝)에게 폐위
당하자 자살했다.

[2] 촉(蜀)

[1] 선주의 감후는 패 사람으로 천한 집안에서 태어났다. 마을의 관
상쟁이가 "이 애는 커서 귀하게 되고 비빈에 오를 것"이라 했다. 자라
면서 몸 생김이 눈에 띄었고 열여덟에는 옥같이 희고 고우며 부드러운
피부에 자태도 아리땁고 요염해졌다.

선주가 비단 휘장 속으로 불러들이니 문 밖 구경꾼들이 달빛 아래
눈이 모여드는 듯하다. 하남에서 바친 3척 옥 인형을 황후 뒤에 두고
낮이면 군사전략을 논하고 밤이면 황후를 껴안고 옥 인형을 완상했다.

늘 옥을 귀하게 여기고 그 덕을 군자에 비교하는데 인형이라 해서 어찌 완상하지 않겠는가? 황후와 옥 인형 모두 깨끗하고 희면서 윤택하니 보는 사람마다 아찔하여 빠져들고 만다. 총애를 구하는 자들은 황후뿐 아니라 옥 인형마저도 질투했다. 황후도 사실 늘 옥 인형을 깨려고 시도하다가 결국 선주에게 이렇게 간언했다. "옛날 자한은 옥을 보배롭게 여기지 않아 ≪춘추≫에서 그 점을 아름답다고 했습니다. 지금 오·위가 아직 망하지 않았는데 어찌하여 요사스런 물건을 품에 두십니까? 음란하고 미혹되며 어지러운 것은 의심을 불러일으키니 다시는 곁에 두지 마십시오!" 선주는 그녀의 말을 듣고 옥 인형을 없애니 애첩들도 다 물러갔다. 당시 군자가 감 황후는 신비한 지혜를 지닌 부인이라고 칭송했다.

先主甘后, 沛人也. 生於微賤. 里中相者云, "此女後貴, 位極宮掖." 及后長而體貌特異, 至十八, 玉質柔肌, 態媚容冶. 先主召入綃帳中, 於戶外望者如月下聚雪. 河南獻玉人, 高三尺, 乃取玉人置后側, 晝則講說軍謀, 夕則擁后而玩玉人. 常稱玉之所貴, 德比君子, 況爲人形, 而不可玩乎? 后與玉人潔白齊潤, 觀者殆相亂惑. 嬖寵者非惟嫉於甘后, 亦妬於玉人也. 后常欲琢毀壞之, 乃誠先主曰 "昔子罕不以玉爲寶, ≪春秋≫美之, 今吳·魏未滅, 安以妖玩經懷. 凡淫惑生疑, 勿復進焉!" 先主乃撤玉人, 嬖者皆退. 當斯之時, 君子議以甘后爲神智婦人焉.

의미읽기

선주 유비(劉備)는 ≪삼국지·촉서·이주비자전(二主妃子傳)≫에서 "감 부인은 선주를 따라 형주에서 후주 유선을 낳았다. 조공 군대가 당양 장판에서 선주를 뒤쫓자 궁지에 몰린 유비는 감 부인과 후주를 남겨두고 이들을 조운에게 보호하도록 부탁한 후 난을 피했다. 감 부인이 죽자 남군에서 장사를 지내 주었다 (甘后隨先主於荊州, 産後主. 値曹公軍至, 追及先主於當陽長阪, 于時困偪, 棄后 及後主, 賴趙雲保護, 得免於難. 后卒, 葬于南郡)"고 했다. 하지만 이 글에 나오 는 옥 인형 일화는 다른 서적에서는 찾아볼 수가 없다.

옥을 아끼는 행위에 대해 ≪예기·빙의(聘義)≫에서는 "옛 군자는 덕을 옥에 비유했다…….≪시≫에 '군자를 생각하면 옥같이 순수하'고 했다. 그래서 군자 가 옥을 귀하게 여기는 것(夫昔者君子比德於玉焉…….≪詩≫云 '言念君子, 溫 其如玉.'故君子貴之也)"이라 했다. ≪시≫는 ≪시경·진풍(秦風)·소융(小戎) ≫을 가리킨다.

자한(子罕)은 악희(樂喜)로 춘추시대 송(宋)나라의 정경(正卿)이다. 송인이 옥을 자한에게 바쳤지만 자한이 받지 않았다는 일화가 ≪좌전≫양공 15년에 나 온다. 감 부인이 이 일을 들어 선주에게 간언한 것이다. ≪패해≫ 본에서는 '당시 군자가 감 부인을 신비한 지혜를 지닌 부인으로 여겼다(當時君子以甘后爲神智婦 人焉)'고 했다. 왕사정(王士禎)은 ≪고부우정잡록(古夫于亭雜錄)≫에서 "소설을 보면 한대 소열황제 유비가 옥 인형을 얻어서 항상 감 부인 장막에 두었는데 달 이 비추면 옥 인형과 감 부인이 한 빛깔이었다고 했는데 이것은 정말 불경한 이 야기다. 소열황제는 유 경승 즉 유표의 연회에서 자신의 넓적다리 살이 쪘음을 느끼고 눈물을 흘렸다. 왜 이렇게 아녀자 같은 작태들을 보이는가?(小說記漢昭 烈帝有一玉人, 常置甘夫人帳中, 月映之, 與玉人一色. 此眞不經之談. 昭烈在劉景 升座上感髀裏肉生, 慨然流涕, 乃屑作此兒女態乎?)"라고 비난했다. 여기서 소설 이란 다름 아닌 ≪습유기≫를 가리키며 왕사정은 이 옥 인형 일화를 믿지 않고 있으며 평소 유비의 이미지와 괴리된다고 생각했다. 사실 본문에서 감 부인이 올 린 간언 중에 '오와 위가 아직 망하지 않았다(吳魏未滅)'는 언급을 보면 이 일은 유비가 촉의 왕이 된 후 즉 214년 이후의 이야기로 추정된다.

[2] 미축은 도주공의 계략을 사용해서 매일 억만금 이상의 이익을 남겨서 재산이 왕가에 필적하였고 보물창고는 천 칸에 달했다. 미축은

산 사람을 구제해 주고 죽은 사람을 불쌍히 여겼다. 집 마구간 곁에 옛무덤이 있고 안에 가로 널린 시체가 있는데 밤에 흐느끼는 소리가 들려 왔다. 미축이 소리 나는 곳으로 가 보았더니 갑자기 등을 허옇게 드러낸 부인이 나타나 하소연한다. "옛날 한말에 소첩은 적미에게 해를 당해 관이 부서지고 옷이 벗겨져 이렇게 벌거벗긴 채 땅에 누워 낮에 누가 볼까 부끄러워하면서 2000년 세월이 흘렀습니다만 이제 장군께 깊이 묻고 낡은 옷으로 형체를 가려 주시길 애걸하옵니다." 미축은 그렇게 하겠다고 다짐하고 즉시 관곽을 만들고 푸른 천으로 적삼을 짓게 명하여 무덤에 넣고 제사를 지내 주었다.

1년이 지난 후 구불구불한 길을 가다가 홀연히 그 부인과 마주쳤는데 입은 옷이 전부 푸른색이었으며 이렇게 말했다. "당신 재물은 한 세대를 버틸 만 한데 지금 화재의 액운이 닥쳤사오니 9尺의 푸른 갈대지팡이로 관곽과 의복을 주신 은혜를 갚고자 합니다." 미축은 지팡이를 끼고서 돌아갔다.

마을 사람들은 항상 미축의 집에 용과 뱀 형상 같은 푸른 기운이 맴도는 것을 보았다. 어떤 사람이 미축에게 묻는다. "요괴가 아닐까요?" 미축도 이상하다는 생각이 들어 집안 하인에게 물어 보았더니 이런 대답을 한다. "가끔 푸른 갈대지팡이가 혼자서 문밖으로 나가는 것을 보고 귀신인가 했지만 감히 말씀드리지 못했습니다." 미축은 성질상 꺼리는 것이 많고 염술을 신봉했으며 자신의 뜻에 조금이라도 거슬리면 즉시 처단해 버리기 때문에 하인들도 감히 말을 꺼내지 못한 것이다. 미축의 재물은 산같이 쌓여 셀 수도 없었고 집안에 방제와 동이 및 항아리에 달걀같이 큰 진주를 담아 정원 가득 늘어놓아 '보정'이라 불렸으나 외부 사람은 감히 들여다 볼 수 없었다.

며칠이 지난 후에 홀연히 푸른 옷을 입은 동자 수십 명이 와서 이렇게 말했다. "당신의 집은 화재의 액운을 당해 만에 하나도 남지 못할 것인데 다행히 썩은 뼈를 불쌍히 여긴 덕으로 천도가 저버리지 않고 이렇게 우리를 보내 재앙을 물리치고 재물을 지키도록 했습니다. 지금부터 방비해야 합니다!" 미축은 창고 둘레로 도랑을 파서 물길이 흐르게 했다.

10일 뒤에 창고에서 불길이 시작되어 진주와 옥 10분의 1을 태웠는데 양수와 가뭄에도 탈만한 양이었다. 불이 크게 번지자 수십 명의 푸른 옷을 입은 동자들이 나타나 불을 매로 치는 것이 보였고 구름 같은 푸른 기운이 불 위를 덮더니 결국 불이 꺼졌다.

동자들이 또 이런 말을 했다. "황새 종류를 많이 모아서 화재를 물리치십시오. 황새는 둥지에 물을 모으니까요." 집안사람들이 수천 마리의 해오라기를 못에 길러서 불에 대비했다. 미축은 탄식했다. "인생의 재물 운은 정해져서 차고 넘치게 얻을 수는 없으니 몸에 해가 될까 걱정이구나!"

당시 삼국이 교전 중이라서 군사물자가 만 배로 필요하다기에 미축은 수레와 의복을 보내 선주 유비를 도왔다. 황금 1억 근에 비단과 담요가 언덕처럼 쌓였고 준마는 만여 필에 달했다. 촉이 망하는 바람에 미축은 재물을 다시 찾지 못했고 그것이 한이 되어 끙끙 앓다가 결국 죽었다.

麋竺用陶朱計術, 日益億萬之利, 貨擬王家, 有寶庫千間. 竺性能賑生血 阝死, 家內馬廐屋久有古塚, 中有伏尸, 夜聞涕泣聲. 竺乃尋其泣聲之處, 忽見一婦人袒背而來, 訴云, "昔漢末妾爲赤眉所害, 叩棺見剝, 今袒在地, 羞晝見人, 垂二百年, 今就將軍乞深埋, 幷弊衣以掩形體." 竺許之, 卽命之爲棺槨, 以青布爲衣衫, 置於塚中, 設祭旣畢. 歷一年, 行於路曲, 忽見前婦人, 所着衣皆是青布, 語竺曰 "君財寶可支一世, 合遭火厄, 今以青蘆杖一枚長九尺, 報君棺槨衣服之惠." 竺挾杖而歸. 所住鄰中常見竺家有青氣如龍蛇之形. 或有人謂竺曰, "將非怪也?" 竺乃疑此異, 問其家僮. 云, "時見青蘆杖自出門間, 疑其神, 不敢言也." 竺爲性多忌, 信厭術之事, 有言中忤, 卽加刑戮, 故家僮不敢言. 竺貨財如山, 不可算計, 內以方諸盆甁, 設大珠如卵, 散滿於庭, 謂之'寶庭', 而外人不得窺. 數日, 忽靑衣童子數十人來云, "糜竺家當有火厄, 萬不遺一, 賴君能恤斂枯骨, 天道不辜君德, 故來禳却此火, 當使財物不盡, 自今以後, 亦宜防衛!" 竺乃掘溝渠周繞其庫. 旬日, 火從庫內起, 燒其珠玉十分之一, 皆是陽燧旱燥自能燒物. 火盛之時, 見數十靑衣童子來撲火, 有靑氣如雲, 覆於火上, 卽滅. 童子又云, "多聚鸛鳥之類, 以禳火災, 鸛能聚水於巢上也." 家人乃收鸕鸛數千頭養於池渠中, 以厭火. 竺嘆曰 "人生財運有限, 不得盈溢, 懼爲身之患害." 時三國交鋒, 軍用萬倍, 乃輸其寶物車服, 以助先主, 黃金一億斤, 錦繡氈罽積如丘壟, 駿馬萬疋. 及蜀破後, 無復所有, 飮恨而終.

의미읽기

앞글이 감 부인에 관한 내용이므로 다음은 미축의 동생 미 부인이 나올 줄 알았는데 오히려 미축의 이야기로 끝을 맺고 미 부인은 언급조차 없다. 당양 장판 싸움에서 유선을 안고 도망치다가 부상당하고 우물에 빠져 스스로 일찍 죽었기 때문일까. ≪삼국지·촉서·미축전≫에서 "미축의 자는 자중이고 동해구 사람이다. 대대로 재산이 늘어 하인과 객이 만여 명이고 재물도 엄청나게 많았다(糜竺字子仲, 東海胊人也. 祖世貨殖, 僮客萬人, 貲産巨億)"고 했다. 간보의 ≪수신기≫ 4권에도 어떤 부인이 미축을 도와 액운을 제거한 이야기를 싣고 있다. 미축이 배운 도주공은 범려로 월왕 구천(句踐)을 도와서 오를 멸망시킨 뒤 관직을 사양하고 도 땅으로 가서 스스로 주공이라 하면서 장사를 하여 부자가 된 인물이다.

미축이 신봉한 염술(厭術)이란 염승술(厭勝術)로 주문을 외워 대상을 저주하여 사람이나 흉악한 귀신을 복종시키는 술법으로 재앙을 물리치는 방법의 하나이다.

양수(陽燧)란 옛날 태양 아래서 불을 취했던 기구고 지금 오목거울(凹面鏡)로 태양빛을 초점에 모아 불을 일으키는 원리와 같다. ≪회남자·천문≫을 보면

"양수를 해에 비추면 타면서 불이 일어난다(陽燧見日則燃而爲火)"고 했다. 고유는 주를 달아 '양수는 금인데 테두리가 없는 금잔을 달구고 마찰시켜 뜨겁게 한 뒤 해가 중천에 떴을 때 밑에 놓고 쑥으로 잔을 계속 비비면 타올라서 불꽃이 생긴다(陽燧, 金也, 取金杯無緣者, 熟摩令熱, 日中時以當日下, 以艾承之, 則燃得火也)'고 했다. 금잔에 테두리가 없는 것은 모양이 구리로 만든 오목거울과 비슷하니 그것으로 불을 얻는 것은 돋보기로 초점을 맞추어 불을 일으키는 지금의 원리와 일치한다.

≪미축전≫을 보면 "선주가 광릉해 서쪽으로 군대를 돌리니 미축이 선주에게 누이를 드려 부인으로 삼게 하였다. 노비와 빈객 2천과 금은화폐도 바쳐 군사물자를 보조했다. 궁핍할 때였으므로 이 물자에 의지하여 다시 사기가 진작되었다(先主轉軍廣陵海西, 竺於是進妹於先主爲夫人, 奴客二千, 金銀貨幣, 以助軍資. 於時困匱, 賴此復振)"고 했으니 미축은 재산과 여동생까지 선주에게 바쳐 한평생을 촉의 영광을 위해 힘썼던 인물이다. "미축의 동생 미방이 남군태수로 관우와 함께 일했는데 딴마음을 잘 품어 손권 쪽으로 가버렸고 관우는 이로 인해 완전히 패했다. 미축이 면박하고 죄를 청했으나 선주가 위로하고 달래어 형제로 연좌시키지 않았으며 받들고 공경함이 처음과 같았다. 미축은 부끄럽고 화가 나서 병들었고 겨울에 죽었다(爲南郡太守, 與關羽共事, 而私好攜貳, 叛迎孫權, 羽因覆敗. 竺面縛請罪, 先主慰諭以兄弟罪不相及, 崇待如初. 竺慚恚發病, 歲餘卒)"고 한다. 이 사건은 촉이 멸망하기 이전의 일로 미축은 동생 미방의 배신으로 화병이 든 것이지 재산을 잃고 가난해져서 한을 품고 죽은 것이 아니다.

[3] 주군은 산술과 참위학에 능한데 민산에 약초 캐러 갔더니 흰 원숭이가 꼭대기에서 내려와 주군 앞에 선다. 차고 있던 서도를 꺼내 원숭이에게 던지자 노인으로 변하더니 손에 쥐고 있던 8치의 옥판을 주었다. 주군이 물었다.

"그대는 언제 태어났는가?"

"이미 늙고 쇠약해져 자세한 연월을 잊었는데 아마 헌원 때로 기억

합니다. 처음 배운 풍후·용성 모두 황제의 사관으로 저에게 역수를 가르쳤었으니까요. 전욱 때 일월성신의 운행을 정했으니 더 차이가 있을 것입니다. 춘추 시대에 자위·자야·비조 등이 있었는데 그들의 권모술수는 비록 증험은 했으나 문하를 이루지는 못했습니다. 그 뒤에 몇 대가 흥하고 망했는데 더는 모르겠고 계속 세습되었지요. 한대에 낙하굉이 그 도를 상당히 터득했던 것으로 기억합니다."

라고 대답했다. 주군은 그의 대답에 탄복하고 산술에 더욱 힘써 연력의 운행을 살펴 바로 잡고 도책과 참위서를 검증하여 촉이 망함을 알아내고는 이듬해 오나라로 귀순하였다. 다들 말했다.

"주군은 음양의 정묘함에 통달했다고."

촉인은 주군을 '후성(後聖)'이라고 불렀다. 흰 원숭이에 관한 신기한 이야기는 월인이 기록한 것과 비슷한데 내용이 황당무계해서 그럴 듯하지만 사실이 아니다.

周羣妙閑算術讖說, 遊岷山採藥, 見一白猿, 從絶峯而下, 對羣而立. 羣抽所佩書刀投猿, 猿化爲一老翁, 握中有玉版長八寸, 以授羣. 羣問曰, "公是何年生?" 答曰, "已衰邁也. 忘其年月, 猶憶軒轅之時, 始學曆數, 風后·容成, 皆黃帝之史, 就余授曆數. 至顓頊時, 考定日月星辰之運, 尤多差異. 及春秋時, 有子韋·子野·裨竈之徒, 權略雖驗, 未得其門. 邇來世代興亡, 不復可記, 因以相襲. 至大漢時, 有洛下閎, 頗得其旨." 羣服其言, 更精勤算術, 乃考校年歷之運, 驗於圖緯, 知蜀應滅, 及明年, 歸命奔吳. 皆云, "周羣詳陰陽之精妙也." 蜀人謂之'後聖'. 白猿之異, 有似越人所記, 而事皆迂誕, 似是而非.

의미읽기

주군은 자가 중직(仲直)이고 파서(巴西) 문중(閬中) 사람이다. 아버지가 멀리 있어서 어릴 적 광한(廣漢) 양후(楊厚)에게 산술을 배웠으며 산술참설(算術讖

說)같은 후업(候業)에 몰두했다. ≪삼국지·촉서≫ 본전에 그의 일화가 전해진다. 낙하굉(洛下閎)은 ≪사기≫와 ≪한서≫ 모두에 기록된 인물로 자가 장공(長公)이고 천문에 통달했으며 낙하에 은거하였다고 전해진다.

▌소기의 록 32

손화·손량·유비 모두 음란하게 후궁을 데리고 노는데 빠져 군사계략을 잊고서 대위(大魏)와 강함을 겨뤘으나 정벌해도 공이 없으니 슬픈 일이로다! 주군의 학문은 신명에 달했고 흰 원숭이의 길조는 월나라 사람이 검을 물어본 이야기와 같은 부류로 이야기가 황당해서 옳은 것 같지만 틀렸다. 음양이 번갈아 생겨나고 오행이 번갈아 쓰이니 물에서 불이 상생하고 상멸한다.

≪회남자≫에 "방제를 달을 향해 두면 젖어 들어 물이 생기므로" 이렇게 해서 화재의 발생을 막는다고 했다. 미씨는 진기한 것이 많아서 방제를 깎아 조수 형상을 만들었고 토룡으로 비를 기원했다. 교청은 방제와 음이 혼동되어 와전된 것 같다. 털 있는 짐승은 타오르는 불을 제어할 수 없으니 뜻도 통하지 않고 원리에서 벗어나는 얘기다. 옛날 ≪분≫과 ≪전≫에서도 자세히 논하고 있다.

錄曰, 孫和·孫亮·劉備, 並惑於淫寵之玩, 忘於軍旅之略, 猶比强大魏, 剋伐無功, 可爲嗟矣! 周羣之學, 通於神明, 白猿之祥, 有類越人問劍之言, 其事迂誕, 若是而非也. 夫陰陽遞生, 五行迭用, 由水火相生, 亦以相滅. ≪淮南子≫云, "方諸向月津爲水", 以厭火災孚. 糜氏富於珍奇, 削方諸爲鳥獸之狀, 猶土龍以祈雨也. 鶏鵡之音, 與方諸相亂, 蓋聲之訛矣. 羽毛之類, 非可御烈火, 於義則爲乖, 於事則違類, 先≪墳≫舊≪典≫, 說以其詳焉.

의미읽기

≪회남자·설림(說林)≫을 보면 "비유하건대 가뭄 때의 토룡과 같다(譬若旱歲之土龍)"고 했다. 주에서 '토룡으로 비를 구한다(土龍以求雨)'고 하였으니 옛사람들은 용이 구름을 일으켜 비를 내린다고 여겨서 토룡을 용의 형상으로 생각했다. 그래서 한대에 비를 기원할 때 '토룡을 세우고'·'토인을 세우는' 주술을 사용했다고 ≪후한서·예의지(禮儀志)≫에 전해진다. 이러한 모방주술은 프레이저의 공감주술의 하나로 동종주술이라고도 하며 비슷한 것이 비슷한 효과를 낼 것이라는 믿음에서 비롯되었다고 한다. 이런 사례는 일상생활에서 많이 발견할 수 있으니 엿을 먹으면 시험에 철썩 붙고 미역국을 먹으면 미끄러진다는 징크스나 임산부가 게를 먹으면 아이가 옆으로 걷고 연체동물을 먹으면 뼈 없는 아이를 낳는다는 상상 등 다양하다.

9권

진(晉)대의 시사(時事)

[1] 무제가 무군 대장군일 때 막부 안에 있는 뒤채 돌계단 밑에서 불현듯 풀 세포기가 자라났다. 노란 줄기에 푸른 잎이 금을 꼭 쥐고 비취를 뿜아내는 듯하며 꽃가지는 부드럽고 약한 것이 금등초 같았다. 당시에는 무슨 상서로운 풀인지 몰랐기 때문에 숨겨 놓고 외부 사람이 엿보지 못하게 했다.

이름은 요복이고 자는 세분인 강(羌) 사람이 마구간에서 말을 기르고 있었는데 음양술에 해박했다. 그는 "이 풀이 금덕에 부응하는 길조"라고 했다. 요복은 98세로 요양이 그의 조상이었다. 평소에 책읽기를 좋아했고 술을 즐겨 마셨으며 취할 적마다 제왕의 흥망에 대해 즐겨 이야기했다. 우스갯소리를 잘해 익살맞기 그지없는데 항상 탄식하면서 이렇게 말했다.

"구하의 물은 보리 싹을 담그기에도 부족하고 팔수의 나무는 땔나무 만들기에도 부족하고 칠택의 노루는 부엌의 도마를 채우기에도 부족하다구. 사람이 천지의 정령을 품고 태어나 술 마시는 것도 모른다면 그게 움직이는 고깃덩어리가 숨을 뻐금거리는 것이지 어떻게 나무 인형만 의식이 없다고 하겠냐구!"

노상 탁주 찌꺼기를 씹으면서 이건 순주보다 갈증이 난다고 했다. 동료들이 그를 놀려 '갈강(渴羌)'이라 했다.

진 무제가 제위에 오르자 갑자기 요복이 계단 아래 버티고 섰다. 무제가 그 당돌함을 기이하게 여겨 조가읍재(朝歌邑宰)로 발탁해주었다. 요복이 사뢰었다.

"늙은 강인 타지방 사람이 산 넘고 물 건너 멀리 와서 중국에 노닐게 된 것만으로도 특별한 행운이오니 청컨대 조가현(朝歌縣)은 그냥 두고 말먹이는 역장을 시켜 주시고 가끔 맛좋은 술이나 내려 주신다면

278

저는 여생이 즐거울 것이옵니다."

무제가 "조가는 주의 옛 도읍지로 그곳에도 맛난 술이 가득 넘치니 강 선생은 이제 다시는 목마를 일이 없을 것"이라고 말해주었다. 복이 계단 밑에서 큰 소리로 대답하였다.

"말먹이는 늙은 강인이 점점 중국화되고 온 천하 오랑캐들이 다 왕의 신하가 된 지금 만약 주지육림의 즐거움을 누린다고 해서 다시 은 주의 백성이 되겠나이까?"

무제가 옥궤를 어루만지다 너무 기뻐하면서 즉시 주천(酒泉)의 태수로 옮겨 주었다. 그곳의 맑은 샘물은 술맛이 난다. 요복은 신이 나서 절을 올리고 물러나 어진 정치를 베풀었으니 백성들은 그를 위해 사당을 세웠다.

나중에 부지로 장화에게 하사했는데 여전히 풀이 자라고 있었으므로 무선의 〈금등부〉에서 "한 조정에 아홉 줄기가 솟았는데 여기 세 줄기가 아름답게 자라나니 금덕을 드러내는 귀중한 징조로 이름들이 비슷해 혼동된다."고 한 것이다.

혜제 원희 원년 세 줄기 풀이 세 그루 나무로 자라니 가지와 잎은 버드나무 같고 높이는 5척으로 삼양(三楊)이 정권을 휘두르는 역사적 추이에 부응하였다. 당시 양준·양요·양제 삼형제를 삼양이라고 했다. 마구간의 취한 강 사람의 말이 증명된 셈이다.

武帝爲撫軍時, 府內後堂砌下忽生草三株, 莖黃葉綠, 若摠金抽翠, 花條苒弱, 狀似金簪. 時人未知是何祥草, 故隱蔽不聽外人窺視. 有一羌人, 姓姚名馥, 字世芬, 充廐養馬, 妙解陰陽之術, 云 "此草以應金德之瑞." 馥年九十八, 姚襄則其祖也. 馥好讀書, 嗜酒, 每醉時好言帝王興亡之事. 善戲笑, 滑稽無窮, 常嘆云, "九河之水不足以漬麴蘗, 八藪之木不足以作薪蒸, 七澤之麋不足以充庖俎. 凡人禀天地之精靈, 不知飮酒者, 動肉含氣耳, 何必木偶於心識乎?" 好啜濁糟, 常言渴於醇酒. 羣輩常弄狎之, 呼爲'渴羌'. 及晉武踐位, 忽見馥立於階下, 帝奇其倜儻, 擢爲朝歌邑宰. 馥辭曰, "老羌異域之人, 遠隔山川, 得遊中華, 已爲殊幸, 請辭朝歌之縣, 長充養馬之役, 時賜美酒, 以樂餘年." 帝曰, "朝歌紂之故都, 地有美酒, 故使老羌, 不復呼渴." 馥於階下高聲而對曰, "馬圉老羌, 漸染皇化, 溥天夷貊, 皆爲王臣, 今若歡酒池之樂, 更爲殷紂之民乎?" 帝撫玉几大悅, 卽遷酒泉太守. 地有淸泉, 其味若酒. 馥乘醉而拜受之, 遂爲善政, 民爲立生祠. 後以府地賜張華, 猶有草在, 故茂先〈金簦賦〉云, "擢九莖於漢庭, 美三株於茲館, 貴表祥乎金德, 比名類乎相亂." 至惠帝元熙元年, 三株草化爲三樹, 枝葉似楊樹, 高五尺, 以應'三楊'擅權之事. 時有楊駿 · 楊瑤 · 楊濟三弟兄, 號曰'三楊.' 馬圉醉羌所說之驗.

의미읽기

진 무제는 사마염(司馬炎)으로 무군 대장군(撫軍大將軍)을 지냈다. 무제의 통치기간은 A.D. 265년에서 290년이다. 요양(姚襄)은 요익중(姚弋仲)의 다섯째 아들이고 요장(姚萇)의 형이니 요양이 요복의 조상이라면 요장도 조상인데 왕 자년이 요장에게 죽었으니 뭔가 미심쩍다. '요양이 그의 선조(姚襄則祖也)'라는 구절을 제대로 해석하기 위해 ≪진서 · 재기(載記)≫를 참조해보아도 요복은 나오지 않는 것으로 보아 이 글의 요양은 다른 요양이거나 문자 상의 착오로 보인다.

요복이 뛸 듯이 기뻐한 주천(酒泉) 지역은 한대에 만들어진 관할영토로 현재 감숙성에 위치하고 있다. 돈황과 함께 오아시스가 있는 지역으로 서주라고 불리며 하서회랑(河西回廊)의 중심부에 해당한다. 한 무제 2년(B.C. 121년)에 곽거병이 하서에 출정하여 이곳에 주둔하고 있을 때 무제가 공 있는 장수들을 위해 어주(御酒) 10병을 하사했으나 다들 마시기에 부족해서 곽거병이 샘에 술을 부었는데 갑자기 샘물이 맛있는 술로 변해서 주천이라고 하게 되었다고 한다. 현재 천호공원(泉湖公園) 안에 주천의 지명이 유래된 샘물이 남아 있다.

▌소기의 록 33

바른 길을 가지 못한다면 광인이나 고집쟁이여야 한다. 순우·우맹 등은 익살스러운 어조로 간언한다. 요복은 재성과 용모가 중원 사람과 다르고 말 한마디에도 풍자가 숨어 있으며 아첨을 해도 절도가 있었다. 해학적인 기이한 말로 사양하면서 훈계하고 사물에 의지하여 풍자하니, 말하는 사람 죄 없음은 동방만천의 짝이로다! 심장과 위가 빨리 썩는 것은 장을 부패하여 문드러지게 하는 것을 좋아한 탓이므로 "오미는 사람 입을 상하게 한다."는 말을 노자가 깊이 새긴 것이다.

계나 석만큼 달거나 송이나 초만큼 맛있지 않아도 연기와 노을을 머금었다 뿜어내고 이슬을 씹어 먹으니 천년이 하루아침보다 빠르고 속세의 시간은 순간보다 오래되니 어찌 즐거움에 빠져 장생구시를 잊겠는가? 사물에는 내용이 달라도 이름이 같은 것이 많으니 신비한 이치를 통달하지 못하면 멀리 내다볼 수 없다. 그릇된 말을 빌려 사악한 설만 구하겠는가. 천명에는 조짐이 있고 세월 따라 흐르는데 어떻게 요망한 말을 헛되이 믿어 작은 풀을 괴이한 풀이라 하겠는가? 들은 이야기에 빠져 요망한 술법만 믿다니 실로 탄식할 일이로다!

錄曰, 不得中行, 狂狷可也. 淳于·優孟之儔, 因俳說以進諫. 至如姚馥, 才性容貌, 不與華同, 片言竊諷, 媚足規範. 及其俳諧詭譎, 推辭指誡, 因物而刺, 言之者無罪, 抑亦東方曼倩之儔歟! 夫心胃之逸朽, 故有腐腸爛腸之嗜, 是以"五味令人口爽", 老氏以爲深誠, 未若甘茲桂石, 美斯松草, 含吐煙霞, 咀食沆瀣, 迅千齡於一朝, 方塵劫於俄頃, 胡可淫此酣樂, 忘彼久視者乎? 夫物有事異而名同者, 自非窮神達理, 莫能遙照, 豈可假於詖辭, 專求於邪說. 天命有兆, 歷運攸歸, 何可妄信於謠訛, 指怪於纖草? 將溺所聞, 信諸厥術, 可爲嗟乎!

의미읽기

≪논어·자로(子路)≫를 보면 "바른 길을 가지 않는다면 필시 광인이나 고집쟁이여야! 광인은 나아가 취하고 고집쟁이는 하지 않는 바가 있다(不得中行而與之, 必也狂狷乎! 狂者進取, 狷者有所不爲也)"고 했다.

순우(淳于)는 순우곤(淳于髠)으로 전국 제나라 사람인데 익살스러운 말로 유명하다. 위왕(威王) 때 음악이 문란하고 정치가 문란하고 밤새 술 마시는 일이 잦자 곤이 익살스럽고 은밀한 말로 간언하여 시정된 적이 있다. 우맹(優孟)은 춘추시대 악공으로 지혜로운 말을 잘했다고 한다. 늘 얘기 속에 빗대어 풍간하는데 장왕(莊王)이 말이 죽자 대부의 예로 장사지내려 했고 우맹은 장왕이 사람을 천시하고 말을 아끼는 점을 풍자했다고 한다. 손숙오(孫叔敖)가 죽었는데 아들이 너무 가난하자 우맹이 손숙오의 의관을 차려 입고 그의 언행거지를 흉내 냈는데 겨울에 완전히 행동이 손숙오와 똑같게 되자 자신 있게 장왕을 만나 노래를 지어 감동시켜서 결국 왕이 손숙오의 아들을 불러 침구(寢丘)에 봉해서 뒤를 돌봐주도록 했다고 한다. 두 사람의 이야기는 ≪사기·골계열전≫에 자세히 소개되어 있다. 동방삭(東方朔)은 자가 만천(曼倩)이라서 동방만천으로 불린다. 문사에 뛰어나고 해학을 즐기며 한 무제 때 여러 번 시중(侍中)직을 맡으면서 골계로 빗대어 풍간하면 무제가 늘 깨닫고 시정했다고 전해진다. 다들 이 글에서 죄를 얻지 않고 부드럽게 간언에 성공한 사례로 거론되었다.

계(桂)·석(石)·송(松)·초(草)는 양생하면서 신선이 되려고 도 닦는 사람이 복용하는 것들이다. ≪한서·사마상여전≫을 보면 "맑은 이슬을 마시고 아침노을을 반찬으로 삼네(呼吸沆瀣兮餐朝霞)"라는 대목이 나온다. 응소(應劭)의 주에서 '≪열선전≫에 나오는 능양자는 여름이면 맑은 이슬을 먹는다. 항해란 북방 한밤의 기(≪列仙傳≫陵陽子言夏食沆瀣. 沆瀣, 北方夜半氣也)'라고 설명했다. ≪문선≫ 혜강의 〈금부(琴賦)〉에서도 "맑은 이슬을 반찬삼아 아침노을을 띠네(餐沆瀣兮帶朝霞)"라고 했다. 이선(李善)의 주에 '항해는 맑은 이슬(沆瀣, 淸露也)'이라고 했다.

[2] 함녕 4년 금용성 동쪽에 방소원을 만들고 기이한 채소를 많이 심었다. 운미 즉 고사리에는 세 종류가 있는데 자색이 제일 잘 자라며 매운 맛이고 뿌리는 무성하며 봄여름에는 잎이 빽빽하다가 가을에 꽃을 피우며 겨울이면 향기가 나고 진주 같은 열매가 열린다. 열매는 다섯 가지 색으로 때에 따라 자라나며 '운지'라고도 한다. 자색은 상 등급 채소로 맵고 황색은 중 등급 채소로 달며 청색은 하 등급 채소로 짜다. 세 가지 채소로 늘 수라상의 찬을 마련한다. 잎은 음식을 담거나 종묘 제사에 바치며 굶주림과 목마름을 멈추게 한다. 궁인들이 줄기와 잎을 따서 몸에 지니면 향기가 여러 날 계속된다.

咸寧四年, 立芳蔬園於金墉城東, 多種異菜. 有菜名曰'芸薇', 類有三種, 紫色者最繁, 味辛, 其根爛慢, 春夏葉密, 秋藥冬馥, 其實若珠, 五色, 隨時而盛, 一名'雲芝'. 其色紫者爲上蔬, 其味辛, 色黃者爲中蔬, 其味甘, 色靑者爲下蔬, 其味鹹. 常以三蔬充御膳. 其葉可以藉飲食, 以供宗廟祭祀, 亦止人渴飢. 宮人採帶其莖葉, 香氣歷日不歇.

의미읽기

오랜 만에 찬을 만드는 채소에 대한 이야기가 등장했다. 함녕은 진 무제의 연호로 함녕 4년은 278년에 해당한다. 금용성은 조위(曹魏) 때 세웠으며 하남성 낙양시 동쪽에 옛터가 남아 있다.

▌소기의 록 34

〈대아〉의 "고사리를 따네."에서도 이것도 같은 종류다. ≪초목소≫

에 "열매가 콩 같다"고 했다. 옛날 고죽군의 두 아들이 속세를 피해 주나라 곡식을 먹지 않고 수양산에서 고사리를 캐먹었는데 아마도 훼 풀인 것 같지만 혹자는 신비한 풀이 한둘이 아니라 혼란스럽다고 했 다. 굶주림을 없애주며 반드시 자색이니 여러 설들은 음과 뜻이 부합 된다. 형태와 질을 논하고 향기와 빛깔을 살펴보면 방포로 옮겨 심었 어도 여전히 향기롭고 아름다움은 짝할 것이 없었다. 향긋한 난초에도 질이 있어 사물의 성질이 변하지 않으므로 본래의 토양과 떨어져 자라 도 향기 더욱 진하니 비유하건대 생강이 어떻게 땅에 따라서 매워지겠 는가! 당시에 선소라 부르며 신기하게 여겼다.

錄曰,〈大雅〉云"言採其薇." 此之類也. ≪草木疏≫云,'其實如豆.' 昔孤 竹二子避世, 不食周粟, 於首陽山采薇而食, 疑似卉, 或云神類非一, 彌相惑 亂. 可以療飢, 其色必紫, 百家雜說, 音旨相符. 論其形品, 詳斯香色, 雖移植 芳圃, 芬美莫儔, 故薰蘭有質, 物性無改, 産乖本地, 逾見芬烈, 譬諸薑桂, 豈 因地而辛矣! 當此一代, 是謂仙蔬, 實爲神異.

의미읽기

≪시·소남(召南)·초충(草蟲)≫에 "고사리를 따네(言采其薇)"라고 했으니 모전에서 '고사리(薇菜也)'라 함은 바로 대소채(大巢菜)를 말한다. 본문의 〈大 雅〉云'은 잘못된 것으로 보인다. ≪초목소≫는 육기(陸璣)의 ≪모시초목조수충어 소(毛詩草木鳥獸蟲魚疏)≫를 말한다. 육기의 ≪소≫를 보면 미(薇)는 "산나물 이다. 뿌리와 잎 모두 작은 콩 같고 덩굴을 뻗으며 자란다. 콩잎으로 국을 끓일 수 있다(山菜也, 莖葉皆似小豆, 蔓生, 藿可作羹)"고 했다. ≪사기·백이전≫을 보면 "백이와 숙제는 고죽군의 두 아들이다…… 무왕이 은의 혼란을 평정하여 천하가 주를 받드니 백이와 숙제는 그것이 부끄러워 고의로 주나라 곡식을 먹지 않고 수양산에 숨어 고사리를 캐먹었다(伯夷·叔齊, 孤竹君之二子也……武王已

平殷亂, 天下宗周, 而伯夷·叔齊恥之, 義不食周粟, 隱於首陽山, 采薇而食之)"고 했으니 고사리를 먹고 연명한 경우이다.

강계(薑桂)는 생강, 육계(肉桂)로 맛은 오래 된 것일수록 맵다. 나중에 생강은 인간의 노련하고 악랄한 본성을 비유하는 이미지를 지닌다. ≪한시외전(韓詩外傳)≫ 7권을 보면 "송옥은 자신의 친구가 초 양왕을 알현했을 때 양왕이 친구를 송옥과 다름없이 대하자 친구에게 양보했다. 친구는 '생강은 땅에서 자라지만 땅에 따라 매워지는 것은 아니라네.'(宋玉因其友見楚襄王, 襄王待之無以異, 乃讓其友. 友曰, '夫薑桂因地而生, 不因地而辛')"라고 말했다고 전해진다.

[3] 장화가 세 가지 고사리와 보리 움을 불려 구온주를 빚었는데 보리 움은 서강에서 나고 보리는 북호에서 난다. 지성맥은 4월 화성이 나올 때 수확해야 한다. 움은 물에다 보리를 3일 밤 담근 후 싹을 틔워서 새벽닭이 울면 사용하므로 '계명맥'이라고도 한다. 그것으로 술을 빚으면 진하고 맛좋으며 오래 머금고 있으면 치아가 흔들리고, 많이 취하면 소리를 지르거나 웃거나 요동하지도 않고 간장을 녹이므로 '소장주(消腸酒)'라고 한다. 혹자는 좋은 술이 긴긴 밤을 즐겁게 한다고 했는데 본문과 같은 소리지만 내용은 다르다. 마을 노래에 "차라리 진한 술 마시고 간장을 녹일지언정 해달과 더불어 빛나지는 않겠다."고 했으니 맛좋은 술을 탐해 한때를 즐겨서야 어떻게 영혼을 보전하여 장생구시 하겠냐는 말이다.

회제 말에, 민간의 동산은 쑥과 가시나무로 뒤덮였고 여우와 토끼가 나돌아 다녔다. 원희 원년 태사령 고당충이 아뢰길 형혹(熒惑)이 붉은 고사리를 범할 것이니 일찍 피하지 않으면 낙양이 사라질 것이라고 했다. 내외 사방 및 경읍 여러 궁관의 수림지역 안과 민간의 동산에 모두 붉은 고사리를 심어 눌러 이기는 주술을 쓰라는 조서를 내렸다. 유연·석륵·요익중·부홍 말에 쑥과 가시가 저절로 사라졌다.

張華爲九醞酒, 以三薇漬麴蘗, 蘗出西羌, 麴出北胡. 胡中有指星麥, 四月火星出, 麥熟而穫之. 蘗用水漬麥三夕而萌芽, 平旦雞鳴而用之, 俗人呼爲'雞鳴麥'. 以之釀酒, 醇美, 久含令人齒動, 若大醉, 不叫笑搖蕩, 令人肝腸消爛, 俗人謂爲'消腸酒'. 或云醇酒可爲長宵之樂, 兩說聲同而事異也. 閭里歌曰, "寧得醇酒消腸, 不與日月齊光." 言耽此美酒, 以悅一時, 何用保守靈而取長久. 至懷帝末, 民間園圃皆生蒿棘, 狐兎遊聚. 至元熙元年, 太史令高堂忠奏熒惑犯紫微, 若不早避, 當無洛陽. 乃詔內外四方及京邑諸宮觀林衛之內, 及民間園圃, 皆植紫薇, 以爲厭勝. 至劉 · 石 · 姚 · 苻之末, 此蒿棘不除自絶也.

의미읽기

고당충(高堂忠)은 고당충(高堂沖)으로 ≪진서 · 천문지(天文志)≫하권을 보면 "영가 3년 정월 경자일에 형혹이 자미를 범했다……. 이때 태사령 고당충이 천자수레에 타고서 마땅히 대피해야 하며 그렇지 않으면 낙양이 반드시 사라질 거라고 아뢰었다(永嘉三年正月庚子, 熒惑犯紫微, ……是時太史令高堂沖奏乘輿宜遷幸, 不然, 必無洛陽)"고 나온다.

유(劉) · 석(石) · 요(姚) · 부(苻)는 유연(劉淵)(흉노족) · 석륵(石勒)(갈족(羯族)) · 요익중(姚弋仲)(강족) · 부홍(苻洪)(저족(氐族))을 말하는데 진은 무제 사후 왕위를 놓고 다투고 죽이는 난리가 일어났고 이들 소수민족은 기회를 틈타 중원을 놓고 서로 대립했으니 전쟁이 계속된 상황을 의미한다.

[4] 태강 원년 흰 구름이 파수에 생겨났다가 3일 후에 사라졌다. 유사가 아뢰었다. "천하가 태평한 징조입니다." 왕이 이유를 묻자 "옛날 순임금 때 노란 구름이 교외의 들에서 일고, 하대에 흰 구름이 도읍지를 덮고 은대에 검은 구름이 숲과 늪을 덮은 것 모두 세상 평화로움에 응하는 것으로 멀고 먼 나라에서 특산물을 바쳐 올 것"이라고 했다.

    과연 우산 지역에서 화완포 10,000소를 바쳐 왔다. 사신은 "우산의 무늬난 돌은 불을 만들 수 있고 연기 빛깔은 사계절에 따라 나타내므로 '정화'라고 합니다. 더러워진 옷을 화석에 던지면 때가 절어 더럽고 까맸던 옷도 새로 산 듯 깨끗해집니다."라고 했다.

    우순 때는 그 나라에서 노란 천을 바쳤고 한말에는 붉은 천을 바쳤는데 양기가 옷을 만들어 입고 '붉은 옷, 단의'라고 했다. 역사가는 "홑옷 단의가 지금의 봉액"이라 했으니 글자는 다른데 소리는 같아서 어느 것이 맞는지 모르겠다.

    太康元年, 白雲起於灞水, 三日而滅. 有司奏云, "天下應太平." 帝問其故, 曰, "昔舜時黃雲興於郊野, 夏代白雲蔽於都邑, 殷代玄雲覆於林藪, 斯皆應世之休徵, 殊鄕絶域應有貢其方物也." 果有羽山之民獻火浣布萬疋. 其國人稱, "羽山之上, 有文石, 生火, 煙色以隨四時而見, 名爲'淨火'. 有不潔之衣, 投於火石之上, 雖滯汙漬涅, 皆如新浣." 當虞舜時, 其國獻黃布, 漢末獻赤布, 梁冀製爲衣, 謂之'丹衣'. 史家云, "單衣今縫掖也." 字異聲同, 未知孰是.

의미읽기

    우산(羽山)은 옛 지명으로 지금 강소성 공유현(贛楡縣) 서남 일대를 말한다. 일설에 산동성 봉래현(蓬萊縣) 동남이라고도 한다.

    우산에서 바친 화완포는 불로 세척하는 옷감으로 ≪열자·탕문≫을 보면 "화완포는 빨 때 반드시 불에 던진다(火浣之布, 浣之必投於火)"고 했다. ≪포박자≫와 ≪이물지(異物志)≫·≪수신기≫ 및 구제(舊題) 동방삭이 찬한 ≪신이경(神異經)≫ 등에서도 이 화완포가 사조국 화주에서 난다고도 하고 곤륜언덕 화산에서 난다고도 하고 남황 밖 화산에서 난다고도 했다. 다들 황당무계해서 믿기 어려우나 ≪삼국지·위서·삼소제기(三少帝紀)≫를 보면 경초(景初) 3년 2월

"서역에서 여러 차례 통역하며 와서 화완포를 바쳤는데 대장군·태위에게 조서를 내려 모든 관리들에게 보여 주게 했다(西域重譯獻火浣布, 詔大將軍, 太尉臨試以示百寮)"는 기록을 보면 옛날에 화완포가 실재했었을 수도 있겠다. ≪박물지≫ 2권 83에도 "≪일주서(逸周書)≫에 다음과 같은 기록이 발견된다. '서쪽 오랑캐가 화완포를 헌상하고 곤오씨는 절옥도를 헌상하였다.' 화완포는 더러워졌을 때 그것을 불에 태우게 되면 깨끗해진다. 절옥도는 옥을 자르는 것이 마치 흙을 가르는 것과 같다. 화완포에 대해서는 한나라 때에 헌상한 자가 있었다 하나 절옥도는 들은 바 없다(≪逸周書≫日..西戎獻火浣布, 昆吾氏獻切玉刀. 火浣布汙則燒之則潔, 刀切玉臘. 布, 漢世有獻者, 刀則未聞)."고 했다. 또 ≪삼국지·위서·삼소제기≫의 주에 ≪부자(傅子)≫를 인용하여 "한 환제 때 대장군 양기가 화완포로 홑옷을 만들어 입고 언제나 빈객을 불러 연회를 열어 거짓으로 술을 뺏다가 술잔을 떨어뜨려 옷을 더럽히고는 화내는 척 옷을 벗어 던지면서 '태워 버려라'고 했다. 천이 불붙자 활활 타올라 완전히 타는 것 같지만 더럽힌 자국이 없어지면 불이 꺼지면서 잿물로 빤 듯 하얗고 깨끗한 옷이 다시 드러났다(漢桓帝時, 大將軍梁冀以火浣布爲單衣, 常大會賓客, 冀陽爭酒, 失杯而汙之, 僞怒, 解衣日 '燒之.' 布得火, 煒曄赫然, 如燒凡布, 垢盡火滅, 粲然潔白, 若用灰水焉)"고 했다.

▌소기의 록 35

제왕의 번영은 평화의 길조에 부합되는 법인데 하늘에 숨겨진 징조가 없고 땅에 쌓여진 보물이 없으니 신물에 의지해 운세를 점치고 별과 구름을 통해 덕을 알아본다. ≪주관≫에 풍상씨가 상서로운 수를 헤아렸다고 했다. 진은 금덕이므로 흰 구름이 파수에서 일어난 것이다. ≪산해경≫ 및 ≪이물지≫에 "연주의 짐승은 불에 살며 털로 베를 짜는데 때가 끼어 더러워져도 불에 던지면 다시 깨끗해진다."는 이야기가 나오는데 두 가지 설이 달라서 함께 기록해 둔다.

錄曰, 帝王之興, 叶休祥之應, 天無隱祥, 地無蓄寶, 是以因神物以表運, 見星雲以觀德. 按≪周官≫有馮相氏, 以觀祥錄之數. 晉以金德, 故白雲起於灞水. ≪山海經≫及≪異物志≫云, "燃洲之獸, 生於火中, 以毛織爲布, 雖有垢膩, 投火則潔淨也." 兩說不同, 故偕錄焉.

의미읽기

풍상씨는 관직명으로 ≪주례≫에 "춘관(春官)에 속한다(春官之屬)"고 했다. 주에서 '풍은 오르는 것이고 상은 보는 것이다. 당시 높은 대에 올라 천문의 순서를 살폈다(馮, 乘也. 相, 視也, 世登高臺, 以視天文之次序)'고 했다.

≪삼국지·위서·삼소제기≫에 ≪이물지≫를 인용하여 "사조국에 화주가 있는데 남해 가운데다. 그곳에 있는 야화는 봄여름에 타오르고 가을겨울에 저절로 꺼진다. 어떤 나무는 야화 속에서 살며 없어지지 않고 가지와 껍질만 다시 돋았다가 가을겨울에 야화가 죽으면 모두 마른다. 사람들은 겨울이면 늘 이 나무껍질을 벗겨 천을 만드는데 약간 검푸른 색이다. 먼지와 때로 더러워져 불에 던지면 다시 깨끗해진다(斯調國有火州, 在南海中. 其上有野火, 春夏自生, 秋冬自死. 有木生於其中而不消也, 枝皮更活, 秋冬火死則皆枯瘁. 其俗常冬采其皮以爲布, 色小靑黑, 若塵垢汙之, 便投火中, 則更鮮明也)"고 했다. 이 문장과 소기의 〈록〉에 실린 인용문은 서로 다르다. 그리고 〈록〉에서 ≪산해경≫을 언급했지만 금본≪산해경≫에는 화완포가 없으며 ≪십주기(十洲記)≫나 ≪신이경≫인 것 같다. ≪후한서·서남열이전(西南夷列傳)≫에서 화취(火毳)를 화완포라고 주를 달았고 ≪신이경·남황경(南荒經)≫을 인용해서 "남쪽 변경 밖 화산은 높이 40리, 넓이 45리에 달한다. 부진목이 자라는데 밤낮으로 불타고 있지만 폭풍에도 불길이 거세지지 않고 강한 비를 맞아도 꺼지지 않는다. 불안에 사는 쥐는 무게 100근에 털 길이가 2척이 넘는데 가늘기는 실 같다. 항상 불에 살다가 가끔 밖으로 나오는데 흰색이다. 물로 적시면 곧 죽는다. 털을 뽑아 베 짜는데 사용하다 더러워져 불태우면 곧 깨끗해진다(南方有火山, 長四十里, 廣四五里. 生不燃之木, 晝夜火燃, 得烈風不猛, 暴雨不滅. 火中有鼠, 重百斤, 毛長二尺餘, 細如絲, 恒居火中. 時

時出外. 而色白. 以水逐沃之卽死. 績其毛. 織以作布. 用之若汗. 以火燒之. 則淸
潔也)"는 기록이 있다.

[5] 인지국에서 바친 다리가 다섯인 짐승은 사자 같고 옥전 1000관
은 고리 같다. 무게는 10량으로 '천수영길(天壽永吉)'이라고 적혀 있다.
사신에게 다리 다섯인 짐승이 어떻게 변한 건지 물었더니 이렇게 대답
한다.

"동방에 모습을 바꾸는 백성이 사는데 머리를 남해로 날리고 왼손
은 동산으로 날리고 오른손은 서택으로 날렸으며 배꼽 밑으로 두 발만
덩그마니 서 있습니다. 날이 저물자 머리가 어깨로 돌아 왔지만 양손
은 질풍을 만나 해외에 떠돌다가 현주에 떨어져 다리 다섯인 짐승이
되었으니 손가락 하나가 발 하나로 변한 셈이지요. 그 사람은 양손을
잃고 옆 사람에게 속살을 벗겨 내게 해서 양어깨로 삼았는데 옛 모습
대로 되었습니다."

인지국은 서역 북쪽에 있으며 철마차를 만들어 사신을 보냈는데 10
년 뒤에 돌아왔을 적엔 수레바퀴가 다 부서져 있었다. 인지국이 얼마
나 먼지는 정확히 알 수 없다.

因墀國獻五足獸. 狀如師子. 玉錢千緡. 其形如環. 環重十兩. 上有'天壽永
吉'之字. 問其使者五足獸是何變化. 對曰. "東方有解形之民. 使頭飛於南海.
左手飛於東山. 右手飛於西澤. 自臍以下. 兩足孤立. 至暮. 頭還肩上. 兩手
遇疾風飄於海外. 落玄洲之上. 化爲五足獸. 則一指爲一足也. 其人旣失兩手.
使傍人割裏肉以爲兩臂. 宛然如舊也." 因墀國在西域之北. 送使者以鐵爲車
輪. 十年方至晉. 及還. 輪皆絶銳. 莫知其遠近也.

[6] 태시 원년 위제 조환이 진류왕이 되던 해에 빈사국 사신이 조공 드리러 오면서 오색 옥으로 만든 옷을 입었는데 지금의 갑옷 같았다. 사신은 중국의 맛좋은 음식을 먹지 않고 자신의 금 호리병을 가져 왔는데 그 안에 들어 있는 장은 기름 같고 한 방울 맛보면 천수를 누린다. 그 나라는 큰 단풍나무가 숲을 이루고 있는데 셈을 잘하는 사람이 리(里) 단위로 헤아려 본 결과 높이 6·7십리로 번개와 우뢰가 늘 나무 중간에서 친다. 나뭇가지가 위에서 교차되면서 그늘져서 해와 달도 가려졌다. 밑은 평평하고 깨끗해 먼지가 없으며 비나 안개도 들어오지 못했다. 나무 동쪽 큰 석실은 10,000명이 앉을 만큼 넓었다. 벽에 삼황이 새겨져 있으며, 천황 13두·지황 11두·인황 9두 모두 용의 몸이다. 또 고촉처가 있다.

돌을 모아 만든 침대 위에 깊이 세치의 무릎 흔적이 남아 있다. 침대 앞에 놓인 1척 2치 크기의 죽간에는 대전체로 개벽 이래 일들을 적어 놓았는데 적은 사람이 누구인지는 알 수 없다. 복희가 괘를 그릴 때 이 책이 만들어졌다고도 하고 창힐이 글자를 만든 곳이라고도 한다.

옆에 있는 붉은 돌우물은 사람이 판 것이 아닌데 아래로 누천에 닿으며 항상 용솟음치기 때문에 신선들이 마시려면 긴 두레박줄로 길어야 한다. 그 나라 사람은 모두 힘이 세고 오곡을 먹지 않으며 한낮에 그림자가 없고 계수나무 즙과 구름과 안개를 마신다. 깃털 옷을 지어 입고 머리털은 실 같지만 단단하고 질기기가 힘줄 같고 쫙 펴면 거의 1장이며 그냥 두면 나무좀처럼 저절로 오그라든다. 머리털을 묶어 노끈을 만들어서 붉은 우물에 넣으면 한참 뒤에야 물 한 됫박을 길을 수 있다.

물에 사는 흰 개구리는 두 날개로 우물 위를 왔다 갔다 하는데 신선이 그것을 먹는다. 주대에 영왕 아들 왕자 진이 우물에 왔었는데 푸른 까치가 옥 국자를 물고 와 진에게 주었다. 진이 그것으로 물을 떠먹었더니 구름이 일고 눈발이 날렸다. 옷소매로 구름을 휘젓자 구름과 눈발이 저절로 그쳤다. 흰 개구리가 쌍백구로 변해 구름 속으로 들어가는 것을 안보일 때까지 바라보았다.

모두 빈사국에서 기록한 일들로 그 사람도 연대는 알지 못했다. 사신에게 그 나라 산천지세와 둥근 구슬 등을 그리게 해서 장화에게 보였다. 장화는 "신기한 나라는 증험하여 믿기가 어렵습니다."라면서 수레와 말, 진기한 의복을 선물로 주고 관문을 통과시켰다.

太始元年, 魏帝爲陳留王之歲, 有頻斯國人來朝, 以五色玉爲衣, 如今之鎧. 其使不食中國滋味, 自齎金壺, 壺中有漿, 凝如脂, 嘗一滴則壽千歲. 其國有大楓木成林, 高六七十里, 善算者以里計之, 雷電常出樹之半. 其枝交蔭於上, 蔽不見日月之光. 其下平淨掃灑, 雨霧不能入焉. 樹東有大石室, 可容萬人坐. 壁上刻爲三皇之像, 天皇十三頭, 地皇十一頭, 人皇九頭, 皆龍身. 亦有膏燭之處. 緝石爲床, 床上有膝痕深三寸. 床前有竹簡長尺二寸, 書大篆之文, 皆言開闢以來事, 人莫能識. 或言是伏羲畫卦之時有此書, 或言是倉頡造書之處. 傍有丹石井, 非人之所鑿, 下及漏泉, 水常沸湧, 諸仙欲飲之時, 以長縆引汲也. 其國人皆多力. 不食五穀, 日中無影, 飲桂漿雲霧. 羽毛爲衣, 髮大如縷, 堅靭如筋, 伸之幾至一丈, 置之自縮如蠡. 續人髮以爲繩, 汲丹井之水, 久久方得升之水. 水中有白蛙, 兩翅, 常來去井上, 仙者食之. 至周, 王子晉臨井而窺, 有靑雀銜玉杓以授子晉, 子晉取而食之, 乃有雲起雪飛. 子晉以衣袖揮雲, 則雲雪自止. 白蛙化爲雙白鳩入雲, 望之遂滅. 皆頻斯國之所記, 蓋其人年不可測也. 使圖其國山川地勢瑰異之屬, 以示張華. 華云 "此神異之國, 難可驗信." 以車馬珍服送之出關.

의미읽기

태시(太始)는 태시(泰始)로 진 무제 사마염의 첫 번째 연호(265년)이다. 위제(魏帝)는 위 원제 조환을 말하며 사마염이 찬탈하는 바람에 진류왕으로 폐해졌다.

　　[7] 장화의 자는 무선이고 남보다 훨씬 총명하며 지혜롭고 신비한 도서와 참위서를 즐겨 읽었으며 천하의 유문과 일문을 모았다. 서계부터 신비함과 세상에 전해지는 이야기들을 고증하여 ≪박물지≫ 400권을 만들어 무제께 올렸다. 무제가 "그대의 재주는 만대를 둘러 봐도 박식함으로 짝할 사람이 없으니 멀리는 희황, 가까이는 공자에 버금가오. 그러나 사건을 기록하고 이야기를 모음에 허망한 것들이 많으니 빼버리고 쓸데없이 긴 문장은 쓰지 마시요! 옛날 중니가≪시≫와 ≪서≫를 정리하면서 귀신에 대한 분명하지 않은 일은 삭제하고 괴이한 힘과 어지러운 귀신은 말하지 않으셨다 했소. 그런데 지금 ≪박물지≫의 들어보지 못했던 일에 놀라고 보지 못했던 일에 기이함을 느끼니 장차 후손을 혼란에 빠뜨려 그들의 눈과 귀를 산란시킬까 두렵구려. 허황되고 의심 가는 것들을 빼고 10권으로 만들어 보시오!"하면서 어전에서 푸른 철로 만든 벼루를 하사했다. 이 벼루는 우전국에서 바친 철을 주조하여 만든 벼루이다.

　　또 인각필(麟角筆)을 하사했는데 이것은 기린 뿔로 만든 붓대로 요서국에서 바친 것이다. 측리지 10,000번은 남월에서 바쳐왔다. 후대에 '척리'라고 하는 것은 '측리'와 혼동된 결과이다. 남쪽에서는 해태를 종이라 하는데 리의 가로세로가 비스듬해서 그렇게 이름 지은 것이다. 무제는 ≪박물지≫ 10권을 함 속에 항상 넣어 두고 한가한 날이면 꺼내 읽었다.

　　張華字茂先, 挺生聰慧之德, 好觀秘異圖緯之部, 捃探天下遺逸, 自書契之始, 考驗神怪, 及世間閭里所說, 造≪博物志≫四百卷, 奏於武帝. 帝詔詰問, "卿才綜萬代, 博識無倫, 遠冠羲皇, 近次夫子, 然記事採言, 亦多浮妄, 宜更刪翦, 無以冗長成文! 昔仲尼刪≪詩≫·≪書≫, 不及鬼神幽昧之事, 以言怪力亂神, 今卿≪博物志≫, 驚所未聞, 異所未見, 將恐惑亂於後生, 繁蕪於耳目, 可更芟截浮疑, 分爲十卷!” 卽於御前賜靑鐵硯, 此鐵是于闐國所出, 獻而鑄爲硯也, 賜麟角筆, 以麟角爲筆管, 此遼西國所獻, 側理紙萬番, 此南越所獻. 後人言'陟里', 與'側理'相亂, 南人以海苔爲紙, 其理縱橫邪側, 因以爲名. 帝常≪博物志≫十卷置於函中, 暇日覽焉.

의미읽기

호응린의 ≪소실산방필총(少室山房筆叢)≫ 29권을 보면 "≪박물지≫ 10권은 진 장화 찬이다. 장화의 박식함은 고금에 으뜸가지만 이 책의 내용은 소홀하고 개략적이며 조리가 없으니, 아마 후대 유서에서 적었던 것 같다. ≪수지≫에도 10권밖에 없으니 늘 의문점이 남는다. 최근에 잡설을 한번 열독한 당인 은문규는 장화의 원서는 400권인데 무제가 정리하여 10권으로 만들었다고 했으니 이는 다소 믿을만한 이야기다. ≪수지≫에 무제가 정리한 판본이 있는데 송대에 탈락되지 않은 것이 없다. 후대에 ≪광기≫에서 뽑은 것도 10권이지만 실제 두세 권만 남았고 결코 수대의 옛 책이 아니니 더욱 췡하다(博物志十卷, 晉張華撰. 華博洽冠古今, 此書所載, 疏略淺猥, 無復倫次, 疑後世類書中錄出者. 然≪隋志≫亦僅十卷, 每用爲疑. 近閱一雜說, 記唐人殷文圭云, 華原書四百卷, 武帝刪之, 止作十卷. 始信余見有脗合者. 蓋≪隋志≫乃武帝所刪本, 至宋不無脫落, 後人又從≪廣記≫錄出, 雖十卷, 實二三存, 倂非隋世之舊. 故益寥寥耳)"고 했다. 이에 대해 ≪습유기≫에 자세히 나온다고 주의 기록은 바로 이 단락을 말한 것이다.

[8] 혜제 원희 2년에 영평 원년으로 개원했다. 상산군에서 바친 상혼조(傷魂鳥)는 생김은 닭 같고 털빛은 봉황 같다. 혜제는 그 이름이 맘에 안 들어 들여 놓지 않았으나 새 깃털만은 아꼈다.

당시 박물학자가 말했다. "황제가 치우를 죽일 때 추(貙)와 호(虎)가 실수로 한 부인을 물었는데 7일간 기가 끊이지 않자 황제가 슬퍼하여 중관과 석곽을 만들어 장사지냈습니다. 새 한 마리가 무덤 위를 날아다니며 상혼(傷魂)이란 소리를 내며 울었는데 바로 부인의 영혼이었답니다." 후대 사람이 영종하지 못하는 것은 새가 그 나라 숲 속에 서식하기 때문이다.

한의 애제와 평제 말에 왕망이 현인과 어진 신하를 무차별로 죽이자 그 새가 자주 와서 슬피 울었다. 당시 그 이름을 꺼려 상산군국에게 활로 쏘아 쫓아 버리도록 하였다.

진나라 초에 전쟁이 끝나 사해가 평정되자 산과 들에 가끔 이 새가 나타났다. 그 이름이 싫어서 '상혼'에서 '상홍(相弘)'으로 바꿨다. 손호가 귀명 후에 봉해졌으니 상홍의 의미가 들어맞은 것이다.

영평 말 죽고 다친 사람이 많아서 문간에는 탄식소리가 거리에는 곡소리가 끊이질 않았는데 상산에서 그 새를 헌납했으니 결국 쫓아버린 것이다.

惠帝元熙二年, 改爲永平元年, 常山郡獻傷魂鳥, 狀如鷄, 毛色似鳳. 帝惡其名, 棄而不納, 復愛其毛羽. 當時博物者云, "黃帝殺蚩尤, 有貙·虎誤噬一婦人, 七日氣不絶, 黃帝哀之, 葬以重棺石槨. 有鳥翔其塚上, 其聲自呼爲傷魂, 則此婦人之靈也." 後人不得其令終者, 此鳥來集其國園林之中. 漢哀·平之末, 王莽多殺伐賢良, 其鳥亟來哀鳴. 時人疾此鳥名, 使常山郡國彈射驅之. 至晉初, 干戈始戢, 四海攸歸, 山野間時見此鳥. 憎其名, 改'傷魂'爲'相弘'. 及封孫晧爲歸命侯, 相弘之義, 叶於此矣. 永平之末, 死傷多故, 門嗟巷哭, 常山有獻, 遂放逐之.

[9] 태시 10년, 부지국에서 바친 망서초(望舒草)는 붉은 색으로 연꽃 같은데 가까이 보면 연꽃이 말린 모습이고 멀리서 보면 연꽃이 펴진 것 같으며 동글동글하고 우산 같다. 달이 뜨면 연잎이 펴지고 달이

지면 연잎이 말린다고 한다. 궁중에 심느라 100보 넓이의 못을 파고 '펴지고 말리는 연꽃 연못'이라 했다. 민제 말에 오랑캐 땅으로 가면서 오랑캐 인이 그 씨앗을 가져갔으니 지금은 연꽃도 사라졌고 연못도 다 메워졌다.

太始十年, 有浮支國獻望舒草, 其色紅, 葉如荷, 近望則如卷荷, 遠望則如 舒荷, 團團似蓋. 亦云, 月出則荷舒, 月沒則葉卷. 植於宮中, 因穿池廣百步, 名曰望舒荷池. 愍帝之末, 移入胡, 胡人將種還胡中, 至今絶矣, 池亦塡塞.

[10] 조량국에서 바친 만금태(蔓金苔)는 황금색으로 반딧불을 모은 듯하며 달걀같이 크다. 물에 던지면 물결 위에 떠서 현란하게 빛나며 태양을 비추니 마치 물속에서 불이 나는 것 같다. 궁 안에 100보 넓이 못을 파 가끔 만금태를 보며 궁인들이 즐거워했다. 궁인 중에 운 좋은 사람이 금태를 하사 받아 칠 쟁반에 두었는데 휘황한 빛이 방안 가득하여 '야명태(夜明苔)'라 했고, 옷에 붙으면 불빛 같다. 왕은 외부 사람이 가져가 백성을 미혹시킬까봐 금태를 제거하고 못을 막으라는 조서를 내렸다. 왕궁에 난리가 나자 모두 오랑캐 땅으로 가져갔다.

祖梁國獻蔓金苔, 色如黃金, 若螢火之聚, 大如雞卵, 投於水中, 蔓延於波 瀾之上, 光出照日, 皆如火生水上也. 乃於宮中穿池, 廣百步, 時觀此苔, 以 樂宮人. 宮人有幸者, 以金苔賜之, 置漆盤中, 照耀滿室, 名曰'夜明苔', 著衣 襟則如火光. 帝慮外人得之, 有惑百姓, 詔使除苔塞池. 及皇家喪亂, 猶有此 物, 皆入胡中.

　[11] 석계륜이 사랑하는 첩은 상풍(翔風)으로 위나라 말 오랑캐 국에서 얻어왔다. 10살에 집안에서 키웠는데 열다섯 살이 되자 비할 데 없이 아름답고 자태가 빼어났다. 옥 소리를 기묘하게 구분하고 금빛도 신통하게 보았다. 석씨의 부는 왕실에 버금가니 거만하고 사치스러워 집안 가득 진기한 보물과 기이한 물건이 기왓장처럼 흔했고 썩은 흙처럼 쌓여 있는데 여러 지방과 이국에서 얻은 것으로 출처를 식별하는 사람은 아무도 없었다. 상풍에게 그 소리와 색을 구별해 보라 했더니 원산지를 알아 맞추었다.

　서방과 북방의 옥 소리는 가라앉아 무거우며 온화하고 부드러워 차고 다니면 인성과 영혼을 돕고, 동방과 남방의 것은 가볍고 맑으며 서늘하여 차고 다니면 사람의 정신에 도움이 된다고 했다. 석씨 시녀 중에 아름답고 요염한 사람은 수천 명이지만 상풍이 문장으로 가장 사랑을 받았다.

　석숭이 그녀에게 이런 말을 한 적이 있다. "하얀 태양을 가리켜 맹세하나니 내가 100년 뒤 너를 순장시킬 것이야." 이에 대한 상풍의 대답이다. "살아서 사랑하다가 죽어 이별해야 한다면 사랑하지 않음만 못합니다. 첩이 순장될 수만 있다면 몸이 어떻게 썩겠어요!" 이 말로 그녀는 더욱 사랑을 독차지했다.

　석숭은 용모와 자태가 아름다운 사람 열 명을 뽑아 똑같이 옷을 입혀서 늘 옆에 두었는데 언뜻 보면 서로 구별이 되지 않았다. 상풍이 옥을 조각해 장인에게 넘겨주면 도룡패가 되고 금을 휘감아 주면 봉관차가 되었는데 즉 옥으로 용이 거꾸로 있는 형체를 새기고 금으로 봉황의 관 같은 비녀를 만든다는 뜻이다. 소매를 묶고 기둥을 빙빙 돌며 춤을 추면 밤낮으로 이어지니 '항무(恒舞)'라 했다. 누구를 부르려면 이름을 호명하지 않고 패물소리와 비녀 색을 보아 옥소리가 가벼우면 앞에 세우고 금빛이 아름다우면 뒤에 있도록 해서 행동의 순서를 정했다.

　수십 명 모두 다른 향을 품게 했으니 걷다가 웃으며 말하면 입안 향기가 바람 따라 나부꼈다. 침수향을 부수어 분말로 만들어 상아침대에 뿌린 뒤 총애 받는 사람에게 그것을 밟게 하여 흔적이 없으면 진주 100배를 하사했고 흔적이 있으면 음식을 절제시켜 몸을 가볍고 부드럽게 했다. 규방에서 우스갯소리로 "너는 뼈가 가늘지도 몸이 가볍지도 않은데 어떻게 100배의 진주를 얻었니?"라고들 놀렸다.

상풍이 30세가 되자 스물 안팎의 여자들이 그녀를 질투하면서 "오랑캐 계집은 우리패가 될 수 없어"하고 비방했다. 석숭은 조금씩 오래 두고 말하는 그녀들의 참소에 말려들어 결국 상풍을 뒷방노인네라고 내쫓아 어린 여자들을 단속하는 임무를 맡겼다. 그녀는 한스러운 나머지 이런 오언시를 지었다.

> 봄꽃을 누가 아름답다 하지 않을까
> 가을이 되면 시들고 마는 것을.
> 부뚜막 연기 절로 내려오는데
> 비루한 이의 물러남이야 어찌 기약할까!
> 계수나무는 향기 때문에 스스로 좀먹고
> 예쁜 눈썹 때문에 사랑을 잃어버리네.
> 가만히 앉아 향기롭던 때가 다함을 보고 있으니
> 초췌하여 스스로 비웃음만 나네!"

석씨 집에서 이 노래를 악곡으로 만들었는데 진나라 말에는 더 이상 부르지 않았다.

石季倫愛婢名翔風, 魏末於胡中得之. 年始十歲, 使房內養之, 至十五, 無有比其容貌, 特以姿態見美. 妙別玉聲, 巧觀金色. 石氏之富, 方比王家, 驕侈當世, 珍寶奇異, 視如瓦礫, 積如糞土, 皆殊方異國所得, 莫有辨識其出處者. 乃使翔風別其聲色, 悉知其處. 言西方北方, 玉聲沈重而性溫潤, 佩服者益人性靈, 東方南方, 玉聲輕潔而性淸涼, 佩服者利人精神. 石氏侍人, 美艷者數千人, 翔風最以文辭擅愛. 石崇嘗語之曰, "吾百年之後, 當指白日, 以汝爲殉." 答曰, "生愛死離, 不如無愛. 妾得爲殉, 身其何朽!" 於是彌見寵愛.

崇常擇美容姿相類者十人, 裝飾衣服大小一等, 使忽視不相分別, 常侍於側.
使翔風調玉以付工人, 爲倒龍之珮, 縈金爲鳳冠之釵, 言刻玉爲倒龍之勢, 鑄
金釵象鳳皇之冠. 結袖繞楹而舞, 晝夜相接, 謂之'恒舞'. 欲有所召, 不呼姓
名, 悉聽珮聲, 視釵色, 玉聲輕者居前, 金色艷者居後, 以爲行次而進也. 使
數十人各含異香, 行而語笑, 則口氣從風而颺. 又屑沈水之香, 如塵末, 布象
床上, 使所愛者踐之, 無迹者賜以眞珠百琲, 有迹者節其飮食, 令身輕弱. 故
閨中相戲曰, "爾非細骨輕軀, 那得百琲眞珠?" 及翔風年三十, 妙年者爭嫉
之, 或者云 "胡女不可爲羣," 競相排毀. 石崇受譖潤之言, 卽退翔風爲房老,
使主羣少, 乃懷怨而作五言詩曰,

春華誰不美, 卒傷秋落時.
突烟還自低, 鄙退豈所期!
桂芳徒自蠹, 失愛在娥眉.
坐見芳時歇, 憔悴空自嗤!

石氏房中並歌此爲樂曲, 至晉末乃止.

의미읽기

석숭은 자가 계륜(季倫)이고 남피(南皮) 사람으로 형주자사(荊州刺史)를 지
냈다. 재물을 약탈하고 사람을 죽이면서 객에게 항해하게 하여 거부가 되었다.
나중에 위위(衛尉)에 올라 별장을 지어 금곡원(金谷園)이라 명명하는 등 외척
왕개(王愷)·양수(羊琇)와 더불어 호사스러움을 다투었다고 한다.

석숭의 사치에 관해서는 그의 화려한 화장실 인테리어 및 화장실 문화에 관련
된 재밌는 일화가 전해진다. 석숭은 손님을 맞을 때 화장실에 신경을 굉장히 많
이 썼는데 절세 미녀들을 뽑아서 측간 앞에 세워두었다가 손님이 일을 보러 오면
긴 겉옷을 받아 들고 서있게 했다. 손님이 괜찮다고 해도 미녀들은 '옷에 오물이
묻으면 어쩌시려구요?'하면서 극구 옷을 벗겼다고 한다. 그녀들은 향그러운 향을
피워 악취를 없애는 등 화장실 서비스가 극진했다고 하니 한번 초대받고 싶을 지

경이다. 심지어 손님의 겉옷이 낡았거나 허름할 경우에는 새 비단옷을 지어 돌아가기 전에 선물해주었다고 하니 정말 석숭의 집에 초대받는 영광을 누리지 못한 게 한이 될 정도란다. 게다가 더 기막힌 것은 석숭의 부를 과시하려는 욕망은 끝이 없어 수십만 마리의 파리를 잡은 뒤 그 날개를 일일이 떼어 화장실 바닥에 깔아 두었다고 하니 더 이상은 말하지 않는 편이 좋겠다. 그런 석숭도 결국 조왕(趙王) 륜(倫)에게 피살당하고 만다.

[12] 석호(石虎)는 태극전 앞에 누각을 세웠는데 높이 40장에 구슬을 엮어 주렴을 만들고 오색 옥패를 드리워 바람불면 딸랑딸랑 거리는데 새 울음과 어울려 청아하다. 한여름 높은 누각에 올라 4극을 바라보며 금석사죽(金石絲竹)의 음악을 연주하는데 낮부터 밤까지 계속했다. 누각 아래에 승마장과 양궁장을 열어 주위를 400보 가량을 둘렀는데 담은 전부 무늬난 돌과 단사(丹沙) 및 채색으로 꾸몄다.

금·옥·돈·패물 등 보물을 모아 여러 기예인 들에게 상으로 주었다. 네 곁채에 금 휘장을 치니 집의 기둥들은 은밀히 솟아 있는데 용·봉황 등 여러 짐승의 형상을 갖가지 보석으로 새기고 깎아 장식하니 밤에도 늘 빛났다. 강족 사람들을 누대로 불렀다.

심한 가뭄이면 보석들과 기이한 향을 가루로 빻아 수백 사람에게 누대 위에서 불어 흩날리게 하니 '방진(方塵)'이라 한다. 누대의 청동용은 배에 수백 곡(斛)의 술을 담을 수 있어 오랑캐에게 누대 위에서 술을 뿌리게 하니 바람이 불 때 보면 이슬 같아서 '점우대(粘雨臺)'라 하였고 그 술을 먼지에 뿌렸다.

누대 위의 웃고 떠드는 소리가 공중에 울려 퍼진다. 사시사철 사용하는 욕실을 지어 금빛 구리와 옥돌로 둑을 쌓고 호박으로 병과 국자를 만들었다. 여름이면 도랑물을 끌어다 못을 채웠고 깁과 주름진 비단으로 만든 주머니에 갖가지 향을 담아 못 안에 담아 놓았다. 엄동설한이면 수천 매의 청동으로 굽은 용을 만들었는데 하나가 수천 근이나 되며 불로 달군 후 물속에 넣으면 못물이 오랫동안 따듯하니 '초롱온지'라 했다. 봉황무늬 비단을 보폭으로 재단해서 목욕하는 곳을 둘러가린 뒤 궁인과 첩들이 속옷마저 벗어버리고 알몸으로 잔치를 즐기는 일이 밤낮으로 계속되니 '청희욕실'이라고도 했다.

목욕이 끝나면 궁 밖으로 물을 흘려보냈다. 물 흐르는 곳을 '온향거'라 했다. 도랑 밖에서는 사람들이 다투어 그 물을 길어 갔는데 됫박을 길어 돌아가면 집안사람들이 모두 기뻐했다. 석씨가 망한 뒤에도 초롱은 여전히 업성에 있었으나 못은 막혀 평평해졌다.

石虎於太極殿前起樓, 高四十丈, 結珠爲簾, 垂五色玉珮, 風至鏗鏘, 和鳴淸雅. 盛夏之時, 登高樓以望四極, 奏金石絲竹之樂, 以日繼夜. 於樓下開馬埒射場, 周廻四百步, 皆文石丹沙及彩畵於埒旁. 聚金玉錢貝之寶, 以賞百戲之人. 四廂置錦幔, 屋柱皆隱起爲龍鳳百獸之形, 雕斲衆寶, 以飾楹柱, 夜往往有光明. 集諸羌互於樓上. 時亢旱, 舂雜寶異香爲屑, 使數百人於樓上吹散之, 名曰'芳塵'. 臺上有銅龍, 腹容數百斛酒, 使胡人於樓上漱酒, 風至望之如露, 名曰'粘雨臺', 用以灑塵. 樓上戲笑之聲, 音震空中. 又爲四時浴室, 用鍮石珷玞爲堤岸, 或以琥珀爲瓶杓. 夏則引渠水以爲池, 池中皆以紗縠爲囊, 盛百雜香, 漬於水中. 嚴冰之時, 作銅屈龍數千枚, 各重數十斤, 燒如火色, 投於水中, 則池水恒溫, 名曰'燋龍溫池'. 引鳳文錦步障縈蔽浴所, 共宮人寵嬖者解媒服宴戲, 彌於日夜, 名曰'淸嬉浴室.' 浴罷, 洩水於宮外. 水流之所, 名'溫香渠'. 渠外之人爭來汲取, 得升合以歸, 其家人莫不怡悅. 至石氏破滅, 燋龍猶在鄴城, 池今夷塞矣.

의미읽기

석호는 자가 계룡(季龍)이고 석륵(石勒)의 조카다. 석륵이 죽자 석호는 아들을 죽이고 스스로 대조천왕(大趙天王)이 되더니 곧 제(帝)로 칭한다. 누각도 그렇고 사시사철 욕실의 행태도 그렇고 사람은 사치하게 되면 망가져가는 모습이 비슷한 것 같다. 금석사죽(金石絲竹)은 종·경쇠·가야금·피리를 말하며 옛날에 금(金)·석(石)·토(土)·혁(革)·사(絲)·목(木)·포(匏)·죽(竹)을 8음이라고 했다.

소기의 록 36

같은 집에 살면서 질투를 당하는 것은 본래 간사하고 교활한 정이니, 교태를 부리는 첩에게 빠져 향초와 비단의 속삭거림으로 들어간다. 간사한 모함에 솔깃하니 아첨에서 어떻게 멀어지겠는가. 환심을 빙자해 총애를 얻고 사적인 친분으로 모든 것을 용납한다. 먼저 총애를 받았다가 아직 물러나지 않았으니 성쇠의 조짐이 있기 마련이다. 하루아침에 애정이 식고 좋던 날의 맹세는 소홀해진다. 맑은 가락, 원망과 풍자 섞인 사가 지어진다.

석숭이 함부로 휘두를 때의 재물과 가업은 세상을 뒤흔들 정도였으니 노래는 방중을 본떴고 음악은 '항무'라고 불렸다. 어떻게 계씨 정원과 관중 집만 옛날의 폄하를 받겠는가! 석호는 서경을 석권했고 사치와 음학을 숭상해서 밖으로 난새 무늬를 멋대로 모방했고 안으로 3영·9화의 호. 신령한 징조와 먼 지역의 공물을 닦아 옛 도읍을 찬란히 빛내고 옥구슬과 붉은 향료로 토목을 장식했다. 자고이래로 사방의 오랑캐가 침략해서 교만하고 사치를 즐겼으며 횡포를 부리고 왕위를 찬탈하면서 안정을 위협했지만 부유함은 이에 비할 데가 없었다.

錄曰. 居室見妬. 故亦姦巧之恒情. 因嬌洄嬖. 而菲錦之辭入. 至於惑聽邪

諂, 豈能隔於求媚, 憑歡藉幸, 緣私媚而相容. 是以先寵未退, 盛衰之萌兆矣, 一朝愛退, 皎日之誓忽焉. 清奏薄言, 怨刺之辭乃作. 石崇叨擅時資, 財業傾世, 遂乃歌擬房中, 樂稱'恒舞', 季庭管室, 豈獨古之貶乎! 石虎卷西京, 崇麗妖虐, 外僭和鸞文物之儀, 內修三英・九華之號, 靈祥遠貢, 光耀舊都, 珠璣丹紫, 飾備於土木. 自古以來, 四夷侵掠, 驕奢僭暴, 擅位偷安, 富有之業, 莫此比焉.

10권

[1] 곤륜산(崑崙山)

　곤륜산은 곤릉 땅이 있는데 해와 달보다 높다. 9층으로 각 층마다 만 리나 떨어져 있다. 아래에서 보면 구름모양이 성곽과 궁궐같이 보인다. 사방에서 바람이 불어오고 신선들이 늘 용을 몰고 학을 타며 그 안에서 노닌다. 사방에서 바람이 분다는 것은 동서남북에서 일시에 바람이 같이 분다는 말이다. 거진풍(祛塵風)은 옷에 먼지 끼고 땀에 젖어도 이 바람이 불어오면 세탁한 듯 깨끗해진다. 감로는 아득하여 안개 같고 초목에 붙으면 구름처럼 뚝뚝 듣는다. 붉은 이슬은 멀리서 보면 단사(丹沙) 빛이고 나무나 돌에 붙으면 발그레하게 붉은 눈발 흩뿌린 듯하다. 옥돌그릇에 담으면 엿같이 된다.

　곤륜산을 서방에서는 수미산(須彌山)이라 하는데 정면으로 북두칠성 밑이며 벽해(碧海) 중앙에 솟아 있다. 9층의 제 6층에 오색 옥나무가 있어 500리의 그늘이 생기며 밤이면 물위에서 등불처럼 빛난다. 제 3층에서 자라는 벼이삭은 한 그루로도 수레에 가득하다. 계수나무 같은 오이는 겨울에도 푸른색으로 자라며 옥정수(玉井水)로 씻어 먹으면 뼈가 가볍고 유연해져 허공에 오를 수 있다. 제 5층의 신령한 거북이는 길이가 1척 9치로 날개가 넷이고 만 살이 되면 나무에 올라가 살며 말도 할 수 있다.

　제 9층은 형태가 점점 좁아지고 밑에 버섯밭과 혜초 동산 수백 경이 있어 신선들이 버섯과 혜초를 가꾼다. 옆의 요대(瑤臺) 12층은 각 넓이가 1,000보로 오색 옥으로 대의 터를 만들었다. 맨 아래의 정소궐(精霄闕)은 높이가 직경 40장이다. 동쪽에는 풍운우사(風雲雨師)의 궁궐이 있다. 남쪽에는 단밀운(丹密雲)이 있는데 멀리서 보면 붉은 빛 같은 붉은 구름이 사면에 빽빽이 드리워 있다. 서쪽에 있는 이담(螭潭)에는 많은 용들이 사는데 모두 흰색이며 천년에 한번 오장(五臟)의 허물을 벗는다. 못 좌측에 깔려 있는 오색 돌은 전부 하얀 용의 내장이 변한 것이다. 낭간과 구림이란 옥은 끓이면 기름이 된다. 북쪽에는 진기한 숲이 나오는데 가지를 꺾어 두드리면 소리와 음이 운율에 맞다. 아홉 강은 나뉘어 흐른다. 남쪽의 붉은 언덕과 붉은 물결은 천겁(千劫)에 한번 마르고 천만년 후에 다시 물이 생긴다.

崑崙山有昆陵之地, 其高出日月之上. 山有九層, 每層相去萬里. 有雲色, 從下望之, 如城闕之象. 四面有風, 群仙常駕龍乘鶴, 遊戲其間. 四面風者, 言東南西北一時俱起也. 又有袪塵之風, 若衣服塵汙者, 風至吹之, 衣則淨如浣濯. 甘露濛濛似霧, 著草木則滴瀝如珠. 亦有朱露, 望之色如丹, 著木石赫然, 如朱雪灑焉, 以瑤器承之, 如米台. 崑崙山者, 西方曰須彌山, 對七星之下, 出碧海之中. 上有九層, 第六層有五色玉樹, 蔭翳五百里, 夜至水上, 其光如燭. 第三層有禾穟, 一株滿車. 有瓜如桂, 有奈冬生如碧色, 以玉井水洗食之, 骨輕柔騰虛也. 第五層有神龜, 長一尺九寸, 有四翼, 萬歲則升木而居, 亦能言. 第九層山形漸小狹, 下有芝田蕙圃, 皆數百頃, 群仙種耨焉. 傍有瑤臺十二, 各廣千步, 皆五色玉爲臺基. 最下層有流精霄闕, 直上四十丈. 東有風雲雨師闕. 南有丹密雲, 望之如丹色, 丹雲四垂周密. 西有螭潭, 多龍螭, 皆白色, 千歲一蛻其五臟. 此潭左側有五色石, 皆云是白螭腸化成此石. 有琅玕璘琳之玉, 煎可以爲脂. 北有珍林別出, 折之相扣, 音聲和韻. 九河分流. 南有赤阪紅波, 千劫一竭, 千劫水乃更生也.

[2] 봉래산(蓬萊山)

봉래산은 방구 또는 운래라 하며 높이 이만 리, 넓이 칠만 리에 달한다. 물이 얕고 금옥 같이 가는 돌이 있는데 도금하지 않아도 자연스럽게 빛나고 깨끗하며 신선이 그것을 복용한다.

동쪽 욱이국에 가끔 금안개가 낀다. 신선들이 말하길 이 위에 항상 떠서 구르다가 아래로 내려가면 산 위에 누각이 있는데 밝은 쪽으로 문을 열어 놓았다가 안개가 걷히면 모든 문을 북향으로 연다고 한다. 서쪽 함명국은 새 깃을 엮어 옷을 만들고 이슬을 받아 마시며 하루 종일 높은데 올라 물을 떠올리고 금·은·창환(倉環)·수정·화조(火藻)로 계단을 장식한다.

빙수·비수가 있어 마시면 천살까지 산다. 큰 소라는 나보(躶步)라 하는데 껍질을 짊어지고 몸을 노출한 채 다니며 추울 때는 껍질 속으로 들어간다. 그것의 생란이 돌에 붙어 있으면 부드럽고 떼면 딱딱해지며 밝으신 왕께서 세상에 나면 바닷가에 떠 있다. 갈대는 홍색이고 자리를 엮을 수 있는데 담요처럼 따뜻하고 부드럽다.

홍아(鴻鵝)란 새는 기러기빛깔에 생김새는 무수리 같고 뱃속에 내장이 없으며 깃털과 깃촉이 뼈에 붙어 자라고 가죽과 고기는 없다. 자웅이 서로 곁눈질하면 번식이 된다. 남쪽의 새는 원앙(鴛鴦)으로 기러기같이 생겼으며 구름 속을 배회하고 높은 산봉우리에 서식하는데 땅에 발이 닿지 않으며 동굴에 살고 만년마다 한번 사랑하여 새끼를 낳는데 천년이 지나면 깃털을 물어 나르는 법을 배우고 천만 마리가 모여 살며 깃털이 긴 것은 만 리 높이까지 날아오른다. 성군 시대에는 성밖으로 들어온다.

가벼운 대나무는 푸른 잎에 자색 줄기로 열매가 구슬같이 크고 푸른 난새가 그 위로 모여든다. 밑에 깔린 모래자갈은 분가루처럼 섬세하여 부드러운 바람에도 잎과 줄기가 뒤집히고 가는 모래들이 구름안개같이 흩날린다. 신선이 관망하면서 노닐고 대나무 잎에 바람이 스치면 종이나 경쇠소리와 같다.

蓬萊山亦名防丘, 亦名雲來, 高二萬里, 廣七萬里. 水淺, 有細石如金玉, 得之不加陶冶, 自然光淨, 仙者服之. 東有鬱夷國, 時有金霧. 諸仙說此上常浮轉低昂, 有如山上架樓, 室常向明以開戶牖, 及霧滅歇, 戶皆向北. 其西有含明之國, 綴鳥毛以爲衣, 承露而飲, 終天登高取水, 亦以金·銀·倉環·水精·火藻爲階. 有冰水·沸水, 飲者千歲. 有大螺名躶步, 負其殼露行, 冷則復入其殼, 生卵着石則軟, 取之則堅, 明王出世, 則浮於海際焉. 有葭, 紅色, 可編爲席, 溫柔如罽氍焉. 有鳥名鴻鵝, 色似鴻, 形如禿鶖, 腹內無腸, 羽翮附骨而生, 無皮肉也. 雄雌相眄, 則生産. 南有鳥, 名鴛鴦, 形似雁, 徘徊雲間, 棲息高岫, 足不踐地, 生於石穴中, 萬歲一交則生雛, 千歲衛毛學飛, 以千萬爲羣, 推其毛長者高壽萬里. 聖君之世, 來入國郊. 有浮筠之簳, 葉青莖紫, 子大如珠, 有青鸞集其上. 下有沙礓, 細如粉, 柔風至, 葉條翻起, 拂細沙如雲霧. 仙者來觀而戲焉, 風吹竹葉, 聲如鐘磬之音.

[3] 방장산(方丈山)

방장산은 일명 만치라 한다. 동쪽 용장은 사방 천리로 옥돌의 숲을 이루고 있고 구름은 모두 자색이다. 용이 있는데 가죽과 뼈가 산언덕 같고 100경에 흩어져 탈골시기가 되면 살아 있는 용같이 보인다. 어떤 사람이 "용이 늘 여기서 싸우는데 기름과 피가 물처럼 흐른다."고 했다. 기름이 검은 것은 초목 등에 붙어 순 옻칠을 한 것 같다. 기름이 자색인 것은 땅에 발라 단단해지면 보기(寶器)가 된다. 연 소왕 2년, 어부가 노을배 타고 조각된 호리병에 여러 두의 기름을 담아 소왕께 바쳤다. 왕은 통운대에 계셨는데 통하대라고도 하며 용 기름으로 등불을 만들었더니 빛이 100리까지 퍼지고 연기도 붉은 자색으로 백성들이 보고 모두 상서로운 빛이라 했으며 세상 사람들이 멀리서 조배 드리러 왔다. 등불은 화완포로 심지를 삼았다.

산 서쪽에 빛나는 돌이 있는데 10여 리 떨어진 곳에서도 사람의 그림자를 거울같이 볼 수 있다. 조각 조각난 가루도 사람을 비출 수 있고 사방 1장이면 무게는 1양(兩)이다. 소왕이 조석을 빻아 진흙으로 만들어 통하대에 칠하고 서왕모와 늘 위에서 놀았다. 난새와 봉황의 춤은 금슬 소리와 어우러지고 신비한 빛이 화려하게 반짝여 해와 달이 떠 있는 듯하다.

누대좌우로 항춘수(恒春樹)를 심었는데 연꽃잎과 같고 계수나무향기가 나며 꽃은 사시에 따라 빛깔이 달라진다. 소왕 말년 선인이 바친 것으로 여러 나라에서 모두 축하를 올렸다. 왕이 말했다. "과인이 영원한 젊음을 얻었으니 어찌 신선이 되지 못할 것을 걱정하리요?" 항춘은 일명 '침생'이고 지금의 침향과 같다.

이름이 유간인 풀은 감청색 잎에 옻칠한 듯 까만 줄기로 가늘고 부드러워 휘감을 수 있다. 어부가 엮어 자리를 만들어 그것을 말면 한 손에 들어도 가득 차지 않는데 펼치면 여러 나라 빈객이 열 지어 앉을 수 있다. 사초(莎草)와 여라풀은 날줄이다. 사초와 여라풀은 가늘기가 머리털 같고 한줄기가 100심(尋)이며 연하고 부드럽고 향긋하고 매끄러워 신선들이 용과 고니의 고삐로 사용한다. 못은 사방 백리로 물이 얕아 건널 수 있고 진흙은 금색으로 매운 맛이 나며 배를 만든다. 백 번 제련하면 금이 되는데 푸른색으로 석경(石鏡)처럼 귀신과 도깨비가 비춰지니 형체를 감출 수 없다.

方丈之山, 一名巒雉. 東有龍場, 地方千里, 玉瑤爲林, 雲色皆紫. 有龍, 皮骨如山阜, 散百頃, 遇其蛻骨之時, 如生龍. 或云 "龍常鬪此處, 膏血如水流. 膏色黑者, 著木及諸物如淳漆也. 膏色紫光, 著地凝堅, 可爲寶器." 燕昭王二年, 海人乘霞舟, 以雕壺盛數斗膏, 以獻昭王. 王坐通雲之臺, 亦曰通霞臺,以龍膏爲燈, 光耀百里, 烟色丹紫, 國人望之, 咸言瑞光, 世人遙拜之. 燈以火浣布爲纏. 山西有照石, 去石十里, 視人物之影如鏡焉. 碎石片片, 皆能照人, 而質方一丈, 則重一兩. 昭王舂此石爲泥, 泥通霞之臺, 與西王母常遊居此臺上. 常有衆鸞鳳鼓舞, 如琴瑟和鳴, 神光照耀, 如日月之出. 臺左右種恒春之樹, 葉如蓮花, 芬芳如桂, 花隨四時之色. 昭王之末, 仙人貢焉, 列國咸賀. 王曰 "寡人得恒春矣, 何憂太淸不至." 恒春一名'沈生', 如今之沈香也. 有草名濡奸, 葉色如紺, 莖色如漆, 細軟可縈, 海人織以爲席薦, 卷之不盈一手, 舒之則列坐方國之賓. 莎蘿爲經. 莎羅草細大如髮, 一莖百尋, 柔軟香滑, 羣仙以爲龍·鵠之轡. 有池方百里, 水淺可涉. 泥色若金而味辛, 以泥爲器, 可作舟矣. 百煉可爲金, 色靑, 照鬼魅猶如石鏡, 魑魅不能藏形矣.

[4] 영주(瀛洲)

영주는 일명 혼주로 환주라고도 한다. 동쪽의 깊은 굴에 길이 1000장의 고기가 있는데 얼룩덜룩하고 코끝에 뿔이 났으며 가끔씩 여러 형태로 춤을 춘다. 멀리서 보면 물속에 오색구름이 떠 있는 듯하지만 다가가 보면 물고기가 물을 뿜어 만드는 구름이 아름답기 그지없는 상서로운 구름 같아 보인다. 영목(影木)은 해가 중천에 떴을 때 보면 별이 늘어선 듯하고 만년에 한번 열리는 열매는 오이처럼 푸른 껍질에 검은 박속으로 그것을 먹으면 뼈가 가벼워진다. 위는 수레의 덮개 같아 신선들이 비바람을 피한다.

금만관은 여러 옥돌로 장식되었고 곧장 위로 뻗으면 구름에 닿는다. 가운데 있는 청요궤가 운인소를 덮었고 벽옥을 새겨 거꾸로 있는 용의 모습을 만들고 불구슬을 매달아 해로 삼아 까만 옥으로 까마귀를 새겨 넣었으며 수정으로 달을 삼고 푸른 옥구슬로 섬토(蟾兎)를 삼았다.

　　지하에 있는 기려(機椽)는 어둡고 밝음을 측정하느라 바라보는 것
을 멈추지 않는다. 가끔 향기로운 바람이 시원하게 불어 긴소매로 바
람을 받으면 해가 지도록 목마르지 않았다. 후석(嗅石)이란 짐승은 기
린 같고 날 풀을 먹지 않고 탁수를 마시지 않으며 돌 냄새를 맡으면
금과 옥이 있는지 알고 돌을 불면 열리는데 금과 모래와 보배와 옥은
선명해서 사용할 수 있다. 운묘란 풀은 창포와 같고 잎을 먹으면 취하
지만 뿌리를 먹으면 다시 깨어난다. 봉황 같은 새가 살고 있는데 몸은
감색, 날개는 붉은 색으로 '장주'라 부른다. 울면서 날 때마다 뱉은 구
슬이 여러 곡이다. 선인은 늘 그 구슬로 신선 옷을 장식하는데 가벼우
며 해와 달보다 빛난다.

　　瀛洲一名魂洲, 亦曰環洲. 東有淵洞, 有魚長千丈, 色斑, 鼻端有角, 時鼓
舞羣戱. 遠望水間有五色雲, 就視, 乃此魚噴水爲雲, 如慶雲之麗, 無以加也.
有樹名影木, 日中視之如列星, 萬歲一實, 實如瓜, 靑皮黑瓤, 食之骨輕. 上
如華蓋, 羣仙以避風雨. 有金巒之觀, 飾以衆環, 直上干雲. 中有靑瑤几, 覆
以雲紈之素, 刻碧玉爲倒龍之狀, 懸火精爲日, 刻黑玉爲烏, 以水精爲月, 靑
瑤爲蟾兎. 於地下爲機椽, 以測昏明, 不虧弦望. 時時有香風冷然而至, 張袖
受之, 則歷年不歇. 有獸名嗅石, 其狀如麒麟, 不食生卉, 不飮濁水, 嗅石則
知有金玉, 吹石則開, 金沙寶璞, 粲然而可用. 有草名芸苗, 狀如菖蒲, 食葉
則醉, 餌根則醒. 有鳥如鳳, 身紺翼丹, 名曰'藏珠', 每鳴翔而吐珠累斛. 仙人
常以其珠飾仙裳, 蓋輕而燿於日月也.

[5] 원교산(員嶠山)

원교산은 일명 환구라 한다. 위에 네모난 호수가 있는데 둘레는 천리나 된다. 큰 까치가 많으며 키가 1장이고 부주산에서 나는 조를 물고 있다. 조 이삭은 높이 3장으로 알갱이는 옥같이 희다. 까치는 조를 물고 날기 때문에 자주 언급된다. 그 조를 먹으면 달이 바뀌어도 배고프지 않다. ≪여씨 춘추≫에서 "조 중에 좋은 것은 부주산에서 나는 조"라 했다.

동쪽에는 운석(雲石)이 있는데 너비 500리로 비단같이 울긋불긋하고 두드리면 조각조각 깨져 무성한 구름이 되어 올라갔다. 의상(猗桑)이란 나무는 오디를 끓여 꿀을 만든다. 빙잠(冰蠶)은 길이 7치로 검은색에 뿔과 비늘이 있어 서리나 눈이 온 뒤에 고치를 만드는데 1척으로 오채색이며 무늬 있는 비단을 짜면 물에 넣어도 젖지 않고 불어 던져도 오그라들 뿐 타지는 않는다. 당요 때 어부가 그것을 바치니 요임금이 보불(黼黻)로 여겼다.

서쪽에는 천리 정도의 별 연못이 있는데 못에 신령한 거북이 살고 있다. 다리 여덟에 눈 여섯, 등에 일곱 개의 별과 해·달·팔방이 그려진 그림을 짊어졌고 배에 5대 명산·4대 강의 형상이 그려져 있다. 가끔 돌 위로 나오는데 멀리서 보면 늘어선 별처럼 빛난다. 운봉(芸蓬)이란 풀은 눈같이 희고 가지 하나가 2장이며 밤에는 희게 빛나기 때문에 지팡이로 쓸 수 있다.

남쪽에 있는 이지국 사람들은 키가 3척이고 수명은 만세로 띠 풀로 옷을 만들어 입으며, 긴 옷자락에 넓은 소매로 바람 따라 연기와 노을로 올라가는 품이 마치 새의 날갯짓과 같다. 사람들 모두 쌍 눈동자이고 긴 눈썹과 긴 귀를 가졌으며 구천의 정기를 마시고 죽어도 부활하며 억겁 내에 5대 명산이 다시 먼지가 되는 것을 본다. 부상은 만년에 한번 시드는데 그 시간을 사람들은 아침저녁으로 여긴다.

　북쪽에는 완장국이 있는데 단 물이 그곳을 맴돌아 흐르며 맛이 꿀같이 달고 물결이 빨라 1000균을 던져도 오래오래 있다가 사라진다. 그 나라 사람들은 항상 물위로 다니고 깎아지른 산벼랑에 노닐면서 천하의 넓고 좁음을 살피는데 8주를 돌면 한번 쉬고 4축이 지나면 잠시 잠들며 먼지를 거둬 안개를 토해내고 억겁의 수를 셈하여 언덕을 쌓아도 다 끝나지 않는다.

　員嶠山, 一名環丘. 上有方湖, 周迴千里. 多大鵲, 高一丈, 銜不周之粟. 粟穗高三丈, 粒皎如玉. 鵲銜粟飛於中國, 故世俗間往往有之. 其粟, 食之歷月不飢. 故《呂氏春秋》云, "粟之美者, 有不周之粟焉." 東有雲石, 廣五百里, 駁駱如錦, 扣之片片, 則蓊然雲出. 有木名猗桑, 煎椹以爲蜜. 有冰蠶長七寸, 黑色, 有角有鱗, 以霜雪覆之, 然後作繭, 長一尺, 其色五彩, 織爲文錦, 入水不濡, 以之投火, 經宿不燎. 唐堯之世, 海人獻之, 堯以爲黼黻. 西有星池千里, 池中有神龜, 八足六眼, 背負七星, 日·月·八方之圖, 腹有五岳·四瀆之象. 時出石上, 望之煌煌如列星矣. 有草名芸蓬, 色白如雪, 一枝二丈, 夜視有白光, 可以爲杖. 南有移池國, 人長三尺, 壽萬歲, 以茅爲衣服, 皆長裾大袖, 因風以昇烟霞, 若鳥用羽毛也. 人皆雙瞳, 脩眉長耳, 飡九天之正氣, 死而復生, 於億刦之內, 見五岳再成塵. 扶桑萬歲一枯, 其人視之如旦暮也. 北有浣腸之國, 甜水繞之, 味甜如蜜, 而水强流迅急, 千鈞投之, 久久乃沒. 其國人常行於水上, 逍遙於絶岳之嶺, 度天下廣狹, 繞八柱爲一息, 經四軸而暫寢, 拾塵吐霧, 以算歷劫之數, 而成阜丘, 亦不盡也.

[6] 대여산(岱輿山)

　대여산은 일명 부석으로 동쪽에 원연(員淵)이 천리에 걸쳐 늘 용솟음치므로 금석을 던지면 흙같이 문드러진다. 초겨울에는 물이 말라 가운데서 누런 연기가 땅속으로부터 나와 여러 장으로 이는데 연기 빛깔이 수없이 변한다. 산 사람이 파서 땅속으로 수척이나 들어가 숯같이 그을린 돌을 캤는데 부스러진 불꽃을 땔나무와 초에 붙이면 연소하여 청색이 되고 깊게 파면 불이 빙빙 돌면서 무성하게 탔다. 방황(莽煌)이란 풀은 잎이 연꽃같이 둥글고 열 걸음 떨어진 곳에서도 사람 옷을 그을리고 베어서 자리를 만들면 겨울에는 더욱 따듯해지고 나뭇가지로 비비면 불꽃이 생긴다.

　남쪽에는 넓은 모래펄이 천리에 깔려 있는데 금색이고 가루 같아 항상 가볍게 흐르듯 움직이며 조수가 걸어 다녀도 발자국이 생기지 않는다. 바람이 불면 모래가 안개처럼 일어나니 금 안개 또는 금 먼지라 한다. 모래가 나무에 붙어 찬란히 빛나니 황금으로 도금한 것 같다. 진흙과 섞어 선궁에 칠하면 번쩍번쩍 빛난다.

　서쪽에 있는 석옥산의 돌은 오색찬란하고 가벼우며 특히 까만 돌은 아름다워서 신선들이 사용한다. 북쪽에 1000장이나 되는 옥량이 있는데 현류 위에 걸려 있고 자색의 이끼로 뒤덮여 있으며 맛은 달고 연하고 매끄러우며 그것을 먹으면 천년 동안 배고프지 않다. 옥량 옆에는 얼룩덜룩하고 자연스러운 구름노을과 용과 봉황 형상들이 있다. 옥량은 현류로부터 천여 장 정도의 거리에 있으며 밑에서 구름이 피어오른다. 옆에 있는 단계(丹桂)·자계(紫桂)·백계(白桂) 모두 높이 천심으로 배를 탈 만해서 '문계지주(文桂之舟)'라 한다. 사당·예장목도 천심으로, 가는 가지로 배를 만들면 길이가 10장이 된다. 일곱 빛깔 버섯이 옥량 밑에서 자라는데 푸르고 빛나므로 '푸른 버섯'이라 한다.

꿀벌만한 크기의 형화(熒火)가 있는데 까치소리가 나고 날개는 여덟에 다리가 여섯이다. 옥량에는 오색박쥐가 사는데 노란 박쥐는 내장이 없고 거꾸로 배를 하늘을 향하고 날며, 흰 박쥐는 뇌가 무거워 머리를 드리운 채 걸어 놓고 있다. 까만 박쥐는 까마귀 같고 천년마다 작은 제비로 변한다. 청색 박쥐는 털 길이가 2치로 비취빛이고 적색 박쥐는 석굴에 살며 굴 위로 올라가 하늘에 들어가서 그 위에서 태양이 뜨고 지는 것을 본다. 수월(嗽月)이란 동물은 표범 같고 금천액(金泉液)을 마시며 은과 돌의 골수를 먹는다. 이 짐승은 밤이면 흰 기운을 뿜어내는데 그 빛이 달 같아서 수천 묘를 비출 수 있다. 헌원 때 잡은 것이다. 요향초(遙香草)가 있는데 꽃은 붉고 빛이 찬란해서 달로 들어갈 정도며, 잎은 가늘고 길고 흰 것이 망우초(忘憂草) 같고 꽃잎은 모두 향기 나는데 수리 밖까지 퍼지므로 요향초라 한다. 열매는 연밥알과 같은데 달고 향그러워 먹으면 수개월간 배고프거나 목마르지 않고 몸에서 요향초 향기가 나고 오래 복용하면 만세까지 산다. 선인들은 늘 그것을 따먹는다.

岱輿山, 一名浮析, 東有員淵千里, 常沸騰, 以金石投之, 則爛如土矣. 孟冬水涸, 中有黃烟從地出, 起數丈, 烟色萬變. 山人掘之, 入地數尺, 得燋石如炭滅, 有碎火, 以蒸燭投之, 則然而靑色, 深掘則火轉盛. 有草名莽煌, 葉圓如荷, 去之十步, 炙人衣則燋, 刈之爲席, 方冬彌溫, 以枝相摩, 則火出矣. 南有平沙千里, 色如金, 若粉屑, 靡靡常流, 鳥獸行則沒足. 風吹沙起若霧, 亦名金霧, 亦曰金塵. 沙著樹粲然, 如黃金塗矣. 和之以泥, 塗仙宮, 則晃昱明粲也. 西有鴞玉山, 其石五色而輕, 或似履舄之狀, 光澤可愛, 有類人工. 其黑色者爲勝, 衆仙所用焉. 北有玉梁千丈, 駕玄流之上, 紫苔覆漫, 味甘而柔滑, 食者千歲不飢. 玉梁之側, 有斑爛自然雲霞龍鳳之狀. 梁去玄流千餘丈, 雲氣生其下. 傍有丹桂・紫桂・白桂, 皆直上千尋, 可爲舟航, 謂之'文桂之舟'. 亦有沙棠・豫章之木, 長千尋, 細枝爲舟, 猶長十丈. 有七色芝生梁下.

其色靑, 光輝燿, 謂之'蒼芝'. 熒火大如蜂, 聲如雀, 八翅六足. 梁有五色蝙蝠,
黃者無腸, 倒飛, 腹向天, 白者腦重, 頭垂自掛, 黑者如烏, 至千歲形變如小
燕, 靑者毫毛長二寸, 色如翠, 赤者止於石穴, 穴上入天, 視日出入恒在其上.
有獸名嗽月, 形似豹, 飲金泉之液, 食銀石之髓. 此獸夜噴白氣, 其光如月,
可照數十畝. 軒轅之世獲焉. 有遙香草, 其花如丹, 光耀入月, 葉細長而白,
如忘憂之草, 其花葉俱香, 扇馥數里, 故名遙香草. 其子如薏中實, 甘香, 食
之累月不飢渴, 體如草之香, 久食延齡萬歲. 仙人常採食之.

[7] 곤오산(昆吾山)

곤오산 밑에 붉은 금이 많이 나는데 색이 불같다. 옛날 황제가 치우
를 칠 때 여기 군대를 주둔시켜 놓고 백장이나 파들어 갔지만 샘은 나
오지 않고 별 같은 불빛만 보였다고 한다. 땅속에 단사가 많아 돌을
제련하여 청동을 만들면 색이 푸르고 예리하다. 샘물은 붉은 색이다.
초목은 전부 단단하고 흙도 딱딱하고 굳어 있다.

월왕 구천 때 장인에게 흰말과 흰 소로 곤오산 신령께 제사모시고
금을 캐서 주조하여 8검의 정수를 이뤘다. 첫째 검은 엄일(掩日)로 해
를 가리면 낮에도 어두워진다. 금은 음(陰)이라 음기가 성하면 양기가
사라지는 것이다. 둘째 검은 단수(斷水)로 물을 그으면 갈라져 합쳐지
지 않는다. 셋째 검은 전백(轉魄)으로 달을 가리키면 두꺼비와 토끼가
뒤집힌다. 넷째 검은 현전(顯髇)으로 나는 새도 칼날에 닿으면 베일
지경이다. 다섯째 검은 경예(驚鯢)로 이 검을 차고 배를 타면 고래도
물속 깊이 들어가 버린다. 여섯째 검은 멸혼(滅魂)으로 그것을 끼고
밤에 다니면 도깨비를 만나지 않는다. 일곱째 검은 각사(却邪)로 요괴
도 그 검을 보면 복종한다. 여덟째 검은 진강(眞剛)으로 옥을 자르고

금을 끊는데 흙이나 나무를 깎는 것 같다. 팔방의 기운에 응하여 주조했다.

　산에는 짐승 한 마리가 사는데 토끼만 하고 금색 털이 있으며 흙 속의 단석을 먹고 땅을 깊이 파서 굴을 만든다. 청동과 철도 먹으며 담과 콩팥 모두 철로 되어 있다. 암컷은 은같이 희다. 옛날 오나라 무기고에서 철로 된 병기 등이 모두 먹혔으며 봉인만 여전히 남아 있었다. 왕이 창고의 구멍을 조사하게 해서 토끼 한 쌍을 잡았는데 한 마리는 희고 한 마리는 노랬다. 죽여서 배를 갈라보니 철 담낭과 철 콩팥이 있었으니 철 무기를 토끼가 먹어치웠다는 사실이 증명되었다. 왕은 검 만드는 장인을 불러 토끼의 담낭과 콩팥으로 검 한 쌍을 만들게 했는데 웅검을 '간장(干將)'이라 하고 자검을 '막야(鎮鋣)'라고 했다. 검은 옥을 자르고 무소뿔도 끊을 수 있어 왕이 보배로이 여겼으며 드디어 이 검으로 패권을 장악했다. 나중에는 간장막야를 돌 갑에 넣어 묻어 버렸다.

　진 중흥 기에, 밤에 붉은 기운이 북두와 견우성에 부딪혔다. 장화가 뇌환을 풍성현의 현령으로 삼고 땅을 파게 했더니 간장막야가 나왔다. 장화와 뇌환이 각각 하나씩 가졌다. 화음토로 시험해 보았더니 광채가 사람을 비추면서 쏘았다. 나중에 장화가 해를 당하면서 이 검의 소재도 알 수 없게 되었다. 뇌환의 아들이 그 검을 차고 평진을 지나는데 검이 울음소리를 내며 물속으로 날아들어 가버렸다. 물로 들어가 찾아보았더니 못 속에 서로 얽힌 두 마리 용이 보였는데 눈빛이 번개 같아 감히 더 찾지 못했다고 한다.

　昆吾山. 其下多赤金. 色如火. 昔黄帝伐蚩尤. 陳兵於此地. 掘深百丈. 猶未及泉. 惟見火光如星. 地中多丹. 鍊石爲銅. 銅色靑而利. 泉色赤. 山草木皆勁利. 土亦剛而精. 至越王句踐. 使工人以白馬白牛祠昆吾之神. 採金鑄之.

以成八劍之精. 一名掩日, 以之指日, 則光晝暗. 金陰也, 陰盛則陽滅. 二名斷水, 以之劃水, 開卽不合. 三名轉魄, 以之指月, 蟾兎爲之倒轉. 四名懸翦, 飛鳥遊過觸其刃, 如斬截焉. 五名驚鯢, 以之泛海, 鯨鯢爲之深入. 六曰滅魂, 挾之夜行, 不逢魍魅. 七名却邪, 有妖魅者, 見之則伏. 八名眞剛, 以切玉斷金, 如削土木矣. 以應八方之氣鑄之也. 其山有獸, 大如兎, 毛色如金, 食土下之丹石, 深穴地以爲窟, 亦食銅鐵, 膽腎皆如鐵. 其雌者色白如銀. 昔吳國武庫之中, 兵刃鐵器, 俱被食盡, 而封署依然. 王令檢其庫穴, 獲得雙兎, 一白一黃, 殺之, 開其腹, 而有鐵膽腎, 方知兵刃之鐵爲兎所食. 王乃召其劍工, 令鑄其膽腎以爲劍, 一雌一雄, 號'干將'者雄, 號'鏌鋣'者雌. 其劍可以切玉斷犀, 王深寶之, 遂霸其國. 後以石匣埋藏. 及晉之中興, 夜有紫氣衝斗牛. 張華使雷煥爲豊城縣令, 掘而得之. 華與煥各寶其一. 拭以華陰之土, 光耀射人. 後華遇害, 失劍所在. 煥子佩其一劍, 過延平津, 劍鳴飛入水. 及入水尋之, 但見雙龍纏屈於潭下, 目光如電, 遂不敢前取矣.

의미읽기

≪오월춘추≫에서는 "간장이 오나라 사람이고 막야는 그의 부인이다. 간장이 검을 만들 때 막야가 머리카락을 자르고 손톱을 잘라 화로에 던져 넣으니 금과 쇠가 녹아 비로소 검이 완성되었다. 양검을 간장이라 하고 음검을 막야라 했다 (干將, 吳人. 莫邪, 干將之妻也. 干將作劍, 莫邪斷髮剪爪, 投於爐中, 鐵汁乃濡, 遂以成劍. 陽曰干將, 陰曰莫邪)"고 한다. ≪오지기(吳地記)≫에는 오왕 합려가 간장에게 검을 주조하게 했는데 그의 부인이 화로 속으로 들어가자 철 용액이 흘러 나왔고 드디어 두개의 검이 완성되니 자검를 간장이고 웅검이 막야라고 했다. 간장막야에 관한 이야기는 매우 다양하며 그것을 둘러싼 기이한 전설은 지금도 일본 만화 등 기이한 이야기를 필요로 하는 어떤 장르에서나 흥미진진한 소재로 사용되고 있다.

[8] 동정산(洞庭山)

동정산은 물위에 떠 있고 산 아래에 금으로 지은 집 수백 칸 있으며 옥녀가 산다. 사시에 여러 음악이 들려와 산꼭대기까지 퍼진다. 초나라 회왕 때 인재들을 뽑아 이 물가에서 시를 짓게 했는데 소상의 동정악이라 하며 이 음악을 들은 사람은 늙지 않으니 〈함지(咸池)〉·〈구소(九昭)〉도 이와는 비교가 안 된다.

매번 사중절(四仲節)이면 왕이 항상 산을 둘러 잔치를 베풀고 사중의 정기를 각각 들어 악장을 만들었다. 중춘은 협종(夾鐘)에 음률이 맞으니 가벼운 바람과 흐르는 물의 시를 지어 산 남쪽에서 잔치했고 음율이 유빈(蕤賓)에 맞으면 하얀 이슬·가을 서리의 곡을 지었다. 나중에 회왕이 간사한 이들을 좋아하자 현인들은 이를 피해 국경을 넘었다. 굴원이 충성심 때문에 배척당해 완수·상강에서 은거하니 우거진 숲을 헤치고 풀뿌리를 먹으며 금수와 함께 살면서 온갖 세상일에 간여하지 않은 채 잣을 따서 계수나무기름과 합해 심신을 기르다가 왕이 핍박하면서 쫓아오자 맑고 차가운 강물로 뛰어들었다고 한다. 초나라 사람이 사모하여 그를 물의 신선이라고 불렀다. 그의 영혼은 은하에서 노닐고 정령이 가끔 상수 가에 강림한다. 초나라 사람들이 그를 위해 사당을 세웠는데 한 말에도 여전히 남아 있었다.

동정산에는 신령한 동굴이 있는데 들어가면 항상 앞에 불이 켜져 있는 것 같다. 안에는 기이한 향기가 짙게 풍기고 샘과 돌은 밝고 환하다. 약초 캐는 사람이 안으로 들어갔는데 10리쯤 갔더니 하늘이 아주 맑고 노을도 빛나며 향기로운 꽃들과 드리워진 버들, 붉은 누각과 으리으리한 집·별궁들이 너무 너무 신기했다. 여인들이 나타났는데 무지개 빛 치마를 입고 아름다운 얼굴에 고운 성질이 속세 여자들과 달랐다. 약초 캐는 사람을 맞이하여 붉은 돌물과 금빛 액체를 마시게 하고 아름다운 옥으로 꾸민 방으로 데리고 가서 퉁소와 피리, 거문고로 음악을 연주해 주었다. 식사 후 집으로 돌아가게 하면서 붉은 단술양조법을 알려 주었다. 이곳 사람들이 부럽고 아쉬웠지만 자식 생각에 동굴로부터 나와서 돌아오는데 역시 등불 같은 빛이 앞을 인도했고 고향에 도착할 때까지 굶주림과 목마름이 없었다.

돌아와 마을 사람들과 집들을 보니 이미 자신이 살던 옛 고향의 이웃집이 아니었다. 겨우 9대손이라는 사람을 찾아 물어 보니 이렇게 대답한다. "먼 선조께서 동정산에 약초 캐러 가셨다가 안 돌아오신 지 300년이 넘었습니다." 그 사람은 이웃에 들러 여러 이야기를 나누었다는데 그 후로 어떻게 되었는지는 알 수 없다.

洞庭山浮於水上, 其下有金堂數百間, 玉女居之. 四時聞金石絲竹之聲, 徹於山頂. 楚懷王之時, 擧羣才賦詩於水湄, 故云瀟湘洞庭之樂, 聽者令人難老, 雖〈咸池〉·〈九韶〉, 不得比焉. 每四仲之節, 王常繞山以遊宴, 各擧四仲之氣以爲樂章. 仲春律中夾鐘, 乃作輕風流水之詩, 醮於山南, 律中蕤賓, 乃作皓露秋霜之曲. 後懷王好進姦雄, 羣賢逃越. 屈原以忠見斥, 隱於沅湘, 披薜茹草, 混同禽獸, 不交世務, 採柏實以合桂膏, 用養心神, 被王逼逐, 乃赴淸泠之水. 楚人思慕, 謂之水仙. 其神遊於天河, 精靈時降湘浦. 楚人爲之立祠, 漢末猶在. 其山又有靈洞, 入中常如有燭於前. 中有異香芬馥, 泉石明朗. 採藥石之人入中, 如行十里, 迴然天淸霞耀, 花芳柳暗, 丹樓瓊宇, 宮觀異常. 乃見衆女, 霓裳冰顔, 艷質與世人殊別. 來邀採藥之人, 飮以瓊漿金液, 延入璇室, 奏以簫管絲桐. 餞令還家, 贈之丹醴之訣. 雖懷幕戀, 且思其子息, 却還洞穴, 還若燈燭導前, 便絶饑渴, 而達舊鄕. 已見邑里人戶, 各非故鄕鄰, 唯尋得九代孫. 問之, 云 "遠祖入洞庭山採藥不還, 今經三百年也." 其人說於鄰里, 亦失所之.

▌소기의 록 37

≪우공≫의 산과 바다를 보면 정사에서 말한 명산과 대택 중에 그림과 서적에 나열되지 않고 잡편에 기록된 것들이 있다. 있기도 하고 없기도 하며 같기도 하고 다르기도 하므로 보는 사람이 미혹되어 의심을 품게 된다. ≪열자≫에 따르면 원교·대여는 괴기함이 모인 것으로 먼저 나온 ≪분≫에는 이에 관한 기록이 없다. 봉래·영주·방장은 각각 다른 이름이 있다. 곤오는 신기하니 장건도 그렇다고 했다. 중원과 외지는 기운부터 달라 이상한 기운이 각기 생겨나 구름과 강물, 초목도 괴이하고 아름다운 여러 형태를 취하나 서적들을 살펴보면 그 유형이 동일하다. 지역이 멀고 변형이 심해서가 아니라 허망하고 괴탄함에 웃을 것이다. 널리 두루 살펴 신령하고 기이함이 증험되길 바란다.

錄曰. 按≪禹貢≫山海, 正史說名山大澤, 或不列書圖, 著於編雜之部. 或有乍無, 或同乍異, 故使覽者迴惑而疑焉. 至如≪列子≫所說, 員嶠·岱與, 瑰奇是聚. 先≪墳≫莫記. 蓬萊·瀛洲·方丈, 各有別名, 昆吾神異, 張騫亦云焉. 睹華戎不同寒暑律人獨禽至其異氣, 雲水草木, 怪麗殊形, 考之載籍, 同其生類. 非夫遠體大, 則笑其虛誕. 俟諸宏博, 驗斯靈異焉.

본문에 누락된 일문(佚文) 모음

  본서의 일문은 ≪광기≫와 ≪어람≫ 등의 유서(類書)에 흩어져 있지만 본서의 모권 모절의 문장인지 구별이 가능한 것들은 이미 각 절의 주에 기록하였다. 여기에 기록한 것은 어디에 속하는지 확실하지 않은 내용이다. 혹시 유서가 잘못 인용한 것이지 본서의 문장이 아닐 경우에는 교감을 덧붙여 혼동을 피했다.

▌일문 [1]

  심경지는 원가 연간에 소금을 끌고 뒷간으로 들어가는 꿈을 꾸었는데 청빈한 도를 좋아했으니 이 꿈이 매우 꺼림칙했다. 혹자가 해몽하길 '당신은 반드시 귀해질 것이나 아직 안된 것이요. 소금은 부귀의 상징이고 뒷간은 이른바 다음 임금을 뜻합니다. 당신의 부귀는 지금의 군주에게 있지 않습니다.'라고 알려주었다. 나중에 과연 들어맞았다. ≪광기≫ 276권

  沈慶之, 元嘉中, 始夢牽鹵(薄)部入廁中, 雖欣淸道, 而甚惡之. 或爲之解曰, '君必貴, 然未也. 鹵部者, 富貴之容. 廁中, 所謂後帝也. 君富貴不在今主矣.' 後果中焉. ≪廣記≫ 276卷

의미읽기

  심경지는 무강(武康) 사람으로 자는 홍선(弘先)이다. 송(宋) 문제(文帝) 원

가(元嘉) 연간에 공을 세워 건위장군(建威將軍)이 되었다. 이 이야기는 후대의 일이라서 왕 자년이 알 수 있는 내용이 아니므로 본서의 문장이라고 볼 수 없다.

▌일문 [2]

원민손은 세조 때 해릉태수를 지냈는데 꿈에 태양이 몸 위로 떨어져서 그것을 찾아 좇다가 돌아와서는 기밀로 했다. ≪광기≫ 276권

袁愍孫, 世祖出爲海陵守, 夢日墮身上, 尋而追還, 與機密. ≪廣記≫ 276卷

의미읽기

≪송서(宋書)≫ 89권에 보면 원찬(袁粲)의 처음 이름이 민손(愍孫)이고 자는 경천(景倩)이다. 순제(順帝) 때 관중서감(官中書監)과 사도시중(司徒侍中)을 지낸 인물이다. 이 이야기도 왕 자년보다 후대의 일이므로 본서의 문장이 아니다. ≪수서(隋書)·경적지(經籍志)≫ 잡사류에 사작(謝綽)의 ≪송습유(宋拾遺)≫ 10권이 있는데 ≪당지(唐志)≫에서는 ≪송습유록(宋拾遺錄)≫이라 했다. 위의 두 일문도 그 책의 내용이다.

▌일문 [3]

무제는 칠보 침대와 여러 보석으로 만든 책상, 병풍과 여러 보석으로 된 휘장을 계수나무 궁에 설치하였으니, 당시 사람이 이를 '사보궁'이라 했다. ≪광기≫ 403권

武帝爲七寶床·雜寶按(案)·屛風·雜寶帳, 設於桂宮, 時人謂之'四寶宮'. ≪廣記≫ 403卷

의미읽기

≪서경잡기(西京雜記)≫에 나오는 내용인데 ≪광기≫로 잘못 적은 것 같으며 본서의 문장이 아니다.

일문 [4]

신미국으로부터 수도가 만 리 떨어진 곳에 수명국이 있는데 사시와 밤낮이 없으며 백성들은 죽지 않고 세상이 싫어지면 승천했다. 그 나라에 불나무가 있는데 이름을 수목(燧木)이라 했고 구불구불 만 리를 뻗어나가 구름과 안개가 나무 중간에서 나오며 가지를 꺾어 비비면 불이 난다. 후세의 성인이 비린내 나는 맛을 바꾸고 해와 달 밖에서 노닐며 만물을 찾아 먹게 하여 남수에 이르렀다가 이 나무를 보았는데 부엉이 같은 새가 앉아 있었다. 그 새가 부리로 나무를 쪼면 찬란하게 불이 일어났다. 성인이 작은 나뭇가지로 불을 만들어 내었으며 수인씨라고 불리는데 포희 이전에 불에 익혀 먹게 된 계기라고 한다. ≪어람≫ 869권

申彌國去都萬里, 有燧明國. 不識四時晝夜. 其人不死, 厭世則升天. 國有火樹, 名燧木, 屈盤萬識(?), 雲霧出於中間, 折枝相鑽, 則火出矣. 後世聖人, 變腥臊之味, 遊日月之外, 以食救萬物, 乃至南垂('陲'本字), 目此樹表有鳥若鴞, 以口啄木, 粲然火出. 聖人成(?)焉, 因取小枝以鑽火, 號燧人氏, 在庖羲之前, 則火食起乎茲矣. (≪御覽≫ 869卷)

의미읽기

　남송(南宋) 나필(羅泌)이 찬(撰)한 《노사(路史)》에 그 아들 평(苹)의 주가 있다. 《노사·전기(前紀) 5》의 주에서 《습유기》를 인용하여 '수명국은 밤낮이 없고 땅에 수목이 있다. 후세에 성인이 해와 달의 밖에서 노닐며 먹을 것을 구하다가 남수에 이르러 이 수목을 보았는데 물수리 같은 새가 있었다. 그 새가 가지를 쪼았더니 불이 생겼고 뚫어서 불을 취하니 수인씨라 했다. 포희씨 전이니 아마도 화산국인 것 같다(燧明之國, 不識晝夜, 土有燧木. 後世聖人遊於日月之外, 以食救物, 至於南垂, 觀此燧木, 有鳥類鶚, 啄其枝則火出, 取以鑽火, 號燧人氏, 在包羲氏之前, 蓋火山國也)'고 했다. 또 왕자년을 인용하여 '도읍에서 만리 떨어진 곳에 신미국이 있는데 수명국에서 가깝고 땅은 서왕모와 접해 있다(나씨 부자는 서왕모를 나라이름으로 여김. 《노사·여론》에 상세하게 나옴). 그래서 연 소왕이 서왕모의 수림에서 노닐다가 수인 황제가 뚫어 불을 만든 일을 이야기한 것이다(去都萬里, 有申彌國, 近燧明之國, 地與西王母接(按羅氏父子以西王母爲國名, 詳《路史·餘論》), 以故燕昭王游於西王母燧林之下, 說燧皇鑽火之事)'라 했다. '근수명지국(近燧明之國)' 이하를 보면 나평(羅苹)의 말인 듯하다.

▌일문 [5]

　용산 밑에 물이 있는데 붉은 자라가 많고 다들 날아오를 수 있다. 《어람》 932권

　容山下有水, 多丹鼈魚, 皆能飛躍. 《御覽》 932卷

▌일문 [6]

서국의 나물이름은 파릉(頗稜)인데 승려가 씨앗을 중국으로 가지고 들어오면서 파릉(波稜)이라고 와전되었다. ≪유설≫ 5권

西國菜名頗稜, 因僧携子入中國, 訛爲波稜. ≪類說≫ 5卷

▌일문 [7]

동해에 있는 섬 이름은 용구천이고 목왕이 팔준마를 기르는 곳인데 용추라는 이름의 풀이 자란다. ≪유설≫ 5권

東海有島名龍駒川, 穆王養八駿處, 有草名龍芻. ≪類說≫ 5卷

▌일문 [8]

광정국의 서리 빛은 검푸르다. ≪유설≫ 5권, ≪감주집≫ 8권

廣廷國霜色紺碧. ≪類說≫ 5卷, ≪紺珠集≫ 8卷

▌일문 [9]

후궁을 선궁이라 한다. ≪유설≫ 5권, ≪감주집≫ 8권

后宮曰璿宮. ≪類說≫ 5卷, ≪紺珠集≫ 8卷

▌일문 [10]

후위 사람 도방이 바람부채를 만들어 24절기를 예고하니 한 기운이 이르면 풍선 하나가 사라졌다. ≪감주집≫ 8권

後魏人都芳造風扇, 候二十四氣, 每一氣至, 一扇去焉. ≪紺珠集≫ 8卷

▌일문 [11]

동해에 있는 섬 이름은 용구천이고 목왕이 팔준마를 기르는 곳이다. 섬 안에 용추라는 이름의 풀이 있는데 말이 그것을 먹으면 하루에 천 리를 달린다. 속담에 '용추를 한번 먹이면 용구가 된다.'고 했다. ≪감주집≫ 8권

東海有島曰龍駒川, 穆天子養八駿處. 島中有草名龍芻, 馬食之, 日行千里. 語曰, "一秣龍芻化龍駒." ≪紺珠集≫ 8卷

▌일문 [12]

이국 사람이 조공을 드리러 왔는데 타고 온 털 수레가 매우 빨랐다. ≪감주집≫ 8권

異國人入貢, 乘毛之車甚快. ≪紺珠集≫ 8卷

▌일문 [13]

서역의 나물은 승려가 씨앗을 중국으로 가지고 들어 왔는데 파릉(波稜)으로 와전되었다. ≪감주집≫ 8권

西域菜. 名僧携其子入中國. 訛爲波稜. ≪紺珠集≫ 8卷

위의 일문들을 보면 우수조(右數條)는 ≪감주집≫에 나온다. 모두 13권으로 편집자의 성명은 없거나 송(宋) 주승비(朱勝非)가 백가소설(百家小說)을 집록해서 만들었다고도 한다. 체례는 증조(曾慥)의 ≪유설≫과 비슷하고 인용한 책은 137종으로 고본(古本)이 많아 고증할 적에 자료로 삼을 만하다. 그중에 ≪습유기≫를 인용한 것은 이미 주에 기록했다. '바람부채(風扇)'는 '후위 사람 도방(後魏人都芳)'의 이야기니 ≪습유기≫의 문장은 아니다. '용추(龍芻)'와 '파릉(波稜)' 등은 ≪유설≫에도 나오고 ≪감주집≫에도 나오는데 두 서적의 내용이 다른 이유는 여러 서적에 적다보니 그때마다 간략하게 옮겨 적다가 야기된 문제로 보인다. 후대에 책을 편집하면서 습유(拾遺)라는 단어가 들어간 책을 모두 함께 모아 정리하다가 송대 ≪습유록≫ 등의 내용이 들어온 것 같다.

· 저자 ·

김영지　· 약　력 ·
　　　　이화여대 중문과 졸업
　　　　서울대 대학원 졸업
　　　　서울대, 이화여대, 서강대에서 중국어 및 중국문화 관련 강의

　　　　· 주요논저 ·
　　　　목련희와 습유기 관련 다수의 연구논문과 공저로 《샤머니즘》이 있음.

중국환타지소설의 원조,
습유기

· 초판 인쇄 │ 2007년 4월 30일
· 초판 발행 │ 2007년 4월 30일

· 지 은 이 │ 김영지
· 펴 낸 이 │ 채종준
· 펴 낸 곳 │ 한국학술정보㈜
　　　　　　경기도 파주시 교하읍 문발리 526-2
　　　　　　파주출판문화정보산업단지
　　　　　　전화　031) 908-3181(대표) · 팩스　031) 908-3189
　　　　　　홈페이지　http://www.kstudy.com
　　　　　　e-mail(출판사업부)　publish@kstudy.com
· 등　　록 │ 제일산-115호(2000. 6. 19)
· 가　　격 │ 31,000원

ISBN　978-89-534-6683-8 93820 (Paper Book)
　　　　978-89-534-6684-5 98820 (e-Book)